Ingrid Davis
Aachener Todesreigen

Von der Autorin bisher bei KBV erschienen:
Aachener Todesreigen
Aachener Intrigen
Aachener Gangster
Aachener Untiefen
Aachener Abgründe
Aachener Abrechnung
Aachener Zwietracht
Aachener Hindernisse
Aachener Scheinheilige

Ingrid Davis (Jahrgang 1969) ist gebürtige Aachenerin und begann bereits im Alter von zehn Jahren mit dem Schreiben von Kurzgeschichten, Novellen und Gedichten. Ihr Weg führte sie nach dem Studium Englischer Literatur und Geschichte jedoch zunächst nicht in die Schriftstellerei, sondern ins Marketing und Projektmanagement. Hauptberuflich ist sie auch heute noch als Marketingmanagerin tätig und lebt bei Aachen. Neben dem Krimischreiben verbringt sie ihre Freizeit gerne mit Reisen, Kino, Literatur und Strategiespielen.

Aachener Todesreigen ist der erste Band der Reihe um die schlagfertige Privat-Ermittlerin Britta Sander, die ein verhängnisvolles Talent besitzt, in gefährliche Situationen zu geraten.

Ingrid Davis

AACHENER TODESREIGEN

Britta Sanders erster Fall

Überarbeitete Neuauflage April 2018
2. Auflage Dezember 2019
3. Auflage Mai 2023
4. Auflage Mai 2024

© KBV Verlags- und Mediengesellschaft mbH, Hillesheim
www.kbv-verlag.de
E-Mail: info@kbv-verlag.de
Telefon: 0 65 93 - 998 96-0
Umschlaggestaltung: Ralf Kramp
unter Verwendung von © spaxiax und © Markus - Fotolia.de
Lektorat: Volker Maria Neumann, Köln
Druck: CPI books, Ebner & Spiegel GmbH, Ulm
Printed in Germany
ISBN 978-3-95441-411-6

Für Geoff, meinen Fels in der Brandung

PROLOG
MONTAG, 1. AUGUST

»Ach Britta, gut, dass du da bist«, ertönte Erics Stimme hinter mir, als ich gerade versuchte, meine mittäglichen Einkäufe unfallfrei über den Büroflur in die Gemeinschaftsküche zu verfrachten. Bei dem Versuch, mich elegant umzudrehen, kam es, wie es kommen musste. Die versammelten Einkäufe gaben der Schwerkraft nach und rutschten unaufhaltsam gen Fußboden. *Mist. Mist. Mist.* Mit einem satten Schmatzen platzte eine der Tüten auf, und der Inhalt verteilte sich gleichmäßig über den Boden und Erics Füße.

Er hob eine Augenbraue. »Treffer – versenkt.«

Ganz schlecht an der Stelle. »Blöde Sprüche kann ich jetzt grade noch gebrauchen«, antwortete ich spitz. »Hilf mir lieber mal beim Aufheben.«

Natürlich hatte er noch keine Anstalten gemacht, sich zu bücken und wenigstens ein bisschen Gentleman zu heucheln. Er hob ausladend die Hände: »Ja, wenn du mich so nett bittest, kann ich ja gar nicht anders.« Sprach's und ging in die Knie – belohnt durch ein lautes Knacken, das ich mit einem gewissen Wohlwollen zur Kenntnis nahm.

»Man wird nicht jünger, wie?«, konnte ich mir nicht verkneifen.

»Das ist nur Luft, die aus den Gelenken entweicht«, antwortete er pikiert.

Na, na, hatten wir den jüngst gefeierten Dreißigsten noch nicht ganz verwunden?

»Ja, nee, ist klar«, grinste ich und bückte mich, um in die Aufsammelaktion einzusteigen.

Neben einer Milchtüte hatte Eric bereits zweimal Joghurt in der Hand, als er nach einer Packung Tampons griff. *Na toll, die hätten ja wohl auch in der anderen Tüte sein können.*

»Ach, na das erklärt dann wohl deine Laune.« Er beglückte mich mit einem unschuldigen Augenaufschlag.

»Macho.«

»Na, habt ihr euch wieder lieb?«, kicherte Silke, die just in diesem Moment an uns vorbeiging. Zwei entgeisterte Augenpaare richteten sich auf sie. »Ich mein ja nur, eure besten Umgangsformen behaltet ihr euch doch immer für besondere Gelegenheiten vor.«

Eric und ich starrten ihr entrüstet nach, als sie in dem Büro verschwand, das wir uns teilten.

Die Arme vollgepackt, richtete ich mich wieder auf und stiefelte weiter in Richtung Kühlschrank, Eric im Schlepptau, der immer noch meine Tampons in der Hand hielt.

Als wir an seinem Büro vorbeikamen, sah Kollege Mark interessiert auf: »Gibt's was Neues in der Klatschkolumne?«, fragte er freudig und wies auf die Tampons.

»Nein, das nicht, aber ich hab gehört, die hier«, Eric rappelte mit den Tampons, »sollen eisgekühlt gut gegen hitziges Temperament sein.«

»Ich geb dir gleich hitziges Temperament«, schnaubte ich.

»Au ja, darf ich gucken kommen?«, rief Mark uns hinterher.

»Das hätt'st du wohl gern«, rief ich zurück.

Marks Antwort konnte ich nicht mehr hören – war wahrscheinlich auch besser so.

»Was wolltest du eigentlich eben?«, fragte ich, als ich den Kühlschrank einräumte.

»Du meinst, als dir bei meinem Anblick vor lauter Verzückung alles aus der Hand fiel?«

»Eingebildeter Lackaffe«, sagte ich und pflückte ihm endlich die Tampons aus der Hand.

Er ignorierte meine Charme-Offensive geflissentlich. »Da hat eben jemand für dich angerufen.«

»Wer denn?«

»Keine Ahnung.«

»Wie – keine Ahnung?«

»Naja, sie hat ihren Namen nicht gesagt und wollte nur mit dir sprechen. Die Rufnummer war unterdrückt.«

»Huch. Ist das FBI doch hinter mir her?« *Wer soll das denn gewesen sein?*

»Sie hat nur gesagt, dass sie dich von früher kennt und es sehr dringend sei.«

Aha. »Hm, keinen blassen Schimmer, wer das gewesen sein könnte. Hat sie ihre Nummer hinterlassen?«

»Wohl kaum, sie wollte ja inkognito bleiben, sonst hätte sie die Rufnummer ja nicht unterdrücken müssen.«

Klugscheißer. »Was hat sie denn gesagt?«

»Außer, dass sie unbedingt mit Frau Sander sprechen wolle, war aus ihr nichts rauszukriegen. Ich habe ihr deine Durchwahl gegeben, sie wollte sich dann später wieder melden. Ich wusste ja nicht, wie viel Zeit du noch in der Damenhygiene-Abteilung verbringen würdest«, grinste er unverschämt.

»Nicht so lange wie du beim Arzt, wenn du dir nicht deine Sprüche verkneifst.« Ich grinste zurück und knuffte ihn auf den Oberarm. »Tja, dann werd ich wohl warten müssen, bis sich die geheimnisvolle Anruferin wieder meldet.« Ich zuckte mit den Schultern. »Wahrscheinlich wieder jemand, der von meinen letzten spektakulären Fällen gehört hat.«

Eric lachte herzhaft. Neunzig Prozent meiner Zeit verbringe ich mit der Beobachtung fremdgehender Ehepartner, Arbeitnehmerfehlverhalten oder entlaufenen Haustieren. Total spannend.

Die Firma, für die ich schon seit einigen Jahren arbeite, trägt den klangvollen Namen *Detektei Schniedewitz & Schniedewitz*, was allerdings nicht ganz zutreffend ist, denn de facto gibt es nur einen, also Schniedewitz gibt es nur einen. Entweder hat sich Fritz Schniedewitz – Inhaber und Geschäftsführer – irgendwo auf dem Weg seines gleichnamigen Kompagnons entledigt, oder der zweite Schniedewitz hat nie existiert. Meine Vermutung ist, dass Fritz Schniedewitz seinen Kompagnon im Laufe der Jahre einfach in den Wahnsinn getrieben hat und dieser irgendwo auf einem Dachboden oder in einem teuren Schweizer Sanatorium vor sich hinvegetiert. Wie Fritz Schniedewitz ansonsten alleine dreißig Jahre lang überlebt haben soll, ist mir ein absolutes Rätsel.

Man muss sich das ungefähr so vorstellen: Der kleine Fritz thront in seinem riesigen Büro an einem Monsterschreibtisch aus (gefühlt) den 1860ern, komplett mit Füllfederhalter und Löschpapier, allerdings ohne Computer. Braucht man als Geschäftsführer nicht. Sagt Fritz.

Seine E-Mails (O-Ton: »Bitte schreiben Sie mir keine E-Mails«) empfängt und verwaltet seine Sekretärin (aus dem gleichen Jahrhundert wie der Schreibtisch). Also, das heißt, sie verwaltet seine E-Mails, falls sie dran denkt, ihr Mail-Programm zu öffnen.

Ihr Name – also der der Sekretärin – ist Frau Malzer. Und nein, ich bin nicht die Einzige, die bei ihrem Anblick sofort an

Frau Mahlzahn denken muss, den mageren Volldrachen aus *Jim Knopf*. Okay, Frau Malzer hat mehr als nur einen Zahn, aber ansonsten ist die Ähnlichkeit verblüffend – wir warten alle gespannt darauf, dass sie sich in einen goldenen Drachen der Weisheit verwandelt. Obwohl, dafür müssten wir sie erst mal nach Ping bringen. Ach, lassen wir das.

Also, Fritz thront jedenfalls an seinem Monsterschreibtisch, bekommt ab und zu mal eine Unterschriftenmappe vorgelegt (damit er was zu tun hat) und liest wahrscheinlich den Rest des Tages die Zeitung oder pflegt seine Briefmarkensammlung. Das ist uns allen auch sehr recht, denn dann stört er wenigstens nicht. Die Stunde des Grauens ist Fritzens morgendlicher Rundgang durch alle Büros, in der Regel so gegen zehn. Ich frage mich manchmal, ob er nicht merkt, wie oft um Punkt zehn Uhr die Klotür klappt oder urplötzlich wichtige Observationen anstehen, die just dann beginnen, wenn sich Fritzens Bürotür öffnet. Blitzartig gehen alle in Deckung – und wer nicht schnell genug auf dem Baum ist, kommt in den Genuss eines circa halbstündigen, wohlwollenden Vortrags, der in der Regel gespickt ist mit Formulierungen wie: »Also, als wir damals bei der Polizei in Grevenbroich ...« oder: »Wenn ich Ihnen einen Rat geben darf, junger Mann/junge Frau ...« (Nein, bitte nicht!). Manchmal ist er auch besonders launig und belatschert einen für eine ganze Stunde.

Mittags und nachmittags ist hingegen eine sehr günstige Zeit, Büroarbeiten zu erledigen, denn gegen Mittag verschwindet Fritz meist zu so genannten »Geschäftsessen« und kommt oft gar nicht mehr wieder. So auch an diesem friedlichen Montagnachmittag, den ich dazu nutzte, ein paar ausstehende Berichte fertigzustellen und einige Abrechnungen anzustoßen.

Die geheimnisvolle Anruferin meldete sich allerdings nicht wieder, und so trollte ich mich um sechs nach Hause.

DIENSTAG, 2. AUGUST

6 Uhr

»Six o'clock already, I was just in the middle of a dream«, plärrte der Radiowecker los. Ich drehte mich stöhnend um und klopfte mit der Handfläche auf das störende Utensil. *Spaßvogel in der Musikredaktion, so was lieb ich schon zu der Uhrzeit.*

Ächzend rollte ich mich aus dem Bett, tappte mit halb geschlossenen Augen in die Küche und drückte auf den Knopf der Kaffeemaschine. *Ich brauche unbedingt eine mit Zeitautomatik.*

Die Zeitung steckte wie immer draußen hinter dem Knauf meiner Wohnungstür. *Schokolädchen für Krause nicht vergessen*, notierte ich in Gedanken. Oberst a.D. Krause trapste jeden Morgen schon um halb sechs nach unten und brachte mir meine Zeitung mit hoch. *Unbezahlbar, der Mann.*

Ein kurzer Blick aus dem Fenster zeigte mir, dass der Sommer vom Vortag schon wieder vorbei war. Wolken zogen grau und dicht über den Himmel. *Wär ja auch zu schön gewesen, wenn der Aachener Sommer mal länger als 24 Stunden gedauert hätte.* Missmutig schlurfte ich wieder in die Küche und goss mir einen Becher dampfenden Kaffee ein. Allein der Anblick besserte meine Laune schon erheblich.

Mit dem Koffeinpegel auf der richtigen Höhe betrat ich um halb sieben die Straße und lief los Richtung Wald. Der erste Kilometer morgens ist immer der schlimmste. Okay, die anderen sind auch nicht besser, aber irgendwie muss man sich ja fit halten. In meinem Beruf muss es schon mal schnell gehen.

Eine gute Stunde später war ich zurück, duschte und betrat um zehn vor acht mit frischen Hörnchen bewaffnet die Detektei.

Zu meiner Überraschung war ich nicht die Erste. Obwohl – irgendwie schon, denn Eric war offensichtlich gar nicht zu Hause gewesen. Er saß gedankenverloren an seinem Schreibtisch, die Füße auf dem Tisch, und starrte auf seinen Computerbildschirm.

»Na, Miete nicht bezahlt?«, fragte ich fröhlich.

Er sah überrascht auf – die Haare verstrubbelt, unrasiert, rote Augen, wie man halt aussieht nach einer durchgearbeiteten Nacht. »Ich freu mich auch, dich zu sehen, Britta«, grinste er.

»Hörnchen?« Ich wedelte mit der Bäckereitüte.

»Das Beste, was ich heute gehört habe.«

»Okay, dann setz schon mal den Kaffee auf«, rief ich aus meinem Büro, wo ich meine Jacke auf meinen Schreibtischstuhl warf und mein Laptop einschaltete.

Ein kurzer Blick aufs Telefon zeigte mir, dass gestern niemand mehr angerufen hatte, nachdem ich nach Hause gegangen war. *Wird sich schon wieder melden, wenn's wichtig ist.*

In der Gemeinschaftsküche am anderen Ende des Flurs nestelte Eric an der Kaffeemaschine herum.

»Warum hast du dir denn die Nacht um die Ohren geschlagen?«, fragte ich aufgeräumt. »Steuererklärung noch nicht fertig?«

Eric hatte unsere vorsintflutliche Kaffeemaschine eingeschaltet und das köstliche, schwarze Nass tropfte unter gemütlichen Blubbergeräuschen in die Kanne. Er lehnte sich gegen den Küchenschrank und kratzte sich am Kopf.

»Tja, ich sag's ungern, aber ich hänge fest. Ich dachte, wenn ich einfach noch mal alles von vorne bis hinten durchgehe, finde ich endlich einen Anhaltspunkt, der mich weiterbringt. Aber leider ...«.

»Willst du drüber sprechen?« *Ich höre mich an wie seine Sozialarbeiterin.*

Er schüttelte den Kopf. »Noch nicht, ich muss noch ein paar Dinge in meinem Kopf kramen.«

»Na, Platz genug hast du da drin ja«, bemerkte ich. »Nein, im Ernst, es hilft ja manchmal, wenn es sich jemand anhört, der keine Ahnung hat, worum es genau geht.«

»Und ahnungslos kannst du ja gut«, konterte er trocken.

Zack – so eine Steilvorlage lässt sich Eric ja als Letzter entgehen. Selbst schuld, Sander. »Touché!«, sagte ich und biss herzhaft in mein Hörnchen. »Weißt du eigentlich, ob Silke ...« In diesem Moment klingelte das Telefon in meinem Büro. Während ich aufsprang, sagte Eric: »Oho – ob das wieder die geheimnisvolle Unbekannte ist?«

»Werden wir gleich wissen«, rief ich über meine Schulter zurück, als ich den Flur entlangspurtete.

»Detektei Schniedewitz & Schniedewitz, Sander am Apparat«, schnaufte ich ins Telefon, als ich den Hörer beim vierten Klingeln von der Gabel riss.

»Britta?«, klang es zaghaft am anderen Ende.

»Jaaa?«

»Ach Gott sei Dank, ichhab'sgesternschonversuchtaberdawarsoeinManndranhabdenNamenschonwiedervergessenderhatgesagtduwärstnichtdaund ...«

»Momeeeent, Momeeent, Moment«, unterbrach ich den hastigen Redeschwall, der mir aus dem Hörer entgegenprasselte. »Ich versteh kein Wort. Beruhigen Sie sich doch bitte.« Ich hatte meine professionelle Ich-bin-Detektivin-und-weiß-Bescheid-Stimme aufgesetzt. »Sagen Sie mir kurz, wie Sie heißen?«

»Ach so, natürlich, entschuldige, Britta – nach der langen Zeit erkennst du natürlich meine Stimme nicht mehr.«

Wir kennen uns?

»Hier ist Pia Brand.«

Wer?

»Ach, äh, hallo Pia.« *Wer zum Teufel ist Pia?*

»Pia Brand. Von der Schule – Rhein-Maas.«

Pia… Pia. PIA! »Ja klar, Mensch, Pia, wie geht's dir denn? Das ist ja eine Überraschung!«

In dem Moment fing sie an zu weinen.

Ach du Scheiße. »Hey, Pia, beruhig dich doch.« Ich war irritiert. Kommt ja nicht so häufig vor, dass einen jemand anruft, den man jahrelang nicht mehr gesehen hat und der dann gleich in Tränen ausbricht. Wie lange hatte ich Pia nicht mehr gesehen? Sechs Jahre? Sieben? Auf jeden Fall sehr merkwürdig. Zumal Pia und ich zwar in der gleichen Stufe gewesen waren, aber wenig miteinander zu tun gehabt hatten. Noch merkwürdiger.

»Kann ich dir denn irgendwie helfen?«

»Das h-h-hoffe i-hich«, schniefte sie.

»Und sagst du mir, worum es geht?«

Die Antwort war ein erneutes lautes Schluchzen.

O weia!

In dem Moment kam Eric mit einem Kaffeebecher herein und stellte ihn mir auf den Schreibtisch. Ich warf ihm einen misstrauischen Blick zu. *Da ist doch was faul.*

An dem Kaffeebecher hing ein Post-it. Eric winkte mir breit grinsend zu und verließ mein Büro wieder. Während Pia noch um Fassung rang, beugte ich mich vor und rupfte das Post-it ab. Darauf stand: *Gestern glatt vergessen: Sonderanfertigung – Only for You!* Ich drehte den Kaffeebecher um, sodass ich die Vorderseite sehen konnte. Darauf prangte in dicken, schwarzen Lettern das Wort *Kratzbürste*.

Na warte!

Pia versuchte wieder zu sprechen. »A-also, meine Schwe-hester ist verschwu-hun...« Weiter kam sie nicht.

»Deine Schwester ist verschwunden?«, fragte ich entgeistert. Sabrina. Damals der Schwarm jedes verpickelten Jünglings unserer Schule.

»Ja-aah«, schluchzte Pia.

»Und was sagt die Polizei dazu?«, fragte ich.

»Ni-hichts.«

»Wie – nichts?« Ich kratzte mich am Kopf. »Wart ihr etwa noch nicht da?«

»Do-hoch, aber die, die haaa-ben gesagt, Sabrina sei noch nicht laa-hange genug we-heg«, sagte sie schniefend.

Silke betrat das Büro und formte mit ihren Lippen lautlos ein »Guten Morgen«.

Ich winkte ihr abwesend zu und nahm einen Schluck Kaffee. *Keine Milch – toll!*

»Wie lange ist sie denn schon weg?«, fragte ich Pia, deren schluchzende Hickser jetzt in etwas längeren Zeitabschnitten kamen.

»Also, weg ist sie-hie seit Freitagabend, wirklich verschwunden seit Sonntag a-habend.«

Auf meiner Stirn zeichneten sich mehrere Fragezeichen ab.

»Wir wa-haren dann am Montag gleich bei der Polizei, ab-haber die haben gesagt, sie sei seit 12 Stu-hunden vermisst, da würden sie-hie noch ni-hichts machen.«

Verständlich, aus deren Perspektive.

»Und dann fielst du-hu mir ein. Du bi-hist doch Detektivin und hast le-hetztes Jahr diesen Fa-hall gelöst mit dem ... das stand doch in der Zeitu...«

»Öhm, Pia, ich will dich nicht enttäuschen«, unterbrach ich sie vorsichtig. »Aber das war eher eine Verkettung von ... Also, was ich damit sagen will ... Ich mache vor allem Observationen. Weißt du, Leute beobachten, unauffällig Fotos machen und so. Mit Vermisstenfällen hab ich nicht viel Erfahrung. Aber ...«

»Geld ist nicht das Problem«, sagte sie etwas pikiert.

Ach du meine Güte. »Das meinte ich damit nicht, Pia. Ich wollte nur sagen, dass es Leute gibt, die als ihr täglich Brot verschwundene Leute aufspüren. Mein Kollege zum Beispiel ...« Silke hob fragend die Augenbrauen. Ich zuckte hilflos mit den Schultern. Draußen gingen der Reihe nach Mark, Joannas Assistentin Steffi, Fritz Schniedewitz (*Deckung!*) und Piet, unser niederländischer Kollege, vorbei – Guten Morgen, Guten Morgen, Guten Morgen, Guten Morgen. *Da soll man sich konzentrieren.*

»Wenn du den Fall nicht übernehmen willst, sag es nur, dann müssen wir eben alleine klarkommen«, sagte Pia schnippisch.

Hm, heulsusig und zickig – das kann ja was werden. »Naja, ich hab ja nicht gesagt, dass ich ihn nicht übernehmen will.« *Man muss ja irgendwie leben.* »Vielleicht sollten wir uns einfach treffen, dann kannst du mir alles erzählen. Magst du hierher in die Firma kommen?«

»Ja-ah, wann ...«

»Pass auf, ich muss mich heute Morgen noch eben um was kümmern. Komm doch einfach um 12 Uhr hierher, und dann besprechen wir alles in Ruhe, okay?«, schlug ich vor.

»Ist gut.« Sie seufzte erleichtert. »Wo genau sitzt ihr denn?«

Ich gab ihr unsere Adresse am Brüsseler Ring, versicherte ihr, dass man vor der Tür problemlos einen Parkplatz finden könne und legte schließlich auf.

»Uffz«, schnaufte ich. »Was war das denn?«

Silke sah mich fragend an.

»Dauert jetzt zu lange, ich erzähl's dir später.«

Silke nickte und vertiefte sich wieder in einen Stapel Fotos, den Joanna ihr am Vortag zum Auswerten aufs Auge gedrückt hatte.

Ich checkte kurz mein E-Mail-Postfach. Außer den üblichen Penisverlängerungsangeboten, von denen ich eins mit Priorität *wichtig* an Eric weiterleitete, nur eine Mail von Herrn Schlüter, wie ich denn mit »Mietzie« vorankäme.

Mietzie war genau der Grund, warum ich langsam die Hufe schwingen musste. Also versicherte ich ihm schnell per Mail, dass ich kurz vor dem Durchbruch stünde, und griff im Aufstehen nach meiner Jacke und meiner Kamera.

»So, ich muss mal los, Mietzie steht gleich auf. Ich habe irgendwie im Urin, dass sie sich heute noch mal mit Loverboy trifft, und dann hab ich sie im Sack.«

»Viel Erfolg«, lächelte Silke. »War das die geheimnisvolle Unbekannte?«

Ich nickte und trank noch schnell einen Schluck Kaffee. *Igitt, immer noch keine Milch.* »Bis nachher.« Ich trabte zu Piets Büro und steckte den Kopf hinein. »Piet, brauchst du heute Morgen deinen Wagen?«

Er sah von seinem Bildschirm auf. »Ich denke nicht«, sagte er mit seinem charmanten, holländischen Akzent.

»Fein, kann ich ihn dann nehmen? Ich mach mir langsam Sorgen, dass Mietzie meinen Wagen erkennt, so lange wie ich ihr schon hinterherfahre.«

»Kein Problem.« Er warf mir seinen Schlüssel zu.

»Meiner liegt auf meinem Schreibtisch, falls du doch irgendwo hinmusst. Bin um 12 zurück.«

»Alles klar.« Er wandte sich wieder seinem Bildschirm zu.

Auf dem Weg nach draußen hielt ich an Erics Bürotür noch kurz meinen linken Mittelfinger in die Luft – was mit schnaubendem Gelächter quittiert wurde.

* * *

Der Vorteil an dem Schlüter-Fall war, dass Bernwart (»Börnie«) und Michaela (»Mietzie«) Schlüter einen Steinwurf entfernt von der Firma lebten. Der Nachteil an der äußerst gehobenen Wohngegend in der Nähe des Aachener Waldstadions war, dass man dort geparkte Autos mit Insassen äußerst misstrauisch beäugte. Nach drei Monaten Observation kannte ich allerdings Mietzies Tagesablauf inzwischen so gut, dass ich meist nicht lange warten musste, bis sie sich auf den Weg machte.

Zwei Wochen vorher hatte ich sie dann auch tatsächlich das erste Mal in Begleitung eines deutlich jüngeren Mannes (Typ schmieriger Playboy) gesehen. Oder sagen wir, ich hatte gesehen, wie er ihr die Tür öffnete und sie hereinbat. Bis dahin hatte mich langsam aber sicher der Verdacht beschlichen, Börnies Eifersucht sei unbegründet, denn ich hatte Mietzie bis zum Tag X in keinerlei kompromittierenden Umständen gesehen. Dafür kannte ich mittlerweile diverse Sonnen- und Kosmetikstudios, Schuhgeschäfte, Friseursalons und jede teure Boutique für Damenoberbekleidung, die Aachen zu bieten hatte. Nicht, dass ich dafür Verwendung habe, aber man weiß ja nie.

Um kurz vor neun rollte ich also mit Piets dunkelblauem Kombi circa fünfzig Meter vor dem Tor des Schlüter'schen

Anwesens aus und sank so tief wie möglich in meinen Sitz. Das Radio dudelte leise vor sich hin, und ich sann über eine angemessene Rachegeste gegenüber Eric nach, als sich eine Viertelstunde später das große Gittertor des Anwesens öffnete und Mietzies goldenes Mercedes Cabrio herausglitt.

Sie bog dankenswerterweise nicht nach links (in meine Richtung), sondern nach rechts in Richtung Waldstadion ab und verschwand dann um die Ecke in der Louis-Beißel-Straße.

Ich ließ den Motor an und folgte ihr langsam. Hier oben war selten viel Verkehr, ich konnte und musste mir also ein bisschen Zeit lassen.

Abgesehen davon war ich mir ziemlich sicher, wo sie hinwollte und warum. Heute war Dienstag. Und sowohl letzten als auch vorletzten Dienstag war Mietzie nach Eschweiler gefahren. Zu Mr. Schmalztolle alias »Marcello Mancini«. Alles, was mir noch fehlte, war ein letztes kompromittierendes Foto, um zu belegen, dass sie mehr als einmal die Dienste von Signore Mancini in Anspruch genommen hatte.

Ich hatte nämlich in der Vorwoche durch einen puren Zufall herausgefunden, was es mit dem jungen Mann auf sich hatte. Seit Mietzies erstem Besuch bei ihm hatte ich natürlich angefangen, Erkundigungen über Mancini einzuziehen, aber außer der Tatsache, dass Marcello Mancini ein Pseudonym war, kam ich damit nicht sehr weit. Er war unter seinem richtigen Namen (Dieter Müller) brav an der Adresse in Eschweiler gemeldet und an der RWTH als Maschinenbaustudent eingeschrieben, zahlte regelmäßig seine Rechnungen und machte ansonsten einen völlig harmlosen und unbescholtenen Eindruck. Trotzdem war ich sicher, dass da irgendetwas nicht koscher war, denn so einen Maschinenbaustudenten wie Müller/Mancini hatte *ich* zumindest in Aachen noch nicht gesehen. Mit reichlich Gel gebändigte, schwarze Mähne, Hemd bis zum Bauchnabel aufgeknöpft (Brusttoupet inklusive), weiße Schlaghose und Begrüßung mit Handkuss. Mehr konnte ich leider von meinem Versteck aus nicht sehen, als Mietzie in seiner Wohnung verschwand. Dass sie nicht wegen Mathe-Nachhilfe bei ihm vorsprach, war klar.

Tja, und was soll ich sagen – nachdem Mietzie mit Dieter/ Marcello diverse Kurven diskutiert hatte, fuhr ich auf dem Heimweg zum nächsten Supermarkt, um mir was zu essen zu kaufen. Und als ich wieder herauskam, hatte ich meine Antwort auf die Frage, wer oder besser was Loverboy war. Hinter meinem Scheibenwischer steckte eine Visitenkarte:

Ich mache alle deine Träume wahr.
Orgasmus garantiert. Mit Geld-zurück-Garantie!
Ruf mich an.
Marcello
Mobil: ****-*******

GELD-ZURÜCK-GARANTIE??? Die Erdnüsse, die ich mir gerade in den Mund gesteckt hatte, flogen mit einem lauten Pruster quer über die Motorhaube. *Mist – bloß nicht auffallen.* Ich steckte die Visitenkarte schnell in die Tasche, pflückte sicherheitshalber noch die vom Nachbarauto und hüpfte zurück in den Wagen, um Didis Visitenkarte noch einmal in Ruhe zu studieren. Na, jetzt war ja alles klar.

Im Büro stieß meine Entdeckung erwartungsgemäß auf großes Interesse.

»Ein echter CALLboy?«, kreischte Silke, bevor ich sie zum Schweigen bringen konnte, »mit GELD-ZURÜCK-GARANTIE? Das ist ja der HAMMER!«

Ich hing grinsend auf meinem Stuhl. »Du kannst die Karte gern behalten, ich hab noch eine.«

»Hab ich da was von Callboy gehört?« Steffi steckte interessiert ihre Nase durch die Tür.

»Ja, ich muss noch anrufen und verifizieren, dass es wirklich der von Mietzie ist. Soll ich ihn nach einem Termin für dich fragen?«, fragte ich hilfsbereit.

Steffi streckte mir die Zunge raus und kam ins Büro. »Wann rufst du denn an?«

»Am besten jetzt gleich – man soll das Eisen ja bekanntlich schmieden, solange es heiß ist.« *Und bevor die Herrenriege mitbekommt, worum es geht.*

»Ihr macht einen Sammeltermin beim Callboy um die Ecke?«, erklang Marks Stimme vom Türrahmen. *Es wär ja auch zu schön gewesen.* »Ich hätte heute Nachmittag Zeit. Mit euch ist der arme Mann doch überfordert.«

»Ja klar, Mark, ich ruf gleich mal deine Frau an und frag, ob wir auf dem Weg noch was einkaufen sollen«, entgegnete Silke mit engelsgleichem Gesichtsausdruck.

»Spielverderber«, maulte Mark.

»Ich höre, es werden standhafte Mannsbilder gesucht?« Eric tauchte hinter Mark auf.

»Sagt mal, ihr Superdetektive, habt ihr nicht noch ein paar Vermisste zu suchen oder jemanden zu observieren?« *Fehlt mir grade noch, dieses Telefonat vor einer Menschentraube zu führen.*

»Doch schon«, erwiderte Eric mit Unschuldsmiene, »aber bei jungen Damen in Not lassen wir doch alles stehen und liegen.«

»Ich weiß ja nicht, wo du hier *Damen* siehst«, bemerkte Mark.

»Gibst du denn auch eine Geld-zurück-Garantie?«, fragte Steffi und klimperte mit den Wimpern.

»Äh, worauf jetzt?«, fragte Eric misstrauisch.

Silke hielt wortlos die Visitenkarte hoch.

Eine dezente Röte stieg in Erics Wangen.

»Jetzt wissen wir, wie wir ihn zum Schweigen bringen, Mädels«, grinste ich zufrieden. »Und jetzt raus, allesamt. Ich muss ein wichtiges Telefonat führen.« Keiner bewegte sich. »Och nee, Leute, das ist nicht euer Ernst.« Seufzend griff ich zum Hörer und wählte Dieter/Marcellos Nummer, nicht ohne vorher die Aufzeichnung zu starten.

»Stell auf Lautsprecher«, zischte Steffi.

Ich zeigte ihr einen Vogel.

Nach dem dritten Klingeln wurde abgehoben. »Halloooo?«, triefte es schmachtend aus dem Hörer.

»Äh, ja, guten Tag, äh, spreche ich mit Marcello?«

»Jaaaa, meine Süüße, was kann ich denn für dich tuuuuuun?«, schleimte es weiter, diesmal in voller Lautstärke, weil Silke hinterrücks auf den Lautsprecherknopf an meinem Telefon gedrückt hatte. Alle außer mir bogen sich bereits vor Lachen.

»Äähm, ja, also, ich hatte deine Visitenkarte am Auto stecken und wollte nach einem, ähm, Termin ...«

»Ja, geeern«, hauchte es aus dem Lautsprecher. *Bloß keine Miene verziehen!* »Wie lange willst du denn buchen?«

»Ach du je, ehem, wie lange dauert das denn so im Schnitt?«

Mark verließ, einem Erstickungsanfall nahe, den Raum.

»Das kommt ein bisschen darauf an, wie lang du braauuchst, Süße ...«

Die Röte, die *mir* jetzt ins Gesicht stieg, war alles andere als dezent. »Also, ich hab noch nie ...«

Steffi biss in ihren Ärmel.

»Aaaaach, das maaaacht doch nichts«, säuselte Dieter/Marcello.

»... mit einem Callboy, wollte ich sagen.«

»Ach sooo, naja, es gibt ja immer ein eeeerstes Maaal«, schleimte Dieter/Marcellos Stimme verständnisvoll. »Du wirst es nicht beroooiin.«

»Hm, ja, fein. Äh, wann hast du denn einen – äh – Termin frei?« Ich starrte angestrengt an Erics feistem Grinsen vorbei.

»Ich kann mich gleich heute Nachmittag für dich freeeimaaachen«, flötete der Callboy. *Hoffentlich hört der die diversen Grunzlaute im Hintergrund nicht.*

»Ja, das wäre – ehm – prima. Ich heiße …«, mein Blick schweifte Hilfe suchend durch den Raum, »Erika. Erika Schweiger.«

»Guuut, Erika, um drei Uhr dann bei miiiiir. Ich mache nämlich keine Hausbesuuuuche.«

»Ja, ist, äh, gut.«

Fast hätte ich noch vergessen, nach der Adresse zu fragen, Gott sei Dank schob er die gleich von alleine hinterher – in der Tat, Mietzies Besuchsadresse.

Ich heuchelte noch ein wenig Vorfreude auf den nachmittäglichen Termin (musste man das horrende Honorar auch bei Nicht-Erscheinen bezahlen?) und legte dann völlig ausgelaugt auf.

Meine lieben Kollegen ließen ihrem brüllenden Gelächter endlich freien Lauf.

»Ich werd an dich denken, wenn ich mal kritische Terminvereinbarungen habe«, schnaubte Eric und wischte sich die Tränen aus dem Gesicht.

»Ich hab noch nie …«, gackerte Silke.

»Aber das macht doch nichts«, prustete Steffi.

»Wie hab ich mir so einen Callboy überhaupt vorzustellen?«, fragte Eric. »Man muss ja auf dem Laufenden bleiben, was in der Damenwelt so ankommt«, fügte er mit erhobenen Händen hinzu.

»Wieso?«, fragte ich. »Denkst du über eine zweite Karriere nach?« Ich kramte in Mietzies Mappe und hielt einen der besten Foto-Treffer von Dieter/Marcello hoch. »Ohne Geld-zurück-Garantie wird das aber nichts.«

Mark war – immer noch puterrot im Gesicht – wieder neben Eric aufgetaucht. »Tja, Kollege, dann spar schon mal auf den Brust-Flokati. Mit dem Typ Latin Lover wird's bei dir allerdings schwierig.«

Eric ist ungefähr zwei Meter groß und blond. Er blickte nur vielsagend auf Marks recht substantiellen Bierbauch und lüpfte eine Augenbraue.

»Ja, ja, schon gut«, murrte Mark.

»So, jetzt aber endgültig raus hier«, rief ich die diversen Herrschaften grinsend zur Ordnung und machte mich daran, meine Observationsergebnisse in den Bericht für Börnie aufzunehmen.

Kurzum, es kam also an diesem Dienstagmorgen, wie ich es mir gedacht hatte. Mietzie fuhr wieder schnurstracks nach Eschweiler, parkte circa hundert Meter von Dieters/Marcellos Haustür entfernt und hastete eilig die Straße entlang, um in Dieter/Marcellos Tür zu verschwinden. Ich hatte die letzte Bilderserie, die ich noch brauchte. Sicherheitshalber wartete ich noch eine halbe Stunde, um sicherzugehen, dass sie nicht nach zwei Minuten wieder rauskam, und macht mich dann auf den Rückweg. Am meisten beschäftigte mich eigentlich noch die Frage, ob Mietzie Anlass gehabt hatte, von der Geld-zurück-Garantie Gebrauch zu machen ...

* * *

Um Punkt zwölf Uhr klingelte es etwas verzagt, und ich sprang schnell auf, um zu verhindern, dass Pia von Frau Malzer in Empfang genommen würde. Unser Hausdrachen war schon allein durch ihre dunklen, hochtoupierten Haare und ihr grelles Make-up kein Anblick für schwache Nerven, und für jemanden, der eh schon so durch den Wind war wie Pia, mochte Frau Malzer mit ihrer giftigen Art gar der Tropfen sein, der das (Tränen-)Fass wieder zum Überlaufen brachte.

Ich wartete also gespannt in der offenen Tür. Ich hatte Pia seit der Schulzeit nicht mehr gesehen, und das war schon einige Jahre her.

»Hey Pia, du hast dich ja überhaupt nicht verändert.« *Super, was für ein idiotischer Spruch. Fehlt nur noch »Meine Güte, bist du groß geworden!«*. Obwohl, das hätte nicht gepasst, denn Pia war nie groß gewesen und war auch in den letzten Jahren nicht mehr gewachsen. Ansonsten sah sie allerdings wirklich immer noch so aus wie früher. Dunkelrote, kurz geschnittene Locken, große, grüne Augen und ein hübsches, etwas rundes Gesicht mit einem spitzen Kinn. Jeans, Lederjacke, Turnschuhe – alles wie früher.

»Hallo Britta«, sagte sie und streckte mir die Hand entgegen. »Das kann man von dir aber nicht sagen.«

Wie meint sie denn das jetzt? Meine Augen verengten sich ein bitzeli.

»Ich meine«, fügte sie hastig hinzu, »die kurzen Haare stehen dir gut. Ist auch viel praktischer, oder? Mir waren lange Haare schon immer zu viel Hantier, vor allem nach dem Training.«

Ich hatte das Gefühl, Pia plapperte so schnell, weil sie ein bisschen nervös war.

»Machst du denn immer noch so viel Sport wie früher?«, fragte ich neugierig, als wir den Flur in Richtung Konferenzraum entlanggingen, froh, dass sie nicht gleich wieder in Tränen ausgebrochen war.

»Ach, schon lange nicht mehr. Ich reite jetzt nur noch.« Sie sah sich irritiert um, als aus Marks Büro ein leises Zungenschnalzen zu hören war.

Ich beeilte mich, sie in den Konferenzraum zu schieben, bevor meine Kollegen sich noch zu weiteren Peinlichkeiten hinreißen ließen. »Ach, echt? Hast du ein eigenes Pferd?«

»Mehrere sogar.«

»Wow! Da hast du ja alle H...« *Jetzt wär mir doch beinahe Hintern rausgerutscht.* »Hände voll zu tun.«

»Jo, es geht, wir haben einen alten Bauernhof in der Eifel gekauft, da haben wir die Pferde direkt am Haus. Mein Mann ist Hufschmied. So haben wir uns auch kennen gelernt.«

»Ach, das ist ja ein Ding!« *Sander, du hast auch schon mal geistreichere Konversation gemacht.* Ich bedeutete ihr, sich zu setzen, und bot ihr einen Kaffee an, den sie dankend annahm. »Und was arbeitest du?«

»Ich bin bei der Techniker, die Krankenkasse, weißt du? Sachbearbeitung.«

Spannend. Obwohl – wer im Glashaus sitzt...

»Ist nicht besonders aufregend«, lächelte sie, »aber ist ganz gut bezahlt, die Kollegen sind nett. Was will man mehr? Da ist dein Job sicher wesentlich spannender.« *Ein weitverbreitetes Missverständnis.* »Wie bist du denn auf Detektivin gekommen?«

Ich winkte ab. »Du, das ist eine lange Geschichte – erzähl ich dir gern mal abends bei nem Bierchen. Du willst doch sicher lieber über Sabrina sprechen?«

Schlagartig wurde sie ernst, und Tränen schossen ihr in die Augen.

Herzlichen Glückwunsch. Möglichst unauffällig angelte ich nach der Kleenex-Box hinter mir. Wir haben schon mal öfter Verwendung dafür.

»Ja«, schnüffelte sie, »ich verstehe das einfach nicht. Da ist bestimmt was passiert.« Sie sah mich aus großen Augen an, und eine dicke Träne kullerte ihr über die Wange.

Ich schob ihr die Kleenex-Box hin. »Erzähl doch einfach mal, was passiert ist.«

»Nein, klar, mach nur.« Sie trötete beherzt in ein Kleenex. »Wo fang ich bloß an?«

»Am besten vorne.« Ich lächelte ihr aufmunternd zu.

»Ja, also«, begann sie zögernd, »das war so. Als Christian – Sabrinas Mann – am Freitagabend nach Hause kam, war Sabrina nicht da. Er fand nur einen Zettel, auf dem stand, dass sie mal wieder ein paar Tage für sich bräuchte, und dass sie Fidel mitgenommen hätte.«

»Fidel?«

»Ihren Hund.«

»Ah.« *Und der Kater heißt Castro.* »Hat sie so was schon mal gemacht? Ich meine, einfach Täschchen und Hund genommen und Adieu mein Schatz?«

»Ab und zu schon. Sabrina leitet eine große Werbeagentur in Düsseldorf und arbeitet sehr viel. Sie geht morgens um halb sieben aus dem Haus und ist abends meist erst gegen zehn zurück. Aber zwei-, dreimal im Jahr kriegt sie einen Rappel und muss einfach ein paar Tage raus. Deshalb hat sich am Freitag auch noch keiner groß gewundert.«

»Und ihr Mann hat Verständnis dafür, wenn sie sich einfach mal so ein paar Tage vom Acker macht?«

»Christian ist selbst ein Workaholic – ich hab immer das Gefühl, er ist sogar ganz froh, wenn Sabrina am Wochenende nicht da ist, dann kann er da auch noch komplett durcharbeiten.« Als sie meinen Gesichtsausdruck sah, beeilte sie sich zu sagen. »Aber die beiden sind sehr glücklich zusammen.«

»Hm«, brummte ich. »Und sie hat auch eine gepackte Tasche mitgenommen?«

»Christian sagt, ihr Kabinentrolley wäre weg, mit dem fährt sie wohl immer, wenn sie nur ein paar Tage weg ist.«

»Wie viel von ihren Klamotten sie mitgenommen hat, kann er nicht sagen?«

Pia musste trotz der Tränen, die sie immer noch in den Augen hatte, lachen. »Nee, is doch 'n Kerl.«

»Auch wieder wahr«, griemelte ich. Im umgekehrten Fall hätte Sabrina wahrscheinlich genau sagen können, welche von Christians Sachen fehlten. »Sie hat vermutlich ihr eigenes Auto?«

»Ja klar«, nickte Pia, »einen blauen Sportwagen. BMW Z irgendwas. 4, glaub ich.«

»Nicht schlecht.« *Vielleicht sollte ich beruflich umsatteln.* »Und mit dem ist sie auch unterwegs?«

»Ich nehme es an, auf jeden Fall ist der Wagen weg.«

»Und wann habt ihr angefangen, euch Sorgen zu machen?«, fragte ich.

»Am Sonntagabend. Christian rief mich an und fragte, ob ich was gehört hätte. Wenn sie früher mal weg war, wollte Sabrina zwar in Ruhe gelassen werden, aber sie hat wenigstens mal eine Messenger-Nachricht geschickt. Christian war also eh schon ein bisschen unruhig, weil sie sich gar nicht gemeldet hatte. Erst hat er gedacht, sie hätte sich vielleicht diesmal wirklich komplett die Decke über den Kopf gezogen. Aber als sie dann Sonntagabend um elf immer noch nicht zurück war und sich immer noch nicht gemeldet hatte, hat er Angst bekommen.«

»Also das heißt, so einen kompletten Verschwindibus hat sie noch nie hingelegt.«

»Nein, noch nie.« Sie schnäuzte sich erneut.

»Kann ich den Zettel mal sehen, den sie dagelassen hat?«, fragte ich.

»Ja sicher.« Pia kramte in ihrer Handtasche, die ebenfalls ungefähr die Größe eines Kabinentrolleys hatte. Zum Vorschein kam ein leicht zerknülltes DIN-A4-Blatt, das Pia sorgfältig glatt strich, bevor sie es mir gab.

Ich überflog den Text. »Schreibt sie solche persönlichen Nachrichten immer auf dem Computer?«

»Das weiß ich ehrlich gesagt nicht. Aber Christian hat nichts gesagt, insofern scheint es ihm nicht besonders aufgefallen zu sein.« Pia schwieg kurz. »Aber wenn ich so drüber nachdenke, kam es *mir* jetzt nicht komisch vor, denn Sabrina ist echt mit ihren ganzen elektronischen Spielzeugen verheiratet. Sie hat auch keinen Papierkalender, sondern alles in ihrem Telefon.«

Ich legte das Blatt vor mir auf den Tisch. Nichts wirklich Ungewöhnliches, eine ganz normale Botschaft von jemandem, der in ein ungeplantes Kurzwochenende fuhr.

»Und die Polizei ...?«

»Ach DIE«, schimpfte Pia, »am Anfang haben sie ja noch zugehört, weil Sabrina ja schon seit Freitagabend weg ist. Aber als wir erwähnt haben, dass sie so was schon mal öfter gemacht hat und bisher jedes Mal wieder aufgetaucht ist, haben sie erst mal abgewunken.« Entrüstet sah sie mich an.

»Na ja, Pia, das kann ich schon verstehen. Die spielen sich nicht gerade an den Füßen, und wenn es um eine Erwachsene geht, die sich in der Tat des Öfteren übers Wochenende entfernt, ist die Wahrscheinlichkeit ziemlich hoch, dass sie ihre Zeit verschwenden. Sehr viele Menschen, die vermeintlich verschwinden, tauchen wirklich von alleine wieder auf.«

»Ach, jetzt fängst du auch noch an«, schnaubte sie.

»Nein, nein«, ich hob abwiegelnd die Hände, »ich will euch ja gerne helfen. Ich nehme an, sie auf dem Handy zu erreichen, habt ihr schon versucht?«

Pia warf mir einen vernichtenden Blick zu.

»Schon gut, schon gut, war ja nur eine Frage.« *Ich kenne zu viele Leute, die im IT-Support arbeiten und schon mal vergessen haben zu fragen, ob der Stecker auch drin ist.*

»Es geht immer sofort die Mailbox dran – jedenfalls seit Sonntagabend. Vorher haben wir es nicht versucht.«

»Seltsam«, grübelte ich. »Das müsste ja heißen, dass das Handy ausgeschaltet ist. Wenn sie so ein Arbeitstier ist, wie du sagst, kann man sich fast nicht vorstellen, dass sie ihr Handy nicht einschaltet. Oder sie hat die Anrufe gesehen, nicht reagiert und das Handy dann wieder ausgeschaltet.«

Pia sah mich fast flehentlich an. »Eben das ist alles so untypisch, deshalb machen wir uns ja solche Sorgen.«

»Wo ist sie denn sonst immer so hingefahren, wenn sie sich für ein Wochenende verzogen hat?«

»Das war ganz unterschiedlich. Einmal war sie an der Mosel, aber auch ein- oder zweimal in der Eifel. Und in Holland am Meer auch.«

»Hat sie sich dann eher in ein Hotel eingemietet, oder war sie eher in Ferienwohnungen?«

»Soweit ich weiß, eher Ferienwohnungen. Sie ist beruflich so viel in Hotels, dass sie davon die Nase voll hat.«

»Habt ihr denn mal bei den Vermietern angerufen, bei denen sie schon mal gewesen ist? Vielleicht hat es ihr ja irgendwo so gut gefallen, dass sie wieder hingefahren ist.«

Pia sah mich mit runden Augen an. *Also, das war jetzt nicht gerade nobelpreisverdächtig.*

»Nein, darauf sind wir gar nicht gekommen.«

»Dann ist das doch ein wunderbarer Punkt zum Anfangen. Haben Christian und Sabrina ein gemeinsames Konto?«, fragte ich weiter

Ihre Augen wurden noch runder. »Keine Ahnung. Was spielt das denn für eine Rolle?«

»Christian könnte gucken, ob sie seit Freitag Geld abgehoben hat, daran können wir vielleicht sehen, wo sie ist oder zumindest in welcher Richtung sie unterwegs ist.« Ich hoffte auf Online-Banking. »Und wenn er vielleicht auch noch Zugriff auf ihr Kreditkartenkonto hat, könnten wir sehen, ob sie die seit Freitag eingesetzt hat, und mit ein bisschen Glück wo.«

Pia zückte ihr Handy und rief ihren Schwager an. Nach einem kurzen Wortwechsel legte sie auf und sagte: »Zugriff auf ihr Kreditkartenkonto hat er nicht, aber er guckt auf dem Girokonto nach und meldet sich gleich.«

»Was ist mit den Unterlagen zu den früheren Ferienwohnungen?«, fragte ich.

»Da war er nicht sehr optimistisch, weil Sabrina so was wohl alles online macht und selten irgendwelche Papierbelege aufhebt. Und ihr Laptop hat sie mitgenommen – es ist auf jeden Fall nicht da, und in der Agentur ist es auch nicht, da haben wir gestern angerufen. Abgesehen davon kennen wir ihr Passwort nicht.«

Fidel – wetten?

»Hatte sie sich denn in der Agentur abgemeldet?«

Pia schüttelte den Kopf. »Nein. Als wir da gestern angerufen haben, waren die sehr verwundert, weil Sabrina einfach nicht aufgetaucht war. Das hat sie noch nie gemacht.«

Pias Handy bimmelte, und sie ließ es beinahe fallen, weil sie hektisch versuchte, das Gespräch möglichst schnell anzunehmen. »Ja?«, fragte sie atemlos.

Ich hörte eine aufgeregte Stimme am anderen Ende, konnte aber nicht verstehen, was gesagt wurde.

»Das ist ja großartig«, sagte Pia und streckte zu mir gewandt einen Daumen hoch. »Wo ist das denn? ... Aha, hmhm. ... Ist gut. Melde dich dann gleich, ja?« Triumphierend drückte sie den Knopf, um das Gespräch zu beenden.

»Sabrina hat am Samstagmorgen 250 Euro abgehoben – in Bad Bertrich.«

Bad Bertrich? »Ah, das ist doch schon mal was. Nur – wo zum Teufel ist Bad Bertrich?«

»Irgendwo an der Mosel, sagte Christian. Etwa zwei Stunden Fahrt von hier.«

»Wissen wir denn, ob sie schon mal da war?«, fragte ich.

»Nein, aber Christian fährt jetzt direkt nach Hause und guckt, ob er nicht doch irgendwas findet, eine alte Broschüre oder Buchungsunterlagen oder so was. *Wenn* sie was Schriftliches hatte, hat sie es vielleicht aufgehoben. Nur wenn sie alles online gebucht hat …« Pia verstummte.

»Wir rufen jetzt erst mal beim Fremdenverkehrsverein in Bad Bertrich an. Vielleicht hat sie ja über die gebucht.«

Pia strahlte schon wieder. Ich räusperte mich verlegen. *Da hätte man wirklich selber drauf kommen können.*

Fünf Minuten später hatte sich leider bereits herausgestellt, dass der Fremdenverkehrsverein eine Sackgasse war. Sabrina hatte nicht dort gebucht – wenn denn überhaupt Bad Bertrich selbst ihr Ziel gewesen war und sie nicht nur im Durchfahren das Geld gezogen hatte.

»Lass uns doch gleich hinfahren«, sagte Pia.

»Nach Bad Bertrich?«, fragte ich.

Pia nickte eifrig.

»Hm, das könnte ein ganz schönes Himmelfahrtskommando werden. Vielleicht sollte ich dir aber jetzt doch langsam mal etwas zu unseren Konditionen …«

»Ich hab dir doch gesagt, dass Geld keine Rolle spielt«, sagte Pia ärgerlich. »Christian hat Geld wie Heu, schon von seinen Eltern, und er verdient extrem gut. Außerdem ist das Geld sowieso egal, ich will nur, dass wir sie finden!«

»Okay, okay, okay«, ich hob abwiegelnd die Hände, »ich dachte nur, ich sollte es der Fairness halber erwähnen. Wenn wir jetzt richtig anfangen zu suchen und dabei quer durch die Republik gondeln, kommt schon ein erkleckliches Sümmchen zusammen.« Ich machte eine kurze Pause. »Die Polizei kostet nichts.« *Das hab ich aber jetzt zum letzten Mal gesagt.*

Pia schüttelte entschlossen den Kopf.

Um die Zeit zu nutzen, während wir auf Christians Anruf warteten, holte ich mein Laptop aus meinem Büro und schloss es im Konferenzraum an. Die Website der Bad Bertricher Touristeninfo war schnell gefunden. Ich öffnete den Ortsplan, während Pia mir über die Schulter sah.

»Na ja, das könnte sich tatsächlich fast lohnen hinzufahren.« Ich maß mit den Fingern grob die Länge des Ortes.« Wenn die Legende stimmt, ist Bad Bertrich nicht besonders groß. Allerdings sollten wir vorher ...«, ich klickte noch ein bisschen auf der Website herum und wurde nach kurzer Zeit fündig, »mal die Liste der Ferienwohnungen abtelefonieren. Und wenn sie da nirgends auftaucht, rufen wir noch die Hotels an. Unter falschem Namen wird sie ja nicht abgestiegen sein, oder?« Ich sah Pia über die Schulter an und hob fragend die Augenbrauen.

»Kann ich mir nicht vorstellen«, sagte Pia. »Ich wüsste jedenfalls nicht warum.«

Wir hatten gerade vier Vermieter durchtelefoniert – die alle noch nie etwas von Sabrina gehört hatten und auch derzeit keinen Mieter mit einem blauen Z4 und Aachener Kennzeichen hatten – als Christian auf Pias Handy anrief.

Sie lauschte und schüttelte traurig den Kopf, um mir anzuzeigen, dass Christian bei der Dokumentensuche keinen Erfolg gehabt hatte. Sie erklärte Christian, was wir in der Zwischenzeit gemacht hatten und beendete das Gespräch mit den Worten: »Wenn wir was herausfinden, rufe ich dich sofort an. Ja, bis nachher, tschö-ö.«

Wir wählten uns noch eine gute halbe Stunde die Finger wund und hatten auch nicht alle angewählten Nummern erreicht, als wir tatsächlich auf Gold stießen. Ich war an der Reihe, unser Sprüchlein aufzusagen.

»Guten Tag, mein Name ist Pia Brand.« Wir hatten beschlossen, dass es unkomplizierter war, wenn ich für die Telefonate Pias Identität annahm. Weniger zu erklären. »Ich suche nach meiner Schwester, die am Freitag nach Bad Bertrich in eine Ferienwohnung gefahren ist. Leider hat sie vergessen, uns eine Telefonnummer oder Anschrift zu hinterlassen, und ich muss sie in einer Familienangelegenheit dringend erreichen.«

»Ein Handy hat Ihre Schwester wohl nicht?«, fragte die männliche Stimme am anderen Ende amüsiert. *Klugscheißer.*

»Doch, klar hat sie ein Handy, aber sie hat ihr Netzteil zu Hause liegen lassen. Ich nehme an, ihr Akku ist leer«, log ich.

»Aha, na dann. Wie heißt denn Ihre Schwester, Frau Brand?«

Ich nannte Sabrinas Namen und konnte mein Glück kaum fassen, als der Mann bestätigte, dass eine junge Frau dieses Namens tatsächlich am Freitag die Ferienwohnung »Moselglück« bezogen habe. *Bingo.*

»Ach, das ist ja großartig!«, sagte ich und drückte auf den Lautsprecherknopf, damit Pia mithören konnte. Sie strahlte über das ganze Gesicht.

»Ja«, fuhr der Mann fort. »Eigentlich hatte sie nur bis Sonntagnachmittag gebucht, aber dann hat sie angerufen und noch bis kommenden Sonntag verlängert. War ein purer Zufall, dass die Wohnung um diese Jahreszeit überhaupt noch weiter frei war, aber es hatte gerade jemand abgesagt. Der hat sich natürlich gefreut, dass er sein Geld zurückbekommen hat.«

»Das kann ich mir vorstellen«, sagte ich schnell, ehe er ins Plaudern kam. »Hat die Wohnung ein Telefon?«

»Ja, aber Frau Kempfer hat es nicht freischalten lassen. Sie sagte, sie habe ein Handy«, sagte er etwas spitz.

»Äh, ja. Aber heißt das, dass dort auch keine Anrufe ankommen?«

»Ach so, doch natürlich.« Jetzt klang er eher verlegen.

Er gab mir eine Telefonnummer, ich bedankte mich und legte auf.

»So«, sagte ich und reichte Pia den Zettel mit der Telefonnummer. »Auf geht's. Ich lass dich allein, falls ihr was Privates zu besprechen habt.« *Wenn jemand einfach so abtaucht, heißt das meistens nichts Gutes.*

Während Pia wählte, huschte ich schnell in mein Büro und schlug die Zähne hastig in eins der liegen gebliebenen Hörnchen vom Morgen. Das Mittagessen war mal wieder hintenrüber gefallen.

»Und? Wie läuft's?«, fragte Silke.

»Gefunden«, kaute ich mit vollem Mund.

»Huch, das ging ja schnell.«

»Ja nun, wenn man einen Profi engagiert«, grinste ich.

Als Pia im Türrahmen auftauchte, stellte sich leider heraus, dass sie kein Glück gehabt hatte.

»Geht keiner ran«, sagte sie unglücklich.

»Wahrscheinlich ist sie unterwegs, man mietet sich ja keine Ferienwohnung, um den ganzen Tag in der Bude zu hocken«, sagte ich aufmunternd. »Außerdem muss sie ja immer mal mit dem Hund raus.«

»Irgendwie kommt mir das alles trotzdem sehr komisch vor. Sich so lange abzusetzen, ohne jemandem zu sagen, wo sie ist. Kein Handy, keine E-Mails – das passt einfach hinten und vorne nicht zu Sabrina.«

»Wir könnten den Vermieter noch mal anrufen und ihn bitten, mal bei der Wohnung vorbeizuschauen, wenn er nicht zu weit weg wohnt«, schlug ich vor.

Gesagt – getan. Ich rief den Mann – Herrn Brösich – noch einmal an und leierte ihm das widerwillige Versprechen aus dem Kreuz, im späteren Nachmittag bei der Wohnung vorbeizugehen und zu sehen, ob er Sabrina antraf.

»Mehr können wir jetzt erst mal nicht tun«, sagte ich zu Pia. »Man könnte natürlich nach Bad Bertrich fahren, aber ich denke, das wäre momentan Zeitverschwendung, wenn wir noch die Möglichkeit haben, Sabrina so zu erreichen.« *Außerdem kommt nachher noch Börnie und ich hab den Bericht noch nicht fertig.*

»Da hast du sicher recht«, sagte Pia. »Ich fahre dann mal zu Christian und versuche weiter, sie zu erreichen und warte ansonsten, was Herr Brösich sagt.«

»Okay, ruf mich an, sobald du sie erreicht hast. Ich bin sicher, das löst sich heute alles noch in Wohlgefallen auf.«

* * *

Es ist wirklich ein Segen, dass ich mein Geld nicht als Wahrsagerin verdienen muss. In Wohlgefallen löste sich nämlich gar nichts auf – im Gegenteil. Es war kurz nach halb sieben, als ich abends das Laptop zuklappte und meine Siebensachen zusammensammelte. Der Bericht für Börnie war gerade noch rechtzeitig fertig geworden. Das Gespräch war gut gelaufen, und Börnie hatte die Ergebnisse erstaunlich gelassen aufgenommen. Er schien fast erleichtert zu sein, dass ich »nur« Belege für das Engagement eines Callboys gefunden und keine heftige Liebesaffäre aufgedeckt hatte. Vielleicht hatte Börnie selbst schon einmal engere Bekanntschaft mit dem horizontalen Gewerbe gemacht, auf jeden Fall konnte er mit dem Ergebnis meiner Recherche offensichtlich gut leben und machte auch nicht den Eindruck, als würde er gleich von der Detektei aus zum Scheidungsanwalt fahren.

Das Telefon klingelte gerade in dem Moment, als ich durch die Eingangstür gehen wollte. Ich überlegte kurz, es klingeln zu lassen, aber da ich noch auf Nachricht von Pia wartete, ging ich noch einmal zurück und hob den Hörer ab.

»Britta? Hier ist Pia«, schluchzte es aus dem Hörer.

Oje. »Hallo Pia, was ist denn passiert? Habt ihr Sabrina immer noch nicht aufgetrieben?«

»Do-hoch« hickste sie. »Herr Brösich hat sie eben gefunden. Sie ist tot.«

»Ach du Scheiße«, entfuhr es mir. »Das tut mir sehr leid. Wisst ihr, was passiert ist?«

»Er hat sie durch das Fe-henster auf dem Bett im Schlafzimmer liegen gesehen und ist dann rei-heingegangen.«

»Und er ist ganz sicher, dass sie tot ist?«, fragte ich.

»Ja-ha«, sagte Pia mit einem tapferen Versuch, ihrer Tränen Herr zu werden.

»Gibt es irgendwelche Anhaltspunkte, woran sie gestorben ist?«

Pia schnüffelte und schnäuzte sich dann herzhaft, hörbar um Fassung bemüht. »Herr Brösich ist sich sicher, dass sie sich umgebracht hat. Sie lag auf dem Bett, und auf dem Nachttisch hat er mehrere Schachteln mit starken Schlaftabletten und eine leere Flasche Whisky gefunden. Er hat schon den Dorfarzt angerufen, damit der den Tod offiziell feststellt.«

Und vor allem will Herr Brösich die Leiche so schnell wie möglich aus seiner Wohnung kriegen. Das duftet bestimmt nicht nach Rosen.

»Das Beste wird sicher sein, wenn ihr direkt hinfahrt«, sagte ich, möglichst neutral.

»Ja, das machen wir gleich, Christian und ich. Ich kann einfach nicht glauben, dass sie sich was angetan hat.«

Das können sich die meisten Leute bei ihren Lieben nicht vorstellen, bis es dann so weit ist.

»Was ist eigentlich mit dem Hund?«

»Gute Frage, da hab ich gar nicht nach gefragt«, sagte Pia.

»Ist ja auch nicht so wichtig. Jetzt fahrt erst mal los. Du kannst mich jederzeit anrufen.« Ich gab ihr meine Handynummer, legte auf und blieb noch ein paar Minuten auf meinem Schreibtischstuhl hocken, in Gedanken versunken.

»Ich sehe, meine kleine Gabe hat bereits den verdienten Ehrenplatz auf deinem Schreibtisch gefunden«, erklang Erics Stimme zufrieden von der Tür. Er war offensichtlich ebenfalls auf dem Weg nach Hause und hatte einen dicken Stapel Papiere unter den Arm geklemmt.

»An deiner Stelle wäre ich in nächster Zeit ein bitzeli vorsichtig, wo ich mein Haupt bette, mich hinsetze oder hintrete«, erwiderte ich zuckersüß.

Eric machte runde Augen. »Ist das eine Drohung?«

»Nein, ein Versprechen«, erwiderte ich freundlich.

»Wär ja auch langweilig, wenn kein Gegenschlag käme«, grinste er.

»Das will ich meinen«, bestätigte ich. Mit dem Kinn wies ich auf den Papierstapel unter seinem Arm. »Willst du heute wieder die Nacht durchmachen? Scheint ja ein echter Brocken zu sein, dieser Fall.«

Er zog eine Grimasse und blickte verstimmt auf die Papiere. »Das kannst du laut sagen.«

»SCHEINT JA EIN ECHTER BROCKEN ZU SEIN ...«, rief ich. Eric lachte, wurde aber schnell wieder ernst. »Irgendwas ist hier mächtig faul, aber ich komm nicht dahinter was, beziehungsweise warum. Ich würd lieber hier weiterarbeiten, nachts ist es so schön ruhig. Aber Camilles Eltern kommen heute Abend zum Essen.«

»Die Begeisterung hält sich ja in Grenzen.«

Camille. Das Neidobjekt. So nannte sie wenigstens der weibliche Teil der Belegschaft, denn Camille hatte sich beim Verteilen körperlicher und geistiger Vorzüge eindeutig vorgedrängelt. Modelfigur, lange, wallende Mähne, endlose Beine und ein Gesicht, das man fast mit dem von Gisele Bündchen verwechseln konnte – und nein, noch nicht mal mit dem alten Klischee »schön aber dumm« konnte man sich trösten. Harvard-Abschluss und hoch bezahlte Anwältin und Partnerin in einer internationalen Kanzlei in Amsterdam. Das Leben ist einfach nicht fair.

»Ach, die sind schon okay, aber ich würde lieber weiterarbeiten. Das lässt mir einfach keine Ruhe.«

Die Eltern sind wahrscheinlich auch reich und schön, aber vielleicht dafür sterbenslangweilig? »Vergiss nicht, dich vorher zu rasieren. Du siehst aus wie ein Waldschrat«, ermunterte ich ihn.

»Ach, ich dachte Drei-Tage-Bart ist immer noch in?« Er fuhr sich mit der Hand über die blonden Bartstoppeln und grinste verlegen. »Aber wahrscheinlich hast du recht – Camilles Eltern sind etwas ... äh ... konservativ.«

Ha!

»Was ist eigentlich aus der geheimnisvollen Anruferin geworden?«, fragte er neugierig.

»Das war eine ehemalige Schulkameradin von mir. Ihre Schwester ist ... war verschwunden. Wir haben sie zwar recht schnell gefunden, allerdings leider nicht lebendig.«

»Oh?«

»Liegt offensichtlich tot in einer Ferienwohnung in Bad Bertrich, es deutet alles auf einen Selbstmord hin.«

»Wo haben wir denn Bad Bertrich?«

»Irgendwo zwischen Mosel und Vulkaneifel.«

»Und die ist extra an die Mosel gefahren, um sich umzubringen?«, staunte Eric.

Ich zuckte mit den Schultern: »Tja, es sieht im Moment erst mal so aus. Die Verwandten fahren jetzt hin. Vielleicht finden sie ja noch einen Abschiedsbrief.«

Er sah auf die Uhr. »Ich muss dann mal los. In der Stadt gab es noch ein Angebot für Tassen mit individuellen Aufdrucken.« Grinsend winkte er zum Abschied und ging.

Richtig – ich schulde dir ja noch was. In Rachegedanken versunken, packte ich nun endgültig meine Sachen zusammen und verließ die Firma.

MITTWOCH, 3. AUGUST

7:30 Uhr

Ich schnaufte gerade einen besonders fiesen Hügel hoch, als am nächsten Morgen mein Handy klingelte. Ich angelte es aus der Tasche meiner Kapuzenjacke und sah aufs Display. Pia.

»Hallo Pia«, sagte ich und verlangsamte meine Gangart auf Schritttempo. »Was gibt's Neues?«

»Ich hab dich nicht geweckt?«, fragte Pia ängstlich.

»Nein, ich bin schon fast mit meiner Joggingrunde fertig.« *Bisschen Angeben muss erlaubt sein.*

»Oh.« Pia klang beeindruckt.

»Und?«, fragte ich. Ich wollte meinen Lauf nicht zu lange unterbrechen.

»Ja, also«, begann sie zögernd, »es deutet nach wie vor alles auf Selbstmord hin.« Pause. »Es gibt auch einen Abschiedsbrief.«

»Aha«, sagte ich abwartend. *Das hört sich an, als käme noch was.*

»Ja. Aber da steht nur ›Es tut mir leid, ich kann nicht mehr. Bitte seid mir nicht böse. Sabrina‹«

»Was hat denn der Arzt gesagt, der den Totenschein ausgestellt hat?«

»Der war Gott sei Dank noch da, als wir ankamen. Der war total nett und hat uns auch aufmerksam zugehört, als wir gesagt haben, dass wir uns Selbstmord bei Sabrina nicht vorstellen können.«

»Aber?«

»Der mitleidige Blick sagte alles. Der hat gedacht, wir wollen es nicht wahrhaben und reden uns was ein. Er hat Sabrina dann pro forma noch mal etwas eingehender untersucht, obwohl er den Totenschein schon ausgestellt hatte, aber sein Urteil war eindeutig. Es gibt keinerlei Zeichen von äußerer Gewalteinwirkung oder sonst irgendetwas, das darauf hindeuten könnte, dass sie sich nicht selbst getötet hat. Und nach dem zu urteilen, was an leeren Tablettenschachteln auf dem Nachttisch lag, hätte die Dosis wohl locker gereicht, um ein Pferd umzubringen.« Ihre Stimme klang erstickt.

»Das tut mir sehr leid, Pia.«

»Ich glaub das aber wirklich nicht«, sagte Pia mit bebender Stimme.

»Dass sie sich umgebracht hat?« *Das will man ja auch eher nicht wahrhaben.* »Warum nicht?«, fragte ich.

»Ich hab gestern Abend noch lange mit Christian gesprochen, und wir sind uns einig, dass es nicht die leisesten Andeutungen auf Depressionen oder so was gab.«

»Vielleicht hat sie es euch einfach nicht erzählt, weil sie euch nicht belasten wollte?«

»Das kann ich mir nicht vorstellen«, sagte Pia. »Wenn sie etwas auf dem Herzen hatte, ist sie eigentlich immer damit herausgerückt. Vielleicht nicht unbedingt bei mir, aber bei Christian schon.«

Meine Erfahrungen, was das Geheimnisseteilen von Ehepaaren angeht, sind da etwas anders.

»Aber selbst wenn sie etwas auf dem Herzen gehabt haben sollte – es gibt da noch zwei andere Dinge, die einfach nicht passen. Zum einen hätte sie nie und nimmer Fidel was antun können.«

»Der Hund ist auch tot?«

»Ja. Er roch auch nach Whisky. Deshalb ist die Vermutung, dass sie ihm auch einen entsprechenden Cocktail eingeflößt hat.«

»Hm. Und was ist das zweite?«

»Sabrina hat Whisky gehasst.«

»Sie mochte keinen Alkohol?«

»Doch, sie hat sogar sehr gern was getrunken. Aber Whisky fand sie grässlich, der hat ihr überhaupt nicht geschmeckt.«

»Das ist natürlich ein bisschen komisch. Andererseits – wenn man sich umbringen will, sucht man vielleicht die Spirituosen auch nicht unbedingt nach geschmacklichen Gesichtspunkten aus.«

»Ja, aber würdest du dir, wenn du dir das Leben nehmen wolltest, das einzige alkoholische Getränk aussuchen, das dir überhaupt nicht schmeckt?«, fragte Pia.

»Nein, eher nicht«, gab ich zu. *Ist einem das in so einer Situation nicht scheißegal?*

»Na ja, wenn der Arzt die Polizei nicht einschaltet, könnt ihr das ja auch selber tun«, schlug ich vor.

»Darüber habe ich gestern Abend auch noch mit Christian gesprochen, und wir befürchten sehr, dass die uns auch nicht glauben werden. Jedenfalls nicht, wenn der Arzt so ein eindeutiges Urteil ausspricht. Wir halten es für besser, wenn du die Ermittlungen aufnimmst, so wie wir das besprochen hatten.«

»Ihr seid also sicher, dass es kein Selbstmord ist?«

»Absolut«, sagte Pia kategorisch. »Kannst du gleich heute hierherkommen?«, fragte sie, fast flehend.

Ich zuckte resignierend mit den Schultern. »Okay, wenn ihr das gerne so möchtet, fahre ich nachher gleich los.« *Das wird ausgehen wie das Hornberger Schießen.*

»Fein«, beendete Pia jede weitere Diskussion. »Ich schick dir eine Nachricht mit der Adresse von unserem Hotel. Ich lass dir ein Zimmer reservieren.«

Wir verabschiedeten uns, ich steckte mein Handy wieder ein und wollte gerade wieder lostraben, als zwei Frauen mit drei Hunden in der nächsten Kurve erschienen.

Ist das ...? Es ist ... Seufzend trabte ich weiter, bis ich bei meiner Schwägerin Annette und ihrer – wie ich annahm – Freundin ankam. *Mir bleibt heute aber auch wirklich gar nichts erspart.*

»Guten Tag, Britta, wie geht es dir?«, sagte Annette, die Frau meines arroganten Bruders, Chefarzt Dr. Holger, höflich und steif wie immer. Sie streckte mir die Hand entgegen, die ich ebenso höflich schüttelte.

Annette ist ein bisschen ungelenk und sehr förmlich, sonst aber eigentlich ganz nett – und wer es länger als drei Tage mit meinem Bruder aushält, hat meine uneingeschränkte Bewunderung verdient. Trotzdem ist es immer ein wenig anstrengend, sich mit Annette zu unterhalten. Annette ist von Beruf Gattin, und ihr Alltag besteht darin, die beiden irischen Setter Tiberius und Caligula auszuführen und auf diversen Kaffeekränzchen in Aachen und der Region die neueste Mode, Frisuren und Make-up-Tipps zu diskutieren. Wir haben also in der Regel nicht viel, worüber wir uns unterhalten können.

Während ich noch lachend versuchte, die stürmischen Avancen von Tiberius abzuwehren, strahlte Annette vor Stolz, als sie sich ihrer Begleitung zuwandte, um sie mir vorzustellen.

Ich guckte jetzt erst richtig hin, und beinahe wäre mir die Kinnlade heruntergeklappt, denn eine so schöne Frau hatte ich in natura tatsächlich noch nie gesehen. Sie war groß, gertenschlank, und die langen, dunkelbraunen Wellen ihres

Haars fielen ihr fast bis auf die Hüften. Die leicht geröteten Wangen akzentuierten ihr makellos schönes Gesicht, aus dem mir große, blaue Augen entgegenleuchteten. *Zapperlot. Wo hast du die denn her, Annette!*

»Darf ich dir meine Freundin Billie vorstellen, Britta? Billie, das ist meine Schwägerin Britta.«

Billie reichte mir elegant die Hand, während sie gleichzeitig versuchte, den eigenwilligen Airdale Terrier, den sie an der Leine hatte, daran zu hindern, sie einfach wegzuziehen. »Sehr erfreut«, sagte sie und lächelte mich freundlich an.

»Billie ist noch ganz neu in unserem Damenzirkel, musst du wissen, Britta. Sie heiratet bald!«

»Herzlichen Glückwunsch«, sagte ich höflich. *Nicht, dass mich das auch nur die Bohne interessiert.*

»Sie wohnt schon bei ihrem Verlobten«, plapperte Annette eifrig weiter, »hat aber wirklich gar keine Erfahrung mit Hunden, und da habe ich mich angeboten, ein bisschen zu helfen. Es gibt ja viel zu lernen, wenn man Hunde hält«, verkündete sie stolz.

Stimmt, ich frage mich nur, wann du es lernst und Tiberius endlich Manieren beibringst.

»M-hm«, brummte ich. »Dann wünsche ich viel Erfolg.«

»Du glaubst ja gar nicht, wie aufgeregt wir alle sind wegen dieser großartigen Society-Hochzeit, und wir ganz nah dran. Wir sind jeden Morgen mit den Hunden in einem anderen Teil des Aachener Stadtwaldes unterwegs, und Billie lässt mich an allen Details teilhaben, und …«

Billie Peters nahm Annettes Gefühlsausbruch auf die Stoische, was sie mir ganz sympathisch machte.

»Äh, Society-Hochzeit?« Mein Gesicht ähnelte vermutlich einem großen Fragezeichen.

»Ja, liest du denn keine Zeitung?«, fragte Annette beinahe entrüstet.

»Doch schon ...«, *aber nicht die Klatschkolumne.*

»Billie, nun erzähl doch meiner lieben Schwägerin, wen du heiratest!« *Ich nehme an, es ist nicht einfach, als Neuzugang in die Aachener Kaffeekränzchen-Mafia einzutreten und bei Verstand zu bleiben.*

Billie Peters sagte gelassen: »Ich heirate Herrmann von Gördenich.«

»Äh, wen?«

Annette machte große, runde Augen und wollte gerade anheben und mir einen vermutlich langen Vortrag über Herrn Wiehieß-der-noch-gleich zu halten, als ich sie schnell unterbrach.

»Sei mir nicht böse, Annette, aber ich bin total verschwitzt und will nicht so lange herumstehen, sonst hole ich mir noch nen Pipps. Aber wir sehen uns ja am Sonntag bei Vaters Geburtstagsessen. Dann kannst du mir alles ganz ausführlich erzählen, okay?«

Annette strahlte. »Ja, das mache ich sehr gerne, Britta.«

Erleichtert verabschiedete ich mich von beiden, wünschte Billie alles Gute für ihre bevorstehende Hochzeit und hoffte, dass Annette bis Sonntag vergessen haben würde, mir alle Einzelheiten zu Billie und ihrer Hochzeit zu erzählen. *Society-Hochzeit in Aachen, dass ich nicht lache.* Kopfschüttelnd trabte ich weiter.

11:15 Uhr

Die Fahrt nach Bad Bertrich verlief erfreulich ereignislos – bei der Anfahrt zum Hotel dachte ich allerdings ernsthaft, ich hätte mich verfahren – ein einspuriger, steil ansteigender Asphaltweg, der mitten in den Wald führte, warf ernste Zweifel auf, ob das tatsächlich ernst gemeint sein könnte und vor allem, wie man den Berg wieder runterkommen sollte, falls er sich als Sackgasse entpuppte.

Aber am Ende der Steigung erwartete mich tatsächlich ein hübsches, kleines Hotel, und in der Lobby Pia, die auf einem Sofa saß und sofort aufgeregt aufsprang, als sie mich sah.

Der ausnehmend höfliche, junge Mann an der Rezeption erledigte die entsprechenden Formalitäten schnell und effizient, und bevor ich mich zur Treppe umdrehen konnte, um meine Tasche in mein Zimmer zu bringen, hatte er sie mir schon aus der Hand gezupft und sprang die Treppe leichtfüßig nach oben. Pia, die inzwischen deutlich ruhiger wirkte, sagte leise: »Service wird hier SEHR großgeschrieben!«

»Ich war schon immer eine große Freundin der Dienstleistungsgesellschaft. Wollen wir gleich los?« Mein Auto stand noch vor der Tür, weil ich zu faul gewesen war, es auf den Parkplatz zu fahren. Also stiegen wir gleich ein und machten uns auf in Richtung Ortschaft, um die Ferienwohnung in Augenschein zu nehmen, in der Sabrina am Abend vorher gefunden worden war.

Durch die engen Straßen des kleinen Ortes konnte man sich nur im Schritttempo winden, weshalb die zurückgelegte Distanz in keinem Verhältnis zu der Zeit stand, die wir dafür brauchten. Schließlich kamen wir aber nach einer ordentlichen Steigung an der Ortskirche vorbei und bogen in die Sonnenstraße ein, die kurz darauf eine Biegung machte. Einige Hundert Meter weiter stand auf der linken Seite, etwas von der Straße zurückgesetzt, in einem Waldstück ein zweistöckiges Haus, in dem sich laut Pia zwei Ferienwohnungen befanden. Sabrina hatte die untere der beiden gemietet. Die obere stand leer, da sie aufgrund eines hartnäckigen Schimmelbefalls momentan offenbar nicht bewohnbar war. Wir fuhren bis zum Haus und parkten neben Sabrinas blauem BMW.

Pia schloss die Tür der Ferienwohnung auf, und wir traten in den kleinen, einladenden Flur, von dem vier Türen abgingen. Gegenüber der Eingangstür am anderen Ende des Flurs befand sich eine Glastür, die allem Anschein nach auf eine Terrasse führte. Das Erste, was einem auffiel, war der Geruch.

Ich rümpfte die Nase und Pia sagte: »Ich weiß, aber es ist schon besser. Als wir gestern Abend hier reinkamen, war es schlimmer.« Sie schüttelte sich und sprach dann weiter. »Hier links ist gleich das Wohnzimmer, gegenüber ist die Küche, da vorne links ist das Schlafzimmer und hinten rechts ist das Bad. Die Glastür führt auf die Terrasse.«

»Ist Sabrina noch hier?«

Pia schüttelte den Kopf. »Der Bestatter hat sie heute früh abgeholt. Der Arzt schätzt, dass sie wahrscheinlich Samstagnacht oder am Sonntag gestorben ist – na ja, du merkst ja, wie es hier riecht. Und Herr Brösich hat richtig Terror gemacht, als wir gesagt haben, sie soll hierbleiben, bis du sie dir angucken kannst.«

Aus der Sicht von Herrn Brösich mehr als verständlich.

»Wenn der Arzt sie untersucht und nichts gesehen hat, glaube ich nicht, dass mir etwas aufgefallen wäre. Ich bin ja keine Rechtsmedizinerin, Pia. Das ist also schon in Ordnung.«

»Ja, ich weiß. Das haben wir uns dann auch gedacht, aber ich habe wenigstens ein paar Bilder gemacht, damit du sehen kannst, wie wir sie gefunden haben. Brösich und der Arzt haben wahrscheinlich gedacht, ich mache die Bilder, um sie auf Facebook zu posten. So haben sie mich jedenfalls angeguckt.

Sie war im Schlafzimmer und Herr Brösich hat sie von der Terrasse aus durchs Fenster gesehen.«

Ich folgte ihr um die Ecke durch den Flur ins Schlafzimmer. Helle Tapeten, zwei Bilder mit farbenfrohen, abstrakten Motiven an der Wand und modern wirkende Buchenholzmöbel machten den Raum sehr einladend. Das Doppelbett, auf dem Sabrina gelegen hatte, nahm den meisten Raum ein. Pia hatte ihr Handy gezückt und zeigte mir drei Aufnahmen, die sie gemacht hatte.

Sabrina lag auf dem Rücken, die Arme seitlich des Körpers ausgestreckt, die Augen geschlossen. Ich betrachtete das Bild mit der größten Ansicht eine Weile, aber ich war mir ziemlich sicher, dass ich Sabrina auf der Straße nicht wiedererkannt hätte. Statt der Kurzhaarfrisur, die sie in der Schule gehabt hatte, hatte sie die Haare vor ihrem Tod schulterlang getragen. Sie hatten ein schönes Kastanienbraun. Ihre Gesichtszüge waren entspannt, wie man das bei jemandem erwarten würde, der mit einem Cocktail aus Schlaftabletten und Alkohol einfach irgendwann bewusstlos geworden und nicht mehr aufgewacht war.

»Hat sie so dagelegen, als man sie gefunden hat?«, fragte ich Pia.

»Ja. Nicht *haargenau* so – der Arzt, der den Totenschein ausgestellt hat, hat sie ja untersucht und dabei musste er sie natürlich ein bisschen bewegen. Aber die Körperhaltung ist mehr oder weniger so wie Herr Brösich sie gestern gefunden hat.« Sie machte eine kurze Pause. »Und das ist der dritte Punkt, der komisch ist.«

Ich sah sie fragend an.

»Christian sagt, sie *hat* nicht nur nie auf dem Rücken geschlafen, sondern sie *konnte* auf dem Rücken auch so gut wie nicht schlafen. Ich hätte da gar nicht mehr dran gedacht, aber sie hat ihm mal von einem Krankenhausaufenthalt erzählt, wo sie die ganze Zeit auf dem Rücken liegen musste, weil sie ein Gipsbein in einer Beinstütze hatte. Und da hat sie zwei Wochen fast kein Auge zugemacht. Als er mir das gestern Nacht erzählt hat, fiel es mir auch wieder ein.«

»Du meinst, es ist seltsam, dass jemand, der auf dem Rücken nicht schlafen kann, sich ausgerechnet auf dem Rücken zur letzten Ruhe bettet?«

»Ganz genau.«

»Sie kann sich natürlich auch umgedreht haben, als sie weggedämmert ist«, sagte ich nachdenklich.

»Kann sein«, sagte Pia, klang aber nicht überzeugt.

Ich trat an das Nachttischchen links vom Bett heran, auf dem eine leere Flasche *Laphroaig* stand, direkt daneben ein Wasserglas mit einem schwachen Lippenstiftabdruck. In dem Glas war der Boden mit einer Flüssigkeit bedeckt, von der ich annahm, dass es der Rest des *Laphroaig* war. Um sicherzugehen, schnupperte ich zunächst an der Flasche und dann an dem Glas. Kein Zweifel.

Das war allerdings wirklich merkwürdig. Ich drehte mich zu Pia um: »Sehr seltsam ist allerdings, dass sie ausgerechnet diesen Whisky genommen hat.« Pia sah mich fragend an.

»Laphroaig hat einen sehr ungewöhnlichen Geschmack und ist auch für Leute, die gerne Whisky trinken, eher eine Herausforderung. Und ganz billig ist der auch nicht. Ich glaube, so was an die fünfzig bis sechzig Euro musst du schon für eine Flasche hinlegen.«

Ich blickte nachdenklich auf das Bett hinunter. »Jemand, der Whisky nicht mag, sucht sich nicht nur eine richtig teure Flasche aus, sondern nimmt auch noch eine Sorte mit einem sehr gewöhnungsbedürftigen Geschmack – die man noch dazu nicht an jeder Ecke kaufen kann.«

»Ich sag doch, da ist was faul«, sagte Pia aufgeregt.

Ich hob abwiegelnd die Hand. »Ich hab nur gesagt, dass das merkwürdig ist. Andererseits hast du gesagt, für Sabrina und Christian spiele Geld keine große Rolle, weil sie so viel davon haben. Da ist es einem vielleicht auch egal, wenn man für eine Flasche Whisky mal eben sechzig Euro hinlegt. Vielleicht denkt man auch nicht sehr rational, wenn man plant, sich umzubringen. Und macht sich eh keine Gedanken darum, ob der Whisky furchtbar oder ganz furchtbar schmeckt.«

Pia ließ enttäuscht die Schultern hängen. »Du glaubst es also auch nicht.«

»Ich glaube erst mal gar nichts, Pia. Ich kann nicht ausschließen, dass Sabrina ermordet wurde, aber im Moment sieht erst mal alles nach Selbstmord aus. Auch wenn ich dir recht gebe, dass einige Dinge etwas seltsam sind.«

Ich drehte mich wieder zu dem Nachtschränkchen um. Die Namen auf den Tablettenschachteln, die dort lagen, sagten mir nichts. Ein kurzer Blick in den Beipackzettel bestätigte das, was wir schon wussten. Es handelte sich um starke Schlafmittel – die Sorte, die auf schnellstem Weg in eine Abhängigkeit führen, wenn man nicht sehr vorsichtig damit umgeht. Definitiv verschreibungspflichtig.

»Weißt du, ob Sabrina Schlafstörungen hatte?« Ich sah Pias verständnislosen Blick. »Ich frage mich nur, woher sie diese Tabletten in solchen Mengen hat? Das sind nicht gerade Zuckerplätzchen. Erstens brauchst du ein Rezept, und zweitens sind zumindest vernünftige Ärzte sehr vorsichtig mit dem Verschreiben.«

»Keine Ahnung«, Pia zuckte mit den Schultern. »Christian hat nichts dergleichen gesagt, und mir hat sie auch nie erzählt, dass sie nicht schlafen könne. Im Gegenteil, ich kann mich nur dran erinnern, dass sie immer mal sagte, sie würde schlafen wie ein Stein, wenn sie abends endlich im Bett läge.«

»Vielleicht hat sie sie auch übers Internet gekauft. Da kann man ja inzwischen alles illegal kriegen.« Ich legte die Schachteln zurück auf den Nachttisch und sah mir das Bett noch einmal genauer an. »Es ist nur eine Seite zerknautscht, die andere Seite ist auch komplett unberührt. Sie hatte also vermutlich keinen Herrenbesuch im Schlafzimmer.«

Pia sah mich entrüstet an.

»Ja nun, willst du, dass ich ermittle oder nicht? Wenn wir herausfinden wollen, ob irgendetwas an Sabrinas Tod faul ist, dürfen wir nichts ausschließen.«

»Du hast ja recht«, sagte Pia kleinlaut.

Ich schaute unter das Bett (nichts) und sah mich dann weiter suchend um.

»Wo ist denn der Hund?«

»Christian bringt ihn gerade ins Krematorium. Er hat's nicht übers Herz gebracht, ihn in so eine Tiermehlanlage zu bringen.«

»Was ist denn eine Tiermehlanlage?« Meine Kenntnisse bezüglich Tierkadaverentsorgung waren gelinde gesagt lückenhaft.

»Offiziell heißt das wohl Tierkörperbeseitigungsanlage – klarer Kandidat für das Unwort des Jahres. Da machen sie wohl aus toten Tieren Mehl, das dann als Brennstoff dient.« Sie schüttelte sich. »Nichts für unseren Fidel. Im Krematorium wird er einfach verbrannt. Gefunden haben wir ihn im Bad.« Sie wies mit dem Daumen hinter sich.

Sie drehte sich um, und folgte ihr über den Flur in das kleine, grün-weiß gefliese Bad.

Pia zeigte auf die hellgrüne Bademette, die einige Flecken aufwies. »Er lag auf der Bademette, ausgestreckt auf der Seite. Die Matte lag aber nicht hier vor der Dusche, sondern direkt unter dem Fenster. Nach Rosen hat er auch nicht mehr geduftet. Armer Fidel.«

»Hatte er Schaum vor dem Maul?«

»Ich glaube nicht. Mir ist jedenfalls nichts aufgefallen. Warum fragst du?«

»Das hätte ein Zeichen dafür sein können, dass er vergiftet worden sein könnte. Andererseits, wenn ich mir die Tablettenzahl angucke, auf die die Packungen hindeuten, ist es wahrscheinlicher, dass das auch bei Fidel die Todesursache war.«

Ich sah mich um. »War die Badezimmertür auf oder zu?«

»Ich glaube, sie war zu, aber ich bin mir nicht ganz sicher. Ich kann mir einfach nicht vorstellen, dass Sabrina ihn überhaupt getötet haben kann – und wenn sie es getan hätte, hätte sie ihn bestimmt nicht hier im Bad zum Sterben liegen lassen. Fidel hat immer bei Christian und Sabrina im Schlafzimmer geschlafen, wenn Christian nicht da war, auch schon mal im Bett.«

»Das hier sind alles Sabrinas Sachen?« Ich zeigte auf die diversen Kosmetika über dem Waschbecken und in der Duschkabine.

»Das müssen wir Christian nachher fragen. Aber zumindest die Gesichtscreme und das Parfum sind auf jeden Fall die, die sie immer benutzt hat.«

An dem Kosmetiksammelsurium war auf den ersten Blick nichts Ungewöhnliches zu erkennen. Der Anzahl der verschiedenen Tuben und Töpfchen nach zu urteilen, legte Sabrina viel Wert auf ihr Äußeres und sparte dabei nicht. Allein der Gedanke an die Preisschilder trieb mir die Tränen in die Augen.

Als Nächstes warfen wir einen Blick in die Küche. Dort schien alles fein säuberlich aufgeräumt zu sein. Ich öffnete den Kühlschrank – eine angebrochene Literpackung Milch und eine fast leere Flasche Weißwein mit Schraubverschluss in der Tür. Eine Packung Scheibenkäse, ein Glas Edelmarmelade und ein angebrochenes Päckchen Butter – ansonsten gähnende Leere. Im Brotkasten lag ein kleines Schwarzbrot.

»Sieht nicht gerade so aus, als hätte sie sich hier für eine ganze Woche eingerichtet«, dachte ich laut.

Ich öffnete nacheinander alle Küchenschränke. Alles war porentief rein, und Geschirr und Gläser waren aufgereiht wie die Zinnsoldaten.

»Ich glaube, die räumen hier die Schränke mit dem Lineal ein«, spottete ich. *Wenn die Dame des Hauses meinen Küchenschrank von innen sehen würde, kriegte sie auf der Stelle einen Herzinfarkt.*

»Obwohl ...«, ich hatte den Gläserschrank bereits wieder geschlossen und öffnete ihn jetzt noch mal. »Guck mal, die zwei Weingläser stehen nebeneinander, nicht hintereinander wie die anderen, und das Wasserglas hier steht auch etwas versetzt zu den anderen.« Ich warf einen prüfenden Blick auf die anderen beiden Regalbretter – alles bis auf den Millimeter genau aneinander ausgerichtet. »Vielleicht höre ich die Flöhe husten, aber das sieht mir so aus, als hätte sie insgesamt vier Gläser benutzt, obwohl sie alleine war.«

»Sie war ja auch zwei Abende hier«, bemerkte Pia, »Freitag und Samstag. Für jeden Abend ein Weinglas und ein Wasserglas.«

»Von denen sie drei noch fein säuberlich gespült und in den Schrank geräumt hat, bevor sie sich umgebracht hat?«, fragte ich skeptisch. »War sie der ordentliche Typ?«

»Ja, sehr, sie hat Unordnung gehasst wie die Pest«, sagte Pia und schaute nun ihrerseits in den Schrank. »Allerdings ist es dann eigentlich wieder untypisch, dass sie die Gläser nicht wieder genauso reingestellt hat, wie sie vorher waren. Ihre eigenen Schränke zu Hause sehen genauso durchorganisiert aus.«

»Warte mal«, ich nahm die beiden Weingläser aus dem Schrank und hielt sie ans Licht. Am Rand des einen Weinglases befanden sich schwache Lippenstiftspuren. Das andere Weinglas war so sauber, dass es wie in einer Spülmaschinenwerbung glänzte. Ich stellte die beiden Weingläser ab und nahm das Wasserglas heraus, das nicht ganz gerade in der Reihe stand. Nichts, tipp topp sauber. *Hm.* Ohne ein Wort zu sagen, ging ich an Pia vorbei zurück ins Schlafzimmer und hockte mich vor den Nachttisch mit dem Whiskyglas. Hatte ich mich doch nicht verguckt – das Glas wies oben leichte Lippenstiftspuren auf, die am Rand verwischt waren. »Pia, guckst du mal, welche Lippenstiftfarbe im Bad liegt?«

Kurz darauf schallte es aus dem Bad zurück: »Dunkelrot.« Das passte zu den Resten auf beiden Gläsern. Ich ging wieder zurück in die Küche.

»Was ist denn mit dem Lippenstift?«, fragte Pia neugierig.

Ich schüttelte den Kopf. »Wahrscheinlich nichts. Mir ist nur aufgefallen, dass an zwei der benutzten Gläser Lippenstiftreste sind und an den anderen beiden nicht. An dem Glas mit dem Whisky sind sie ganz klar zu sehen und an dem Weinglas hier«, ich hob es hoch und zeigte auf die winzigen Spuren, »ist auch was. Das andere Weinglas und das Wasserglas im Schrank sind vollkommen fleckenfrei, nicht die Spur von irgendwas.«

»Und was sagt uns das?«, fragte Pia verwirrt.

»Vielleicht nichts, aber ist es nicht ein bisschen komisch, dass sie drei Gläser spült, zwei davon sehen aus wie neu und das dritte hat noch Lippenstiftreste dran? Zumal, wenn sie so penibel war, wie du sagst? Ich frage mich, ob sie die vier

Gläser vielleicht nicht alle selbst benutzt hat. Vielleicht hat jemand anders zwei davon benutzt – jemand, der keinen Lippenstift trug.«

»Ein Mann«, sagte Pia wie aus der Pistole geschossen.

»Oder eine Frau ohne Lippenstift«, entgegnete ich. »Hat Sabrina immer Lippenstift getragen?«

»Eigentlich schon«, antwortete Pia.

»Es kann natürlich sein, dass sie die beiden sauberen Gläser am Samstag benutzt und sie dann direkt gründlich gespült hat, und das Weinglas mit den Lippenstiftresten am Sonntag benutzt hat. Vielleicht war sie da schon so durcheinander, dass sie es nur noch oberflächlich sauber gemacht hat«, stellte ich fest. »Wenn man kurz vor dem Selbstmord steht, hat man ja anderes im Kopf. Andererseits – wer hält sich dann ernsthaft damit auf, noch ein benutztes Glas zu spülen? Sie hatte aber keine Zwangskrankheit, sodass sie es nicht ertragen konnte, wenn irgendwas auch nur im Verdacht steht, dreckig zu sein?«

»Nein, so schlimm war es nicht. Sie hatte es einfach gern sauber und ordentlich.«

Hab ich auch, ich hab nur nie Lust zum Putzen und Aufräumen.

»Sollen wir nicht zur Sicherheit Beweisfotos von den Gläsern machen?«, fragte Pia. »Du hast doch deine Kamera dabei.«

»Und was wollen wir damit beweisen? Dass die Gläser ungerade im Schrank standen und ein Glas noch Lippenstiftreste aufwies – und das, wo die vorübergehende Hausherrin jeden Tag Lippenstift trug? Ich glaube nicht, dass wir damit irgendetwas beweisen können.«

Pia ließ entmutigt den Kopf sinken.

»Gucken wir lieber mal, was wir sonst noch finden«, sagte ich aufmunternd. Ich stellte die Gläser wieder in den Schrank und dirigierte Pia zurück ins Schlafzimmer. »Schau du mal in den Kleiderschrank, ich sehe mir den Koffer an.«

»Wonach suchen wir?«, wollte Pia wissen.

»Erst mal wollen wir wissen, für wie viele Tage sie gepackt hat«, entgegnete ich und öffnete schwungvoll den kleinen Koffer, der unter dem Fenster auf dem Boden lag. Bis auf eine kleine Reißverschlusstasche mit einem Nagelpflegeset fand ich nur Schmutzwäsche – zwei Slips, einen BH, ein paar Tennissocken, eine weiße Bluse aus sehr teurem Material und ein Polo-Shirt. Was auch immer sie sonst noch mitgebracht hatte, musste im Schrank sein.

»Also, hier sind ein Hosenanzug, ein paar Pumps und ein Paar Turnschuhe. Sonst nichts«, klang Pias Stimme hinter der geöffneten Schranktür hervor. Sie schloss den Schrank und drehte sich um. »Am Sonntag hatte sie Jeans, Tennissocken und ein T-Shirt an.« Sie sah sich um. »Und sonst sehe ich hier nichts.«

»Dann hat sie ganz offensichtlich nur für das Wochenende gepackt. Die Verlängerung muss sie ganz spontan beschlossen haben«, überlegte ich. »Klamotten kann man ja kaufen, aber was ist denn mit ihrem Job? Konnte sie sich da einfach mal eben eine komplette Woche ohne Ankündigung raustun?«

»Das kann ich mir überhaupt nicht vorstellen«, sagte Pia. »Auf gar keinen Fall, ohne etwas zu sagen, und als wir Montag mit der Agentur gesprochen haben, wussten die ja von nichts.«

»Auf jeden Fall ist es seltsam, dass sie die Ferienwohnung verlängert und sich dann umbringt, oder?« Ich dachte kurz nach. »Das Einzige, was mir dazu einfällt, ist, dass sie vielleicht sichergehen wollte, nicht gefunden und gerettet zu werden.«

Pia sank auf die unbenutzte Seite des Bettes und stützte den Kopf in die Hände. »Das ist alles so furchtbar.«

Ich setzte mich neben sie und legte ihr tröstend den Arm um die Schultern. »Ich weiß, es ist schwer. Aber es ist wichtig, dass wir uns jetzt ein klares Bild verschaffen, damit man sich entweder damit abfinden kann, dass sie ihrem Leben selbst ein Ende gesetzt hat, oder ermittelt werden kann, wenn es doch ein Verbrechen war. *Wenn* wir mal für eine Sekunde annehmen, dass Sabrina ermordet wurde, gibt es natürlich eine sehr wichtige Frage.«

Pia schniefte. »Welche denn?«

»Wer könnte denn ein Motiv gehabt haben, Sabrina umzubringen?«

Ich spürte förmlich, wie Pia stutzte. »Glaubst du, dass mir die Frage noch überhaupt nicht eingefallen ist?«

»Für so was hast du mich ja«, sagte ich sanft. »Fällt dir denn irgendetwas dazu ein?«

Pia schüttelte deprimiert den Kopf. »Ich glaub, da muss ich mal in Ruhe drüber nachdenken, aber so spontan überhaupt nicht. Ich wüsste wirklich nicht ...«, sie stockte.

»Das ist völlig okay, Pia. Mach dir keine Sorgen. Wenn hier was faul ist, kriegen wir das schon raus, versprochen.«

Pia nickte tapfer und schnäuzte sich die Nase. »Ich bin dir auf jeden Fall sehr dankbar, dass du gleich hergekommen bist«, sagte sie. »Gestern war ich noch total aufgelöst, weil wir überhaupt nichts wussten, und als Brösich sie dann gefunden hat, war ich richtig verzweifelt. Aber jetzt, wo wir hier sind und wenigstens versuchen können herauszufinden, was passiert ist, fühle ich mich ein bisschen besser. Egal, was wir am Ende herausfinden, es wird schwer sein, damit umzugehen. Aber das Allerschlimmste war wirklich diese Ungewissheit.«

In diesem Moment öffnete sich die Wohnungstür. Der Schreck fuhr mir durch alle Glieder.

»Pia, nicht erschrecken, ich bin's«, rief eine tiefe, männliche Stimme.

Pia hat sich auch nicht erschreckt!

Drei lange Schritte später tauchte ein Mann mittlerer Größe in der Tür auf, vierschrötig, mit einem verwuschelten, schwarzen Haarschopf, unter dem intelligente, grüne Augen hervorschauten, die stark gerötet waren. Er trug Jeans, bequeme, braune Schuhe und eine braune Barbourjacke über einem karierten Hemd, unter dem sich sommerlich gebräunte Haut zeigte. *Hm, nicht unattraktiv. Und so wie der guckt, weiß er das auch.* In einer Hand hielt er eine elegante Laptoptasche.

Er erfasste die Szene mit einem Blick und kam mit ausgestreckter Hand auf mich zu. »Du musst Britta sein. Ich bin Christian, hallo.«

»Nett, dich kennen zu lernen. Unter anderen Umständen wäre es mir allerdings lieber gewesen.«

»Mir auch, das kannst du mir glauben«, sagte er traurig. »Ich stehe noch total neben mir, ich glaube, es braucht noch ein paar Tage, bevor es richtig durchsickert, dass Sabrina nicht mehr da ist.«

Ich nickte, sagte aber erst mal nichts. Wenn Frauen plötzlich sterben, steckt sehr häufig der Ehemann oder Lebensgefährte dahinter.

»Eigentlich war ich ganz froh, jetzt etwas zu tun zu haben«, sprach er weiter, »auch wenn es ein kleiner Trost gewesen wäre, Fidel nicht auch noch beerdigen zu müssen. Ich kann mir einfach nicht vorstellen, dass sie dem Hund was antun würde ... angetan hätte«, korrigierte er sich.

»Ja, das sagte Pia schon. Ein paar andere Dinge sind ebenfalls etwas seltsam, aber bisher haben wir nichts gefunden, was man als handfesten Hinweis auf ein Verbrechen werten könnte«, sagte ich vorsichtig. »Ich habe gerade Pia schon gefragt – fällt dir denn spontan jemand ein, der Sabrina vielleicht etwas Böses wollte und vor allem, warum? Hat sie in letzter Zeit mit jemandem Krach gehabt – privat oder in der Firma?«

Christian zuckte ratlos mit den Schultern. »Nicht, dass ich wüsste. Ich zermartere mir schon seit gestern Abend das Hirn, aber ich kann mir schlicht und ergreifend keinen Reim darauf machen. Ich weiß, dass es ein totales Klischee ist, aber ich habe wirklich keine Ahnung, warum jemand Sabrina würde umbringen wollen.«

So, so.

»Vielleicht finden wir auf ihrem Laptop ja was«, Christian zog eine Plastikpackung aus einer Jackentasche, »der Akku war leer, als wir es gestern Abend anmachen wollten – jedenfalls hoffe ich, dass nur der Akku leer ist und nicht die ganze Kiste im Ar... Eimer ist. Ich hatte Glück und hab ein passendes Netzteil bekommen.«

»Das heißt, sie ist ohne Netzteil gefahren?«

Christian nickte. »Auf jeden Fall ist es nicht hier, das Laptop stand im Wohnzimmer auf dem Esstisch, so als hätte sie davorgesessen.«

»Hat die Wohnung WLAN?«, fragte ich.

»Ja«, sagte Christian. »Der Router steht in der Abstellkammer im Flur.«

»Was ist denn mit ihrem Handy?«, fragte ich, während wir ins Wohnzimmer gingen. Christian stellte das Notebook auf den Esstisch und packte das neue Netzteil aus. Er zog ein Blackberry aus der Tasche. »Es war aus, und ich hab die PIN nicht, deshalb komm ich nicht rein. Ich muss zu Hause nach der PIN suchen, sonst können wir das vergessen.«

Ich nickte und fragte beiläufig: »Wie lange wart ihr eigentlich verheiratet?«

»Fast acht Jahre, wir haben ziemlich früh geheiratet. Und vor der Hochzeit waren wir schon zwei Jahre zusammen«, er machte eine Pause und sah mich geradeheraus an. »Und jetzt musst du mich noch fragen, ob unsere Ehe noch glücklich war.«

Ich musste lachen. »Lass mich raten, treuer Tatort-Gucker.«

Er lächelte traurig. »Aber natürlich. Und ja, wir waren sehr glücklich.«

»Ihr habt euch nie gestritten?« *Zu glücklich ist auch komisch.*

»Natürlich haben wir uns gestritten, manchmal wie die Kesselflicker. Das bleibt gar nicht aus, wenn zwei Leute mit viel Temperament zusammenleben. Aber wir haben uns nie über wirklich wichtige Dinge streiten müssen. Mehr so die Nummer, wer den Müll mal wieder rausbringen könnte oder die Zahnpasta-Tube nicht auf den Kopf gestellt hat. Kleinscheiß eben.«

»Hat es letzte Woche wegen irgendwas Krach gegeben?«

Er überlegte kurz und schüttelte dann den Kopf. »Ich kann mich jedenfalls an nichts erinnern. Und glaub mir, wenn du dich mit Sabrina gestritten hast, hast du das nicht so schnell vergessen.«

»War sie irgendwie anders als sonst? Deprimiert vielleicht oder abwesend, in Gedanken?«

»Auch darüber zerbreche ich mir schon seit gestern Abend den Kopf, aber mir ist wirklich nichts an ihr aufgefallen. Sie war wie immer.«

Während wir uns unterhielten, hatte Christian Sabrinas Laptop eingeschaltet.

»Was machst du eigentlich beruflich?«, wechselte ich das Thema.

»Ich bin Steuerberater – freiberuflich«, sagte er über seine Schulter, während er Strg/Alt/Entf drückte, um sich an Sabrinas Rechner anzumelden. Er tippte etwas in das Passwortfeld ein, was der Rechner mit einer Fehlermeldung quittierte.

»Das wäre ja auch zu einfach gewesen«, sagte er seufzend und probierte diverse weitere Kombinationen aus.

Nach gefühlten zweihundert gescheiterten Versuchen sagte ich: »Lass gut sein, Christian, ich kenne da jemanden, der uns weiterhelfen kann.«

Christian drehte sich zu mir um und hob eine Augenbraue. »Du kennst jemanden, der Passwörter knackt?«

Ich zuckte mit den Schultern. »Sagen wir mal so – das wird in meinem Job ab und zu gebraucht. Aber keine Sorge – der Hacker meines Vertrauens ist strenger Whitehat.«

»Was ist denn ein Whitehat?«, fragte Pia entgeistert.

»Ein Whitehat ist jemand, der sich in fremde Systeme einhackt, um die Schwachstellen aufzuzeigen und dabei zu helfen, diese zu schließen. Oder aber einen guten Zweck damit unterstützt.«

»Und der gute Zweck sind wir?«, fragte Christian belustigt.

»Ich kenne seine schmutzigen Geheimnisse, er kann nicht anders«, grinste ich. »Und da wir nicht den Apparat der Polizei zur Verfügung haben, müssen wir uns eben anderweitig behelfen.«

Christian zögerte noch: »Und du kennst ihn gut? Der ist wirklich vertrauenswürdig? Hier ist bestimmt einiges an Geschäftsdaten drauf, allerlei Privates …«

»Du brauchst dir wirklich keine Sorgen zu machen. Ich lege meine Hand für ihn ins Feuer.«

»Okay«, nickte Christian. »Pia vertraut dir, das genügt mir.« Er fuhr das Laptop wieder herunter, schob es zurück in die Tasche und drückte mir diese in die Hand.

»Dann gibt es, denke ich, hier erst mal nichts mehr, was wir tun können. Wir sollten uns aber auf jeden Fall mit Herrn

Brösich unterhalten und uns dann ein bisschen im Ort umschauen. Vielleicht hat ja jemand Sabrina gesehen oder etwas beobachtet. Hast du ein brauchbares Foto von ihr dabei?«

Christian stand auf und zog aus der Jackentasche eine teuer aussehende Brieftasche. Das Foto, das er herausnahm, sah schon etwas mitgenommen aus, und Sabrina war darauf ein paar Jahre jünger als zum Zeitpunkt ihres Todes. Aber Gott sei Dank war es eine Porträtaufnahme, und sie hatte schon die gleiche Frisur, sodass sie gut zu erkennen war.

Ich steckte es in meine Jackentasche: »Ich schlage vor, dass Pia und ich zu den Brösichs fahren und uns danach im Ort umsehen. Drei Leute sind ein bisschen viel.«

»Ist gut«, sagte Christian. Ich fahre dann schon mal ins Hotel zurück, es gibt eh noch eine Menge zu regeln.«

13 Uhr

Wir brachen zusammen auf. Pia schloss die Tür der Ferienwohnung ab, und während Christian in seinen schwarzen SUV stieg, kletterten wir in mein Auto, das sich daneben ein bisschen schäbig machte. *Naja, Tarnung ist eben alles in meinem Beruf.*

Wir schlängelten uns die gewundene Landstraße entlang in Richtung Kennfus, wo die Brösichs wohnten, und kurz hinter dem Ortseingangsschild bogen wir rechts ab. Nach ungefähr 150 Metern wies Pia auf ein weißes Einfamilienhaus, das an einer Straßenkreuzung auf einem großen Grundstück stand. Die benachbarten Häuser waren alle von gepflegten Grundstücken umgeben, viele davon mit Bäumen und Rasen, der aussah, als wäre er mit der Nagelschere geschnitten. Ich parkte den Wagen direkt vor dem Haus, und wir gingen über einen Steinplattenweg auf die Haustür zu. Bevor wir klingeln konnten, schwang die Tür schon auf, und eine kleine, dralle Frau mit braunen Haaren öffnete die Tür.

»Hallo Frau Brösich«, sagte Pia. »Es tut mir leid, dass ich schon wieder stören muss, aber wir wollten noch mal kurz mit Ihnen und Ihrem Mann über meine Schwester sprechen, wenn es Ihnen recht ist.«

»Aber natürlich«, hauchte Frau Brösich und legte die Hand auf ihre bebende Brust. »Sie armes Kind. Und der arme Herr Kempfer erst. Sie sind ja so tapfer.« Sie griff nach Pias Hand und zog sie in das düster wirkende Innere des Hauses.

Beim Anblick von Pias verdutztem Gesicht konnte ich mir nur mit Mühe ein Grinsen verkneifen und folgte den beiden ins Haus, durch den Flur ins Wohnzimmer. Als ich mich kurz umsah, wurde mir klar, warum das Haus so düster wirkte – dunkle Bodenfliesen, schwere Eichenmöbel und dicke Gardinen schluckten das meiste Licht und machten die eigentlich großzügig angelegten Räume etwas klaustrophobisch. Vor allem nach dem hellen Sonnenschein, der draußen herrschte, musste man sich erst einmal an die dusteren Lichtverhältnisse gewöhnen.

Frau Brösich führte uns zu einer Sitzecke und scheuchte uns aufgeregt aufs Sofa. »Ich mache mal gleich einen starken Kaffee und hole meinen Mann, der ist im Garten«, sagte sie atemlos und verschwand, bevor wir protestieren konnten.

Pia lehnte sich zu mir herüber. »Warum ist die denn so aufgeregt?«, flüsterte sie.

»Ich nehme an, hier passiert sonst nicht viel. Da kommt so ein unerwarteter Todesfall schon mal ganz gut für den täglichen Dorftratsch. Und sie macht sich wahrscheinlich Sorgen, dass sich die Geschichte auf die Vermietung der Wohnung auswirken könnte. Von unserem Verdacht sagen wir besser nichts, sonst haben wir das ganze Dorf an den Hacken«, flüsterte ich zurück.

Wir sahen uns ein wenig im Zimmer um, bewunderten den röhrenden Hirsch im Alpenglühen an der Wand über dem Flachbildschirm, mussten aber nicht lange warten, bis Frau Brösich mit einem voll beladenen Kaffeetablett und ihrem – wie ich annahm – Ehemann im Schlepptau wieder auftauchte.

Eifrig platzierte sie Kaffeetassen vor allen vier anwesenden Personen, während Herr Brösich Pia und mir die Hand schüttelte. Sigmund Brösich war ziemlich groß, hatte eine enorme Wampe, schütteres Haar und eine dicke Hornbrille, die aussah wie ein Kassengestell aus den Siebzigern. Ich nahm an, dass es sich um ein ebensolches handelte. Seine Hände waren schwitzig, aber ansonsten wirkte er eigentlich ganz sympathisch. Frau Brösich schenkte allen Kaffee ein und setzte sich kerzengerade und mit vor Aufregung glühenden Bäckchen in einen der Sessel.

»Da Sabrina nicht zu Hause gestorben ist und die Mutter von Frau Kempfer und Frau Brand zu alt und krank ist, um hierherzureisen«, log ich, »wollen wir versuchen, so viel wie möglich über Sabrinas letzte Tage hier herauszufinden, damit wir der Mutter ein bisschen was erzählen können und ihr Fotos zeigen. Da Pia«, hier legte ich Pia eine Hand auf die Schulter, »noch sehr mitgenommen ist, würde ich gerne die Fragen stellen, wenn es Ihnen nichts ausmacht. Ich bin eine alte Schulfreundin der beiden.«

»Aber natürlich, wir helfen doch sehr gerne. Was möchten Sie denn wissen?«, entgegnete Frau Brösich.

Sigmund schien daran gewöhnt zu sein, nicht zu Wort zu kommen und blickte uns resigniert aus seinem Ohrensessel an.

»Vielleicht erzählen Sie einfach mal, was Ihnen zu Sabrinas Besuch einfällt.«

»Ja, also, gebucht hat Frau Kempfer letzte Woche. Die ganzen E-Mail-Sachen macht mein Mann.« Widerwillig verstummte Frau Brösich, um ihrem Mann das verbale Feld zu überlassen.

Sigmund Brösich rutschte unbehaglich auf seinem Sessel hin und her, bevor er zögerlich anfing zu sprechen: »Letzte Woche, das war der …«, umständlich drehte er sich um, um auf einen großen Kalender zu gucken, der hinter ihm an der Wand hing, »der 21. Juli. Die Mail kam abends. Sie schrieb, sie habe sich spontan entschlossen, hierherzukommen und die Wohnung im Internet gefunden. Eigentlich sind wir um diese Jahreszeit völlig ausgebucht, aber der Mieter hatte gerade an dem Morgen angerufen und abgesagt, weil seine Frau sich ein Bein kompliziert gebrochen hatte.«

»Ich habe ihr dann bestätigt, dass sie die Wohnung für das Wochenende haben kann. Und dann hat sie noch kurz angerufen wegen der Schlüsselübergabe.«

»Sie hat also zunächst nur für das Wochenende gebucht.«

»Ja, verlängert hat sie erst am Sonntag.«

»Und wann hat sie am Freitag den Schlüssel abgeholt?«

Frau Brösich sah ihre Chance gekommen, die Unterhaltung wieder an sich zu reißen. »Bei uns gar nicht. Wir legen den Schlüssel unter die Fußmatte, wenn ein Gast spät anreisen möchte oder wir anderweitig beschäftigt sind. Das haben wir am Freitag auch so gemacht. Unsere Kegelrunde war verlegt …«

»Sie haben Frau Kempfer also am Freitag gar nicht gesehen?«, unterbrach ich sie schnell, bevor sie sich in einer ausführlichen Beschreibung der Kegelbruderschaft ergehen konnte.

»Nein«, bestätigte Herr Brösich knapp.

»Aber am Sonntag haben Sie sie gesehen, als sie die Mietzeit verlängert hat?«, fragte ich weiter.

»Nein, am Sonntag hat sie angerufen und gefragt, ob sie noch bleiben kann«, sagte Herr Brösich. »Ich hab ihr das bestätigt und gefragt, ob ich das Geld wieder von der Kreditkarte abbuchen soll. Und das war's auch schon. Bis Frau Brand dann gestern angerufen hat. Den Rest wissen Sie ja«, endete er mit einem unbeholfenen Blick Richtung Pia.

Pia und ich sahen uns an. Es war also zumindest unsicher, ob Sabrina die Wohnung selbst verlängert hatte.

»Können Sie sich noch dran erinnern, um wie viel Uhr sie angerufen hat?«, fragte ich.

»Das muss so am späten Vormittag gewesen sein, meine Frau hat gerade Mittagessen gemacht.«

»Wie klang denn ihre Stimme am Telefon?«

»Eigentlich ganz normal. Allerdings ein bisschen anders als letzte Woche, dachte ich. Aber das kann auch an der Erkältung gelegen haben. Sie klang ziemlich verschnupft.«

»Aber es war definitiv Sabrina Kempfer, mit der sie gesprochen haben?«, hakte ich nach.

Brösich dachte kurz nach und zuckte mit den Schultern. »Nein, definitiv kann ich das nicht sagen. Ich hatte ja vorher nur das eine Mal mit ihr gesprochen. Wie gesagt, klang sie am Sonntag anders als bei unserem ersten Telefonat. Aber warum sollte denn jemand anderes die Wohnung verlängern?«

In der Tat, warum?

»Und danach haben Sie nichts mehr von ihr gehört oder gesehen?«

»Nein, tut mir leid«, schüttelte Herr Brösich den Kopf.

»Okay, vielen Dank, dass Sie sich für uns Zeit genommen haben.« Pia und ich standen auf, bedankten uns noch einmal und gingen zurück zum Auto.

»Ist dir auch aufgefallen, dass er gesagt hat, Sabrinas Stimme habe sich am Sonntag anders angehört als letzte Woche?«, fragte ich Pia.

»Ja, da bin ich sofort hellhörig geworden.«

»Hat Christian was von einer Erkältung gesagt?«

»Nein, hat er nicht, andererseits hatte sie manchmal ziemlich schlimmen Heuschnupfen. Und hier gibt's ja reichlich Grünes. Oder sie hatte vielleicht einfach nur viel geweint«, schloss sie betrübt.

»Das kann natürlich sein, und da Herr Brösich nur diese zwei Male ganz kurz mit ihr gesprochen hat, kann er ja wirklich nicht sicher sein, ob sich nur Sabrinas Stimme anders angehört hat oder ob er mit einer anderen Person gesprochen hat. Die spannende Frage ist, ob wir in der Wohnung einen entsprechenden Haufen Taschentücher finden. Wenn Sabrina sich umgebracht hat, wird sie ja nicht noch den Mülleimer geleert haben und die Taschentücher sollten noch da sein – egal, ob sie Heuschnupfen hatte, eine plötzliche Erkältung oder vor Kummer geweint hat«, sinnierte ich.

»Und wenn keine da sind?«

»Ein erkälteter Mörder oder eine erkältete Mörderin hingegen schon. Dass man keine DNA-Spuren hinterlassen sollte, weiß ja nun wirklich inzwischen jedes Kind. Wenn wir also keine Taschentücher finden, könnte das ein Hinweis sein, dass wir es doch mit einem Verbrechen zu tun haben.«

Ich ließ den Motor an und fuhr geradewegs zur Ferienwohnung zurück. Während der Fahrt rief Pia Christian auf seinem Handy an und fragte, ob Sabrina in der vergangenen Woche erkältet gewesen sei oder Anzeichen von Heuschnupfen gezeigt habe. Als Christian dies verneinte, warfen Pia und ich uns einen kurzen Blick zu, und ich fuhr schneller.

Ein Blick durch alle Räume und alle Mülleimer der Ferienwohnung ergab Müll, der zu einem Aufenthalt von ungefähr 48 Stunden passte, aber weder benutzte Papiertaschentücher, Küchenrollen oder umfunktioniertes Toilettenpapier. Die Mülltonne neben dem Haus war leer.

Ich sank im Wohnzimmer auf das kleine Sofa und sah zu Pia hoch, die im Türrahmen stand.

»Ich muss gestehen, ich war wirklich skeptisch, was euren Verdacht anging ...«

»Das hab ich bemerkt«, sagte Pia, einen Hauch spitz.

»Aber das ist wirklich alles ein bisschen seltsam. Ich glaube, da stimmt wirklich was nicht.«

»Nur was?«

»Ich schätze, die Frau, die die Wohnung verlängert hat, war nicht Sabrina«, sagte ich nachdenklich. Mein Denkapparat ratterte leise vor sich hin, und ich knabberte nachdenklich an meiner Unterlippe. »Was wir nicht wissen, ist, ob Sabrina zu diesem Zeitpunkt noch am Leben war.«

Ich überlegte kurz, ob es sinnvoll wäre, angesichts dieser neuen Erkenntnisse die Polizei doch noch anzusprechen, entschied mich aber dagegen. Unsere Beweislage (verschobene Gläser im Schrank und fehlende Schnupftücher) war mehr als dünn, und ich vermutete eher, als spinnert verlacht zu werden anstatt tatkräftige Ermittlungsunterstützung zu bekommen. Ich hörte in Gedanken schon die Stimme meines Kollegen Piet: Ja klar, Meisje, wir suchen eine Frau, die verschnupft ist und letzte Woche Sonntag in Bad Bertrich war – ist doch gar kein Problem!

Eine professionelle Spurensicherung wäre sicher für den Fall der Fälle hilfreich, allerdings waren wir in einer Ferienwohnung, die in diesem Jahr wahrscheinlich schon sprichwörtlich Hunderte von Leuten betreten und wieder verlassen hatten – und jemand, der seine Taschentücher mitnimmt und benutzte Gläser spült, hinterlässt keine Fingerabdrücke. Besser also erst mal selbst weitersuchen, bis wir etwas Handfesteres hatten.

»Okay«, ich klatschte aufmunternd in die Hände, »packmer's. Wir fragen jetzt erst mal im Dorf rum, ob jemand Sabrina gesehen hat – alleine oder in Begleitung. Und dann nehmen wir uns noch die Nachbarn vor. Vielleicht hat jemand gesehen, dass außer Sabrina jemand das Haus betreten oder verlassen hat.« Das war zwar unwahrscheinlich, weil das Haus aufgrund seiner Lage schlecht einsehbar war, aber einen Versuch war es definitiv wert.

17:45 Uhr

Drei Stunden später kamen wir mit schmerzenden Füßen wieder bei der Ferienwohnung an. Die Ausbeute war nicht sehr ergiebig. Sabrina war am Samstag in einem der Lebensmittelgeschäfte und nachmittags auf dem Parkplatz am Ortseingang Ost gesehen worden. Allein. Ansonsten Fehlanzeige, auch bei den umliegenden Häusern. Niemand hatte Sabrina gesehen, und niemand hatte gesehen, ob sie selbst oder jemand anders das Haus betreten hatte. Nur einem etwas entfernteren Nachbarn war das schicke Auto vor dem Haus aufgefallen. *Toll!*

Wir wollten gerade die kurze Auffahrt hochgehen, als wir vom Ende der Sackgasse einen älteren Herrn mit einem Dackelpärchen auf uns zukommen sahen. Ich schob mir den Rest des Eishörnchens in den Mund, das wir uns zum Trost gegönnt hatten, und sagte: »Okay, den fragen wir noch. Der ist doch mit den Hunden bestimmt mehrmals am Tag unterwegs.«

Wir warteten, bis er uns mit langsamen, schlurfenden Schritten erreicht hatte. Körperlich wirkte er zwar etwas gebrechlich, aber seine blauen Augen waren hellwach, und er blinzelte uns freundlich an. »Nanu, dass mir auf meine alten Tage noch mal zwei hübsche, junge Frauen auflauern, hätte ich ja nicht gedacht. Fips!« Er zupfte an der Leine, um einen der beiden Dackel daran zu hindern, sich zu intensiv mit Pias Hosenbein zu beschäftigen.

Ich grüßte freundlich, kramte Sabrinas Foto aus der Hosentasche und hielt es ihm unter die Nase. »Haben Sie diese Frau am letzten Wochenende zufällig gesehen?«

Er drückte mir kurzerhand die Hundeleinen in die Hand, nestelte umständlich eine Brille aus der Tasche und studierte das Foto aufmerksam. Dann sah er mich an. »Das ist doch die hübsche, junge Frau mit dem schicken Auto da«, mit dem Daumen zeigte er über seine Schulter auf den blauen BMW.

»Ja, genau«, sagte Pia aufgeregt. »Haben Sie sie gesehen?«

»Freilich. Am Freitag hab ich gesehen, wie sie ihren Koffer aus dem Auto nahm. Ist mir gleich aufgefallen, ist ja wirklich ein schicker Wagen.«

Egal wie alt, die sind alle gleich.

»Und tags drauf hat sie abends Besuch bekommen.«

BINGO!

»Sind Sie da ganz sicher – am Samstag?«

»Ja freilich. Das war nämlich kurz nach der Sportschau, und ich war noch ganz aufgeregt, von den Ergebnissen, wissen Sie!«

Ich sag doch, alle gleich!

»Konnten Sie sehen, wie der Besuch aussah?«, fragte ich gespannt.

Er schüttelte bedauernd den Kopf. »Nein, das tut mir leid. Ich habe sie nur von hinten gesehen, und sie trug einen Regenmantel mit Kapuze – es hat ja so geschüttet an dem Abend. Aber sie war ziemlich groß, fand ich. Für eine Frau, meine ich.«

»Was meinen Sie denn mit ›groß für eine Frau‹?«, fragte ich.
»Naja, so wie Sie«, sagte er zu mir.
Okay, gute 1,70 Meter. Also nicht klein, aber auch nicht extrem groß.
»Haben Sie noch etwas gesehen außer dem Regenmantel?«, fragte ich weiter.
»Nein, ich glaube nicht. Sie hatte einen Regenschirm und eine ziemlich große Handtasche über der Schulter. Und sie war wohl zu Fuß gekommen.«
»Zu Fuß?«, fragte ich verblüfft.
»Auf jeden Fall stand nur der schöne BMW vor der Tür, als sie ins Haus gegangen ist.«
Da hatte wohl jemand an alles gedacht und das Auto woanders geparkt. Jemand, der nichts im Schilde führte, wäre bei dem Wetter doch nicht freiwillig zu Fuß gegangen? Es sei denn, die Person wohnte direkt in der Nähe.
»Aber sagen Sie mal, warum stellen Sie denn all diese Fragen?«, fragte er neugierig. »War das der Grund, warum der Wagen von Dr. Ritter gestern Abend vor dem Haus stand?«
Kleinstadt, hier machst du nix, ohne dass dich jemand beobachtet.
»Ja«, sagte Pia geistesgegenwärtig, »meine Schwester wurde gestern Abend tot aufgefunden, und wir würden gerne noch mit der Dame sprechen, die sie am Samstag besucht hat. Wir würden gerne wissen, wie sie an ihrem letzten Abend war, was sie erzählt hat. Wir standen uns sehr nah.«
»Ach, Sie armes Kind, hat sie …?« Pia nickte und sah zu Boden.
Er legte Pia mitfühlend eine Hand auf den Arm. »Das tut mir wirklich aufrichtig leid für Sie. Mein Bruder hat vor vielen Jahren auch den Freitod gewählt, so was vergisst man nie. Aber wenn ich Ihnen ein bisschen Mut machen darf – mit der Zeit tut es nicht mehr ganz so weh wie am Anfang.«

Ich hatte fast ein schlechtes Gewissen, weil wir den netten alten Herrn beschwindelt hatten.

»Sie wohnen hier in der Straße, Herr …?«

Er lüpfte kurz seine karierte Schiebermütze: »Angenehm, Richard Bolte. Wie die Witwe Bolte. Ich wohne gleich dahinten um die Kurve, direkt neben dem Jugendheim, gegenüber der Kirche. Seit vierzig Jahren schon.« Er wedelte mit der Hand in die Richtung der Kurve, die die Sonnenstraße ein Stück weiter unten machte. Sehen konnte man sein Haus von hier aus nicht, aber bei der Beschreibung konnte man es wohl kaum verfehlen.

Ich streckte ihm die Hand hin und bedankte mich für seine Hilfe. Während er mit seinen Dackeln weiterschob, sahen Pia und ich uns triumphierend an.

»Es war also tatsächlich jemand bei ihr am Samstagabend«, sagte Pia aufgeregt. »Wir haben endlich eine Spur.«

In der Tat. Ob die Spur uns irgendwo hinführen würde, wussten wir noch nicht, aber immerhin gab es jetzt eine. Wir stiegen in mein Auto und fuhren ins Hotel zurück.

Im Zimmer fuhr ich mein Laptop hoch, checkte meine Mails und tipperte ein paar Notizen zu den bisherigen Ergebnissen in den Rechner. Danach trafen wir uns im Hotelrestaurant zu einem heiß ersehnten Abendessen. Und das war gut so, denn langsam machte sich das wieder einmal ausgefallene Mittagessen unangenehm bemerkbar.

20:00 Uhr

Wir erzählten Christian von unseren nachmittäglichen Nachforschungen und den Schlussfolgerungen, zu denen wir gekommen waren.

Er schlug mit der Hand auf den Tisch, was sich ungefähr so anhörte, als hätte ein Brauereipferd dagegengetreten, und rief: »Ich hab doch gewusst, dass da was faul ist!«

Diverse strafende Blicke trafen uns von anderen Mit-Speisenden, aber das tat unserer Zufriedenheit mit den Ergebnissen dieses Nachmittags keinen Abbruch.

Sabrina hatte am Samstagabend tatsächlich eine Besucherin gehabt, und wir hatten Grund zu der Annahme, dass nicht Sabrina selbst die Wohnung verlängert hatte, die sie ursprünglich nur für das Wochenende gebucht hatte. Es lag nahe, zunächst einmal anzunehmen, dass es ihre Besucherin gewesen sein könnte, die Herrn Brösich angerufen hatte. Nur wer war sie und warum hatte sie die Wohnung verlängert, noch dazu an dem Tag, an dem Sabrina mit hoher Wahrscheinlichkeit gestorben war? Lebte Sabrina zu diesem Zeitpunkt noch, oder war sie bereits tot? Hatte Sabrina eine Komplizin bei einem geplanten Selbstmord oder war sie tatsächlich ermordet worden? Fragen über Fragen.

Nachdem wir zu Ende erzählt hatten, nahm ich einen großzügigen Schluck Bier.

»Wir können natürlich nicht ausschließen, dass es eine harmlose Erklärung für die geheimnisvolle Besucherin gibt, aber sie ist definitiv unsere heißeste Spur, sollte wirklich etwas faul sein. Ich fahre morgen früh direkt zurück, damit wir herausfinden können, ob auf ihrem Handy oder auf dem PC irgendwelche Hinweise auf eine Verabredung und die Identität der Besucherin zu finden sind.«

»Und wir könnten gucken, ob wir in ihrem Postfach Bestellungen für den Whisky und die Schlaftabletten finden«, ergänzte Christian. »Sie hat eigentlich fast alles online gekauft.«

Ich nickte zustimmend. »Wenn wir dort nichts finden, heißt das zwar nicht automatisch, dass sie die Barbiturate nicht selbst gekauft hat, aber wenn wir eine Bestellung finden – sei es bei einer legalen Online-Apotheke oder über irgendwelche dunklen Kanäle – würde das natürlich gegen unsere Mordtheorie sprechen. Ich fahre morgen früh schnurstracks zum Hacker meines Vertrauens.«

DONNERSTAG, 4. AUGUST

11:10 Uhr

Langsam, ganz langsam öffnete sich die Wohnungstür und unter einem wilden, schwarzen Lockenschopf blinzelten mir zwei klitzekleine Äuglein entgegen. »Aaah, *non, putain*, Brittah, was machst du denn hier; weißt du eigentlisch, wie spät es ist?«

»Gleich elf durch – wieso, ist deine Uhr kaputt?«, flötete ich unschuldig. »Ist der Kaffee schon fertig?«

Pia, Christian und ich hatten beim Frühstück besprochen, dass die beiden versuchen würden, die PIN für Sabrinas Handy zu finden, während ich den Hacker meines Vertrauens bitten würde, Sabrinas Laptop-Passwort zu knacken und uns durch automatisierte Suchroutinen hoffentlich langwierige manuelle Suchen durch Postfächer und Datei-Ordner zu ersparen.

Folglich stand ich nach der Rückfahrt aus Bad Bertrich bei meinem lieben Freund Tahar vor der Tür. Normalerweise hatte man gegen elf erste gute Chancen auf einen leckeren französischen Kaffee, allerdings konnte sich Tahars Frühstückszeit, je nach Nachteinsatz, auch gerne mal auf den frühen Nachmittag verschieben.

»Isch bin fix und fertig, *mon dieu*, ich hab geradö mal drei Stundön ...« Sein Blick fiel auf die Laptoptasche, die über meiner rechten Schulter hing, und er sah mich mit leidendem Hundeblick an: »Ich nehmö an, weiterschlafön kann ich mir abschminkön?«

Ich raschelte versöhnlich mit einer Tüte voller belgischer Croissants vor seiner Nase herum: »Ich habe wenigstens *Bakshish* mitgebracht.«

»Na gut, komm schon rein«, brummelte er. Mit Boxershorts und löchrigem T-Shirt bekleidet tapste er, leise französische Flüche vor sich hinmurmelnd, voran in seine Küche und kramte mit immer noch halb geschlossenen Augen in einem der Hängeschränke – auf der Suche nach Kaffeebohnen.

»Ich habö die ganzö Nacht an diesem neuen Programm herumgeschriebön, aber das läuft allös noch nicht so, wie ich mir das denkö«, gähnte er, »und übermorgön muss das alles fertig sein. *Putain*. Ich brauchö erst mal einön *café intraveineux*.«

Ein Expertenblick auf die Stapel auf seiner Spüle sagte mir, dass eine Suche nach Tellern oder Besteck in Schränken und Schubladen sinnlos sein würde. Also näherte ich mich diesem Handgranatenwurfstand mit äußerster Vorsicht und zog unter Einsatz meiner besten Mikado-Künste die benötigten Utensilien aus dem Abwaschstapel, um sie schnell zu spülen.

Tahars Miene hellte sich unversehens auf. »Ah, Brittah, hättö ich geahnt, dass du kommst, hättö ich gestörn nicht extra aufgeräumt«, grinste er.

Ich warf ihm kurzerhand den Spülschwamm an den Kopf.

»Na, na, na«, hob er warnend einen Zeigefinger, »immör schön nett sein zum Häckör Ihrör Wahl. Man weiß schließlich nie, was er auf Ihröm Computör so allès findöt.«

»Nix findöst du da, weil du den nicht in die Fingör bekommst«, gab ich grinsend zurück und fegte den Küchentisch so gut es ging frei. Unsere Stimmen hatten inzwischen auch Minou angelockt, Tahars stets schlechte gelaunte Katze. Sie saß ebenfalls auf dem Tisch, leckte sich das schwarze Fell und reagierte äußerst ungnädig auf meine unmissverständliche Aufforderung, sich zu trollen.

»Hast du irgendwo ein Pflaster?«, quetschte ich um meinen Zeigefinger herum, von dem ich notgedrungen das Blut abnuckelte.

»Aaah, *putain*, Minou«, schimpfte Tahar, »wie oft muss ich dir noch sagön, du sollst nicht kratzön, wenn sich jemand hier nützlich macht, eh? Weibör.« Er drückte noch schnell auf den Knopf der Kaffeemaschine und verschwand im Badezimmer, während Minou und ich uns aus verengten Augen gegenseitig anfunkelten.

Kurz darauf ertönte aus dem Bad ein lautes Scheppern, dicht gefolgt von einem herzhaften »*MERDÖÖ*«. Tahar erschien wieder in der Küchentür, und auf meine fragend gehobene Augenbraue knurrte er nur: »Du willst es nicht wissön.«

Immerhin hatte er ein Pflaster gefunden, zu meiner Überraschung sogar ein sauberes, sodass ich Tahar bald über Kaffee und Croissants in die Geschichte um Sabrina Kempfers Tod und dessen verdächtige Umstände einweihen konnte.

Tahar lauschte aufmerksam, während er genüsslich ein Croissant nach dem anderen mit Butter und französischer Marmelade bestrich und vertilgte. »Nicht ganz so gut wie zu Hausö, abör nicht schlecht, gar nicht schlecht.« Tahar ist in Paris aufgewachsen, und das Croissant, das besser schmeckt als die dort, wurde noch nicht gebacken. Sagt er.

»*Bon, alors*, wir suchön also nach Hinweisön auf einö Verabredung? *Pas de problème.*« Er angelte nach der Laptoptasche und zog Sabrinas Computer heraus.

»Zum einen das, aber wir suchen auch nach Onlinebestellungen von Barbituraten und/oder Whisky. Sie hat offensichtlich sehr viel online bestellt. Browserverlauf, das Übliche.«

»Ich nehmö an, wir vermutön ehör, dass wir keinö Bestellungön findön? Sonst wärö ja die Mordhypothesö etwas wackelig?«

»Na ja, wenn wir uns irren, will ich's ja lieber gleich wissen«, gab ich zurück und goss mir noch einen Kaffee ein.

Tahar stand auf und klemmte sich das Laptop unter den Arm. »Isch guckö mir das mal an.«

»Wir haben keine Zugangsdaten zum PC oder den Postfächern.«

»*Eh, alors?*«, zwinkerte er mir zu. »Seit wann stört misch das?« Sprach's und verschwand im »Heiligtum«, von wo danach nur noch leises Gebrummel und das Klackern diverser Tastaturen zu hören war.

Da das Betreten des Heiligtums zum einen bei Todesstrafe verboten, zum anderen rein physikalisch fast nicht möglich ist, richtete ich mich in der Küche mit meinem eigenen Laptop ein und harrte der Dinge, die Tahar zutage fördern würde – oder eben auch nicht.

Ich hatte gerade eine Mail an Silke abgeschickt, als mein Handy klingelte.

»Britta, Britta«, kreischte Pia aufgeregt am anderen Ende. »Wir haben was gefunden!«

Ich war wie elektrisiert. »Was denn? Nun sag schon.«

»Auf Sabrinas Handy ist eine SMS von Samstagmittag mit den Worten: *Heute Abend geht klar. Seh dich um 7. S.*«

»Ha!«, rief ich erfreut. »Habt ihr auch die Nummer?«

Ich hörte Pia im Hintergrund mit jemandem tuscheln, und plötzlich klang sie wie ein Ballon, dem man die Luft herausgelassen hat. »Die haben wir nicht, Christian meint, die wurde wohl unterdrückt.«

»So ein Mist. Das wäre aber auch zu einfach gewesen. Wenigstens wissen wir jetzt definitiv, dass sie Samstagabend eine Verabredung hatte, und die Besucherin keine Zeugin Jehovas oder so was war.«

»Die kommen doch immer zu zweit«, sagte Pia.

»Ach die auch? Ich dachte, das sind nur die Mormonen. Egal. Das ist auf jeden Fall eine gute Nachricht. Und wir wissen jetzt, dass sich die beiden geduzt haben. Es wird also kaum irgendeine wildfremde Person gewesen sein. Oder hat Sabrina sich mit jedem geduzt?«

»Nein«, antwortete Pia, »sicher nicht mit jemandem, den sie gerade kennen gelernt hatte. Sie war nicht so der ober-kumpelige Typ.«

»Hmm«, brummte ich nachdenklich. »Am besten geht ihr die Handykontakte durch, SMS, Messengerkontakte et cetera. Alle, die weiblich sind, deren Vorname mit S beginnt, und von denen wir annehmen, dass sie sich mit ihnen geduzt hat, kommen infrage.«

»Aber wenn die Frau von Samstag in den Kontakten wäre, würde das doch bei der SMS mit Namen angezeigt?«, fragte Pia.

»Aber nur, wenn sie für diese SMS die gleiche Nummer benutzt hat wie die in den Kontakten – und selbst dann nicht, denn sie hat ja die Nummer unterdrückt.«

»Stimmt«, gab Pia zu. »Wir machen uns gleich an die Arbeit. Hast du auf dem PC schon was gefunden?«

»Wir sind noch dran. Wenn du mir die Namen mailst, die ihr findet, können wir die gleich mit in die Suche aufnehmen. Vielleicht hatten sie ja nicht nur übers Handy Kontakt. Die SMS war ja eine Terminbestätigung, also müssen sie ja vorher schon Kontakt gehabt haben.«

»Okay, wir schicken alles, was wir finden«, bestätigte Pia und legte auf.

»Tahar?«

»*Quoi?*«, nuschelte es aus dem Heiligtum.

Ich quetschte mich zwischen Tisch und Bank hervor und marschierte strammen Schrittes in seine Richtung. »Wir haben eine Spur«, rief ich triumphierend, als ich die angelehnte Tür aufstieß.

Umwölkt von dicken Rauchschwaden hockte Tahar inmitten seiner Schaltzentrale und hämmerte konzentriert auf Sabrinas Laptop herum. Eintreten war, wie erwähnt, leider physikalisch so gut wie unmöglich, deshalb unternahm ich gar nicht erst den Versuch.

Das Heiligtum kann man sich ein bisschen wie die Einsatzzentrale der NASA vorstellen, nur ohne den Platz zwischen den verschiedenen Schreibtischen und Konsolen. Ein Haufen PCs, noch mehr Bildschirme, meist mit wandernden Zahlen- oder Codekolonnen und blinkenden Lichtern – fehlt eigentlich nur die Großleinwand mit Apollo 13 und Tom Hanks. Na ja, und der unglaubliche Kabelsalat, der alles miteinander verbindet, wäre bei der NASA-Arbeitssicherheitsabteilung so wohl auch nicht durchgegangen.

»Weihnachtsdeckchen als Bildschirmabdeckung?«, fragte ich ungläubig, als ich von der Tür aus die letzte Neuerung im Heiligtum entdeckte.

»*Mais oui*, was soll man denn sonst damit anfangön?«, zuckte Tahar die Schultern, ohne die Augen vom Bildschirm zu nehmen. »Sind vertraulichö Projektö, *non*?«

»Ich frag besser nicht, wie du überhaupt zu Weihnachtsdeckchen gekommen bist«, bemerkte ich.

»Das ist auch bessör so«, seufzte Tahar. »Du hast ebön etwas von einör Spur gesagt?«

»Ja, wir wissen jetzt, dass der Vorname der Frau, mit der Sabrina sich kurz vor ihrem Tod getroffen hat, mit S anfängt.«

»*Mon Dieu*«, grinste Tahar, »das schränkt ja die Verdächtigenlistö mächtig ein.«

»Undankbar beginnt gar nicht, es zu beschreiben«, knurrte ich.

»Schon gut, schon gut«, Tahar hob beschwichtigend die Hände. »Ich meinö ja nur. Auf jedön Fall bin ich drin im Computör und in den Postfächörn. Ich schreibö geradö die Suchö nach den Bestellungön von Whisky und Barbituratön.« Er las zum Abgleich noch einmal die Markennamen vor.

»Korrekt«, bestätigte ich.

»Wissen wir noch etwas außör dem Buchstabön? Und ihr seid sichör, dass es der Vornamö ist?«

»Der Anfangsbuchstabe ist leider das Einzige, was wir momentan haben. Wir gehen davon aus, dass es der Vorname ist, weil sie sich geduzt haben«, erwiderte ich. »Eventuell können wir dir noch ein paar Namen aus ihrem Handyadressbuch liefern, die mit S anfangen.«

»Ah *bon*, jedös bisschön hilft. Allerdings kann es ja auch einö S sein, die nicht in ihrön Adressbüchörn steht, *non*?«

»Das schon, aber dann haben wir eh schlechte Karten. Lass uns erst mal die S-Damen abklopfen, die wir haben, und beten, dass Occams Gesetz auch diesmal weiterhilft.«

»Die einfachstö Erklärung hat die höchste Wahrscheinlichkeit, die Richtigö zu sein«, nickte Tahar zustimmend. »Hoffen wir das Bestö.«

15 Uhr

Drei Stunden später waren wir leider noch nicht sehr viel weiter. Tahars Suchroutinen zu Bestellungen von Whisky und Barbituraten hatten keine Ergebnisse geliefert. Auch im

Browserverlauf, den Tahar rekonstruieren konnte, fand sich hierzu nichts.

Im Zusammenhang mit all den anderen Merkwürdigkeiten rund um Sabrinas Tod wertete ich das erst einmal als weiteres Indiz dafür, dass etwas gewaltig stank im Staate Dänemark. Aber natürlich konnten wir nicht ausschließen, dass sie Whisky und Tabletten irgendwo im stationären Einzelhandel oder in der Apotheke gekauft hatte. Allerdings fand sich in den letzten zwölf Monaten in Sabrinas Kalender kein einziger Arzttermin – ein legales Rezept für die Barbiturate war also eher unwahrscheinlich.

»Darauf kannst du abör nichts gebön«, winkte Tahar ab, »an so was kommt man ja auch andörs ran.«

»Schon klar«, sagte ich nachdenklich, »aber nach allem, was Pia und Christian über sie sagen, scheint sie mir irgendwie nicht der Typ für illegal erworbene Betäubungsmittel gewesen zu sein. Aber wissen kann man das natürlich nie.«

Die Suche in den Handy-Kontakten hatte vier Namen von Frauen ergeben, deren Vorname mit S anfing und mit denen Sabrina sich, so zumindest die Aussage von Pia und Christian, geduzt hatte. Eine davon kannten Pia und ich aus der Entfernung, weil sie in der Schule mit Sabrina in einer Stufe gewesen war. Tahar, der festgestellt hatte, dass Sabrinas Kontakte zwischen Handy und PC synchronisiert wurden, hatte einen weiteren Namen gefunden, der die Kriterien erfüllte. Den hatten Pia und Christian übersehen.

Wo überhaupt ein E-Mail-Verkehr vorhanden war, gab es aber nicht einmal einen Hauch einer Verbindung zu Bad Bertrich oder dem vergangenen Wochenende. Tahar stellte allerdings richtigerweise fest: »Wie soll ich sagön – wenn ich jemandön ermordön wolltö, würdö ich vorher auch keine Mail schreibön und es ankündigön odör meinö Reiseplänö schriftlich festhaltön, *n'est-ce pas*?«

»Richtig. Wir müssen also herausfinden, ob eine von ihnen am Samstag in Bad Bertrich gewesen sein kann.«

»Also Swantjö Schickedanz, die einzigö Arbeitskollegin, derön Namö den Kriteriön entspricht, kann es schon mal nischt gewesön sein«, sagte Tahar beiläufig, während er sich eine neue Kippe ansteckte.

»Ach, und das weißt du woher?«

»Wundör der modernön Technik«, er wackelte mit den Augenbrauen. »Die habön in der Agentur einö Serverlösung für die Kalendör. Sabrina hattö Zugriff auf die Terminö von Swantjö, und die ist – laut Kalendör – seit dem 20. Juli mit der Transsibirischön Eisenbahn unterwegs.« Er drehte Sabrinas Laptop, sodass ich den Kalendereintrag sehen konnte.

»Da waren's nur noch vier«, freute ich mich. »Hast du noch ein paar Asse im Ärmel?«

»Isch bin zwar *génial*«, sagte er mit seiner üblichen Bescheidenheit, »aber noch nicht allmächtig. Kann aber nicht mehr langö dauörn.«

Ich mimte eine plötzlich aufkommende Übelkeit und begann, meine Siebensachen zusammenzupacken, die sich im Laufe der letzten Stunden auf wundersame Weise auf Tahars Küchentisch verteilt hatten.

»Das mit dem Genie besprechen wir besser ein andermal«, grinste ich, als ich ins Treppenhaus trat. Von oben kamen Schritte die Treppe herunter. »Wie ich dich für die geniale Arbeit entlohnen kann hingegen …«

»Och, wie immör, Brittah, mit freizügigöm Sex. Wann hast du Zeit?« Tahar klimperte unschuldig mit den Wimpern, und seine Nachbarin Frau Betz erlitt hinter mir hörbar einen Beinah-Herzinfarkt.

»Vielleicht heute Abend nach dem Schlemmermenü bei Paulchen?«, spielte ich Tahars Spiel mit.

Frau Bretzens Schritte trommelten auf dem Weg Richtung Erdgeschoss eine hastige Stakkatobegleitung zum hyperventilierenden Atem.

»*Parfait*, aber nicht wieder so laut sein wie letztös Mal, *n'est-ce pas*.« Er hob die Stimme. »Sonst muss sich die armö Frau Betz wiedör bei der Hausverwaltung beschweröööön.«

Zugegebenermaßen hat es Frau Betz, deren Wohnung direkt über der von Tahar liegt, nicht leicht. Tahar ist kein Kind von Traurigkeit, und seinem verwuschelten Franzosencharme ist schon so manches Herz zum Opfer gefallen. Und auch so manche Nachtruhe von Frau Betz, nach allem, was man so hört. Das Mitleid mit ihr hält sich allerdings in Grenzen. Einer von Tahars ehemaligen Nachbarn brachte es mal schön auf den Punkt: »Die Mutter aller Albtraumnachbarn.« Frau Betz rennt nicht nur wegen jeder Flatulenz gleich zur Hausverwaltung, sondern viele dieser Betz'schen Anschuldigungen sind maßlos übertrieben, manche einfach frei erfunden.

Dass der zuständige Kollege bei der Hausverwaltung sich inzwischen mehrfach entschuldigt, wenn er anruft (»Ich ahne, was Sie sagen werden, aber ich muss leider allem nachgehen – Sie wissen ja, Frau Betz ist mit dem Geschäftsführer verwandt.«), ahnt sie nicht. Dass die Nachbarin im Erdgeschoss eine Dartscheibe mit dem Betz'schen Antlitz hinter der Wohnungstür hängen hat, glaube ich, auch nicht.

Mit Tahar hat sie es sich vor circa zwei Jahren endgültig verscherzt. Es begab sich einer der seltenen Fälle, in denen aus einem Techtemechtel Tahars (üblicher Durchschnitt eine Woche) etwas Ernstes zu werden drohte (als die Zwei-Monats-Grenze erreicht war, hielten alle nur noch gebannt den

Atem an). Frau Betz, der karotingeschockten Mittfünfzigerin, war die attraktive Julie, die für ein paar Monate unterm Dach zur Untermiete wohnte, jedoch ganz offensichtlich ein Dorn im Auge. Und so fing sie an, böse Gerüchte zu streuen. In der Wohnung seien Kakerlaken, weil Julie nie putze; Julie würde reihenweise vollgeblutete Tampons offen in den Müll werfen, vorzugsweise obenauf (es hätte ihr niemand übel genommen, schließlich ist Frau Betz ja die Einzige, die die Mülltonnen regelmäßig durchschnüffelt); Julie habe ihr Sekundenkleber ins Türschloss geschmiert (tatsächlich war das der Nachbar neben ihr, weil er endlich das Loch in der Wand gefunden hatte, durch das Frau Betz immer in seine Wohnung spinkste) und so weiter, und so weiter.

Irgendwann war es dann mit Tahars Gelassenheit vorbei, und er marschierte nach oben, um Frau Betz »zu zeigön, wo der Hammör hängt.«

Das darauf folgende Schrei-Gefecht ist bis heute legendär und wird jedem Neumieter zusammen mit Brot und Salz als Einstimmung in die Sympathien-Landschaft der Hausgemeinschaft nahegebracht. Während das Ganze noch einigermaßen zivilisiert begann, lief man sich schnell warm und steigerte sich langsam aber sicher in die jeweilige Höchstform.

»An Ihrör Stellö würdö ich meinön Friseur verklagön!«
»Was erlauben Sie sich, Sie verkrachte Existenz, Sie!«
»Altö Keifzangö!«
»Geiler Bock!«
« HINTERFOTZIGÖS MISTSTÜCK!«
»BOMBENLEGER!«

Bei dieser letzten, auf den nordafrikanischen Ursprung seiner Familie abzielenden Freundlichkeit, beschloss Julie, die gerade nach Hause kam, klugerweise einzuschreiten.

Tahar fest am Arm gepackt ließ sie es sich allerdings nicht nehmen, den Rückzug mit einer kleinen Salve abzusichern.

»Rassistische Nacktschnecke!« Das trug ihr einen beeindruckten Blick ihres Liebsten ein.

»FLITTCHEN!«, kreischte die rassistische Nacktschnecke.

»IHNÖN HABÖN SIE DOCH INS HIRN GESCHISSÖN!« brachte Tahar gerade noch unter, bevor Julie ihn in seine Wohnung schob und die Tür energisch zuzog. Ich sag's ja, das Beste verpasst man immer.

Gackernd winkte ich Tahar zum Abschied zu: »Ich seh dich heute Abend – und vergiss um Himmels willen nicht die Crème brûlée!«

15:45 Uhr

Vor der allmonatlichen Schlemmerorgie bei Paulchen und Susi stand allerdings noch ein Haufen Arbeit. Die ersten vier Aufgaben waren weiblich und begannen mit S. Es galt herauszufinden, ob eine von diesen vier Frauen Sabrinas geheimnisvolle Besucherin in Bad Bertrich gewesen sein konnte – und falls ja, ob dieser Besuch etwas mit Sabrinas mysteriösem Ende zu tun hatte.

Ich fuhr zügig in die Detektei, in der Hoffnung, die Liste noch am selben Tag abzuarbeiten oder wenigstens zu verkürzen. Es war sehr ruhig, als ich dort ankam. Steffi und Piet saßen in ihren Büros (und Maître Schniedewitz, versteht sich, der hat schließlich nie Termine), ansonsten waren alle ausgeflogen.

Ich pflanzte mich an meinen Schreibtisch, weckte mein Laptop aus dem Ruhezustand und machte mich an die Arbeit. S. Nummer Eins: Sabine Kujau, Nagelstylistin. Ich überprüfte auf der Website die Samstagsöffnungszeiten des Studios, griff nach dem Hörer und tippte die Nummer ins Telefon.

»Finger Beauty Nagelstudio, Jacqu-elin-e am Apparat?«

»Ja, junge Frau«, näselte ich in die Sprechmuschel. »Ich war am vergangenen Samstag das erste Mal bei Ihnen und seeeehr zufrieden mit dem Ergebnis. Alle meine Freundinnen beim Kaffeeklatsch am Sonntag wollten SOFORT Ihre Telefonnummer.«

»Ja, die haben Sie ja offensichtlich«, entgegnete Jacqu-elin-e leicht schnippisch.

Wohl den Kurs »Ich lächle am Telefon« versäumt, wie?

»Selbstverständlich, sonst hätte ich Sie ja nicht anrufen können«, entgegnete ich, jetzt pikiert näselnd. »Was ich mir aber leider nicht gemerkt habe, ist der Name der jungen Dame, die mich bedient hat.«

Ich hörte, wie Seiten raschelnd umgeblättert wurden. »Wie war noch mal der Name?«

»Ich war Samstagabend bei Ihnen, gegen 18 Uhr bin ich gegangen«, antwortete ich ausweichend. Jacqu-elin-e merkte dankenswerterweise nicht, dass ich ihre Frage nach einem Namen mit einer Uhrzeit beantwortet hatte.

»Samstagabend zwischen fünf und sechs hatten Sabine, Sylvia und Sarah Termine«, las Jacq-uelin-e gelangweilt vor.

Nur gut, dass wir in diesem Fall schon wissen, nach welcher S. wir suchen.

»Richtig, jetzt wo Sie es sagen – Sabine war es. Wir haben uns noch so nett unterhalten.«

»Toll«, war Jacqu-elin-es gelangweilter Kommentar.

»Sagen Sie, wie lange haben Sie denn samstags geöffnet?«

»19 Uhr«, sagte Jacqu-elin-e in einem Ton, der bedeutete: Hast du kein Internet, du alte Schnepfe?

Ich ignorierte Jacqu-elin-es schlechte Laune, bedankte mich überschwänglich und legte auf.

Wenn Sabine am Samstagabend bis mindestens 18 Uhr im Nagelstudio war, konnte sie unmöglich um 19 Uhr in Bad Bertrich bei Sabrina vor der Tür gestanden haben. Zufrieden strich ich ihren Namen auf meinem Notizzettel durch.

Das Telefon klingelte. »Hallo Jyoti«, begrüßte ich meine älteste Freundin, als ich den Hörer abnahm.

»Hallöle meine Liebe. Ich wollte nur kurz hören, ob ...«

»... für heute Abend alles klar ist«, beendete ich ihren Satz für sie. »Nur weil ich *einmal* den falschen Termin aufgeschrieben habe«, seufzte ich.

»Na ja, man weiß nie, wann Alzheimer einsetzt«, frotzelte Jyoti. »Aber das war nicht der einzige Grund. Hast du die Mail zum Klassentreffen gesehen?«

»Ja, aber ich fühlte mich nicht eingeladen«, knurrte ich.

»Wieso das denn?«, fragte Jyoti verdutzt.

»Die Einladung lautete genau genommen *ABI-Treffen*. Und da ich zu dieser erlauchten Gruppe nicht gehöre ...«

»Papperlapapp«, sagte Jyoti energisch. »Du warst in unserer Stufe, und ob du nun das ABI gemacht hast oder nicht, ist doch pupegal.«

»Hm«, brummte ich, »wenn du meinst. Wär ja schon witzig, die ganzen alten Pappnasen noch mal zu sehen.« Dass ich zwei unserer alten Schulkameradinnen just in sehr unerfreulichen Umständen gesehen hatte, erwähnte ich an dieser Stelle erst einmal nicht – ebenso wenig wie die Tatsache, dass eine weitere auf meiner noch drei Namen umfassenden S-Liste stand.

»Apropos alte Pappnasen, weißt du, wen ich heute Morgen am Hauptbahnhof gesehen habe?«

„Eine deiner alten Flammen?«, grinste ich.

»Oh weia, nein, das Gott sei Dank nicht, aber gegruselt habe ich mich trotzdem ein bisschen.«

»Du? Na, wenn sich eine Rechtsmedizinerin gruselt, weiß ich gar nicht, ob ich's wissen will«, witzelte ich.

»Erinnerst du dich noch an diesen fiesen Typen, der auf dem Schulklo immer Hasch und Tabletten verkauft hat? Von dem es immer hieß, er könnte alles besorgen, je illegaler desto besser.«

»Allerdings erinnere ich mich an den, dem hab ich mal eins auf die Nase gegeben, als er sich mit Hasch an die Fünftklässler ranmachen wollte.«

»Genau der, wie hieß der denn noch?«

Ich überlegte kurz. »Auf jeden Fall Gert, das weiß ich noch. Gert ... Hausmann, Hofmann ...«

»Zimmermann«, sagte Jyoti plötzlich. »Gert Zimmermann, das war es. Mann, das macht mich immer ganz nervös, wenn mir etwas auf der Zunge liegt und mir nicht einfällt.«

»Kenn ich, meine Liebe – aber stell dich schon mal drauf ein, das wird mit dem Alter nicht besser, sondern schlimmer.«

»Sei nicht so frech«, lachte Jyoti. »Ich muss los, der Chef pfeift zur nächsten Obduktion. Du kannst dir nicht vorstellen, was hier im Moment los ist. Als hätten alle nichts Besseres zu tun, als sich gegenseitig zu meucheln.«

Meine beste Freundin Jyoti hatte sich am Ende ihres Medizinstudiums überraschend für die Rechtsmedizin entschieden und arbeitete jetzt in der Kölner Gerichtsmedizin. Ich konnte mich noch gut an die entgeisterten Gesichter ihrer Eltern erinnern, die wohl bei der Studienwahl ihrer Tochter eher an eine erfolgreiche Karriere als Chirurgin gedacht hatten. Rechtsmedizin kam für sie nicht nur im Lexikon knapp nach der Proktologie.

»Bin schon gespannt auf die Details. Couch für heute Abend, wie immer?«

»Na klar, weiter als den Kilometer von Paulchen zu dir schaffe ich es nach den hundert Gängen sicher nicht«, verabschiedete sich Jyoti lachend.

Ich machte eine Notiz zum Klassentreffen in meinen Kalender und wählte dann Pias Nummer. Sie meldete sich gleich nach dem ersten Klingeln.

»Hallo Pia, sag mal – kennen dich Sieglind Schönherr und Sarah Lothár persönlich?«

»Nein, warum fragst du?«

»Weil ich mich als du ausgeben will, wenn ich sie gleich anrufe. Wäre ein bisschen peinlich, wenn sie sofort merken, dass du es gar nicht bist.«

»Ach so, nein, keine Sorge. Die wissen wahrscheinlich, dass es mich gibt, aber kennen tun wir uns nicht. Aber gut, dass du anrufst. Wir sind gerade dabei, Sabrinas Sachen durchzugehen, in der Hoffnung, irgendwas zu finden, was uns weiterhelfen könnte. Ich stell dich mal laut, dann kann Christian mithören.«

»Und? Habt ihr was?«

»Wir sind uns nicht sicher. Wir haben ihre Tagebücher gefunden«, sagte Christian.

»Sabrina hat Tagebuch geführt?«

»Offenbar in letzter Zeit nicht mehr so regelmäßig, aber insgesamt ist es ein ganz schöner Stapel. Die ersten sind noch von ganz früher aus der Schulzeit, und aus der letzten Zeit gibt es auch immer noch Einträge, mal länger, mal nur ein paar Sätze. Wir haben schon angefangen zu lesen.«

»Seid ihr sicher, dass ihr euch das selber antun wollt?«, fragte ich besorgt.

»Ja, ja. Das ist natürlich nicht einfach, aber wir werden hier bekloppt, wenn wir nichts tun können«, gab Pia zurück.

»Okay, das verstehe ich. Geht vorsichtshalber ruhig zwei oder drei Jahre zurück, und nehmt nicht nur die letzten Monate. Man weiß nie, wie lange jemand einen Groll hegt. Manchmal liegen die Ursprünge eines Verbrechens weiter in der Vergangenheit als man für möglich halten würde.«

»Naja, da Susanne Mertens ja mit auf unserer Liste von Frauen mit S. steht, müssen wir auf jeden Fall bis kurz vor dem Abi zurückgehen«, sagte Pia.

»Warum? War da was zwischen den beiden?«

»Sabrina hat Susanne doch damals Christian ausgespannt.«

Oha. Das ist doch mal ein Motiv, mit dem man arbeiten kann.

»Wann genau war das? Daran kann ich mich gar nicht erinnern.«

»Ein paar Monate vor dem Abi. Da warst du schon abgegangen. Susanne ist damals total ausgerastet – theatralische Szenen auf dem Schulhof, Selbstmorddrohungen, das volle Programm. Es sah eine Zeit lang auch so aus, als wollte sie die Schule schmeißen, aber sie hat die Prüfungen dann doch gemacht. Ich kann mich aber noch erinnern, dass sie am Ende einen Notenschnitt von 2,0 hatte statt ihres üblichen Einser-Schnitts. Dafür hat sie damals auch Sabrina verantwortlich gemacht«, erzählte Pia.

Besser und besser.

Ich konsultierte kurz meine Notizen. »Dr. med. Susanne Mertens. Was ist denn ihre Fachrichtung?«

Pia zögerte kurz, dann hörte ich sie auf einer Tastatur herumtippen. Schließlich hauchte sie: »Oh mein Gott.«

»Was denn?«, drängte ich.

»Sie ist Anästhesistin, am Luisenhospital.«

Zugriff auf jegliche Art von Barbituraten inklusive. Bingo!

»Da schau mal einer an«, murmelte ich versonnen. »Ein Motiv und Zugang zu Betäubungsmitteln – fehlt nur noch eins.«

»Die Gelegenheit«, beendete Christian meinen Gedankengang.

»Genau.« Ich warf einen Blick auf die Uhr, überlegte kurz und brachte die beiden dann auf den neuesten Stand zu Tahars Suchergebnissen und erklärte ihnen, warum wir Sabrinas Kollegin Swantje Schickedanz und die Nagelstylistin Sabine Kujau von der Verdächtigenliste streichen konnten.

»Habt ihr heute Abend noch Zeit, die Tagebücher durchzugehen?«

»Ja«, sagten Christian und Pia wie aus einem Mund.

»Fein. Ich muss jetzt gleich weg und bin den ganzen Abend unterwegs. Ich versuche, vorher noch zu klären, was mit den anderen beiden auf unserer Liste ist. Ansonsten mache ich das gleich morgen früh. Wenn ihr heute Abend durch die Tagebücher durchkommt, können wir uns morgen früh abstimmen; wir müssen uns gut überlegen, wie wir auf Susanne zugehen, um zu sehen, ob sie ein Alibi hat oder nicht.«

»Ist gut«, antwortete Christian. »Pia bleibt über Nacht hier, wir melden uns spätestens morgen früh.«

»So machen wir das«, bestätigte ich und legte auf, um gleich darauf die Mobilnummer von Sieglind Schönherr, nach Christians Auskunft Sabrinas bevorzugter Tennispartnerin, zu wählen. Unwahrscheinlich, dass die Marketingmanagerin eines mittelständischen Unternehmens vor fünf schon zu Hause sein würde.

Ich wollte schon wieder auflegen, als Frau Schönherr nach dem sechsten Klingeln doch noch dranging.

»Ja!«, schnappte sie militärisch kurz. Mir fiel vor Schreck fast der Hörer aus der Hand.

»Spreche ich mit Sieglind Schönherr?«, fragte ich.

»Sie haben meine Nummer gewählt, oder?«

Mein Gott, was für eine Kampfzicke. »Ja, ich wollte nur …«

»Ja, was denn? Ich hab's eilig.«

Meine Güte. Immer schön gelassen. Du bist die verschüchterte Pia, du bist die verschüchterte Pia, du bist die verschüchterte Pia.

»Mein Name ist Pia Brand, Sabrina Kempfers Schwester. Ich wollte Ihnen nur sagen, dass Sabrina leider am Samstag nicht zum Tennis kommen kann.«

»Wieso denn am Samstag? Wir spielen immer sonntagsmorgens.« Jetzt klang sie eher irritiert als ruppig. »Und wieso meldet sie sich nicht selber?«

»Ach so«, sagte ich in leisem, angemessen trauerndem Tonfall. »Ich dachte samstags, weil sie für letzten Samstag um 19 Uhr einen Tennis-Termin mit Ihnen im Kalender hatte,« log ich.

»Das kann nicht sein«, erwiderte die Schönherr brüsk. »Erstens habe ich eben schon gesagt, dass wir immer sonntags spielen, und zweitens hatten wir Samstagabend Tickets für den Kultursommer. Da werde ich wohl kaum Tennis spielen gehen. Und schon gar nicht, wenn der *Tannhäuser* gegeben wird.«

»Ach so«, sagte ich mit kleinlauter Stimme. *Wagner, das passt ja, du alte Walküre.*

»Sie haben mir aber immer noch nicht gesagt, warum Sabrina sich nicht selbst meldet«, fragte sie, einen Hauch ins Herrische gleitend.

»Ja, das ist, also weil ...«

»Herrgott noch mal Frau Brand, ich habe meine Zeit wirklich nicht gestohlen.«

Also jetzt reicht's aber.

Mit eisiger Stimme sagte ich: »Das liegt ganz einfach daran, dass meine Schwester Sabrina am vergangenen Wochenende unerwartet verstorben ist, Frau Schönherr. Weitere Tennis-Termine haben sich also erledigt. Guten Tag.« Ich knallte schnaubend den Hörer auf. *Blöde Kuh.*

Ein kurzer Blick ins Web bestätigte, dass tatsächlich am vergangenen Samstag im Rahmen des Aachener Kultursommers eine *Tannhäuser*-Aufführung gezeigt worden war, die um 19 Uhr begonnen hatte. Natürlich war nicht auszuschließen, dass die Schönherr gelogen hatte, aber das ließ sich ja leicht überprüfen. Ich hielt es jedoch für äußerst unwahrscheinlich, denn unsere große Unbekannte war zu vorsichtig gewesen, um sich dann so leicht durch ein schlechtes Alibi zu verraten. Außerdem hatte die Schönherr nicht mal ansatzweise verschnupft geklungen. Auch das musste nicht notwendigerweise etwas bedeuten – eine Erkältung kann ja auch nach ein paar Tagen wieder abgeklungen sein. Insgesamt hatte ihre unwirsche Reaktion auf »Pias« Anruf auf mich aber einen sehr echten Eindruck gemacht. Ich schickte eine Mail an Silke, sie möge versuchen herauszubekommen, ob die Schönherr am Samstag bei der Veranstaltung von irgendjemandem gesehen worden war. Doppelt genäht hält schließlich besser (nicht, dass meine Nähkünste sehr weit über diese Erkenntnis hinausgehen würden).

Mit der Verschiebung von Susanne Mertens auf den nächsten Tag blieb für heute nur noch Sarah Lothár. Sie und Sabrina hatten sich vor zwei Jahren auf einer beruflichen Fortbildung kennen gelernt und waren nach Pias Aussage gute Freundinnen geworden. Oder auch nicht, dachte ich. Kaum hatte ich die Nummer eingetippt, wurde der Hörer schon abgenommen.

Als Erstes begrüßte mich jedoch keine Frauenstimme, sondern ein so lautes Tröten, sodass ich mich genötigt sah, den Hörer ein gutes Stück von meinem Ohr wegzuhalten.

»Deutsche Post, Rechnungswesen, Lothár«, klang es danach tief verschnupft aus der Muschel.

Erkältet? Soso.

»Pia Brand am Apparat«, log ich erneut und versuchte, Pias Stimmlage einigermaßen zu treffen. »Ich weiß nicht, ob Sie wissen ...«

»Aber natürlich«, unterbrach mich die Lothár, »Sie sind Sabrinas Schwester. Was kann ich denn – *haaatschie* – Entschuldigung, für Sie tun?« Erneutes Tröten in drei Tonlagen.

»Oje, Sie hat es aber ganz schön erwischt«, heuchelte ich Mitleid.

»Das können Sie laut sagen. Außer mir kenne ich niemanden, der sich mitten im Sommer so eine Grippe einfängt«, brachte sie zwischen zwei Schnäuzern hervor.

»Ja, also es ist so«, begann ich über Sarah Lothárs nächsten Niesanfall hinweg, »Sabrina war ja am Samstagabend mit Ihnen verabredet und ...«

»Samstagabend?«, klang es verständnislos aus dem Hörer.

»Ja, vergangenen Samstag«, bestätigte ich.

»Das muss ein Irrtum sein«, erklärte Frau Lothár. »Ich lag das ganze Wochenende mit Fieber im Bett.«

»Oje, Sie Arme. Ich hoffe, Ihr Mann hat sich wenigstens gut um Sie gekümmert?«, warf ich die Leine aus, und sie biss Gott sei Dank an.

In welche sozialen Fettnäpfe man nicht im Dienst der guten Sache so alles tritt.

»Ich lebe von meinem Mann getrennt«, klang es unterkühlt zurück.

»Oh, das tut mir leid.« *Also kein Alibi.* »Ich meine, alleine und krank zu Hause liegen ist blöd, ich kenne das.«

»Sagen Sie mal – *haaatschie* – Entschuldigung, was genau wollten Sie eigentlich von mir?«, fragte sie, inzwischen etwas misstrauisch.

»Nun ja, Sabrina ist leider am vergangenen Wochenende verstorben«, sagte ich angemessen betrübt.

Stille am anderen Ende der Leitung.
Bist du jetzt sprachlos oder wusstest du das schon?

»Sie war wohl alleine, als sie gestorben ist, aber am Abend zuvor hatte sie noch Besuch, und die Besucherin hat etwas vergessen, was wir ihr gerne zurückgeben möchten«, improvisierte ich.

»Von mir kann das nicht sein, wie gesagt lag ich das ganze Wochenende im Bett«, antwortete die Lothár knapp.

Nicht gerade die trauernde Freundin. Ich schwieg abwartend.

»Kann ich sonst noch etwas für Sie tun?«, fragte sie nach einer Weile.

»Wollen Sie gar nicht wissen, wie Sabrina gestorben ist?«, fragte ich mit ehrlichem Erstaunen. *Oder weißt du es schon?*

»Um Gottes willen, bitte entschuldigen Sie, diese Grippe vernebelt mir komplett das Hirn. Natürlich möchte ich das wissen«, kam es hastig zurück. *Hier ist doch was faul.*

»Sabrina hat sich das Leben genommen«, antwortete ich knapp.

»Oh nein, wie furchtbar. Das muss ja schrecklich sein für Sie und Ihre Familie.«

»Ja, vor allem für Christian.«

»In der Tat. Ich kenne ihn ja nicht persönlich, aber das trifft ihn bestimmt sehr. Bitte richten Sie ihm mein herzlichstes Beileid aus. Wissen Sie denn schon, wann die Beerdigung sein wird?« Plötzlich schien Sarah Lothár sehr interessiert.

»Nein, das Datum steht noch nicht fest.« *Und bevor wir nicht wissen, wer sie um die Ecke gebracht hat, gibt es auch keinen ersten Spatenstich.*

»Wir informieren Sie aber gerne, falls Sie zur Beerdigung kommen möchten«, sagte ich in möglichst neutralem Tonfall und verabschiedete mich, nachdem sie mein Trommelfell zum guten Schluss noch einmal mit einem Nieser in Orkanstärke malträtiert hatte.

Ich machte mir auf dem Laptop ein paar Notizen und saß dann noch eine Weile versonnen an meinem Schreibtisch, die Füße auf dem Tisch, und kaute auf einem alten Bleistift herum. Sarah Lothár hatte kein Alibi, noch dazu war sie schwer erkältet, was hervorragend zur verschnupften Stimme bei der telefonischen Mietverlängerung der Ferienwohnung passte. Außerdem hatte die Lothár nicht gefragt, wie Sabrina gestorben war. Auf mich hatte sie fast den Eindruck gemacht, als hätte sie es schon gewusst. Beweisen ließ sich das momentan jedoch nicht, und was ihr Motiv hätte sein können, stand auch in den Sternen. Trotzdem seltsam, sehr seltsam.

Ich war so in meine Gedanken vertieft, dass ich erschreckt hochfuhr, als Silke mit Schwung durch die Tür kam. »Nanu, was machst du denn noch hier? Hast du heute Abend nicht Schlemmermenü?«

Ein kurzer Blick auf die Uhr gab ihr recht. Schon fast halb sieben.

»So ein Mist!« Ich fuhr hoch. »Ich hab dir eben eine Mail geschickt, kannst du das Alibi dieser Frau für mich überprüfen? Steht alles in der Mail.«

»Klar«, sagte Silke gelassen und sah mir amüsiert dabei zu, wie ich hektisch meine Sachen zusammenkramte und mit einem »Bis morgen« im Schweinsgalopp aus der Tür stürmte.

19:30 Uhr

Pures Glück, dass ich heute nur für Käseplatte und Baguette zuständig war, sonst wäre ein Teil des Schlemmermenüs ausgefallen. So hatte ich es mit einigen halsbrecherischen Fahrmanövern gerade noch geschafft, das Brotregal und einen guten Teil der Käsetheke im nächstgelegenen belgischen Supermarkt zu plündern und trotzdem pünktlich an Paulchens und Susis Tür in der oberen Jakobstraße zu klingeln.

Trotz der Hektik drehten sich meine Gedanken immer noch um Sarah Lothár und Susanne Mertens. So einfach konnte es eigentlich nicht sein, und doch hatten wir tatsächlich an Tag zwei schon zwei ernst zu nehmende Verdächtige. Sarah Lothárs seltsames Verhalten am Telefon konnte ich mir nicht erklären. Genauso interessant war allerdings Susanne Mertens mit ihrem Zugriff auf Betäubungsmittel. Und im Vergleich zu Sarah Lothár gab es hier zumindest theoretisch auch ein Motiv, das zwar schon weit in der Vergangenheit lag, aber manche Leute haben ein sehr, sehr langes Gedächtnis.

Gerade summte der Türöffner, da ertönte direkt neben meinem Ohr ein lautes »*Boo!*«

Ohne mich umzudrehen, drückte ich gegen die Tür und sagte grinsend: »McNamara, eigentlich solltest du aus diesem Alter langsam raus sein. Oder wolltest du mir damit zu verstehen geben, dass dir die Käse-Auswahl für heute Abend nicht gefällt?«

»*O God*, du bist heute Käsebeauftragte? Sag das doch gleich. Lass mich dir die Tür aufhalten.« Er zwängte sich mitsamt einer Tasche voller Glasflaschen (der Wein hoffte ich), an mir vorbei und winkte mich mit großartiger Geste ins Haus.

»Siehst du, geht doch, man braucht bloß die richtigen Anreize, schon klappt's auch mit der Käse-Beauftragten«, ließ ich ihn wissen, betrat den Hausflur und marschierte zügigen Schrittes die drei Stockwerke zu Paulchens und Susis Wohnung hinauf. Ein Rattern und Brummen verriet mir, dass Kollege McNamara den Aufzug gewählt hatte.

»Faulpelz«, brummelte ich, als ich oben ankam, wo McNamara bereits in den Armen der Gastgeberin lag – sozusagen. Susi ist das, was McNamara als *huggy person* beschreibt. Susi umarmt gerne alles und jeden, gerne auch mehrfach, und weil sie so ein herzlicher Mensch ist, kommt sie damit selbst bei Leuten durch, die normalerweise überhaupt nicht auf exzessiven Körperkontakt stehen – Leute wie McNamara zum Beispiel. Dieser fühlte sich jedenfalls gerade an Susis wogendem und sehr beachtlichen Busen offenbar pudelwohl.

»McNamara, wenn du vor lauter Verzückung den Wein fallen lässt, schließe ich die Spülmaschine ab und der Begriff ›Tellerwäscher‹ bekommt für dich eine gänzlich neue Bedeutung«, erklang Paulchens wohltönender Bass hinter seiner Gattin.

McNamara löste sich etwas widerwillig aus Susis Umarmung, schob sich an ihr vorbei – was sich bei Susis Leibesfülle und dem schmalen Flur gar nicht so einfach gestaltete – und ließ seine Pranke zur Begrüßung mit Schmackes auf Paulchens Schulter niederfahren.

Erwähnte ich, dass McNamara Rugby spielt? Das sollte man vielleicht wissen, um Paulchens Winseln in diesem Moment angemessen einordnen zu können.

»Keine Angst, Paulchen, der tut nix, der will nur spielen«, kalauerte ich aus Susis mütterlich-warmer Umarmung heraus.

Susi ließ mich los, drehte sich um und stemmte die kräftigen Arme in die noch kräftigeren Hüften: »McNamara, lass meinen Mann ganz, den brauch ich noch.«

»Bist du sicher?«, fragte McNamara treuherzig, was Susi lediglich mit einer hochgezogenen Augenbraue quittierte.

»Okay, okay«, er hob beschwichtigend die Hände und grinste, »man wird ja wohl noch mal fragen dürfen.«

»Husch, husch, alles in die Küche«, scheuchte Susi uns aus dem Flur. »Jyoti ist schon da und macht sich nützlich, nehmt euch mal ein Beispiel.«

»Streber«, begrüßte McNamara Jyoti folgerichtig, bevor er ihr einen freundschaftlichen Schmatzer auf die Wange drückte.

»Drückeberger«, erwiderte diese ungerührt und gab ihm kurzerhand den Rest des zu verteilenden Bestecks in die Hand.

Ich lud meine Einkäufe ab und steckte neugierig die Nase in den Topf, in dem ich die Vorspeise vermutete. »Oooooh«, jubilierte ich, »Nani-jis Linsen-Tomatensuppe?«

»Ganz recht«, zwinkerte Jyoti mir zu, »auf vielfachen Wunsch einer einzelnen Person nach Ewigkeiten mal wieder. Und schöne Grüße von Nani-ji.« Nani-ji ist Jyotis Oma, gefürchtet wegen ihrer scharfen Zunge, geliebt wegen ihrer noch schärferen Currys.

»Britta, nimm die Nase aus dem Kessel und hilf mir mal, den Tisch auszuziehen«, ächzte Paulchen, der sich mit dem ewig klemmenden Küchentisch herumschlug. Ich schob mich zwischen McNamara und Jyoti durch und warf einen fachmännischen Blick auf die Verkeilungsproblematik.

»Hatte nicht Tahar letztes Mal den Dreh rausgekriegt? Ich weiß noch, dass er irgendwo gegengehauen hat«, überlegte ich. »Nur wogegen?«

»Wenn wir auf Tahar warten, gibt's vor Mitternacht nichts zu essen«, kommentierte Susi aus dem XXL-Kühlschrank, in den sie fast hineinklettern musste, um die Kräuterbutter herauszumanövrieren. »Oder was meinst du, warum er immer die Nachtische macht?«

Ich schlug mir mit der Hand vor die Stirn. »Ich bin so doof!« Tahars Unpünktlichkeit war fast so legendär wie seine Nachtische, aber dass es einen direkten Zusammenhang zwischen den beiden gab, war mir bis dato tatsächlich noch nicht aufgegangen.

Susi zuckte verschmitzt mit den Achseln. »Man muss sie nur kennen, seine Pappenheimer.«

»Was uns beim Tischausziehen allerdings nicht unbedingt weiterhilft«, maulte Paulchen, der mit seinem heftigen Hin- und Herruckeln der Ausziehplatte Jyotis liebevolle Besteckarrangements beinahe vollständig wieder zunichtegemacht hatte.

Es klingelte. Alle sahen sich ungläubig an. »Ausgeschlossen, es ist erst zwanzig vor acht«, beantwortete Susi unser aller unausgesprochene Frage und marschierte zur Tür.

Fünf ungläubige Augenpaare starrten Tahar an, als dieser mit einem Tablett kleiner Crème-brûlée-Töpfchen in die Küche trat.

»Habö ich vergessön, meinö Hosö zuzumachön oder habt ihr nur endlich gemerkt, wie umwerfönd *attractif* ich bin?«, fragte er in die Runde.

»Nein, nein«, Susi hatte sich als Erste wieder gefangen. »Wir hatten nur nicht vor zehn mit dir gerechnet«, flachste sie und nahm ihm mit einem geschickten Handgriff die kostbaren Crème-Töpfchen ab. Über die Schulter wies sie auf Paulchen und den Tisch: »Du kennst ja dein erstes Einsatzgebiet.«

Tahar seufzte, murmelte etwas von »Ausbeutung« und schob Paulchen kurzerhand beiseite: »Lass mal den Handwerkör machön.« Mit einem festen Schlag auf eine offenbar strategische Stelle und zwei festen Griffen glitt die bockige Tischplatte brav wie ein Lamm aus dem Tisch und rastete mit einem satten Geräusch ein.

»Hundertzwei Euro zuzüglisch Anfahrtskostön, *s'il vous plaît*. Der Abönd kann beginnön«, verkündete er strahlend.

* * *

Gegen halb drei morgens traten Jyoti und ich langsam den Heimweg an. Daran, wie spät es war und dass wir rechtzeitig auf sein mussten, damit Jyoti um sieben den Zug nach Köln bekam, dachte ich gerade lieber nicht.

Angeregt plaudernd wanderten wir die Jakobstraße hoch, überquerten die Kreuzung an der Schanz und setzen unseren Weg auf der Lütticher Straße fort.

Wir passierten gerade das Eingangstor des Jüdischen Friedhofs, als ein blonder Mittdreißiger von der anderen Straßenseite zu uns herüberwechselte. Als er an uns vorbeiging, sah er Jyoti an, zog verächtlich die Mundwinkel herunter und sagte: »Na, Bimbo, so spät noch Ausgang aus dem Kanakenheim?«

Jyoti öffnete den Mund, um ihm etwas Passendes zu entgegnen – aber ich war schneller.

Ich trat mit zwei schnellen Schritten auf den Vollidioten zu, griff beherzt mit der Rechten dorthin, wo es am meisten wehtut, und schob ihn nicht elegant, aber effektiv gegen die Friedhofsmauer hinter ihm. Mein linker Unterarm an seiner Gurgel hinderte ihn daran, dem plötzlichen Reflex zum Krümmen, der über ihn kam, nachzugeben. Sein Kopf schlug gegen die raue Oberfläche der Mauer, und er kniff die Augen zusammen.

»Jetzt hör mir mal gut zu, du kleines Arschloch«, zischte ich ihm ins Ohr. »Wenn du noch mal so einen Spruch ablässt, schiebe ich dir das Gesicht so weit deinen Arsch hoch, dass du deine Zähne von hinten besichtigen kannst. Dann passt deine Gesichtsfarbe auch besser zu deiner Gesinnung. Hast du mich verstanden?«

Von hinten legte sich Jyotis Hand auf meine Schulter. »Lass doch den Spacko, Britta. Er kann doch nichts dafür, dass er bei der Hirnverteilung zu spät dran war.«

Ich musste grinsen und verstärkte meinen Griff um die Kronjuwelen kurzfristig noch etwas. »Ob du mich verstanden hast, habe ich gefragt.«

Er versuchte zu nicken, was nicht wirklich gelang, aber ich bin ja gar nicht so. »Mach jetzt, dass du wegkommst, bevor ich mich vergesse.« Ich trat zurück, zog ihn am linken Arm von der Mauer weg, drehte ihn in Richtung Stadtmitte und gab ihm einen kräftigen Tritt in den Hintern mit auf den Weg.

Schluchzend humpelte er Richtung Schanz davon und drehte sich nicht mehr um. Schade, den Stinkefinger hatte ich schon gezückt.

»Ist aber auch nichts mehr in Ordnung in seiner Welt«, bemerkte Jyoti trocken. »Jetzt kann man noch nicht mal mehr ›Bimbo‹ sagen, ohne gleich einen ins Gemächt zu kriegen. Ts.«

Wir guckten uns an und brachen in schallendes Gelächter aus. Jyoti hakte sich bei mir unter, und wir schoben uns kichernd den Rest des Weges nach Hause. Das Gesicht unseres Gelegenheitsrassisten hatte ich mir allerdings gut angesehen. Man trifft sich ja bekanntlich immer zweimal im Leben.

FREITAG, 5. AUGUST

6:20 Uhr

Wie erwartet sorgte der Wecker wenige Stunden später für ein böses Erwachen. Noch dazu waren keine Kaffeefilter mehr im Haus. *Nicht gut. Gar nicht gut.*

Jyoti kannte mich lange genug, um die frühmorgendliche Kommunikation auf ein Minimum zu beschränken, und mit quietschenden Reifen schafften wir es gerade noch ins absolute Halteverbot am Hauptbahnhof, sodass sie den 07:08 nach Köln noch erwischte.

»Nur noch ein halbes Stündchen«, murmelte ich, als ich mich zu Hause noch einmal in die Kissen igelte, und war fast wieder eingeschlafen, als mein Handy klingelte. Stöhnend drehte ich mich um und patschte mit der Hand auf der umfunktionierten Obstkiste herum, die seit drei Jahren als provisorischer Nachttisch diente. Provisorien halten doch immer am längsten, sagt schon mein Zahnarzt.

»Sander«, knurrte ich ins Telefon.

»Oh, guten Morgen, Britta, ich hab dich hoffentlich nicht geweckt?« klang Pias Stimme hellwach aus dem Hörer. »Du bist doch sonst schon immer so früh draußen und läufst?«

»Mpfm, heute nicht«, gähnte ich herzhaft. »Gibt's was Neues?«

»Kommt drauf an, wir haben auf jeden Fall ein paar interessante Passagen in Sabrinas Tagebüchern gefunden. Die solltest du dir auf jeden Fall anschauen, bevor du mit Susanne Mertens sprichst. Und bei dir?«

»Ich hatte gestern Abend noch ein interessantes Telefonat mit Sarah Lothár.« Ich warf einen Blick auf die Uhr und verabschiedete mich seufzend vom verlockenden Gedanken an ein weiteres Stündchen Schlaf. »Am besten komme ich zu euch. Textest du mir Christians Adresse? Spätestens in einer Stunde bin ich da.«

Eine knackige Dusche mit hohem Kaltwasseranteil später konnte man bei meinen Augen langsam vom »Status geöffnet« sprechen. Bevor ich ins Auto stieg, lief ich kurz über die Straße und versorgte mich beim Bäcker schräg gegenüber mit dem Nötigsten – Kaffee und zwei Hörnchen. Um Viertel vor neun bog ich, durch das Koffein kurzzeitig wiederbelebt, von der Eupener Straße nach Diepenbenden ab und schlängelte mich langsam den Berg hoch. Die Kempfer'sche Residenz war schnell gefunden, ich stieg aus und klingelte. Dass Sabrina und Christian nicht nur viel, sondern auch finanziell erfolgreich arbeiteten, sah man dem Haus auf den ersten Blick an.

Pia öffnete die Tür und ließ mich herein. »Du siehst aus als könntest du einen großen Kaffee gebrauchen«, waren ihre ersten charmanten Worte.

»Du ahnst nicht, wie recht du hast«, brummte ich. »Ist gestern Abend was später geworden.«

»Das haben wir gleich«, sagte Pia und winkte mir, ihr zu folgen. Die große, lichtdurchflutete Küche, die wir betraten, sah aus wie aus dem Katalog eines Edel-Einrichtungshauses. Alles blitzte und funkelte in der Morgensonne, und die Kaffeemaschine, an der Pia sich zu schaffen machte, hatte vermutlich mehr gekostet als mein Auto.

Ich dachte an die heimelige Küche von Paulchen und Susi, mit billigen IKEA-Schränken, klemmender Ausziehplatte am Küchentisch und No-Name-Elektrogeräten, in der so gut wie immer irgendetwas schmorte oder brutzelte, und brauchte nicht lange zu überlegen, wo man sich wohler fühlte.

»Latte macchiato, Cappuccino, Espresso?«, fragte Pia aus der Richtung der Kaffeemaschine.

»Einfach nur Kaffee mit etwas Milch, danke.«

»Kommt sofort«, sagte Pia und drückte auf ein paar Knöpfe, was ein Gespräch erst einmal unmöglich machte.

»Puh«, grinste ich, als ich mich an den Küchentisch setzte, »bei dem Höllenlärm ist man ja wach, lange bevor der Kaffee die Tasse erreicht.«

»Stimmt«, antwortete Christian, »aber es lohnt sich.« Er setzte sich, legte die Notizbücher nebeneinander auf den Tisch und wartete, bis Pia meinen Kaffee gebracht und sich ebenfalls gesetzt hatte.

Ich schlürfte genüsslich und musste Christian recht geben. *Nicht schlecht, der Kaffee. Gar nicht schlecht.*

In den Notizbüchern, die alle in das gleiche braune, etwas abgewetzte Leder gebunden waren, steckten an einigen Stellen gelbe Zettel. Christian und Pia hatten offensichtlich am Vorabend ihre Hausaufgaben gemacht.

»Dann schießt mal los«, ermunterte ich die beiden.

»Tja«, sagte Christian und kratzte sich am Kopf. »Wir waren gestern Abend ziemlich schockiert, muss ich sagen. Sabrina hat mir offenbar damals nicht mal die Hälfte von dem erzählt, was da abgelaufen ist, als ich«, er räusperte sich verlegen, »als ich wegen ihr mit Susanne Schluss gemacht habe.« Ich schwieg und wartete ab.

»Einige von Susannes harmloseren ›Auftritten‹ außerhalb der Schule habe ich ja selbst mitbekommen, aber das muss alles noch viel weiter gegangen sein, als ich dachte. Und Sabrina hat, wie wir jetzt festgestellt haben, vieles für sich behalten.«

Ich sah Pia fragend an.

»Ich wusste etwas mehr als Christian, aber diverse Dinge, die wir gestern gelesen haben, waren für mich auch neu«, beantwortete sie meine unausgesprochene Frage.

»Was glaubt ihr, warum sie euch nicht alles erzählt hat?«

»Na ja, Sabrina war eben so, dass sie viele Dinge eher mit sich selbst ausgemacht hat«, sagte Pia.

»Erstens das«, fuhr Christian fort, »aber obwohl wir uns da noch nicht lange kannten, wusste sie wohl auch, was passieren würde, wenn sie mir einige der Dinge erzählt hätte, die wir da gestern gelesen haben.« Seine Stimme hatte sich auf eine bedrohliche Tonlage abgesenkt. »So ein verdammtes Miststück.«

»Was wäre denn passiert?«

Christian sah mich mit grimmigem Gesichtsausdruck an. »Ich hätte ihr gründlich den Kopf zurechtgerückt. Danach hätte sie sich solche Dinger nicht mehr rausgenommen, das sag ich dir.« *So, so, den Kopf zurechtgerückt.* »Langsam werde ich neugierig.« Ich griff nach einem der Tagebücher und schlug es vorne auf, wo der erste Zettel steckte. Christian oder Pia hatten eine Passage mit Bleistift markiert.

Heute auf dem Heimweg wieder von Susanne und ihren beiden Handlangerinnen abgefangen worden. Haben mich wie üblich nicht vorbeigelassen, um ihre tägliche Hasstirade loszuwerden. Schlampe, Flittchen, Nutte, verbal nichts Neues, aber heute sind sie mir das erste Mal so richtig auf die Pelle gerückt. Keine Handgreiflichkeiten – noch nicht. Gott sei Dank kam dann jemand des Weges, konnte mich an ihnen vorbeizwängen. Die kommen nur aus ihren Löchern gekrochen, wenn sie sehen, dass ich alleine bin.

Ich blätterte weiter zum nächsten Lesezeichenzettel:

Heute hat jemand eine Tube Sekundenkleber in meiner Tasche ausgeleert.

Ich sah auf. »Streng genommen wissen wir nicht, ob das wirklich Susanne war.«

»Stimmt«, sagte Christian. »Aber ich habe keinerlei Zweifel daran, dass hier Susanne am Werk war. Sabrina hatte nie Probleme, und keine zwei Tage, nachdem ich mit Susanne Schluss gemacht hatte, passierten plötzlich sehr seltsame Dinge.«

War heute Morgen zu spät, war gestern einfach zu schön mit Christian. Auf den Schulhof gehetzt. Musste nicht lange überlegen, wer wohl ›Sabrina ist eine Fotze‹ auf den Pausenhofboden gesprüht hat.

»Nur gut, dass Facebook vor ein paar Jahren noch nicht so allgegenwärtig war wie heute«, murmelte ich und blätterte weiter.

Heute waren sie nur zu zweit, aber viel aggressiver als bisher. Haben angefangen, mich herumzuschubsen. Am meisten über mich selbst geärgert, dass ich so viel Angst hatte und mich kaum gewehrt habe. Warum bin ich nicht mutiger und schubse zurück? Dann würden sie mich vielleicht in Ruhe lassen.

Einige Tage später:

Ralf erzählt überall rum, ich hätte auf einer Party nicht nur ihm, sondern auch dreien seiner Kumpels einen geblasen. Wusste bisher gar nicht, dass Ralf und Susanne so dicke sind. So stolz auf meine kleine Schwester – sie hat zufällig gehört, wie er das jemandem erzählt hat, ist hinmarschiert, hat ihm den Absatz ihrer Stöckelschuhe durch den Turnschuh gebohrt und ihm davon abgeraten, diese Lügengeschichte weiter zu erzählen. Schwesterchen ist mindestens einen Kopf kleiner als Ralf, aber seitdem habe ich davon nichts mehr gehört. Daneben hatte sie ein kleines Herzchen gemalt.

Ich sah beeindruckt zu Pia auf, deren Augen vor unterdrücktem Zorn nur so blitzten. »Das müssen ganz schön spitze Absätze gewesen sein«, sagte ich anerkennend.

»Diese kleine Kakerlake«, zischte sie. »Ich hatte das vergessen, aber als ich das gelesen habe, fiel es mir wieder ein. Ich habe ja damals Karate gemacht – Gott sei Dank wusste Ralf nicht, dass ich über den grünen Gürtel nie hinausgekommen bin«, lachte sie. »Der Bluff wäre schnell aufgeflogen, aber Feiglinge lassen sich Gott sei Dank leicht einschüchtern.« Sie nahm zufrieden einen Schluck von ihrem Tee.

»So ganz passt aber der Eindruck, den man hier gewinnt, nicht zu dem, was ihr bisher von Sabrina erzählt habt. Erfolgreiche Geschäftsfrau, unabhängig, stark – und dann ließ sie sich damals so einschüchtern?«

»Ich glaube, ehrlich gesagt, dass diese ganze Geschichte mit Susanne und ihrer Räuberbande gerade diese starke Frau aus Sabrina gemacht hat«, sagte Pia nachdenklich. »Sie hat damals offenbar bei unserem Beratungslehrer Rat gesucht.« Pia griff nach einem der anderen Tagebücher und schlug es nach kurzem Blättern an einer Stelle in der Mitte auf. »Wenn man weiß, was später passiert ist, sieht man, dass er ihr leider den falschen Ratschlag gegeben hat.« Sie gab mir das Tagebuch.

Heute Morgen mit Herrn Kaiser gesprochen. Hat gesagt, ich würde das genau richtig machen – möglichst komplett ignorieren und soweit möglich überhaupt nicht reagieren. Dann würden sie schon von alleine die Lust verlieren. Ich hoffe, er hat recht.

Ich sah auf. »Das hat sie dann ein paar Wochen probiert«, sagte Christian trocken.

»Und du hast von alldem nichts mitbekommen?«, fragte ich ihn ungläubig.

Er drehte die Hände mit den Handflächen nach oben. »Ich kann nur zu meiner Verteidigung sagen, dass ich in dem Alter nicht gerade ein Ausbund an Sensibilität war. Typischer Teenager – Autos, Computer und ein Überschuss an Hormonen. Außerdem war ich so verknallt in Sabrina, dass ich sie geistig auf eine Art Sockel gehoben hatte. Für mich war sie die Schönste von allen, und ich wäre damals nie auf die Idee gekommen, dass das Bild von Selbstbewusstsein, das sie nach außen abgab, nur eine Fassade war. Und ich war ja auf dem KKG, sodass ich viele dieser Sachen, die in der Schule passiert sind, wirklich gar nicht mitbekommen habe.« Er zuckte entschuldigend mit den Schultern. »Das, was du jetzt gelesen hast, ist nur ein Bruchteil von dem, was damals alles passiert ist. Als ich das gestern in geballter Form gelesen habe, wäre ich am liebsten sofort zu Susanne gefahren und hätte ihr eigenhändig eine gute Portion ihrer eigenen Medizin verabreicht.«

Aha, gewalttätige Neigungen? »Und?«, fragte ich.

»Hat er nicht«, antwortete Pia. »Ich habe ihn dran erinnert, wie und wann das Ganze ein Ende gefunden hat. Das war, denke ich, auch der Tag, an dem die neue Sabrina das Licht der Welt erblickt hat.«

Ich hob fragend die Augenbrauen.

»Es war an einem Freitagnachmittag kurz vor den Abiprüfungen«, fuhr sie fort. »Sabrina kam aus dem Schulgebäude, wo sie sich mit dem restlichen Orga-Komitee für die Abifeier getroffen hatte. Und da haben sie ihr dann mal wieder mit mehreren Leuten aufgelauert, wollten sie nicht vom Schulhof lassen, haben angefangen, sie zu schubsen; und so wie sie es mir später erzählt hat, hatte sie plötzlich das Gefühl, dass sie diesmal nicht einfach an ihnen vorbeikommen würde. Aber lies selbst. Nachdem sie mir damals alles erzählt hatte, hat sie es offensichtlich in ihrem Tagebuch auch noch mal verarbeitet.« Sie reichte mir ein weiteres der ledergebundenen Tagebücher.

Ich überflog den langen Eintrag, bis ich an die Stelle kam, an der Sabrina offenbar zum Befreiungsschlag angesetzt hatte.

Plötzlich hat sich meine ganze Angst und Frustration in Wut verwandelt, in unbändigen Zorn. Ich war noch nie vorher so wütend wie an diesem Tag. Ich hatte das Gefühl, nicht mehr ich selbst zu sein. Es war, als würde ich neben mir stehen und mir dabei zugucken, wie ich total ausraste. Meine Tasche lag unbeachtet auf dem Boden – aber anders als in den letzten Wochen hatte ich plötzlich keine Angst mehr, dass sie mir jemand wegnehmen würde. Es war mir scheißegal, was mit meiner Tasche war. Und es war mir auch scheißegal, was sie mit mir vorhatten. Ich bin auf den Erstbesten von den kleinen Wichsern losgegangen und habe ihn so laut angeschrien, dass er mich angestarrt hat wie das Kaninchen die Schlange und immer weiter zurückgewichen ist. Ich weiß überhaupt nicht mehr, was ich gesagt habe; ist auch egal. Ich habe hinterher gemerkt, dass ich meine Hände so stark zu Fäusten geballt hatte, dass sich meine Fingernägel in meine Handflächen gebohrt hatten. Ich weiß, dass ich sie zu irgendeinem Zeitpunkt hochgenommen hatte, die Fäuste. Ich war wirklich und wahrhaftig bereit, dem ersten von diesen kleinen Arschlöchern, der mir blöd kam, mit voller Wucht in die Fresse zu hauen. Scheiß auf die Konsequenzen. Ich hatte nicht mehr die Kraft, weiter Angst zu haben und darauf zu warten, was sie jetzt wieder für Gerüchte über mich verbreiteten oder wann sie mir das nächste Mal die Fahrradreifen aufschlitzen würden. Ich hatte keine Angst mehr, ich war voller Hass und Verachtung – und das haben sie gemerkt. Plötzlich hatten die Angst vor mir und sind einer nach dem anderen abgehauen, Susanne eingeschlossen.

Ich stand heftig atmend und mutterseelenallein auf dem Schulhof. Dachte ich, bis jemand hinter mir in die Hände klatschte. Ich fuhr herum und wollte mich schon auf die nächste Auseinandersetzung einstellen, denn es war dieser unappetitliche Typ, von dem es immer heißt, er würde auf den Schulklos Hasch, aber auch Schlimmeres verticken. Gert Zimmermann.

Ich merkte jetzt, dass er mir applaudierte. Dann hob er meine Tasche auf und reichte sie mir.

Ich schnappte meine Tasche aus seiner Hand und ließ ihn stehen.

»Respekt«, rief er hinter mir her. »Es ist wichtig zu lernen, dass kleine feige Ratten, die andere schikanieren, nur eine Sprache verstehen. Sieht so aus als hättest du die inzwischen gelernt.«

Kann mir eigentlich keine zweifelhaftere Quelle für ein Kompliment denken, aber er hatte wohl recht. All die klugen Ratschläge der Erwachsenen waren alle für den Arsch.

Ich sah auf. »Und das war's?«

»Das war's«, nickte Pia. »Von dem Moment an hat sie offenbar nie wieder Probleme gehabt. Wir wissen nicht, ob Gert rumerzählt hat, was passiert ist, oder ob sich die Idioten selbst bei jemandem ausgeheult haben, der es dann weitererzählt hat. Aber von dem Tag an hat sich keiner mehr mit Sabrina angelegt und sie hat sich nicht mehr herumschubsen lassen. Von niemandem.«

»Tja, es ist halt überall das Gleiche. Bullies suchen sich immer Opfer, von denen sie glauben, dass sie sich nicht wehren. Kriegen die mal so richtig Gegenwind, sind sie plötzlich gar nicht mehr so ›mutig‹ und ›tough‹«, bemerkte Christian sarkastisch. »Ist natürlich gut, dass Sabrina sich damals selbst aus der Situation befreit hat. Trotzdem bin ich beschämt, dass ich das volle Ausmaß nicht erkannt und ihr nicht geholfen habe.«

»Wer weiß, wofür es gut war«, antwortete ich. »Es ist immer besser, wenn man sich selbst wehrt, und vor allem nachhaltiger. Außerdem haben die sich Sabrina ja offensichtlich eh immer geschnappt, wenn sie alleine unterwegs war. Aber wie dem auch sei, es könnte natürlich durchaus Susanne Mertens gewesen sein, die sich letzten Samstag mit Sabrina getroffen hat. Sie war ja nun definitiv nicht glücklich darüber, dich an Sabrina zu verlieren. Damit hätte sie ein klares Motiv, und die nötigen Schlafmittel hätte sie auch nur quasi aus dem Schrank nehmen müssen – wenn das alles nur nicht schon so lange her wäre.« Ich klopfte mir mit dem Kaffeelöffel nachdenklich gegen die Zähne. »Taucht Susanne nach dieser Szene auf dem Schulhof noch mal in irgendeiner Form in Sabrinas Tagebüchern auf?«

Pia schüttelte den Kopf. »Wir haben alles gelesen, aber Susanne wird nicht mehr erwähnt. Ich habe auch noch mit meiner Mutter gesprochen, die konnte sich auch nicht erinnern, dass Susanne noch irgendeine Rolle gespielt hätte, aber sie wusste noch, dass die beiden zusammen Abi gemacht haben und dass es bei der Abi-Feier beinahe einen Eklat gegeben hätte, weil irgendein Spaßvogel unsere Familie und die von Susanne an einen Tisch gesetzt hatte. Das hat Papa dann aber in einer diplomatischen Meisterleistung zusammen mit Susannes Vater wieder hingebogen.«

Ich sah Christian an, aber der zuckte mit den Schultern. »Ich hatte den Bus verpasst, und als ich ankam, waren schon alle Wogen geglättet. Und seitdem haben sich unsere Wege nicht mehr gekreuzt. Gott sei Dank.«

»Okay, gebt mir die Tagebücher trotzdem mal mit. Ich würde sie gerne selbst noch durchgehen. Sechs Augen sehen mehr als vier.«

Christian schob mir die Tagebücher über den Tisch, und ich steckte sie in meine Tasche.

»Das ändert aber nichts an der Tatsache, dass wir nichts über Susanne wissen, was nach der Abi-Feier stattgefunden hat, außer der Tatsache, dass sie jetzt als Anästhesistin am Luisenhospital arbeitet«, überlegte ich, während ich mein Laptop aus der Tasche zog. »Und vor allem haben wir keine Erklärung dafür, warum Sabrina ihre E-Mail-Adresse und Telefonnummer in ihren Kontakten abgespeichert hat. Wenn sich die Daten als aktuell herausstellen, müssen sie ja zwischenzeitlich doch Kontakt gehabt haben.«

»Richtig«, bestätigten Christian und Pia wie aus einem Munde.

Ich klappte mein Laptop auf und surfte auf die Website des Luisenhospitals, wo ich nicht lange suchen musste, um die Abteilung Anästhesie/Intensivstation zu finden. »Ach wie praktisch – guck mal, das ganze Team wird vorgestellt, und einen Lebenslauf gibt es auch gleich noch dazu.« Susanne Mertens' Lebenslauf sah reichlich unspektakulär aus: Medizinstudium in Aachen, AiP im Klinikum, und inzwischen Assistenzärztin am Luisenhospital.

»War Sabrina denn in den letzten zwei Jahren irgendwann mal im Luisen?«, fragte ich Christian.

Der verneinte. »Sabrina war, seit ich sie kenne, noch nie im Krankenhaus.«

»Auch niemanden dort besucht oder sich im Café mit jemandem getroffen, wo sie Susanne hätte über den Weg laufen können?«

»Puh, das kann ich natürlich nicht beschwören, aber erinnern kann ich mich da an nichts. Die einzigen Krankenbesuche waren vor ein paar Monaten im Klinikum, wo meine Schwiegermutter lag, weil sie sich die Hüfte gebrochen hatte«, erklärte Christian.

Ich konsultierte meine Notizen. »Susanne gehörte zu denen, deren Name zwar in den Kontakten auftauchte, zu der wir aber keinerlei Mailverkehr gefunden haben.« Ich kratzte mich nachdenklich am Kopf. »Irgendwie müssen die beiden aber zwischen Schulzeit und heute wieder in Kontakt gekommen sein. Nur wie – und vor allem warum?«

Pia und Christian sahen mich erwartungsvoll an.

Nach kurzem Überlegen sagte ich: »Ich habe schon eine Idee, wie wir ohne ihr Wissen vielleicht klären können, ob Susanne für Samstag ein Alibi hat oder nicht. Hat sie eins, können wir sie ausschließen. Hat sie keins, müssen wir weitersehen. Gebt mir zwei Minuten, um das anzuschieben. Dann erzähle ich euch von unserer Verdächtigen Nummer zwei.«

»Wir haben noch eine Verdächtige?«, fragte Pia erstaunt.

Ich nickte kurz, antwortete aber erst, nachdem ich die angefangene E-Mail fertiggeschrieben und abgeschickt hatte.

»Sarah Lothár«, sagte ich ohne weitere Einleitung.

»Wie kommst du auf die?«, fragte Christian. Er klang entsetzt.

»Du meinst, abgesehen davon, dass sie in Sabrinas Kontakten vorkam und sich mit ihr geduzt hat?« *Wieso reagierst du denn ausgerechnet bei der Lothár so heftig?*

»Ja, ja, natürlich abgesehen davon«, sagte Christian ungeduldig.

»Nun ja, zum einen hat sie eine schwere Erkältung – genau wie die Frau, die bei Herrn Brösich am Telefon die Wohnung in Bad Bertrich verlängert hat.« *Bilde ich mir das ein oder ist er gerade ein bisschen blass um die Nase geworden?*

»Und zum zweiten?«, fragte Christian.

»Zum zweiten hat sie kein Alibi für Samstagabend. Sie sagt, sie sei alleine zu Hause gewesen und habe mit Fieber im Bett gelegen. Da sie allein lebt, kann das niemand bestätigen. Außerdem fand ich ihre Reaktion am Telefon merkwürdig.« Ich leerte meinen Kaffeebecher und winkte ab, als Pia Anstalten machte mir noch einen zu machen. »So hat sie zum Beispiel nicht gefragt, wie Sabrina denn gestorben ist. Danach würde doch jeder normale Mensch fragen, wenn die Schwester einer guten Freundin anruft und sie über deren Ableben informiert.«

»Allerdings«, sagte Pia pikiert.

»Irgendwas ist da komisch. Ich hatte fast das Gefühl, sie wusste schon, dass Sabrina tot ist – und da sie nicht gefragt hat, wusste sie vielleicht auch schon, wie sie gestorben ist. Der dritte Punkt ist nicht sehr handfest, aber ich fand, sie klang ein bisschen zu interessiert daran, wann Sabrinas Beerdigung stattfinden wird. Wenn sie Dreck am Stecken hat, ist es natürlich in ihrem Interesse, dass die Lei...«, ich räusperte mich, »die Tote so schnell wie möglich aus dem direkten

Zugriff verschwindet. Aber das ist nicht belastbar, vielleicht wollte sie nur wissen, wann sie sich für die Beerdigung freinehmen muss.«

Christian schüttelte langsam den Kopf. »Ich kann mir überhaupt nicht vorstellen, dass Sarah Sabrina umgebracht haben soll. Ich kenne sie nicht gut, aber sie ist ein wirklich warmherziger Mensch, und sie und Sabrina waren eng befreundet.«

»Das verstehe ich, Christian, aber je nachdem, was der konkrete Grund für einen Mord ist, macht eine enge emotionale Bindung es häufig sogar noch wahrscheinlicher, dass Menschen zu Täter und Opfer werden. Die meisten Leute haben Angst, dass sie von bösen Fremden gemeuchelt werden – tatsächlich aber sind Morde im Familien- und Freundeskreis sehr viel häufiger. Und wenn du mal ein Weihnachtsfest mit meiner Familie verbracht hättest, wüsstest du auch warum«, sagte ich grimmig.

»Was macht eigentlich dein Bruder Holger inzwischen?«, fragte Pia, die den »Charme« meines arroganten Bruders zu Schulzeiten auch kurz hatte kennen lernen dürfen.

»Chefarzt der Chirurgie am Klinikum«, brummelte ich.

»Na, mit seiner ausgeprägten Empathie ist der doch in der Medizin hervorragend aufgehoben«, sagte Pia ironisch. »Die armen Patienten.«

»Das kannst du laut sagen. Ich hoffe nur, ich breche mir nie was.«

»Wie gehen wir denn jetzt weiter vor?«, unterbrach Christian uns etwas ungeduldig.

»Ich hoffe, dass ich schnell eine Info bekomme, ob Susanne Mertens für Samstag ein Alibi hat. Davon wird es abhängen, ob wir nur in Richtung Sarah Lothár weiterermitteln oder ob wir auch bei Susanne Mertens nachbohren müssen.« Ich packte mein Laptop zu den Tagebüchern in meiner Tasche und stand auf.

»Sollen *wir* vielleicht noch mal mit Sarah Lothár sprechen? Parallel zu ermitteln ist doch bestimmt sinnvoll?«, schlug Christian vor. »Vielleicht können wir ja eher etwas von ihr erfahren – uns kennt sie ja?«

Ich schüttelte den Kopf. »Wir wollen keine Pferde scheu machen. Erstens zeigen mehr Anhaltspunkte auf Susanne Mertens, und zweitens ahnt sie momentan noch nicht, dass unser Augenmerk auf ihr liegt. Und das soll auch erst mal so bleiben.«

»Und was sollen wir dann machen?«, fragte Pia.

»Ihr könntet Sabrinas persönliche Sachen durchgehen und gucken, ob ihr sonst noch irgendetwas findet, was uns weiterhelfen könnte. Wir konzentrieren uns im Moment ja ausschließlich auf die Spur, die wir durch die SMS haben. Ob die aber wirklich zum Täter oder zur Täterin führt, wissen wir natürlich noch nicht. Deshalb wäre es gut, wenn ihr Briefe, Notizen, Sabrinas Unterlagen allgemein durchsehen würdet. Nicht, dass wir etwas Wichtiges übersehen oder hektisch nachholen müssen, falls die momentanen Spuren im Sande verlaufen sollten.«

»Du zweifelst also inzwischen gar nicht mehr an der Mordtheorie?«, fragte Pia.

»Ich würde noch nicht unter Eid beschwören, dass Sabrina ermordet wurde, aber ja, ich glaube inzwischen wirklich, dass hier mächtig was faul ist und Sabrina sich nicht das Leben genommen hat, ja.«

»Ich bin so froh, Britta«, sagte sie. »Die Vorstellung, dass sie jemand ermordet hat, ist schrecklich, aber viel schlimmer war es zu glauben, dass es ihr so schlecht gegangen sein könnte, ohne dass wir es gemerkt haben, und dann diese

Zweifel, ob ja oder nein ...« Sie holte tief Luft und richtete sich auf. »Jetzt haben wir ein Ziel. Wenn wir ihren Mörder erwischen, bringt uns das Sabrina nicht zurück, aber so jemand soll auch nicht ungestraft weiter herumlaufen.«

Ich musterte Pia kurz und fasste einen Entschluss. »Es gibt tatsächlich noch etwas, das ihr tun könntet.«

»Natürlich gerne. Was denn?«

»Es muss unbedingt noch jemand nach Düsseldorf in die Agentur fahren und mit den Kollegen sprechen. In Sabrinas Kontakten gab es ja nur eine Kollegin, deren Name mit S. beginnt, und die konnten wir sicher ausschließen, aber auch wenn wir zwei Spuren haben, die nichts mit Sabrinas beruflichem Umfeld zu tun haben, wäre mir nicht wohl dabei, zu so einem frühen Zeitpunkt das Arbeitsumfeld vollständig links liegen zu lassen. Sabrina hat sehr viel gearbeitet und in einer Werbeagentur kommt man mit sehr vielen Menschen in Berührung. Vielleicht wissen die Kolleginnen und Kollegen etwas. Die haben alle viel Zeit mit Sabrina verbracht und eventuell Dinge mitbekommen, die in keiner E-Mail, in keiner Messenger-Nachricht zu finden sind. Hatte Sabrina in letzter Zeit mit einem Kunden oder einer Kollegin Streit? Hatte sie - entschuldige, Christian – mit jemandem ein Verhältnis. Hat sie jemand gehasst? Hat sie jemandem einen lukrativen Auftrag vor der Nase weggeschnappt? Hat sie jemanden zur Schnecke gemacht, der damit nicht umgehen konnte? Ich wollte gleich meine Kollegin nach Düsseldorf schicken.« *Zeit, dass Silke mal einen ganzen Block einer Ermittlung übernimmt. Geübt hat sie jetzt lange genug.* »Aber es wäre vielleicht besser, wenn einer von euch mitfährt. Der andere kann die privaten Unterlagen durchgehen, wie wir das eben besprochen haben.«

Pia war sofort Feuer und Flamme. »Das mache ich gerne. Wann fahren wir?«

»Am besten gleich.« Ich zog meine Hand aus der Tasche und wählte unsere Büronummer. Silke ging beim zweiten Klingeln dran. »Gut, dass du dich meldest«, unterbrach sie mich gleich, nachdem ich mich gemeldet hatte. »Ich war gestern Abend noch fleißig. Deine Sieglind Schönherr kannst du dir als Mörderin von Sabrina Kempfer leider abschminken. Ich habe den Fotografen angerufen, der bei der Veranstaltung die Bilder gemacht hat – man kann die bei ihm bestellen. Er hat mir das Passwort für den geschützten Online-Bereich gegeben, als ich ihm gesagt habe, worum es geht, und ich habe tatsächlich zwei Fotos gefunden, die Sieglind Schönherr zeigen.«

»Woher weißt du denn, wie die Schönherr aussieht?« *Kleine Fangfrage.*

Silke schnaubte amüsiert. »Es gibt da diese bahnbrechende Errungenschaft, Internet heißt die, glaube ich. Da kann man Sachen finden, sage ich dir.«

»Freches Küken«, grinste ich. »Trifft sich gut, dass das erledigt ist, ich hab nämlich gleich eine neue Aufgabe für dich ...« Ich erklärte ihr, worum es ging und konnte hören, wie sehr sie sich freute, so eine wichtige Aufgabe alleine übernehmen zu dürfen. Wurde aber auch wirklich höchste Zeit. Silke ist talentiert, fleißig und gründlich. Und sie kann gut mit Menschen umgehen. Was will man mehr?

Ich beendete das Gespräch und drehte mich zu Pia um. »Sie kommt dich in zwanzig Minuten abholen, dann braucht ihr nicht zwei Autos zu fahren. Christian, du kümmerst dich um die privaten Unterlagen?«

Christian nickte.

»Fein«, sagte ich und schüttelte beiden zum Abschied die Hand. »Ruft mich an, wenn ihr was findet; ich melde mich, sobald es an meinem Ende etwas Neues gibt.«

Sprach's und schwang mich ins Auto.

* * *

Ungefähr zehn Minuten später bog ich am Brüsseler Ring auf den Parkplatz ein, den wir uns mit den anderen Firmen im Gebäude teilten, und stellte meinen Wagen neben den von Piet.

Fast hätte ich Hausmeister Vögele umgeschubst, der hinter der Eingangstür auf einer Leiter herumwackelte und versuchte, die Scheiben der Glastür zu putzen. Er kletterte umständlich von der Leiter, stellte sie beiseite und öffnete mir die Tür.

»Ja guada morga, Frau Sander«, schwäbelte er.

»Guten Morgen, Herr Vögele«, antwortete ich. »Wie ist das werte Befinden?«

»A bissle bessr, dangschee. Sie wisset ja, i hanns mi'm Buggl.«

Ich bedauerte ihn angemessen höflich, musste dann aber schleunigst gucken, dass ich weiterkam, bevor Herr Vögele seine gesamte Krankenakte vor mir ausbreitete. Aus Erfahrung wird man bekanntlich klug. »Ach, Sie Ärmster, ich hoffe, das wird wieder«, rief ich über die Schulter zurück, während ich mich eilig über die Treppe entfernte.

Oben angelangt, stellte ich einmal mehr fest, dass meine lieben Kollegen ungern um den heißen Brei herumreden.

»Meine Güte, Britta«, begrüßte mich Mark, der im Flur am Kopierer stand. »Du siehst ja aus, als hätte man den Tod noch mal aufgewärmt.«

Eric tauchte mit ein paar Blättern in der Hand hinter Mark auf und knuffte ihn grinsend: »Hat dir noch nie jemand gesagt, dass man Damen nicht sagt, wie sie wirklich aussehen?«

Ich stolzierte hoch erhobenen Hauptes in mein Büro, wo Silke mich entgeistert anstarrte.

»Sagen Sie jetzt nichts, Hildegard«, zitierte ich Loriot. »Die Herren da draußen haben mir bereits eine äußerst akkurate Rückmeldung zu meinem Erscheinungsbild gegeben.«

»Was ist denn passiert?«, fragte Silke stattdessen.

»Nichts ist passiert«, antwortete ich und ließ mich auf meinen Bürostuhl plumpsen. »Die Schlemmermenü-Sitzung war etwas länger als unter der Woche klug ist.« Ich gähnte herzhaft.

»Na, Hauptsache, es war lecker«, schmunzelte Silke. »*Mission Impossible* war übrigens ein Erfolg«, flüsterte sie und schob mir unauffällig Erics Handy über den Tisch. »Es lag rechts auf dem Schreibtisch, direkt vor dem Bild von Camille.«

Ich nickte und schob es unauffällig unter einen Papierstapel.

»So, ich mache mich dann mal auf nach Düsseldorf«, strahlte sie, nahm ihre Jacke und verabschiedete sich fröhlich winkend.

»Viel Erfolg«, rief ich ihr noch hinterher, während ich mein Laptop hochfuhr und zügig die gewünschte Datei auf Erics Handy spielte. Ich ließ es gerade in meine Jackentasche gleiten, als irgendwo im hinteren Flur ein kurzes Kläffen erklang.

Kurz darauf fiel etwas krachend um, und ich hörte Erics Stimme: »Sammy, bleib hier!«

Neugierig geworden, steckte ich die Nase aus der Bürotür und sah gerade noch, wie ein kleines, schwarzes Fellbündel mit aufgeregt wedelndem Schwanz in der Gemeinschaftsküche verschwand, Eric ihm hart auf den Fersen.

»Hättest ihn halt nicht mit in die Küche nehmen sollen, als du dein Frikadellenbrötchen gegessen hast«, klugscheißerte Marks Stimme aus deren gemeinsamem Büro. Es ertönten quasi parallel das Verrücken diverser Möbelstücke, aufgeregtes Bellen und Erics Fluchen. Schnell huschte ich den Flur hinunter, glitt in Marks und Erics Büro und legte Erics Handy wieder an seinen Platz. Der Zeigefinger an den Lippen hieß Mark Stillschweigen über die kleine Transaktion zu bewahren.

Anschließend spinkste ich in die Küche, wo Eric völlig chancenlos dem kleinen Wollknäuel hinterherjagte, das offenbar einen Riesenspaß an der Verfolgungsjagd hatte.

»Probleme?«, fragte ich liebenswürdig.

Eric schnaufte und unterbrach seine Jagd kurzfristig. »Das ist Sammy. Er ist einfach zu schnell, so was Wendiges habe ich noch nicht gesehen.«

»Das haben wir gleich.« Ich ging zum Kühlschrank, nahm ein Stück Wurst heraus, ging in die Hocke und wedelte mit dem Köder. Eine Millisekunde später hatte ich Sammy geschnappt und auf meinem Arm mümmelte er zufrieden sein Stück Wurst.

»Äh, du kennst dich mit Hunden aus?«, fragte Eric.

»Erstens das. Viel wichtiger aber ist logisches Denken«, grinste ich. »Wenn der Berg nicht zum Propheten will und so.« Ich drückte Eric den glücklich hechelnden Sammy in die Arme.

»Öhm, könntest du dich nicht ...?«

»Nein, kann ich nicht«, erwiderte ich freundlich. »Jahrelang Gassi gehen bei Wind und Wetter reichen mir vollkommen, schönen Dank. Wie bist du überhaupt auf den Hund gekommen?«

Eric seufzte. »Sammys Besitzerin, die Tochter meiner Klienten, ist verstorben, und die Mutter ist gegen Hundehaare allergisch. Der Vater wollte Sammy ins Tierheim geben, da hat dann wiederum die Mutter fast einen Nervenzusammenbruch erlitten, bei dem Gedanken, der Hund ihrer Tochter würde bei irgendwelchen wildfremden Leuten landen. Und dann hat er mich auch noch so treuherzig angeguckt ...« Eric zuckte mit den Schultern. »Da hab ich ihn erst mal mitgenommen. Irgendjemand wird sich doch hoffentlich erbarmen.«

»Behalten willst du ihn nicht?«

»Ich würde schon, aber Camille hasst Hunde«, seufzte er.

»Na, das sind doch die besten Voraussetzungen«, sagte ich aufmunternd. »Ist das der Fall, den du am Dienstag erwähnt hast?«

»Genau der. Sehr wohlhabende Eltern, die Tochter stürzt vom Pferd, schlägt unglücklich mit dem Kopf auf. Sofort tot.«

»Klassischer Reitunfall. Und was genau ist dein Job?«

»Die Eltern weigern sich zu glauben, dass das Ganze ein Unfall war. Die junge Frau war wohl eine äußerst erfahrene Reiterin.«

»Glaubst du, da ist was dran?«

»Ich bin mir nicht sicher. Eigentlich denke ich, es ist völlig egal, wie erfahren jemand im Sattel ist. Jeder kann stürzen, und wenn man unglücklich aufschlägt, kann es auch tödlich enden. Bisher gibt es auch nicht mal den Hauch eines Verdächtigen oder eines Motivs. Ist schon fast unglaublich, wie beliebt die Tochter war. Andererseits gibt es da ein, zwei Sachen, die nicht ganz ins Bild passen. Und die Eltern sind so beharrlich in ihrer Überzeugung, dass man fast nicht anders kann, als ihnen zu glauben. Sie wirken jedenfalls auf mich nicht wie Leute, die einfach nicht wahrhaben wollen, was passiert ist.«

»Interessant«, überlegte ich laut. »Bei meinem Fall fing es ja ähnlich an.«

»Wie meinst du?«

»Na ja, die große Unbekannte, die du am Montag am Telefon hattest, stellte sich ja als eine alte Schulkameradin vom Rhein-Maas heraus. Wir hatten in der Schule nicht viel miteinander zu tun, aber sie hatte wohl mitbekommen, wo ich arbeite. Ihre ältere Schwester, die auch bei uns auf der Schule war – ein paar Jahre älter – war spurlos verschwunden, deshalb haben sie mich beauftragt. Wir haben die Schwester schnell gefunden, leider tot. Es war zwar kein Unfall, aber alles sah nach Suizid aus. Und genau wie bei deinem Fall, war die Familie nicht gewillt zu glauben, dass es so war, wie es auf den ersten Blick aussah. Und inzwischen gehe ich tatsächlich mit fast hundertprozentiger Sicherheit davon aus, dass sie recht haben und jemand den Selbstmord vorgetäuscht hat. Wenn die Familie nicht so hartnäckig gewesen wäre, wäre das mit Sicherheit unentdeckt geblieben.«

»Hast du die Bullen schon eingeschaltet?«

Ich schüttelte den Kopf. »Wir haben zwar zwei konkrete Spuren, können aber noch nichts beweisen. Wenn die Polizei da jetzt offiziell reingeht, verschwindet die Täterin womöglich auf Nimmerwiedersehen im Unterholz.«

»Die Täterin?«, fragte Eric.

»Wir wissen, dass die Verstorbene am Abend vor ihrem Tod noch Besuch hatte, und zwar von einer Frau. Wir wissen natürlich nicht sicher, dass diese Frau auch etwas mit Sabrinas Tod zu tun hatte, und wenn es so war, welche der beiden es gewesen ist. Auch haben wir erst für eine der beiden ein mögliches Motiv – das allerdings weit in der Vergangenheit liegt. Für die andere haben wir noch keins. Der einzige Vorteil, den wir derzeit haben, ist, dass, wer auch immer den Mord begangen hat, nicht weiß, dass wir die Wahrheit kennen. Wenn jetzt die Bullen auftauchen würden ...«

»Verstehe«, nickte Eric.

»Wie willst du bei deinem Reitunfall weiter vorgehen?«

»Ich gehe gerade noch mal die Fotos vom Unfallort durch, und will nachher noch mal hinfahren. Vielleicht haben wir irgendetwas übersehen.« Ein kurzer Moment der Unaufmerksamkeit rächte sich sofort, denn Sammy wand sich geschickt aus Erics Griff, sprang auf den Boden und hüpfte hoffnungsfroh vor mir auf und ab.

»Der Hund hat Helikopterfähigkeiten«, lachte Eric auf dem Weg zur Wurst im Kühlschrank. Ich habe jedenfalls noch nie einen Hund gesehen, der mit allen Vieren gleichzeitig vom Boden abhebt.«

In der Tat war Sammys Einsatz im Dienste der Lebensmittelbeschaffung sehr beeindruckend, und sobald sich die Kühlschranktür öffnete, glaubte ich ihn ausreichend abgelenkt, um den Rückzug anzutreten.

»Ich drücke die Daumen, dass du noch was findest. Ansonsten sag Bescheid, wenn ich irgendwie helfen kann.« Unauffällig verzog ich mich auf den Flur, hatte aber leider die Rechnung ohne den Hund gemacht. Kaum hatte er Eric die neue Wurst aus den Händen gerissen, schoss er wie eine Kanonenkugel auf den Flur, und an mir vorbei. Als ich an meiner Bürotür ankam, lag er schon auf der Lauer.

»Ich glaube, du hast einen neuen Freund«, rief Eric amüsiert aus der Küche.

»Ich will aber keinen Freund, klein oder nicht«, knurrte ich und stieg über Sammy hinweg, in der Hoffnung, Nichtbeachten würde ihn abschrecken. Weit gefehlt.

Kaum saß ich auf meinem Stuhl, baute er sich schwanzwedelnd und leise winselnd vor mir auf.

»Nix da, Küche geschlossen, Sammy«, sagte ich gerade streng, als Eric mit einer Leine zur Tür hereinkam. »Ich will ja mal nicht so sein«, seufzte er und nutzte die Tatsache, dass Sammy abgelenkt war, um die Leine an seinem Halsband zu befestigen. Als Eric ihn zur Tür hinauszerrte, stemmte Sammy alle vier Pfoten erfolglos ins Parkett und sah mich mit Oliver-Twist-Blick vorwurfsvoll an, bis er um die Ecke gerutscht war.

»Was man mit einem Stück Wurst zur Unzeit alles anrichten kann«, brummte ich und machte mich daran, den Inhalt meines E-Mail-Postfachs zu bearbeiten und meine Notizen zum Fall zu aktualisieren.

Alle weiteren Schritte hingen jetzt davon ab, ob Susanne Mertens für den Abend, an dem Sabrina gestorben war, ein Alibi hatte oder nicht. Leider ließ die Rückmeldung auf meine diesbezügliche Anfrage auf sich warten, und so beschloss ich, die Gelegenheit zu nutzen, meinen gähnend leeren Kühlschrank daheim zu füllen und ein paar Besorgungen zu machen.

Da alle anderen offenbar für ihren Freitagnachmittag die gleiche brillante Idee hatten, dauerte alles deutlich länger als erwartet, sodass ich erst gegen sechs völlig entnervt zu Hause ankam.

Ich räumte die Einkäufe in die Schränke, warf eine Maschine Buntes an und kramte das versammelte Geschirr der letzten Tage in die Spülmaschine. Man kommt ja zu nichts.

Nachdem ich in mein Schlaf-T-Shirt geschlüpft war, goss ich mir ein kaltes Bier ein und machte mir eine kleine Brotzeit. Dann verzog ich mich mitsamt Laptop und Abendbrot ins Bett, um in Ruhe alle bisherigen Ergebnisse zu protokollieren. Irgendetwas nagte in meinem Hinterkopf vor sich hin. Irgendetwas war seltsam, aber so sehr ich mir auch das Hirn zermarterte – ich kam nicht drauf.

* * *

Ich musste wohl eingeschlafen sein, denn als es abends um zehn an der Haustür klingelte, fuhr ich erschreckt hoch. *Wer ist das denn jetzt noch?*

Ächzend wälzte ich mich aus dem Bett und schlurfte verwundert zur Wohnungstür.

»Ja?«, sagte ich in die Gegensprechanlage.

»Ich bin's, Eric«, tönte es blechern zurück. *Huch. Was will der denn um die Uhrzeit?*

»Ich muss mit dir sprechen.«

»Worüber denn?«, fragte ich verdattert. *Wenn du den Hund bei mir parken willst, kannst du dir das gleich wieder abschminken.*

»Muss ich das durch die Sprechanlage erklären?«

»Äh, nein, natürlich nicht, komm rauf.« Ich drückte auf den Türöffner. Er nahm zwei Treppenstufen auf einmal und war kein bisschen außer Atem, als er bei mir ankam. *Aufschneider.*

»Ist es nicht ein bisschen spät, um mir deine Aufwartung zu machen? Und wo ist Sammy?«, fragte ich misstrauisch.

»Unten im Auto. Darf ich reinkommen?«, entgegnete er.

Wortlos trat ich einen Schritt zur Seite und ließ ihn vorbei. Ich schloss die Tür und wedelte mit der Hand unbestimmt in Richtung Wohnzimmertür. »Einmal nach links abbiegen, ja da lang.«

»Setz dich«, sagte ich, als ich ihm ins Wohnzimmer gefolgt war, und wies auf den Ohrensessel, den ich von meinem Opa geerbt hatte. »Möchtest du was trinken?«

»Gerne. Ein Bier?«

»Sischer dat«, sagte ich, holte zwei Bier aus dem Kühlschrank in der Küche, öffnete sie mit dem Feuerzeug und wollte gerade wieder ins Wohnzimmer gehen, als mir auffiel, dass ich vielleicht noch eine Hose anziehen sollte. *Ups.*

Hastig flitzte ich ins Schlafzimmer und kletterte in die erste Hose, die mir in die Finger kam.

Im Wohnzimmer reichte ich Eric sein Bier und setzte mich auf meinen neuen Fatboy. »Was verschafft mir die späte Ehre? Wolltest du sehen, ob ich auf Herrenbesuch vorbereitet bin?«, flachste ich.

»Offensichtlich ja nicht«, griente er mit einem mitleidigen Blick auf mein löchriges Star-Wars-T-Shirt.

»Musst du dich halt vorher anmelden, wenn du durchsichtige Negligés bevorzugst«, entgegnete ich achselzuckend.

Eric, der gerade die Bierflasche angesetzt hatte, schnaubte das Bier auf verschlungenen Wegen durch die Nase aus und wieder ein, lief puterrot an und brauchte ein paar Sekunden, um sich wieder unter Kontrolle zu bringen. Ungerührt reichte ich ihm ein Tempotuch.

»Äh, ja also, das wäre natürlich (schnäuz) ... ich meine ... also so verlockend das wäre, (noch mal schnäuz) ... öhm ...«

»... bist du eigentlich wegen etwas anderem hier«, half ich ihm grinsend aus der Patsche. *Das hat man davon, wenn man seinen Mitmenschen Kaffeebecher mit der Aufschrift »Kratzbürste« schenkt, gell?*

Eric tutete noch ein letztes Mal ins Taschentuch und hatte sich dann wieder gefangen. »In der Tat. Ich habe heute Mittag nicht schnell genug geschaltet, und eben fiel es mir wie Schuppen von den Augen. Hast du nicht gesagt, deine Tote ist aufs Rhein-Maas gegangen?«

»Ja, hab ich. Warum?«

»Weißt du, in welchem Abiturjahrgang sie war?«

Ich sagte Eric die Jahreszahl.

»Volltreffer!« Eric schlug mit der Faust auf die Lehne des Ohrensessels. »Tessa Fuhrmann, die junge Frau, in deren Fall ich ermittle, ist genau wie Sabrina aufs Rhein-Maas gegangen, und sie hat im gleichen Jahr Abitur gemacht. Die beiden müssen also in einer Stufe gewesen sein.«

Mein Interesse war schlagartig geweckt. »Na, schau mal einer an, das ist wirklich äußerst seltsam. Sabrina Kempfer und Tessa Fuhrmann waren auf der gleichen Schule und in der gleichen Stufe, beide kommen kurz hintereinander ums Leben. Und bei beiden gibt es Zweifel, ob es sich wirklich um Selbstmord beziehungsweise um einen Unfall gehandelt hat«, grübelte ich. »Der Name Tessa Fuhrmann sagt mir erst mal nichts. Hast du ein Foto von ihr?«

Eric öffnete seine Schultertasche, die er an den Sessel gelehnt hatte, und zog eine Mappe heraus. Das Bild, das er mir gab, war ein professionelles Fotografen-Porträt.

»Erkennst du sie wieder?«, fragte Eric.

Ich schüttelte den Kopf. »Nein, aber wenn es eine wie auch immer geartete Verbindung zwischen den beiden gab, kann Pia uns das hoffentlich sagen. Außerdem taucht sie vielleicht in Sabrinas Tagebüchern aus der Schulzeit auf. Eigentlich wollte ich die heute Abend durchgehen, weil eine der beiden bisher Verdächtigen mit Sabrina auf der Schule war und definitiv die Möglichkeit gehabt hätte, ohne viel Aufhebens an die Barbiturate heranzukommen. Sabrina hat ihr damals den Freund ausgespannt, und danach kam es zu einigen sehr hässlichen Vorfällen.«

Eric horchte interessiert auf. »Ihr habt eine Verdächtige, die mit Sabrina und Tessa zur Schule gegangen ist?«

Ich nickte und weihte Eric in die Details unseres Verdachts gegen die Anästhesistin Susanne Mertens ein. »Ich warte momentan noch auf eine Info, anhand derer wir hoffentlich klären können, ob die Mertens für Sabrinas Tod ein Alibi hat. Allerdings haben wir noch eine zweite Verdächtige. Sabrina Kempfer hat sie vor ein paar Jahren bei einer beruflichen Fortbildung kennen gelernt. Soweit wir sehen können, gibt es hier aber keine Verbindung zur Schulzeit.«

Eric hatte aufmerksam zugehört und nickte versonnen. »Wir müssen unbedingt klären, ob es zwischen Sabrina und Tessa eine Verbindung gibt, und wenn ja, welche. Denn seit heute Nachmittag bin ich mir sicher, dass Tessas Unfall tatsächlich kein Unfall war.« Er griff wieder in seine Schultertasche, zog ein weiteres Foto heraus und legte es auf den Tisch. Das Foto zeigte zwei durchsichtige Plastikbehälter mit Vliespapier. Der kleinere enthielt eine Patronenhülse, der größere ein Stück Holz mit Rinde, in dem deutlich erkennbar ein Geschoss steckte. Ich pfiff leise durch die Zähne.

»Genau. Das ist Munition für eine Handfeuerwaffe, nicht für ein Jagdgewehr oder eine Schrotflinte.«

»Am besten fängst du vorne an«, sagte ich, schob den ganzen Plunder, der sich wie immer auf dem Wohnzimmertisch angestaut hatte, zur Seite, damit Eric den Inhalt seiner Mappe darauf ausbreiten konnte.

»Tessa Fuhrmann hatte am 25. Juli, also letzte Woche Montag, einen schweren Reitunfall – sie ist bei einem Ausritt im Wald vom Pferd gestürzt, und als man sie gefunden hat, war sie bereits tot. Da sie alleine unterwegs war, konnte man nur im Nachhinein rekonstruieren, was passiert sein muss. Sie ist am späten Vormittag losgeritten, und nach ungefähr zwei Stunden kam das Pferd«, er konsultierte kurz seine Notizen, »Palantir alleine auf den Hof galoppiert, nach Aussage der Stallkolleginnen sehr verängstigt. Das Tier ist offenbar noch sehr jung, Tessa war dabei, es auszubilden.«

»Ausbilden wofür?«, fragte ich.

»Tessa war wie ihr Vater eine sehr erfolgreiche Vielseitigkeitsreiterin und hat all ihre Turnierpferde selbst ausgebildet. Palantir hatte sie seit ungefähr einem halben Jahr. Als er alleine zurückkam, ist sofort ein kleiner Suchtrupp losgeritten, aber da man nicht wusste, welche Route sie genommen hatte, wurde Tessa nicht von dem Suchtrupp, sondern von zwei Mountainbikern gefunden, die im Wald unterwegs waren.« Nach einer kurzen Pause fuhr er fort. »Sie muss vom Pferd gestürzt und mit dem Kopf unglücklich auf einen quer liegenden Baumstamm gekracht sein. Das hat sie nicht überlebt.«

»Na ja, Vielseitigkeitsreiten ist ja nicht gerade die ungefährlichste Sportart. Da gibt es immer wieder schwere Unfälle, vor allem im Gelände«, merkte ich an. »Wenn ihr Vater auch Vielseitigkeitsreiter ist, muss er das doch auch wissen. Warum glaubten denn die Eltern von Anfang an, das sei kein Unfall gewesen?«

»Es gab da schon von vorneherein ein paar Ungereimtheiten. Erstens war Tessa nicht mehr sehr weit vom Stall entfernt und auf einem Streckenabschnitt, wo sie dem Tier meist schon die Zügel lang ließ und gemütlich im Schritt nach Hause zockelte. Es war also kein Sturz an einem Sprung, kein gefährliches Gelände oder sonst etwas in dieser Richtung. Zweitens hat Tessa beim Reiten immer einen Helm getragen, gerade weil ihr die Gefahren sehr wohl bewusst waren. Hier hat sie offenbar nie Kompromisse gemacht.«

»Und diesmal ist sie ohne Helm geritten?«, fragte ich.

»Das nicht, aber der Helm lag einige Meter neben ihr, als sie gefunden wurde. Entweder hatte sie den Helm gar nicht auf, als sie gestürzt ist, oder er ist beim Sturz heruntergefallen. Am Verschluss und an den Riemen ist nichts zu erkennen. Wir gehen davon aus, dass sie den Verschluss selbst geöffnet oder gar den Helm abgenommen hat.«

»Aber das kann doch durchaus sein? Immerhin haben wir Sommer, und wenn ich mich recht entsinne, war es letzte Woche ganz schön heiß.«

»Laut Tessas Vater kann das eben nicht sein. Er beharrt darauf, dass Tessa den Helm nicht abgenommen hätte, solange sie noch auf dem Pferd saß. Sie hat viel mit jungen Pferden gearbeitet und war deshalb sehr vorsichtig. Mit viel Grummeln hat er zugegeben, dass es möglich sein könne, dass sie vielleicht den Kinnschutz gelockert oder kurz geöffnet haben könnte. Das sei aber auch das Höchste der Gefühle. Und wirklich glauben tut er das nicht – jedenfalls nicht ohne konkreten Anlass.«

»Hm«, sagte ich skeptisch. »Du weißt ja, wie viele Eltern schwören, ihre Kinder würden dies oder das nie tun.«

»Das ist richtig, aber aufgrund des gemeinsamen Sports hatten Tessa und ihr Vater wohl eine sehr enge Bindung und haben durch die Pferde wesentlich mehr Zeit miteinander verbracht als vielleicht für jemanden in Tessas Alter noch üblich ist. Also zumindest mit Blick auf alles, was mit der Reiterei zu tun hat, sollte man seine Einschätzung nicht einfach abtun.«

»Gibt es denn noch weitere Anhaltspunkte?«

»Ja«, fuhr Eric fort. »Es hatte in der Nacht von Sonntag auf Montag leicht geregnet, sodass man einiges an Abdrücken an der Unfallstelle sehen konnte. Nachdem die Biker da durchgefahren sind und Tessa abtransportiert worden war, war davon nicht mehr viel zu sehen. Aber das, was wir gesehen haben, war für uns ziemlich eindeutig.« Er zog mehrere große Fotoabzüge aus seiner Mappe, und ich beugte mich darüber, um besser sehen zu können.

»Oh Mann, der perfekt präservierte Tatort«, stöhnte ich.

»Allerdings«, pflichtete Eric mir bei. »Gut, dass wir nicht nach Reifenspuren oder Fußabdrücken suchen.« Er zeigte auf eine Stelle, an der sich ganz klar Hufabdrücke abzeichneten, und ich kniff die Augen zusammen.

»Da waren zwei Pferde, nicht nur eins, »triumphierte ich, als ich endlich entdeckt hatte, worauf Eric hinauswollte.

»Genau. Die kleineren Hufabdrücke sind ganz klar von Palantir. Wir haben das verglichen, um sicherzugehen.«

»Und die anderen sind viel größer, die können niemals vom gleichen Pferd sein«, stellte ich fest. »Das sind ja mehr Bratpfannen als Hufe. Und ein Eisen ist total abgelatscht, siehst du das? Die kleineren Hufabdrücke sind alle gleichmäßig.«

Eric nickte. »Tessa hatte Palantir gerade zwei Tage vorher beschlagen lassen.«

Inzwischen war es draußen ganz dunkel, und ich knipste eine weitere Lampe an, um das Foto mit den Hufabdrücken darunter zu halten. »Lässt sich denn aus den Abdrücken irgendwie darauf schließen, was genau passiert ist?«

»Leider nicht«, seufzte Eric, »aber wir glauben, dass Tessa einen anderen Reiter oder eine andere Reiterin getroffen und angehalten hat, um sich zu unterhalten. Siehst du, wie die Abdrücke ineinander übergehen? Tessas Vater sagte, dass Palantir bestimmt nicht gerne stillgestanden hätte, weil er ja wusste, dass sie auf dem Heimweg waren. Und das andere Pferd hat sich ganz offensichtlich auch bewegt. Und hier«, er zog ein weiteres Bild aus dem Stapel nach oben, »ist der Boden so aufgewühlt, dass wir glauben, dass Palantir sich hier erschreckt und Tessa abgeworfen hat. Jedenfalls passt der Zustand des Bodens und die Entfernung zum Baumstamm, auf den Tessa mit dem Kopf aufgeschlagen ist.«

»Und die Munition?« Ich nahm das Foto wieder in die Hand.

»Die habe ich heute Mittag gefunden. Ich bin noch mal zur Unfallstelle gefahren, weil es mir einfach keine Ruhe ließ. Ich habe diesmal den Umkreis der Suche etwas erweitert. So habe ich neben dem Geschoss und der Hülse zwei Sachen gefunden, die wir vorher übersehen haben.« Er zog sein Handy aus der Tasche, rief seine Bildersammlung auf und hielt mir das Gerät unter die Nase. »Scroll durch und sag mir, was du siehst.«

Ich vergrößerte die Einzelheiten des ersten Bildes. »Hier ist die Baumrinde ein bisschen abgeschubbert. Einmal hier und dann noch mal hier.« Ich zeigte mit dem Finger auf die beiden Stellen.

Eric nickte. »Was, wenn hier ein Pferd angebunden war und sich vielleicht aus Langeweile am Baum gekratzt hat?« Er wischte über den Bildschirm, sodass das nächste Bild erschien. Unter dem Baum mit der leicht abgeschubberten Rinde war der Boden trocken und auf diesem Motiv war nichts zu erkennen, also wischte ich weiter. Die nächste Aufnahme zeigte einen größeren Ausschnitt des trockenen Nadelbodens. An einer Stelle gab es eine Lücke in den Nadeln, und dort war nicht nur der Abdruck eines großen Hufes erkennbar, sondern auch ein schwacher Stiefelabdruck. Eric sah mich triumphierend an. »Der Baum steht ein bisschen von der eigentlichen Unfallstelle entfernt. Die Zweige sind so dicht, dass der Boden darunter bei den schwachen Regenfällen der letzten Woche trocken geblieben zu sein scheint. Was wetten wir, dass jemand vor dem Tag des Unfalls dorthin geritten ist und die Örtlichkeit erkundet hat?«

»Und der Schuss war eigentlich für Tessa bestimmt?«, überlegte ich.

»Entweder das oder die Person wollte Tessa nicht erschießen, sondern ihr Pferd erschrecken, denn es sollte ja offenbar wie ein Unfall aussehen«, wandte Eric ein. »Die Hülse lag ziemlich dicht an der Sturzstelle – frag mich nicht, wie wir die bei der ersten Suche übersehen konnten. Als ich die hatte, habe ich nach dem Geschoss gesucht, und das steckte in einem Baum, etwas weiter von der Unfallstelle entfernt.«

»Wenn man ein Pferd erschrecken will, ist ein Pistolenschuss natürlich ein sehr probates Mittel. Dagegen sind nur speziell trainierte Pferde immun. Also egal wie ruhig das Gemüt eines Pferdes ist – wenn ich eine Pistole direkt daneben abfeuere, habe ich eine extrem hohe Wahrscheinlichkeit, dass das Pferd sich tierisch erschreckt und für den Reiter völlig unerwartet einen mächtigen Satz macht. Da kann auch jemand wie Tessa Fuhrmann mal vom Gaul fallen«, sinnierte ich.

»Und wenn sie dann praktischerweise noch den Kinnschutz geöffnet oder gar den Helm abgenommen hat ...«

»... was sie wahrscheinlich nicht wegen irgendeiner wildfremden Person getan hätte ...«

»... brauchte es nur noch ein bisschen Glück und Tessa ist Vergangenheit«, vervollständigte Eric unseren Gedankengang.

»Ein Selbstmord, der keiner ist und ein Reitunfall, der auch keiner ist. Wenn es da keinen Zusammenhang gibt, fress' ich auf der Stelle einen Besen.«

Eric nickte. »Ganz genau. Ich habe Piet Geschoss und Hülse gegeben, er hat ja immer noch Kontakte zur Kriminaltechnik. Wenn wir Glück haben, gibt es auf der Hülse Fingerabdrücke.«

»Und wenn wir noch mehr Glück haben, ist die zugehörige Waffe schon in der BKA-Sammlung vorhanden«, ergänzte ich zufrieden. »Und selbst wenn nicht – immerhin wissen wir schon mal, dass wir nicht nach einem Revolver suchen.« Anders als andere Handfeuerwaffen werfen Revolver die Patronenhülsen nicht aus. »Was ist mit dem Stiefelabdruck?«

»Schuhgröße 39«, sagte Eric betrübt. »Eine der beiden häufigsten Schuhgrößen bei Frauen.«

»Trotzdem gut, dass wir den Abdruck haben«, sagte ich, als ich zum Telefon griff. »Wenn wir sie haben, wird es nicht schaden, wenn die Schuhgröße stimmt und wir die passenden Stiefel in ihrem Schrank finden.«

Ich wählte Christian Kempfers Nummer. Es klingelte sehr lange, bevor sich Pia verschlafen meldete. »Sorry, hab ich dich geweckt?«

»Macht nichts, Britta, ich war nur so erledigt, ich musste mal früh ins Bett. Wir sind erst um halb neun aus Düsseldorf zurückgekommen. Im Moment noch ohne Ergebnisse, weil wir noch nicht mit allen Kollegen sprechen konnten, aber die arbeiten wohl auch am Wochenende. Ich bin für morgen um halb acht mit Silke verabredet, wir wollen dann noch mal hinfahren. Gibt es denn bei dir was Neues?«

»Ich hoffe es. Ich stelle das Telefon auf Lautsprecher, mein Kollege Eric ist auch hier.«

»Okay«, sagte Pia. »Was ist denn passiert?«

»Kannst du dich aus der Schule an eine Tessa Fuhrmann erinnern?«

Pia überlegte nicht lange. »Ja sicher. Die war eine Zeit lang gut mit Sabrina befreundet.«

Eric und ich sahen uns triumphierend an.

»Warum fragst du?«

»Tessa Fuhrmann hatte vor Kurzem einen tödlichen Unfall, bei dem wir davon ausgehen müssen, dass es kein Unfall war.«

»Oh mein Gott«, entfuhr es Pia. »Und ihr glaubt, es gibt einen Zusammenhang zum Tod von Sabrina?«

»Sagen wir mal so – jetzt, wo wir wissen, dass sie in der Schule befreundet waren, halten wir das für eine sehr realistische Option.«

»Ich gehe sofort Christian wecken«, sagte Pia aufgeregt und legte das Handy klappernd ab.

Eric sah mich mit hochgezogenen Augenbrauen an. »Pia übernachtet beim Mann ihrer toten Schwester?«

»Hört sich erst mal komisch an, ich weiß. Aber ich denke, das ist harmlos. Pia wohnt mit ihrem Mann mitten in der Pampa auf einem alten Bauernhof, und sie hat sich in den letzten Tagen einfach ein paar längere Fahrten gespart.«

Eric guckte immer noch skeptisch, fragte aber nicht weiter nach. Es dauerte ziemlich lange, bis Pia außer Atem wieder am Telefon ankam. Ihre Stimme klang leicht panisch.

»Christian ist nicht da.«

»Wie, er ist nicht da?«, fragte ich, nicht besonders intelligent.

»Ich habe das ganze Haus abgesucht. Er ist nicht da. Das Bett ist nicht benutzt, und sein Auto ist auch weg. Was ist denn, wenn ihm auch was passiert ist?«

Eric und ich tauschten einen überraschten Blick.

»Immer mit der Ruhe, Pia. Er hat nichts zu dir gesagt, dass er noch mal wegwollte?«

»Nein«, entgegnete Pia ungeduldig, »hat er nicht. Wir haben aber auch nicht lange gesprochen. Ich hab ihn nur gefragt, ob er in Sabrinas Unterlagen noch was gefunden hat - hat er nicht – und bin dann gleich ins Bett.«

»Vielleicht ist er nur kurz zur nächsten Tankstelle gefahren, um einen Kasten Bier oder irgendwas anderes zu holen«, versuchte Eric die aufgeregte Pia zu beruhigen.

»Ach so, daran habe ich nicht gedacht. Das kann natürlich sein.«

»Wann bist du denn ins Bett gegangen?«, fragte ich.

»Um Viertel nach neun, und ich bin sofort eingeschlafen. Da war er aber definitiv noch hier. Er hat im Arbeitszimmer noch weiter Sabrinas Papiere durchgesehen. Ich konnte nicht mehr geradeaus gucken, aber er wollte noch weitermachen.«

»Okay, das heißt, er ist vielleicht erst seit ein paar Minuten weg. Also kein Grund zur Panik. Hast du versucht, ihn auf dem Handy zu erreichen?«

»Ja, ich habe es eben probiert, es geht aber nur die Mailbox dran.«

Zur gleichen Zeit kam mir ein eher beunruhigender Gedanke. »Sag mal, Pia, weißt du, wo Christian war, als Sabrina gestorben ist?«

Schweigen am anderen Ende der Leitung.

Eric sah mich interessiert an.

»Pia?«

»Das, das, du glaubst …?«, stammelte Pia.

»Unsere Hauptverdächtige ist nach wie vor eine Frau. Aber ich habe mir diese Frage ehrlich gesagt bisher noch gar nicht gestellt. Du?«

»Nein«, gab Pia zu. »Auf den Gedanken bin ich auch noch nicht gekommen, schließlich hat Christian mich ja alarmiert, als Sabrina nicht wieder auftauchte. Ich bin mir aber ziemlich sicher, dass er irgendwann mal erwähnt hat, dass er an dem Abend zu Hause war.«

»Alleine?«

»Das nehme ich an, aber ich müsste ihn fragen, sicher bin ich mir nicht.«

»Okay, das lässt sich ja schnell klären, wenn er zurück ist. Noch mal zu Tessa und Sabrina – meinst du, du kannst irgendwo ein altes Stufenfoto auftreiben, am besten mit einer zugehörigen Namensliste?«

»Wo soll ich das denn herbekommen?«, fragte Pia ratlos.

»Hat Sabrina nicht an der Abi-Zeitung mitgearbeitet? Da ist doch bestimmt ein Foto von allen drin, die das Abi in dem Jahr gemacht haben.«

»Ich mache mich gleich auf die Suche«, versprach Pia.

»Was ist mit anderen Fotos aus der Schulzeit?«, fragte Eric. »Also nicht unbedingt aus der Schule, sondern aus der Zeit, in der Sabrina zur Schule gegangen ist.«

»Danach haben wir bisher noch gar nicht geguckt, wir wussten ja nicht, dass das wichtig ist«, verteidigte sich Pia.

»Du brauchst dich nicht zu rechtfertigen, Pia«, sagte Eric sanft. »Wir wissen ja selbst erst seit eben, dass es eine Verbindung zwischen beiden Fällen geben könnte und dass außer Susanne Mertens auch noch andere Personen aus der Stufe eine Rolle spielen könnten. Ich werde parallel bei Tessas Eltern nachhören. Die haben bestimmt viele Fotos, Tessa war ja ein Einzelkind.«

»Ja gut. Ich muss Christian fragen, wo die ihre älteren Fotos aufbewahren und ob die noch auf Papier oder schon digital vorhanden sind. Das kläre ich aber gleich, wenn er wieder da ist.«

»Alles klar, wir telefonieren dann spätestens morgen früh. Wenn du irgendwas Wichtiges findest, kannst du aber auch heute Nacht jederzeit anrufen. Und wenn Christian in zwei Stunden nicht zurückkommt, melde dich auch, okay?«

»Ist gut«, stimmte Pia zu und legte auf.

Ich drehte mich zu Eric um.

»Glaubst du, dass Christian nur mal eben zur Tanke gefahren ist?«, fragte er.

Ich schüttelte den Kopf. »Die nächste Tankstelle ist in der St. Vither Straße, das sind vielleicht sechshundert Meter. Und da es noch vor Mitternacht ist, gehe ich auch davon aus, dass die noch aufhaben. Selbst wenn er erst eine Minute vor unserem Telefonat mit Pia losgefahren wäre, müsste er inzwischen längst zurück sein. Und wenn er losgefahren ist, nachdem Pia ins Bett gegangen ist, ist er inzwischen seit zweieinhalb Stunden unterwegs. Ohne was zu sagen und ohne einen Zettel zu hinterlassen. Vielleicht dachte er, Pia merkt gar nicht, dass er weg ist.«

»Was ja auch wahrscheinlich gewesen wäre, wenn wir nicht angerufen hätte«, bemerkte Eric und sah auf die Uhr.

»O Mann, schon fast Mitternacht, Camille bringt mich um«, er sprang auf und fing an, seine Unterlagen in seine Schultertasche zu kramen.

»Und Sammy hockt seit zwei Stunden alleine im Auto«, bemerkte ich spitz.

»Ich hab ihm eine Schüssel Wasser reingestellt und die Fenster sind alle ein Stück auf. So warm ist es ja um die Uhrzeit nicht mehr. Ich dachte, wenn ich ihn mit hochbringe, gibt's Haue«, grinste er. »Jetzt gibt's erst Haue, wenn ich ihn mit nach Hause nehmen«, versuchte er die Dackelblick-Tour.

»Wenn Camille dich wegen Sammy vor der Tür übernachten lässt, nehme ich ihn für ein paar Tage«, sagte ich gnädig, »aber auch nur dann«, warnte ich.

»Na ja, besser als nichts«, seufzte Eric. »Und das, wo Sammy dich so vergöttert«, unternahm er noch einen allerletzten Versuch.

»Sammy vergöttert nicht mich, sondern die Wurst, die er von mir bekommen hat«, stellte ich klar und gähnte herzhaft. »Ich habe eben kurz mit dem Gedanken gespielt, die Nacht durchzumachen, aber ich kann jetzt schon fast die Augen nicht mehr aufhalten. Besser morgen einen frühen Start mit frischem Kopf.«

»Sehe ich auch so«, nickte Eric. »Wenn ich jetzt Tessas Eltern wegen Schul-Fotos anrufe, machen die alten Leute die ganze Nacht kein Auge mehr zu. Das mache ich besser morgen. Sagen wir um halb acht im Büro?«

»Wieso alte Leute?«

»Die Fuhrmanns haben recht spät Nachwuchs bekommen, die sind beide schon Anfang siebzig. Tessa kam wohl, nachdem sie die Hoffnung auf ein eigenes Kind schon längst aufgegeben hatten.«

»Och herrn, und dann verlieren sie das eine Kind auch noch.«

»Ja, die sind ganz schon mitgenommen, vor allem der Vater. Seine Tochter war sein ganzer Stolz.«

Ich brachte Eric zur Tür. »Um halb acht dann, ich bring Hörnchen mit und Sabrinas Tagebücher.«

»Und ich Sammy«, lachte Eric und verschwand die Treppe hinunter.

SAMSTAG, 6. AUGUST

7:30 Uhr

Als ich am nächsten Morgen um kurz vor halb acht die Tür zur Detektei aufschloss, blubberte die Kaffeemaschine schon vor sich hin und verbreitete genau den Duft, den man nach einer frühmorgendlichen Joggingrunde riechen möchte.

Kaum hatte ich die Tür mit dem Fuß hinter mir zugemacht, als Sammys Kopf aus Erics Büro herauslugte und die Hörnchentüte in meiner Hand erspähte. Da er natürlich die Bäcker- nicht von einer Metzgertüte unterscheiden konnte, setzte er umgehend zum Spurt den Flur hinunter an und krachte nach einem für das glatte Parkett spektakulär falsch berechneten Bremsweg mit Schmackes gegen meine Schienbeine. Die Unschuld vom Lande mimend, baute er sich direkt vor mir auf und fixierte mit großer Konzentration die Tüte in meiner Hand.

»Sitz, Sammy«, versuchte ich in strengem Tonfall mein Glück. Und konnte es kaum glauben, als Sammy tatsächlich sein Hinterteil bis auf den Boden absenkte.

»Unglaublich, soll der Hund wohl doch irgendeine Form von Erziehung genossen haben?«, fragte ich Eric, der gerade aus der Küche kam.

»Wenn das so wäre, hat er das letzte Nacht erfolgreich verborgen. Camille hat heute Morgen offizielles Hausverbot ausgesprochen«, seufzte Eric.

»Doch so erfolgreich?«, grinste ich. »Platz, Sammy.« Sammy legte den Kopf auf die Seite und stand auf.

»Wäre ja auch zu schön gewesen«, brummelte ich und ging um Sammy herum, der mir sogleich schwanzwedelnd zur Küche folgte. »Aber bei Fuß kann er immerhin – jedenfalls, solange man eine Tüte mit etwas Essbarem in der Hand hat.«

In dem Moment klingelte mein Handy – Silke.

»Guten Morgen«, begrüßte ich sie aufgeräumt. »Ich stell dich mal laut, Eric ist auch hier.«

»Oh, romantisches Frühstück in der Detektei?«, frotzelte Silke gut gelaunt.

»Soweit kommt das noch«, schnaubte ich, und Eric grinste breit. »Ihr fahrt heute wieder nach Düsseldorf?«

»Woher weißt du das denn jetzt schon wieder?«, fragte Silke verdutzt.

»Ich weiß alles«, grinste ich. »Nein, im Ernst, wir haben gestern Nacht noch mit Pia telefoniert, weil wir kurz vorher auf den Trichter gekommen waren, dass die Fälle von Sabrina Kempfer und Tessa Fuhrmann zusammengehören. Blöderweise wissen wir noch nicht genau wie und warum.«

»Ich weiß«, sagte Silke.

»Öh, kannst du neuerdings hellsehen?«, fragte ich verdattert.

»Nein«, gluckste Silke, »leider nicht. Aber Pia hat eben angerufen, dass sie heute nicht mit nach Düsseldorf fährt. Sie tat sehr geheimnisvoll und hat nur gesagt, sie müsse noch was mit Christian klären, wollte aber warten, bis er aufsteht.«

»Ach!« Eric und ich warfen uns einen bedeutungsschwangeren Blick zu. »Christian ist gestern Nacht plötzlich verschwunden, ohne Pia etwas zu sagen. Wir wissen noch nicht, wie lange er genau weg war und wo er war. Pia wollte das herausfinden und sich dann melden. Das heißt also, sie hat ihn noch nicht zur Rede gestellt.«

»Das passt aber ins Bild«, sagte Silke. Deshalb rufe ich nämlich eigentlich an. Es ist nicht viel, was ich gestern herausbekommen habe, aber mir hat eine Kollegin, Nora Grimme, die viel mit Sabrina direkt zusammengearbeitet hat, gesagt, dass sie in den Tagen, bevor sie an die Mosel gefahren ist, etwas bedrückt gewirkt habe. Nicht depressiv oder so, dass man denken würde, sie tut sich was an, aber schon irgendwie bedrückt und nicht so fröhlich wie sonst.«

»Davon hat Pia letzte Nacht gar nichts gesagt.«

»Das hat die Kollegin mir auch gesagt, als Pia nicht dabei war, und ich dachte, das sollten wir erst mal unter uns besprechen.«

»Gut gedacht. Konnte die Kollegin sich das denn irgendwie erklären? Hat Sabrina was zu ihr gesagt?«

»Nein, leider nicht«, sagte Silke bedauernd. »Aber sie hat gesehen, wie Sabrina das Foto von ihrem Mann, das immer bei ihr auf dem Schreibtisch stand, in die Schreibtischschublade gelegt hat.«

»Ach, da schau mal einer an«, ich warf Eric einen Blick zu, und der hob überrascht beide Augenbrauen. »Ärger im Paradies? Und wusste die Kollegin auch, warum Christian in die Schublade musste?«

»Leider nein«, sagte Silke bedauernd.

»Macht nichts, wenn Christian nicht eine sehr gute Erklärung für sein seltsames Verschwinden letzte Nacht hat, müssen wir ihn uns sowieso zur Brust nehmen. Und vielleicht kriegst du ja noch etwas Genaueres zu Sabrinas Gemütslage heraus und welche Rolle Christian dabei gespielt hat. Und wenn du die Kollegen weiter befragst, solltest du noch ein paar elegante Fragen zu Tessa Fuhrmann mit einstreuen. Ob sie in letzter Zeit in der Agentur aufgetaucht ist, ob Sabrina sie mal erwähnt hat. Und über Tessa hinaus, ob irgendwelche anderen alten Schulfreundinnen von Sabrina in Erscheinung getreten sind, egal wie unscheinbar der Auftritt.«

»Geht klar«, sagte Silke. »Schickst du mir die Namen der Personen, um die es geht?»

»Mache ich. Fährst du jetzt los? Wieso arbeiten die eigentlich samstags?»

Silke schnaubte durch die Nase. »Klarer Fall von moderner Sklaverei. Die sind in einem großen Pitch und müssen bis Montag ihr Werbekonzept für den potentiellen Kunden fertig haben – um 11 Uhr ist Präsentation, und wenn sie bis dahin nicht fertig sind, war alles umsonst.«

»Was um Himmels willen ist ein Pitch?«

»Ein schöneres Wort für unbezahlte Arbeit. Ein Unternehmen schreibt einen großen Werbevertrag aus, und du kannst dich als Agentur um diesen Vertrag bewerben. Die Bewerbung besteht aus einem fertigen Werbekonzept, das die Agentur unentgeltlich erstellt. Der Sieger bekommt dann den Vertrag – und alle anderen im Pitch gehen leer aus.«

»Das ist Ausbeutung«, entfuhr es mir.

»Allerdings. Und wenn du gedacht hast, wir hätten bescheidene Arbeitszeiten, unterhalte dich mal mit den Leuten hier. Die Kunden klatschen denen abends um fünf ein großes Projekt auf den Tisch und erwarten bis zum nächsten Morgen um neun die fertige Lösung. Man glaubt es nicht, aber die haben die Ausschreibung erst am Mittwoch bekommen und müssen bis Montag früh alles fertig haben. Ich meine, es ist jetzt gut für uns, das wir das Wochenende besser nutzen können, weil wir nicht alle einzeln zu Hause abklappern müssen, aber den Job hier will ich echt nicht geschenkt haben. Und angesichts der Tatsache, dass die alle bis über beide Ohren in Arbeit stecken und Sabrinas Arbeit noch mitmachen müssen, sind sie wirklich sehr freundlich und hilfsbereit.«

»Gott sei Dank. Wenn wir es wirklich mit einem Doppelmörder zu tun haben, können wir jede Hilfe gebrauchen, die wir kriegen können. Gute Arbeit, Silke, und viel Erfolg heute. Wenn du noch was herausbekommst, meldest du dich gleich, ja?«

Nachdem ich das Gespräch beendet hatte, ließ ich mich auf einen der Küchenstühle fallen. Eric hatte bereits zwei große Becher Kaffee eingegossen und Teller, Butter und Marmelade auf den Tisch gestellt.»Das waren doch mal interessante Neuigkeiten«, sagte ich erfreut. »Sabrina und Christian müssen wegen irgendetwas Krach gehabt haben. Jetzt bin ich erst recht gespannt, wo der gestern Nacht gewesen ist. Womöglich doch nicht der treu sorgende Ehemann, den er Pia und uns vorspielt.«

»Im Zweifelsfall ist es sowieso immer der Ehemann oder Partner«, sagte Eric. »Hoffen wir, dass Pia uns was liefern kann, ansonsten müssen wir aus der Deckung kommen und uns Christian offiziell vorknöpfen. Im Übrigen müssen wir uns beeilen. Die Fuhrmanns erwarten uns um acht. Ist aber nicht weit – Ronheider Berg.«

»Und wo hat Tessa Fuhrmann gewohnt?«, fragte ich, während ich ein Hörnchen mit Butter und Marmelade verzierte.

»Auch dort. Das Haus der Eltern hat eine Einliegerwohnung.«

»Hm, wenn wir nicht die Verbindung über die Schule hätten, könnte man glatt denken, da ist jemand hinter gut betuchten Leuten aus Aachen-Süd her«, überlegte ich.

»Das eine schließt ja das andere nicht unbedingt aus«, bemerkte Eric und fütterte Sammy mit einem Stück Hörnchen.

»Nicht vom Tisch füttern«, stöhnte ich.

»Ach, wenn er doch so herzerweichend guckt«, Eric kraulte den sichtbar zufriedenen Sammy hinter den Ohren.

»Und Hörnchen sind nicht gesund.«

»Marmelade auch nicht«, grinste Eric mit einem vielsagenden Blick auf mein Hörnchen.

»Hunde sind Fleischfresser.«

»Weiß Sammy das?«, fragte Eric.

»Spätestens wenn er anfängt zu pupsen, werden *wir* wissen, dass er was gefressen hat, was er nicht fressen sollte.«

»Oh.« Eric guckte leicht betreten.

»Eher igitt als oh. Wir fahren auf jeden Fall mit *deinem* Auto.« Kichernd schmierte ich mir ein weiteres Hörnchen und biss herzhaft hinein, während Eric Sammy mit ganz neuen Augen betrachtete. »Also, äh, mit dem Hausverbot, öhm ...«, fing er an.

»Lass mich raten – mit einem schlecht erzogenen *und* pupsenden Hund gibt es keinerlei Chance mehr, dass Camille das Hausverbot wieder aufhebt?«, fragte ich unschuldig.

»Elegant, wie du das wieder auf den Punkt gebracht hast«, grummelte Eric.

»Schon gut, schon gut, aber höchstens ein paar Tage, und ich will echte Anstrengungen sehen, ein neues Zuhause für ihn zu finden«, beschied ich streng.

»Ja, Chefin«, schnaufte Eric erleichtert. »Alles für den heimatlichen Haussegen.«

Ein paar Bissen später waren wir in Erics Kombi unterwegs zum Ronheider Berg. Sammy hatte es sich im Kofferraum auf einer alten Decke bequem gemacht und schnarchte bereits selig, als wir vor dem Haus – oder sagen wir eher Palast – der Fuhrmanns anhielten.

Ich konnte mir einen bewundernden Pfiff durch die Zähne nicht verkneifen. »Meine Güte, da hat aber jemand Geld an den Hacken.«

»Das stimmt, aber zumindest hat er sich das auch hart erarbeiten müssen. Mein Vater kennt ihn noch von früher, als Fuhrmann noch in Köln als Anwalt praktiziert hat. Er hat sich aus ganz kleinen Verhältnissen alleine hochgearbeitet. Nachts gearbeitet, tagsüber studiert, und dann aus dem Nichts eine sehr erfolgreiche Kanzlei aufgebaut. Und nebenher ›mal eben‹ noch eine beachtliche Karriere im Vielseitigkeitsreiten absolviert. Seine Frau hat mir erzählt, dass er vor allem Geld verdienen wollte, um in seinem Sport unabhängig zu sein. Vielseitigkeit ist ein ganz schön kostspieliges Hobby.«

»Und die Frau?«

»Tochter aus gutem Hause, wie man so schön sagt. Hat Medizin studiert und hier in Aachen als Kinderärztin lange Jahre eine gut gehende Praxis gehabt. Sammy lassen wir besser im Auto, wegen Frau Fuhrmanns Allergie.«

Wir stiegen aus, und als wir den kurzen Weg zur Haustür hochgingen, raunte Eric mir noch zu: »Wenn du ihnen noch ein paar beruhigende Worte zu Sammy sagen könntest, wäre das toll. Ich glaube, die haben sofort gemerkt, dass ich von Hunden keine Ahnung habe.«

Ich nickte, und Eric drückte auf die Klingel.

Im Inneren erklang ein sonorer Gong, und kurz darauf klapperten energische Schritte auf die Tür zu.

Die Frau, die öffnete, sah nicht wie Anfang siebzig aus, sondern eher wie Mitte fünfzig. Groß, schlank und elegant – die Art von Dame, die selbst im Bademantel im Buckingham Palace erscheinen und als angemessen gekleidet durchgehen könnte.

Die dunklen Ringe unter ihren Augen zeugten von dem, was sie in den letzten Tagen durchgemacht hatte. Trotzdem lächelte sie uns warmherzig an und bat uns herein.

»Das ist meine Kollegin Britta Sander, Frau Fuhrmann. Wie ich am Telefon schon sagte, arbeitet sie an dem anderen Fall, von dem wir glauben, dass er mit Tessas Tod in Zusammenhang stehen könnte.«

Sie begrüßte mich freundlich und ging voran ins Wohnzimmer, wo Friedrich Fuhrmann sich zur Begrüßung vom Sofa erhob. Er war etwas kleiner als seine Frau, durchtrainiert und sonnengebräunt. Er machte auf mich einen genauso sympathischen Eindruck wie seine Frau. Sein Händedruck war kräftig, und er bat uns Platz zu nehmen. Das Angebot eines Kaffees lehnten wir dankend ab.

»Wie geht es denn Sammy?«, fragte Frau Fuhrmann, kaum dass wir saßen.

Eric knuffte mich unauffällig mit dem Ellbogen in die Seite.

»Sammy geht es sehr gut, Frau Fuhrmann«, beruhigte ich sie. »Im Moment ratzt er zufrieden draußen im Auto, nachdem er am Frühstückstisch unverdiente Beute gemacht hat.«

Anneliese Fuhrmann lächelte und Friedrich Fuhrmann stieß ein kurzes Lachen aus, das selbst eher wie ein Bellen klang.

»Eric hat sich bisher rührend um ihn gekümmert«, fuhr ich fort und sah aus dem Augenwinkel, wie Eric langsam die rosa Farbe eines Lachses annahm, »und ab heute Abend zieht Sammy erst einmal bei mir ein, bis wir ein neues Zuhause für ihn gefunden haben. Ich bin mit Hunden aufgewachsen und ...«

»... bringen wahrscheinlich eher die nötige Strenge auf, um mit dem kleinen Racker fertig zu werden«, schmunzelte Friedrich Fuhrmann.

»Na ja, man muss ja zum Beispiel als Nicht-Hundehalter auch nicht unbedingt wissen, wovon Hunde so alles Blähungen bekommen«, zwinkerte ich Frau Fuhrmann zu, die kurz aber herzhaft lachte, während Eric die Farbe eines Puters erreichte und mich unter dem Couchtisch gegen den Knöchel trat.

Frau Fuhrmann wurde sehr schnell wieder ernst. »Sie glauben gar nicht, wie schwer es für uns ist, dass wir Sammy nicht zu uns nehmen können.« Sie sah ihren Mann traurig an.

»Wir finden auf jeden Fall ein gutes Zuhause für ihn, das verspreche ich Ihnen«, meldete sich Eric wieder zu Wort, »und bis dahin ist er bei Frau Sander wirklich gut aufgehoben. Im Moment ist unsere Priorität aber erst einmal, den Mörder oder die Mörderin Ihrer Tochter zu finden.«

Friedrich Fuhrmann nahm die Hand seiner Frau, die plötzlich wie erstarrt dasaß. »Das heißt, Sie haben Beweise gefunden?«

»Keine Beweise, mit denen wir schon jemanden überführen könnten, aber ich bin mir inzwischen sicher, dass Sie mit Ihrem Verdacht recht haben. Tessa ist nicht verunglückt. Da hat jemand tatkräftig nachgeholfen.«

Anneliese Fuhrmann hatte eine Hand vor den Mund geschlagen und Tränen standen ihr in den Augen.

Die Miene ihres Mannes war eine Mischung aus Grimm und Zufriedenheit. »Wusste ich es doch«, knurrte er. »Was haben Sie gefunden?«

»Ich bin gestern Nachmittag noch mal zur Unfallstelle gefahren.«

»Wir haben dort doch alles gemeinsam abgesucht«, sagte Herr Fuhrmann überrascht.

»Das stimmt«, nickte Eric, »aber wir haben erstens den Radius nicht weit genug gezogen, und zweitens etwas übersehen.« Er holte die Mappe mit den Fotos aus der Tasche, breitete sie auf dem Tisch aus und erläuterte, was es damit auf sich hatte.

»Das heißt, wir können uns jetzt sehr sicher sein, dass tatsächlich jemand bei Tessas Sturz nachgeholfen hat. Und wir gehen im Moment davon aus, dass es sich um eine Frau handelt.« Nach einer kurzen Pause fügte er hinzu: »Und das ist auch der Grund, warum Frau Sander heute mit hier ist. Ich hatte Ihnen ja gesagt, dass es zwischen Tessas ›Unfall‹« (hier formte er mit den Fingern Anführungszeichen in der Luft) »und einem anderen Todesfall einen Zusammenhang geben könnte, Betonung auf könnte.« Eric sah mich auffordernd an.

»Ihre Tochter war ja auf dem Rhein-Maas-Gymnasium. Ist es richtig, dass sie dort, zumindest eine Zeit lang, mit Sabrina Brand befreundet war?«, begann ich.

Frau Fuhrmann nickte. »Ja, das ist richtig. Tessa und Sabrina waren recht eng befreundet und haben viel zusammen unternommen. Tessa hatte zwar nicht so viel Zeit wie andere Mädchen ihres Alters, denn sie hat auch damals schon viel Zeit beim Reiten verbracht, aber Sabrina gehörte eigentlich immer zu dem Kreis von Mädchen, mit dem Tessa sich oft getroffen hat.«

»Gehörte Susanne Mertens auch zu diesem Kreis?«, fragte ich und merkte, wie Eric neben mir die Ohren spitzte.

»Ja, auf jeden Fall«, nickte Frau Fuhrmann. »Und dann waren da noch ein paar andere, die wir aber nur ein paarmal gesehen haben.« Sie überlegte kurz. »Die eine hieß Beate, irgendwas mit W. Weber, Wesmann ... Wellenbeck, das war's. Beate Wellenbeck. Und dann war da Biggie oder so ähnlich. Den Nachnamen weiß ich nicht. Aber ich glaube, die waren auch öfter mal in einer größeren Gruppe unterwegs. Diesen etwas größeren Kreis haben wir nie kennen gelernt. Sie wissen ja, wie Teenager sind. Bloß Mama und Papa nicht alles erzählen.« Sie lächelte wehmütig.

Da wussten Sie aber schon deutlich mehr als meine Eltern.

»Susanne war auch öfter mal mit Tessa am Stall«, meldete sich Herr Fuhrmann zu Wort, der meine ursprüngliche Frage nicht aus dem Auge verloren hatte.

»Sie kann reiten?«, fragte Eric.

»Sie hat irgendwann damit angefangen, Tessa hatte sie wohl mit ihrer Begeisterung angesteckt. Sie war auch gar nicht schlecht, aber dann ist sie beim Springen einmal etwas unglücklich heruntergefallen. Es war zwar letztendlich alles harmlos, aber sie hat sich wohl so erschreckt, dass sie danach nicht mehr auf ein Pferd steigen wollte. Sie hat aber Tessa gerne zugeschaut, und auch bei Turnieren ist sie manchmal mitgefahren und hat geholfen.« Er machte eine kurze Pause und fuhr dann fort. »Sehr nettes junges Mädchen. Hilfsbereit, zuvorkommend, gut erzogen. Eine Schande, dass sie nach dem kleinen Stürzchen nicht mehr reiten wollte. Sie hatte ein echtes Talent, mit Pferden umzugehen.«

»Konnte eins der anderen Mädchen reiten?«, fragte Eric.

»Nicht, dass ich wüsste. Die haben sich meines Wissens überhaupt nicht für Pferde interessiert«, schüttelte Herr Fuhrmann den Kopf.

Susannchen, die Schlinge zieht sich langsam zu. Nicht nur hast du Zugang zu Barbituraten, Reiten kannst du auch noch.

»Wissen Sie, wie lange diese diversen Freundschaften gehalten haben?«, fragte ich.

»Nach meinem Eindruck hat es sich mit der Zeit verlaufen. Diese Biggie zum Beispiel ist wohl nach der Mittleren Reife abgegangen, weil sie eine Ausbildung machen wollte. Jedenfalls meine ich, dass Tessa so etwas mal erzählt hätte. Und dann war das natürlich auch die Zeit, wo die Mädchen die ersten Freunde hatten, und sich nicht mehr so oft getroffen haben.«

»Tessa hat in dieser Hinsicht ziemlich spät gezündet«, meldete sich Herr Fuhrmann zu Wort. »Sie war immer so mit den Pferden und Turnieren beschäftigt, dass es ziemlich lange gedauert hat, bis sie gemerkt hat, dass es außer Pferden und Freundinnen auch noch etwas anderes im Leben gibt«, schmunzelte Herr Fuhrmann bei der Erinnerung.

»Das stimmt«, knüpfte Frau Fuhrmann nahtlos an. »Irgendwann haben wir nicht mehr viel von den anderen Mädchen gehört, aber ob das daran lag, dass Tessa sie nicht mehr gesehen hat oder ob sie uns nicht mehr alles erzählt hat, kann ich nicht sagen.«

Herr Fuhrmann räusperte sich. »Was wir natürlich mitbekommen haben, war das kleine Erdbeben, als Sabrina Susanne den Freund ... ehm ... abgeworben hat. Ich kann mich noch daran erinnern, dass Tessa an einem Samstag, als wir zusammen eine Trainingseinheit absolviert haben, so abgelenkt war, dass sie nur Fehler gemacht hat. Ich bin richtig ungehalten geworden, weil ihr Pferd die meisten dieser Fehler ausbaden musste. So etwas hatte ich bei ihr noch nicht erlebt. Meine Frau hat dann abends allerdings sehr schnell festgestellt, dass irgendetwas nicht stimmte, und irgendwann ist Tessa dann mit der Sprache herausgerückt. Sie war völlig entsetzt, weil sie der Auffassung war, dass so etwas unter guten Freundinnen völlig ausgeschlossen sein sollte.«

Oh heile Welt.

»Nicht zu vergessen den Eklat, den es beinahe beim Abschlussball gegeben hätte«, fuhr er fort. »Und ich verstehe bis heute nicht, was die alle an dem jungen Mann fanden. Ich war wenig beeindruckt.« Herr Fuhrmann hob eine Augenbraue.

»Du bist ja auch kein junges Mädchen, Friedrich – und vor allem warst du auch nie eines«, rügte Frau Fuhrmann ihren Mann sanft.

Dass Christian, von dem Herr Fuhrmann so wenig beeindruckt war, letzte Nacht klammheimlich verschwunden war, ohne zu sagen wohin, behielten Eric und ich erst einmal für uns.

»Was nach dem Abi aus den anderen Mädels geworden ist, wissen Sie nicht?«, fragte ich.

Frau Fuhrmann schüttelte den Kopf. »Ich weiß nur, dass Susanne Medizin studiert hat. Ab und zu kam sie noch mal mit Tessa zum Stall, aber bei Weitem nicht mehr so oft wie früher. Sie hat mich aber ab und an auch mal um Rat gefragt, wenn es im Studium Probleme gab. Zu Sabrina hat Tessa recht bald nach dieser Geschichte mit dem jungen Mann den Kontakt abgebrochen. Unsere Tochter ist ...« sie unterbrach sich, fuhr aber wenig später fort, »war ein sehr geradliniger Mensch, und sehr loyal. Diese Art von Vertrauensbruch war ihr einfach zuwider.«

Sie schwieg eine Weile, und ich wollte gerade anfangen zu sprechen, als Herr Fuhrmann fragte: »Und Sie glauben, es gibt einen Zusammenhang zu einem anderen Todesfall?«

»Vergangenen Mittwoch wurde Sabrina Kempfer, geborene Brand, ebenfalls tot aufgefunden, sie ist am vergangenen Wochenende gestorben, in der Nacht von Samstag auf Sonntag, um genau zu sein. Die offizielle Todesursache lautet Suizid, ein Cocktail aus Alkohol und Schlaftabletten. Wir glauben jedoch, dass auch hier jemand nachgeholfen hat.« Ich gab den Fuhrmanns einen Augenblick, um diese Nachricht zu verdauen.

»Und warum glauben Sie, dass es hier einen Zusammenhang gibt?«, fragte Herr Fuhrmann.

»Nun ja, wir finden es mehr als merkwürdig, dass zwei junge Frauen, die nicht nur gemeinsam die Schule besucht haben, sondern – wie wir ja jetzt wissen – auch gut befreundet waren, innerhalb weniger Tage plötzlich und unerwartet das Zeitliche segnen. In beiden Fällen unter äußerst dubiosen Umständen, und in beiden Fällen hat sich jemand viel Mühe gegeben, es nicht nach Mord aussehen zu lassen.«

»Und welches Motiv könnte jemand haben, Tessa und Sabrina umzubringen?«

»Das ist leider eine Frage, die wir noch nicht vollständig beantworten können. »Was wir momentan definitiv wissen, ist, dass wir im Fall von Sabrina nach einer Frau suchen, denn diese Person hat Sabrina mit hoher Wahrscheinlichkeit als Letzte gesehen. Derzeit kommen, zumindest soweit wir das erkennen können, zwei Personen infrage, und seit letzter Nacht gibt es noch bezüglich einer dritten Person ein großes Fragezeichen, dem wir nachgehen müssen. Von den beiden, die uns momentan am verdächtigsten erscheinen, hat die eine für den Tod Sabrinas definitiv kein Alibi, allerdings können wir hier noch kein Motiv erkennen. Bei der zweiten Person klären wir gerade, ob sie ein Alibi hat, denn ein Motiv hätte sie gehabt, ebenso wie die Möglichkeit, einigermaßen unauffällig an die Barbiturate heranzukommen.«

»Diese Person könnte Susanne Mertens sein«, schlussfolgerte Frau Fuhrmann haarscharf.

»Von der wir jetzt auch wissen, dass sie reiten kann, also zumindest theoretisch die Person gewesen sein könnte, die Tessas Pferd zum Scheuen gebracht hat«, vervollständigte Eric den Gedankengang. Allerdings ist uns, anders als bei Sabrinas Tod, noch völlig unklar, warum Susanne Mertens *Tessa* etwas würde antun wollen.«

»Jetzt verstehe ich, warum Sie Tessas alte Schulfotos haben wollen«, bemerkte Herr Fuhrmann. Er stand auf und holte drei in dunkles Leder gebundene Fotoalben, die auf dem Esstisch gelegen hatten. »Das sind die, die wir jetzt schnell zur Hand hatten. Von vielen haben wir bestimmt auch noch irgendwo Dateien, da müssten wir aber erst noch suchen. Einiges an Bildmaterial ist auch mal bei einem Festplattencrash verloren gegangen.«

Mein Handy vibrierte. Ich entschuldigte mich und zog es aus der Hosentasche. Wie erhofft, eine Nachricht von Jyoti. Ich überflog sie kurz und nickte Eric zu, der mich erwartungsvoll ansah. Susanne Mertens hatte an dem Wochenende von Sabrinas Tod dienstfrei gehabt. *Bingo.* An der Mail hing eine Excel-Datei. Ich öffnete sie, konnte aber auf dem kleinen Bildschirm fast nichts erkennen. Zu kleinteilig. Ich steckte das Handy wieder weg. Das würden wir uns nachher in Ruhe ansehen müssen.

Frau Fuhrmann hatte in der Zwischenzeit eins der Alben aufgeschlagen und blätterte die ersten Seiten um. Das erste Foto, das sie auswählte, zeigte Sabrina und Tessa, die an einem Sommertag um die Wette in die Kamera strahlten. Direkt darunter klebte ein Bild, das offensichtlich am selben Tag aufgenommen worden war, nur diesmal strahlten Sabrina und ein anderes junges Mädchen in die Kamera. »Das ist Susanne«, sagte Frau Fuhrmann. Das Bild unterschied sich nicht sehr von dem, das wir auf der Website des Luisenhospitals gesehen hatten. Die drei Mädchen hatten sich offenbar an diesem Tag gegenseitig fotografiert, denn ein Bild von Tessa und Susanne komplettierte das Trio. Frau Fuhrmann löste alle drei Fotos aus dem Album und gab sie Eric.

Dann blätterte sie weiter, fand aber offenbar nicht das, was sie suchte. Der Großteil der Bilder zeigte Tessa mit Pferden –

neben Pferden, auf Pferden, bei Turnieren im Dressurdress, beim Springen und beim Überwinden einiger spektakulär aussehender Hindernisse im Gelände. Auf dem einen oder anderen Foto war auch Susanne Mertens zu sehen. Ein einziges zeigte sie strahlend im Sattel eines galoppierenden Pferdes.

Frau Fuhrmann nahm das nächste Album zur Hand und fand nach einigem Blättern, was sie suchte. Es war eine Bilderserie, die offensichtlich bei einem Sommerfest oder einer Gartenparty aufgenommen worden war.

»Das hier sind Bilder von Sabrinas sechzehntem Geburtstag, jedenfalls die, die gemacht wurden, als es noch hell war und die Fotos elterntauglich. Das hier ist Beate Wellenbeck«, sie zeigte auf einen recht kleinen, pummeligen Teenager mit aschblondem, strähnigem Haar und einem schlimmen Akne-Problem. Sie blätterte zielstrebig weiter und fand schnell das nächste, das Tessa Arm in Arm mit einer hübschen Dunkelhaarigen zeigte, die einen schicken Kurzhaarschnitt und eine damals modische Sonnenbrille trug. »Das hier ist diese Biggie. Die anderen jungen Leute kenne ich leider alle nicht.«

Ich beugte mich etwas näher über das Foto. Irgendetwas an dieser Biggie kam mir bekannt vor. »Irgendwo habe ich die schon mal gesehen«, murmelte ich.

Eric beugte sich ebenfalls vor und schüttelte dann den Kopf. »Mir nicht. Wahrscheinlich ist die dir damals auf dem Schulhof mal über den Weg gelaufen?«

»Hm, kann sein. Naja, wenn's wichtig ist, fällt's mir schon wieder ein.«

»Vielleicht nehmen Sie am besten das ganze Album mit?«, schlug Frau Fuhrmann vor.

Ich nickte. »Das wäre sehr hilfreich, Frau Fuhrmann, vielen Dank. Vielleicht kann uns Sabrinas Schwester weiterhelfen, was die anderen Freundinnen angeht. Dürfen wir auch das dritte Album mitnehmen?«

»Ja, natürlich, sehr gerne. Wir bekommen doch alles zurück?«

»Selbstverständlich«, beruhigte ich sie.

Sie gab mir auch das letzte Album, unter dem ein recht dickes Magazin zum Vorschein kam. »Das ist die Abi-Zeitung aus der Stufe. Ich dachte, das könnte vielleicht auch hilfreich sein, wenn Sie nach Fotos aus der Schulzeit suchen.«

Zugeschaut und mitgebaut, endlich mal jemand, der mitdenkt.

Sie drückte mir auch die Abi-Zeitung in die Hand. »Wie wollen Sie denn weiter vorgehen?«

»Wir müssen zuallererst klären, wie es mit Susanne Mertens' Alibis für die Todeszeiten von Sabrina und Tessa aussieht«, erklärte Eric, »desgleichen für die andere Frau, die im Zusammenhang mit Sabrinas Tod aufgetaucht ist. Auch mit der dritten Person, die gestern Nacht etwas unerwartet unsere Aufmerksamkeit auf sich gelenkt hat, müssen wir sprechen. Alle weiteren Schritte ergeben sich daraus. Eine Priorität dabei ist natürlich herauszufinden, ob noch andere Personen aus der Stufe gefährdet sein könnten«, antwortete Eric. »Wir haben keine Zeit zu verlieren. Und deshalb haben wir eine große Bitte an Sie.«

»Und die wäre?«, fragte Friedrich Fuhrmann interessiert.

»Unsere Theorie zum Tode Tessas ist derzeit, dass jemand an der Unfallstelle auf sie gewartet hat, sie in ein Gespräch verstrickt und sie irgendwie dazu bekommen hat, den Helm abzunehmen oder den Kinnschutz soweit zu lockern, dass der Helm nicht mehr festsaß. Da wir ja zwei unterschiedliche Arten von Hufabdrücken gefunden haben, gehen wir davon aus, dass diese Person ebenfalls zu Pferd unterwegs war. Das heißt, es ist entweder jemand mit einem eigenen

Pferd oder Zugang zu einem Pferd oder jemand, der gut genug reitet, um sich in einem Mietstall ein Pferd auszuleihen. Und wir wissen, dass dieses Pferd extrem große Hufe hatte und ein Hufeisen abgelatscht war.« Er zog zwei der Fotos, die die Hufabdrücke zeigten, aus dem Bildmaterial auf dem Tisch hervor.

Friedrich Fuhrmann nickte, wartete aber ab, bis Eric weitersprach.

»Sie kennen doch in Aachen wahrscheinlich so gut wie jeden, der schon mal auf einem Pferd gesessen hat. Es wäre sehr hilfreich, wenn Sie sich in den Ställen umhören könnten, die im zu Pferd erreichbaren Umkreis der Sturzstelle liegen. Wenn wir Glück haben, erkennt jemand die Hufabdrücke. Frau Sander, die sich ein bisschen mit Pferden auskennt, sagte mir, dass die Hufe wirklich ungewöhnlich groß seien. Und wenn das Tier in der Zwischenzeit nicht beschlagen wurde, erkennt vielleicht auch jemand, der diese Hufe schon einmal ausgekratzt hat, sie wieder.«

Herr Fuhrmann nickte wieder. »Da hat Frau Sander recht. Sie sehen es ja am Vergleich mit Palantirs Hufabdrücken – das andere Pferd hat in der Tat ordentliche Bratpfannen an den Füßen.«

»Wenn wir das Pferd hätten, könnten wir sehr viel leichter herausfinden, wer es an diesem Tag um diese Uhrzeit geritten hat. Die andere Option ist, dass die Person, die wir suchen, einen Pferdeanhänger in der Nähe der Unfallstelle geparkt hat und von dort aus losgeritten ist. Es könnte sein, dass sich jemand an etwas erinnert, das uns weiterhelfen könnte. Vielleicht hat jemand im Wald etwas bemerkt – jemanden, der auf einem der Parkplätze in der Umgebung ein Pferd mit großen Hufen ausgeladen hat. Jemanden zu Pferd, der einem in diesem Waldstück noch nie begegnet ist oder gar jemanden, der an der Unfallstelle zu Pferd herumgestanden und gewartet hat. Jede Kleinigkeit könnte dabei helfen, die Person zu identifizieren, die Tessas Tod kaltblütig verschuldet hat.«

»Warum möchten Sie, dass wir das übernehmen?«, fragte Anneliese Fuhrmann.

»Sie sind in den Aachener Reiterkreisen sehr bekannt, und viele der Menschen, die sich in den Ställen aufhalten, kennen Sie ja auch persönlich», sagte ich. »Erstens brauchen Sie nicht viel zu erklären, wenn Sie auf einen Hof oder in einen Stall kommen, und zweitens sind die Menschen ihnen gegenüber sicher weniger misstrauisch als wenn wildfremde Menschen in den Stall gestapft kommen und anfangen Fragen zu stellen. Trauen Sie sich das zu?«

Friedrich Fuhrmann sagte energisch: »Und ob. Wir machen uns gleich auf den Weg. Das Wochenende ist eine gute Zeit, denn jetzt sind viel mehr Leute bei ihren Pferden als unter der Woche, da bekommen wir mehr Menschen zum gleichen Zeitpunkt zu packen.«

Ich lächelte die Fuhrmanns an. »Ich hoffe, das ist für Sie keine allzu zu große ...«

»Papperlapapp«, winkte Herr Fuhrmann ab. »Ich bin froh, dass wir etwas Sinnvolles tun können. Das Schlimmste ist, untätig herumzusitzen und den ganzen Tag vor sich hin zu grübeln.«,

»Bitte achten Sie aber darauf, nicht spezifisch nach einer Frau zu fragen. Wir glauben zwar, dass wir es höchstwahrscheinlich mit einer Frau zu tun haben, aber zu einhundert Prozent bewiesen ist das noch nicht.« Ich dachte grimmig an Christian und sein nächtliches, bisher unerklärtes Verschwinden.

»Sie haben ja meine Mobilnummer«, sagte Eric, »Sie können mich jederzeit anrufen, egal um welche Uhrzeit. Jede noch so kleine Kleinigkeit kann wichtig sein.«

»Gut«, sagte Friedrich Fuhrmann und stand auf. »Dann lassen Sie uns keine Zeit verlieren. Je eher wir anfangen desto besser.«

Wir erhoben uns ebenfalls, und die beiden Fuhrmanns geleiteten uns zur Tür.

Wir versprachen, sie ebenfalls auf dem Laufenden zu halten, und die Tür schloss sich gerade im rechten Augenblick hinter uns, denn eine Sekunde später pupste es laut und vernehmlich aus Erics Hosentasche.

Eric lief innerhalb einer Millisekunde puterrot an und fischte hektisch in seiner Hosentasche herum, aus dem weiterhin das Pupsgeräusch erklang.

»Hülsenfrüchte?«, fragte ich unschuldig, während wir Richtung Auto gingen.

Nicht auf den Kopf gefallen, hatte Eric sofort begriffen, wem er diesen neuen Klingelton zu verdanken hatte, bevor er den Anruf annahm und sich meldete.

»Ja, Schatz, mache ich, kein Problem. Mhm, mhm, ja, ist klar. ... Ja. ... Hm. Weiß ich noch nicht. Ja, bis später, ich dich auch.« Er beendete das Gespräch und wischte auf dem Telefon herum – ich nahm an, um den Klingelton zu entfernen.

Als er das Auto entriegelte, grinste er. »Nicht schlecht, Sander, gar nicht schlecht.«

Zufrieden mit dem kleinen Etappensieg legte ich die Fotoalben auf den Rücksitz, warf einen kurzen Kontrollblick auf Sammy, der nur gnädig ein Auge öffnete und dann wieder schloss, und sank dann in den Beifahrersitz, die Abi-Zeitung auf dem Schoß.

Als Eric die Tür zugemacht und den Motor angelassen hatte, sagte ich: »Susanne Mertens hat in der Nacht, in der Sabrina gestorben ist, keinen Dienst gehabt.«

»Und das weißt du woher?«, fragte Eric.

»Erinnerst du dich an meine Freundin Jyoti?«

»Aber hallo, so eine Granate vergisst man nicht so schnell.«
Erwähnte ich, dass Jyoti außerordentlich attraktiv ist?
»Ja, und genau das hat uns jetzt geholfen. Sie kennt aus dem Studium jemanden, der jetzt am Luisenhospital arbeitet, und schon immer eine große Schwäche für sie hatte. Ich hatte sie gebeten, über ihn herauszufinden, ob Susanne Mertens für den Samstag ein Alibi hat.«

»Was sie also nicht hat«, bemerkte Eric zufrieden, während er den Wagen wendete.

»Genau. Jyoti hat aber Gott sei Dank nicht auf mich gehört und gleich den ganzen Dienstplan der Anästhesie angefragt.« Ich hatte mein Handy aus der Tasche gezogen und wedelte damit. »Den müssen wir uns auf dem PC angucken, auf dem Minibildschirm kannst du nichts vernünftig erkennen. Aber das bedeutet, dass wir gleich wissen, ob sie im Krankenhaus war, als Tessa Fuhrmann gestorben ist.«

Eric fuhr den Ronheider Berg hinunter und sagte nachdenklich: »Das sieht nicht gut aus für Susanne Mertens. Außer ihr gibt es bisher niemanden aus dem Mädelskreis, deren Vorname mit S beginnt; keine, die reiten kann ...«

»... und niemanden mit so leichtem Zugang zu Barbituraten«, vervollständigte ich seinen Satz.

Eric blinkte und bog nach links auf den Brüsseler Ring ab. Ich blätterte im Daumenkino-Stil durch die Abi-Zeitung und fuhr fort: »Wenn wir uns den Dienstplan angeguckt haben, sollten wir die hier mit Pia durchgehen. So wie es aussieht, sind hier Namen und Kurzprofile aller, die mit Sabrina und Tessa Abitur gemacht haben, drin. Pia wird hoffentlich wissen, mit wem außer Susanne, Beate Wellenbeck und dieser Biggie die beiden noch zusammengesteckt haben. Nicht, dass wir uns schon komplett auf Susanne einschießen und jemand anderen übersehen.«

Eric parkte vor der Detektei, nickte zustimmend und sprach aus, was mir gerade durch den Kopf ging: »Und damit wir niemanden übersehen, möchte ich vor allem gerne wissen, wo Christian letzte Nacht gewesen ist.«

* * *

Nachdem ich mit Sammy ein paar Büsche besucht hatte, an denen er das Bein heben konnte, folgte ich Eric nach oben ins Büro. Ich klappte mein Laptop auf und öffnete die Excel-Datei mit dem Dienstplan der Luisenhospital-Anästhesie.

Eric pfiff zufrieden durch die Zähne. »Auch kein Dienst an Tessas Todestag. Langsam wird's wirklich interessant.«

»Sie hat aber heute Dienst«, ich zeigte auf die entsprechende Stelle im Plan. »Ich denke, wir sollten ihr gleich mal einen kleinen Besuch abstatten, meinst du nicht?«

Eric nickte grimmig. »Auf jeden Fall. Kann ja immerhin sein, dass sie ein anderes Alibi hat.«

»Oder auch nicht. Guck mal hier«, ich wies auf das P.S. in Jyotis Mail, das ich vorher übersehen hatte.

> *P.S.: Ralf sagte übrigens, dass Susanne Mertens nicht sehr beliebt ist. Er beschreibt sie als extrem ehrgeizig, seine genauen Worte waren: »Total karrieregeil, die würde über Leichen gehen, um nach oben zu kommen.« Und bevor du fragst – ich habe ihm nicht gesagt, warum wir uns für sie interessieren. Er wollte es auch lieber nicht wissen.*
>
> *Die anderen Assistenzärzte mögen sie nicht, weil sie sie durch ihren Ehrgeiz unter Druck setzt mitzuhalten. Und die Oberärzte mögen sie nicht, weil sie wissen, dass*

es nicht lange dauern wird, bis Susanne anfängt, an ihren Stühlen zu sägen. Nur der Chefarzt findet sie super ...

»Passt nicht ganz zu dem Bild, dass Herr Fuhrmann von ihr hatte, nettes Mädel und so«, bemerkte Eric, der über meine Schulter hinweg mitlas.

»In neun oder zehn Jahren kann viel passieren«, murmelte ich beim Weiterlesen.

... weil sie noch mehr arbeitet als Assistenzärzte eh schon schuften müssen. Ralf behauptet, sie habe kein Sozialleben. Sie sei entweder im Krankenhaus oder zu Hause zum Schlafen. Klingt so als wärst du auf einer echten Spur. Wenn ich noch was tun kann, ruf an.

P.S. 2: Für den Kaffee, den ich jetzt mit Ralf trinken gehen muss (seufz), schuldest du mir was!

XXX
Jyoti

»Dem entnehme ich, dass deine Freundin Jyoti nicht gerade nach einem Date mit Ralf lechzt?«, grinste Eric.

»Lieber Kerl«, antwortete ich, während ich den Dienstplan ausdruckte, »aber so was von überhaupt nicht Jyotis Typ.«

»Was ist denn Jyotis Typ?«

»Ich dachte, du bist glücklich liiert«, fragte ich pikant.

»Na ja«, Erics Gesicht nahm wieder leichte Lachsfarbe an, »man wird doch noch mal fragen dürfen. Rein dienstlich, versteht sich.«

»Nee, ist klar, rein dienstlich«, gackerte ich und griff zum Hörer, um Pia anzurufen.

Pia hatte einen Ordner mit Fotodateien von Sabrina gefunden, allerdings keine Abi-Zeitschrift.

»Das macht nichts, wir haben eine von Tessas Mutter bekommen. Aber du wirst uns helfen müssen, wir kennen ja die meisten Leute auf den Bildern nicht. Ein paar Gesichter kommen mir zwar bekannt vor, aber das war's auch schon.«

»Ja klar, soll ich zur Detektei kommen?«

Ich hatte irgendwie das Gefühl, dass Pia nicht wollte, dass wir ihr einen erneuten Hausbesuch abstatteten. »Okay. Wir wollen aber zuerst noch mit Susanne Mertens sprechen. Ich schicke dir eine Nachricht, wenn wir zurück sind. Wann ist denn Christian gestern nach Hause gekommen?«

»Das besprechen wir dann nachher, ja?«, blockte Pia die Frage ab.

»Du hast was zu Christians Ausflug gestern zu sagen, und er hört gerade zu?«, riet ich.

»Genau so ist das«, sagte Pia bündig, verabschiedete sich und legte auf.

Ich legte nachdenklich den Hörer auf die Gabel.

Eric hatte sich in der Zwischenzeit auf Silkes Stuhl niedergelassen und hob fragend die Augenbrauen.

»Pia kommt nachher hierher. Sie hat uns etwas über Christians kleinen Ausflug letzte Nacht zu erzählen.«

»Hört, hört«, kommentierte Eric interessiert. »Die Verdachtsmomente fangen ja nachgerade an, Schlange zu stehen.«

Ich versetzte das Laptop in den Ruhezustand, griff nach meiner Jacke und Sammys Leine. Kaum traten wir in den Flur, als Sammy auch schon mit klackernden Krallen übers Parkett rutschte.

Ich wuschelte ihm über den Kopf und befestigte die Leine an seinem Halsband. »Man könnte was verpassen, gell, Sammy?«

»Ins Krankenhaus können wir ihn aber nicht mitnehmen«, klugscheißerte Eric.

»Ach, sag an. Alleine hier lassen kommt aber auch nicht infrage. Ich habe jedenfalls keine Lust, nachher Trümmerfrau zu spielen.«

»Wo du recht hast, hast du eindeutig recht«, seufzte Eric und hielt mir die Tür auf.

* * *

Eine halbe Stunde später rollten wir auf den Parkplatz des Luisenhospitals. Wir hatten gute zwanzig Minuten auf der Lütticher Straße im Stau gehockt – alle anderen wollten nämlich am Samstagmorgen auch Richtung Innenstadt. Auch auf dem winzigen Parkplatz direkt am Krankenhaus war die Hölle los, sodass wir auf das Parkhaus in der Mariabrunnstraße ausweichen mussten.

Auf dem kurzen Fußweg zurück zum Luisen grüßte Eric winkend jemanden auf der anderen Straßenseite und rannte dabei fast eine ältere Dame um, die ihm ungefähr bis zur Gürtelschnalle reichte.

Ich zog ihn noch rechtzeitig zur Seite und grinste: »Bei deiner Körpergröße solltest du den Blick vielleicht gelegentlich auch mal nach unten richten. Alte Damen auf offener Straße umzurempeln gibt ganz schlechte Publicity.«

»Die ist aber auch aus dem Nichts aufgetaucht«, schnaufte Eric erleichtert und bog in die Krankenhauseinfahrt ein.

Der Eingangsbereich des Luisen sah so aus wie immer, wenig einladend und als hätte er seine besten Tage definitiv hinter sich. Vor dem kleinen Informationskabuff mit Glasscheibe hatte sich eine kleine Schlange gebildet. Seufzend reihten wir uns an deren Ende ein.

Alle vor uns schienen äußerst komplizierte Fragen zu haben, sodass es fast zehn Minuten dauerte, bis wir unser Anliegen vorbringen konnten.

»Frau Dr. Mertens?«, fragte die Dame hinter der Glasscheibe verdutzt. »Warum ist die denn heute so beliebt? Sie sind schon die Zweite, die heute früh nach ihr fragt.«

Hört, hört. Kann das Zufall sein?

»Ach wirklich? Wer denn noch?«

Die Pförtnerin zuckte mit den Schultern. »Keine Ahnung, ich kenn doch die Besucher nicht, die hier ein- und ausgehen. Eine Frau mit riesiger Sonnenbrille und einer gelben Baseballkappe.«

Hm, das ist ja nicht gerade viel. Aber immerhin – eine Frau hat nach Susanne Mertens gefragt. Christian kann es also nicht gewesen sein. »Können Sie mir denn sagen, wo ich Frau Dr. Mertens finde?«

»Aber da vorne steht sie doch.«

Als wir uns umdrehten und der Richtung ihres Zeigefingers folgten, sahen wir eine Frau im Ärztekittel, die blonden Haare zum strengen Pferdeschwanz zusammengebunden, die zwei Tafeln Schokolade unter den Arm geklemmt hatte und Kleingeld in ihr Portemonnaie kramte.

»Das Foto, das sie ins Netz gestellt hat, scheint schon etwas älter zu sein«, raunte Eric mir ins Ohr. »Hat ganz schön zugelegt, was?«

In der Tat hatte Susanne Mertens ordentlich ein paar Pfund mehr auf den Rippen als das Profilfoto aus dem Internet hätte vermuten lassen.

Während Eric sich schon in Bewegung setzte, drehte ich mich noch einmal zu der Dame im Info-Kabuff um: »Lecko Pfanni«, sagte ich beeindruckt. »Kennen Sie das gesamte Personal, das hier ein und ausgeht?«

»Nein, das nicht«, schmunzelte sie, »aber Frau Dr. Mertens wohnt ja quasi hier. Außerdem grüßt sie auch schon mal die unwichtige Pförtnerin. Das kann man leider nicht von allen der hohen Herrschaften sagen.«

»Das glaube ich gern«, nickte ich mit Gedanken an meinen hochnäsigen Bruder Chefarzt Dr. Holger, dankte ihm und folgte Eric, der inzwischen Susanne Mertens erreicht und angesprochen hatte.

Susanne Mertens sah schlecht aus. Sie war blass, ihr Gesicht wirkte trotz der Gewichtszunahme eingefallen, unter den müden Augen lagen dunkle Schatten.

»... ja früher mit Sabrina Kempfer und Tessa Fuhrmann befreundet«, beendete Eric gerade seinen Satz, als ich zu den beiden stieß. Eric stellte mich vor, und Susanne Mertens gab mir etwas widerwillig die Hand.

»Und was geht Sie das an?«, fragte sie ziemlich unwirsch.

»Gibt es vielleicht irgendwo einen Ort, an dem wir uns ungestört unterhalten können?«

»Nicht, bevor Sie mir nicht sagen, was Sie von mir wollen«, entgegnete sie.

»Glauben Sie mir, das wollen Sie nicht hier in der öffentlichen Eingangshalle besprechen.«

Die Mertens wurde einen Hauch blasser und winkte uns dann, ihr zu folgen.

Nachdem wir um ein paar Ecken gegangen waren, schloss sie eine Tür zu einer kleinen Teeküche auf, ging hinein und wies wortlos auf zwei der Stühle, die um einen kleinen Tisch standen. Sie selbst setzte sich ebenfalls, allerdings hatte ich den Eindruck, dass sie sich unauffällig so weit wie möglich von uns wegsetzen wollte.

»Ich weiß nicht, wie lange es ruhig bleibt«, sagte sie, als wir alle saßen. Ihre Stimme klang etwas freundlicher. »Wir haben dieses Wochenende Aufnahme, ich habe die halbe Nacht im OP verbracht.«

»Wir halten Sie nicht länger auf als nötig«, versicherte Eric. »Also, worum geht es?«

»Wann haben Sie Sabrina Kempfer das letzte Mal gesehen, Frau Dr. Mertens?«, fragte ich.

»Letzte Woche Donnerstag«, kam es wie aus der Pistole geschossen.

Eric und ich sahen uns verblüfft an.

»Letzte Woche?«, fragte Eric. »Wir dachten, sie hätten nach dem Ende der Schulzeit den Kontakt mit Sabrina komplett abgebrochen.«

»Das hatte ich auch«, sagte sie ruhig. »Aber Sie erklären mir jetzt erst, warum Sie hierherkommen und Fragen zu Dingen stellen, die Sie nichts angehen. Sonst ist das Gespräch jetzt und hier beendet.«

Entweder hat die Nerven aus Stahl oder sie weiß es wirklich nicht.

»Das ist ebenfalls ganz einfach«, sagte ich. »Sabrina Kempfer ist tot.«

Susanne Mertens war entweder eine begnadete Schauspielerin oder sie war wirklich schockiert. Sie starrte uns völlig entgeistert an, öffnete den Mund zweimal, wie um etwas zu sagen, und schloss ihn dann wieder.

»Sie sind von der Polizei?«, fragte sie schließlich.

»Nein«, sagte Eric wahrheitsgemäß. »Wir ermitteln im Auftrag der Familie.«

»Soll das heißen, sie wurde ermordet?«, fragte die Mertens. »Wie ist sie gestorben?«

»Das wissen Sie nicht?«, warf ich bewusst provokant ein. Und wenn Blicke töten könnten, hätte mich auf der Stelle der Schlag getroffen.

»Nein, das weiß ich nicht«, sagte die Mertens eisig. »Sonst würde ich Sie kaum fragen.«

Ich sagte es ihr. »Wo waren Sie letzte Woche Samstag nach 16 Uhr?«

»Sie verdächtigen mich?«, fragte sie ungläubig.

Keiner von uns antwortete.

»Ich war zu Hause und bin früh schlafen gegangen«, sagte sie schließlich.

»Wie früh?«

Sie sah mir ruhig in die Augen. »Gegen 19 Uhr. Und ja, ich war allein. Das kann also niemand bezeugen.«

»Gehen Sie häufig so früh schlafen?«, fragte Eric.

Sie wandte sich ihm zu. »Haben Sie schon mal eine 36-Stunden-Schicht geschoben, in der Sie insgesamt vielleicht eine halbe Stunde geschlafen und stundenlang im OP gestanden haben?«

Eric schüttelte den Kopf. »Wo waren Sie denn am 25. Juli vormittags?«

»Und das wollen Sie warum wissen?«

»Weil Ihre Schulfreundin Tessa Fuhrmann ebenfalls tot ist.«

Susanne Mertens schossen die Tränen in die Augen. »Tessa ist tot?«, hauchte sie.

»Tessa hatte einen Reitunfall, der mit hoher Wahrscheinlichkeit keiner war. Wir gehen davon aus, dass der Täter oder die Täterin ebenfalls reiten konnte«, sagte Eric.

Susanne Mertens nickte nachdenklich. »Dann verstehe ich auch langsam, warum Sie hier sind.«

Wir schwiegen. Auf den Kopf gefallen war sie jedenfalls nicht.

»Dann sagen Sie mir doch bitte, warum ich Tessa etwas hätte antun sollen?«

Eric breitete die Hände aus. »Das ist in der Tat eine Frage, die wir noch nicht beantworten können. Genauso wenig wie wir wissen, warum Sabrina Ihre Kontaktdaten in ihrem Adressbuch hatte, beziehungsweise warum sie sich letzte Woche mit Ihnen getroffen haben sollte. Nach allem, was in der Schule damals vorgefallen ist, sollte man meinen, dass Sabrina mit Ihnen auch nichts mehr zu tun haben wollte.«

Susanne Mertens wirkte merklich verlegen.

»Darauf bin ich wirklich nicht stolz, das können Sie mir glauben«, sagte sie leise. »Damals habe ich Sabrina wirklich gehasst. Ich dachte, ich hätte mit Christian direkt im ersten Anlauf meinen Traummann gefunden, und als diese Blase geplatzt ist, habe ich Sabrina die Schuld an allem gegeben. Ich war damals viel zu unreif, um zu begreifen, dass so eine Medaille immer zwei Seiten hat, und das bisschen Selbstvertrauen, das mir die Beziehung zu so einem attraktiven Typen wie Christian gegeben hatte, war endgültig zerstört.«

»Sie hatten Probleme mit Ihrem Selbstvertrauen?«, fragte ich ungläubig.

Sie lächelte, und fast gegen meinen Willen wurde sie mir langsam sympathisch. »Zeigen Sie mir doch mal ein junges Mädchen, das keine Probleme mit ihrem Selbstbewusstsein hat. Ich war damals einfach zu dämlich zu verstehen, dass echtes Selbstbewusstsein niemals von außen kommen kann. Ich will sie nicht mit den Details langweilen, nur so viel sei gesagt – ich habe in den letzten Jahren viel Mist erlebt und bin – wenn Sie das Klischee entschuldigen – gestärkt daraus hervorgegangen. Nicht zuletzt, weil ich vor zwei Jahren endlich verstanden habe, dass ich mit Gewalt versucht habe, meine natürliche Sexualität zu unterdrücken.« Sie machte eine kurze Pause.

Eric schaltete schneller als ich. »Sie sind homosexuell?«

Susanne Mertens nickte und zuckte mit den Schultern. »Manche Menschen brauchen eben etwas länger, um zu sich selbst zu finden.« Nach einer kurzen Pause fuhr sie fort. »Für meine sexuelle Orientierung schäme ich mich nicht, sehr wohl aber dafür, wie ich damals mit Sabrina umgegangen bin. Ich schäme mich aufrichtig dafür, und das ist auch der Grund, warum ich vor einiger Zeit Kontakt mit ihr aufgenommen habe. Ich wollte mich entschuldigen. Ändern kann ich nicht, was ich damals getan habe, aber ich wollte ihr sagen, wie leid es mir tut.«

»Und wie hat Sabrina reagiert?«, fragte ich.

»Es hat lange gedauert, bis sie sich gemeldet hat, und ich dachte schon, sie würde nicht mehr reagieren – was ich ihr auch nicht wirklich hätte verdenken können. Aber letzte Woche klingelte dann doch das Telefon, und sie wollte sich mit mir treffen.«

»Wann war das?«, fragte Eric.

»Angerufen hat sie am Montag oder Dienstag letzter Woche. Getroffen haben wir uns dann letzte Woche Donnerstagabend, im *Guinness House*. Da waren wir früher oft.«

»Und wie verlief das Gespräch?«, stupste ich sie an weiterzusprechen.

»Tja, was soll ich sagen. Sabrina hat meine Entschuldigung sehr großmütig angenommen. Mir ging es nach dem Gespräch sehr viel besser, denn ich bin meine Schuld sozusagen losgeworden. Sabrina ging es danach allerdings alles andere als besser.«

»Ist etwas passiert?«, hakte Eric nach, als sie schwieg.

»Passiert nicht, aber wir haben – um wirklich alles zu bereinigen – über alles gesprochen, was damals geschehen ist, und dabei festgestellt, was für ein hinterlistiger Bastard Christian gewesen ist.« Der Pieper, den sie am Kittel trug, ging los.

Nach einem kurzen Blick darauf stand sie auf und sagte beim Hinausgehen über die Schulter: »Ich bin sofort wieder da.«

Sofort stellte sich als eine gute Viertelstunde heraus, und als sie wiederkam, hatte sie vorne auf dem Kittel Blutspritzer. »Nicht ganz die klinisch-reine Tätigkeit, die ich mir unter Anästhesie vorgestellt hatte«, sagte sie lakonisch, als sie sich wieder zu uns setzte.

»Wo war ich? Ach ja, Christian.« Ihr Blick verfinsterte sich. »Im Laufe unseres Gesprächs stellte sich zum einen heraus, dass es Christian war, der sich an Sabrina herangemacht hatte, und nicht umgekehrt. Außerdem hatte Sabrina, die tatsächlich auch schon etwas länger in ihn verknallt war, ihm gesagt, er könne nur mit ihr zusammen sein, wenn er mit mir Schluss machen würde. Sie wolle klare Verhältnisse und vor allem kein böses Blut. Und dann hat Christian sie offenbar angelogen. Er hat ihr gesagt, er habe mit mir Schluss gemacht, und ich sei so ausgerastet, dass ich nichts mehr mit ihr zu tun haben wolle, und sie solle sich komplett von mir fernhalten. Tatsächlich wusste ich zu dem Zeitpunkt noch von nichts. Christian hat erst mit mir Schluss gemacht, als ich die beiden quasi in flagranti erwischt habe, und ich habe fälschlicherweise Sabrina damals die alleinige Schuld gegeben.«

»Das heißt, Sabrina hat im Gespräch mit Ihnen herausgefunden, dass ihre Beziehung mit Christian mit einer Lüge begann, die sie die Freundschaft zu Ihnen gekostet hat?«, fasste ich zusammen.

»Ganz genau«, bestätigte Susanne Mertens. »Was passiert wäre, wenn er nicht gelogen hätte, weiß natürlich keiner, und wahrscheinlich hätten wir uns trotzdem verkracht, aber dass es damals Christians Plan war, es fröhlich mit uns beiden zu treiben, ist uns erst während des Gesprächs aufgegangen.

Sabrina war nicht beeindruckt, wenn ich das mal vorsichtig ausdrücken darf.«

»Das kann ich mir vorstellen«, sagte ich grimmig.

Eric warf mir einen Blick zu, der sagte: Jetzt wissen wir vielleicht, warum Sabrina einen Tag danach kurz entschlossen ihre Tasche packt und sich ohne viel Federlesens an die Mosel absetzt.

»Das war aber noch nicht alles«, ergänzte Susanne Mertens. »Sabrina hat mir erzählt, dass Christian sie wohl schon des Öfteren betrogen hat, und dass sie sehr sicher war, dass er wieder ein neues Gschpusi hatte.«

Oha! Dann wissen wir jetzt wahrscheinlich nicht nur, warum Sabrina letzte Woche bedrückt war und wo Christian gestern Nacht war – nur noch nicht, bei wem.

»Hatte sie eine Ahnung, wer das gewesen sein könnte?«, fragte Eric.

Susanne Mertens schüttelte den Kopf. »Nicht die Geringste. Aber sie sagte, sie würde es schon rausfinden, bisher habe sie ihn noch jedes Mal erwischt.«

»Aber es ist ihr nicht in den Sinn gekommen, ihn abzuschießen?«, fragte ich ungläubig.

Susanne Mertens zuckte mit den Schultern. »Fragen Sie mich nicht. Ich habe nie verstanden, warum sich manche Frauen so viel von ihren Kerlen gefallen lassen. Fehltreten kann ja jeder mal, aber wenn das zur Gewohnheit wird? Wie soll man so jemandem denn noch vertrauen?«

In der Tat.

Susanne Mertens hatte zwar immer noch kein besseres Alibi als noch vor einer halben Stunde, aber auf meiner kleinen Liste war sie etwas nach unten gerutscht.

Auf Erics offenbar auch. »Apropos Vertrauen – nehmen Sie es mir nicht übel, Frau Mertens, aber ich muss Sie trotzdem noch mal fragen: Wo waren Sie am 25. Juli vormittags?«

»Wenn es nicht so traurig wäre, müsste ich jetzt wirklich lachen«, sagte Susanne Mertens. »Das einzige Freizeitvergnügen, das ich wirklich nie auslasse, ist der *Tatort* sonntagabends. Jetzt fragt mich endlich mal jemand nach meinem Alibi, und es ist bitterernst. Und ich muss Ihnen leider auch zum 25. Juli sagen – ich habe keins. Ich hatte Nachtschicht und habe den ganzen Tag geschlafen.«

»Haben Sie einen Regenmantel mit Kapuze?«, schoss ich spekulativ aus der Hüfte.

»Nein, warum fragen Sie?«, antwortete Susanne Mertens verdutzt.

»Ach, nur so«, winkte ich ab. »Können Sie sich denn vorstellen, wer sowohl Tessa als auch Sabrina etwas anhaben will und warum?«

Susanne Mertens zuckte hilflos mit den Schultern. »Ich habe wirklich überhaupt keine Ahnung, aber ich werde auf jeden Fall darüber nachdenken. Vielleicht fällt mir ja noch etwas ein, wenn der Schock etwas abgeklungen ist.«

»Hatten Sie in letzter Zeit zu irgendjemand anderem aus Ihrer alten Schul-Clique Kontakt?«, fragte ich.

Die Mertens schüttelte den Kopf. »Nein. Mit Tessa habe ich mich ab und zu mal getroffen, vielleicht zwei- oder dreimal im Jahr. Die anderen habe ich aus den Augen verloren. Für mich waren aber auch Tessa und Sabrina immer schon die wichtigsten Menschen in dieser Gruppe. Die anderen mochte ich auch gern leiden, aber sie hatten nie den gleichen Stellenwert für mich. Deshalb war es auch so ein Schlag für mich, dass ausgerechnet Sabrina ... na ja, Sie wissen schon. Zu allen anderen habe ich seit Jahren keinen Kontakt mehr.«

Eric gab ihr seine Visitenkarte und sagte mit ungewohnt sanfter Stimme. »Ich möchte Ihnen keine Angst machen, aber Sie sollten in nächster Zeit vielleicht auch die Augen aufhalten. Vielleicht haben die beiden Todesfälle gar nichts mit der Schulzeit zu tun. Aber falls doch, ist nicht auszuschließen, dass noch andere Personen aus der Stufe gefährdet sind.«

Susanne Mertens blickte auf die Karte und sah uns dann grimmig an. »Die sollen nur kommen.«

Eric und ich verständigten uns mit einem kurzen Blick und standen auf.

Eric sagte: »Sie kennen ja Tessas Eltern ganz gut, aber ich denke, es ist besser, Sie sehen von Kontakt zu ihnen ab, bis diese ganze unselige Geschichte aufgeklärt ist.«

»Die Fuhrmanns glauben nicht wirklich, ich könnte Tessa etwas angetan haben?«, fragte sie entgeistert.

»Ich weiß nicht, was die Fuhrmanns denken, aber solange nicht geklärt ist, wer die beiden getötet hat, sollten Sie sich von den Familien der Opfer fernhalten, um Missverständnisse zu vermeiden.«

Susanne Mertens erhob sich nun ebenfalls, gab Eric wiederum eine ihrer Visitenkarten und sagte: »Das verstehe ich, auch wenn es mir schwerfallen wird. Ich mochte Tessas Eltern schon immer sehr gerne. Ich melde mich auf jeden Fall bei Ihnen, falls mir noch etwas einfällt. Ansonsten – auf der Karte steht meine Mobilnummer, darunter können Sie mich jederzeit erreichen, es sei denn, ich bin im OP. Wenn ich noch irgendetwas tun kann ...«

Eric streckte Susanne Mertens die Hand hin und sagte: »Vielen Dank für Ihre Zeit, Frau Dr. Mertens.«

»Danke für Ihre Aufrichtigkeit, Herr Lautenschläger, Frau Sander«, sagte sie, während sie mir die Hand schüttelte.

Wir verabschiedeten uns und gingen schnellen Schrittes Richtung Ausgang zurück. »Die spannende Frage ist, ob sie uns unter Einsatz eines beachtlichen schauspielerischen Talents einen Riesenbären aufgebunden hat oder ob sie wirklich keine Ahnung hatte, was mit Tessa und Sabrina passiert ist«, überlegte ich. »Wenn sie lügt, wäre es ein netter Versuch, den Verdacht auf Christian zu lenken. Sabrina können wir schließlich nicht mehr fragen, ob sie sich wirklich letzte Woche mit ihr getroffen hat. Wenn sie nicht lügt, wüsste ich allerdings nicht mehr, warum sie Sabrina etwas angetan haben sollte. Wenn Christian tot wäre, würde ich das eher verstehen.«

»Na, na, Frau Sander, heißen wir etwa Gewaltverbrechen gut?«, scherzte Eric.

»Blödsinn«, schnaubte ich. »Aber sag mir nicht, der Typ hat es nicht verdient, an gewissen, nicht näher genannten Körperteilen auf dem Marktplatz aufgehängt zu werden.«

»In der Tat, so nett, wie er tut, ist er gar nicht – jedenfalls nicht, was die Damenwelt angeht. Aber seine Frau umbringen? Warum so plötzlich? Selbst wenn sie ihn wieder erwischt hätte – bisher ist es ja für ihn auch immer gut gegangen.«

»Ja schon, aber wir wissen natürlich nicht, ob sie ihn am Donnerstagabend damit konfrontiert hat und mit welcher Ansage sie dann abgehauen ist.«

»Selbst wenn das so wäre, und er statt einer hässlichen Scheidung einen stillen Selbstmord bevorzugt hätte – Tessa war zu dem Zeitpunkt schon tot. Und einen Grund, sie umzubringen, erkenne ich bei Christian momentan auch noch nicht.«

»Hören wir mal, was Pia zu erzählen hat. Ich habe ihr eine Nachricht geschickt, dass wir unterwegs sind, und ich werde Silke bitten, heute Abend mal im Guinness-Haus vorbeizufahren und nachzufragen, ob sich jemand an Sabrina und Susanne Mertens erinnert.«

»Warum machen wir das nicht selbst?«, fragte Eric.

»Weil Silke mit einem der Barkeeper gut befreundet ist. Ich glaube, das ist Erfolg versprechender.«

* * *

Eric nahm diesmal den Weg übers Drei-Räuber-Eck, Goethestraße und Hohenstaufenallee, um nicht wieder im Stau stecken zu bleiben. Als wir mit quietschenden Reifen an der Detektei ankamen, stand Pias Auto schon auf dem Parkplatz, sie selbst hockte auf der Türschwelle und hielt das Gesicht in die Sonne.

Sammy strangulierte sich fast bei dem Versuch, als Erster bei Pia anzukommen und herauszufinden, ob sie womöglich etwas Essbares bei sich trug. Pia, die schnell aufgestanden war, als sie ihn auf sich zukommen sah, lachte entzückt, als er erst vor ihr auf und ab hüpfte und dann erwartungsvoll die Pfoten gegen ihre Beine stemmte.

Sie beugte sich zu ihm hinunter und wuschelte ihm über den Kopf. »Du bist ja ein süßes Kerlchen.« Sie blickte hoch. »Ich wusste ja gar nicht, dass du einen Hund hast, Britta.«

»Habe ich auch nicht, also streng genommen jedenfalls. Du möchtest nicht zufällig einen?« Ich hielt ihr hoffnungsfroh die Leine hin.

Pia schüttelte bedauernd den Kopf. »Wir haben schon drei am Hof. Wachhunde, weil wir da draußen ziemlich allein auf weiter Flur sind. Die drei machen aus dem kleinen Charmeur hier in Nullkommanix Kleinholz.«

»Wäre ja auch zu einfach gewesen«, seufzte ich ergeben und schloss die Haustür auf. Sammy, von seiner Leine befreit, flitzte vor und wartete oben ungeduldig darauf, dass wir nachgeschnauft kamen.

Wir ließen uns zum Kriegsrat in der Küche nieder, begleitet von der unüberhörbaren Geräuschkulisse, die Sammy beim Schlabbern aus dem Wassernapf produzierte.

Eric warf die Kaffeemaschine an, und kaum drehte er sich zu uns um, als Pia auch schon mit ihren Neuigkeiten herausplatzte.

»Christian ist gestern Nacht erst um kurz vor zwei wieder nach Hause gekommen. Er war richtig erschrocken, als er mich in der Küche gesehen hat. Ich weiß gar nicht so recht warum, aber ich habe so getan, als wäre ich gerade erst wach geworden.«

»Und?«, fragte ich, gespannt wie ein Flitzebogen.

»Ohne, dass ich überhaupt gefragt habe, hat er mir erzählt, er habe nicht schlafen können und sei losgefahren, um sich an der Tanke was Süßes zu holen.«

»Und dafür hat er zwei Stunden oder länger gebraucht«, sagte Eric skeptisch.

»Genau das habe ich mich auch gefragt«, nickte Pia. »Ich habe gesagt, ich sei um halb eins schon mal kurz wach gewesen, weil ich aufs Klo musste, und dass sein Wagen da auch schon weg gewesen sei.«

»Guter Gedanke«, lobte Eric. »Und was hat er dazu gesagt?«

»Er hat richtig ertappt geguckt, und die Antwort kam nicht gerade wie aus der Pistole geschossen. Er habe mehrere Tankstellen abklappern müssen, weil sie nirgendwo seine Lieblings-Lakritz-Sorte gehabt hätten.«

Eric und ich warfen uns einen Blick zu.

»Hatte er denn eine Tüte Lakritz?«, fragte Eric.

Pia nickte erneut. »Ich habe ihn zwar vorher noch nie Lakritz essen sehen, aber er hatte tatsächlich eine Tüte in der Hand.«

»Das heißt, er war mindestens zwei Stunden unterwegs, womöglich aber auch deutlich länger, denn zwischen zehn und zwölf hast du ja geschlafen.«

»Ja, genau. Und das Komische daran ist, dass die Sorte Lakritz, die er in der Hand hatte, eine von denen war, die es wirklich in jedem Geschäft gibt. Die kleinen Harten in der roten Tüte.«

»Das heißt, Christian war zwischen zwei und vier Stunden weg, und es besteht der starke Verdacht, dass er über den Grund seiner Abwesenheit gelogen hat«, sagte Eric versonnen. »Die Nummer mit der Lakritztüte ist doch vollkommen unglaubwürdig.«

»Da ist noch was«, sagte Pia leise. »Sein Hemd war falsch zugeknöpft.« Eric und ich sahen uns triumphierend an.

»Es war das gleiche Hemd, das er den ganzen Tag anhatte. Und den ganzen Tag über war es korrekt geknöpft. Als er von seinem Ausflug zurückkam, nicht mehr.«

Eric pfiff leise durch die Zähne, was ihm sofort Sammys uneingeschränkte Aufmerksamkeit verschaffte. Eric hob ihn hoch und kraulte ihn hinter den Ohren.

»Also hat er das Hemd mit hoher Wahrscheinlichkeit mindestens aufgeknöpft, als er unterwegs war. Dafür sehe ich eigentlich nur eine Veranlassung.«

»Kannst du dir denn vorstellen, dass Christian eine Affäre haben könnte?«, wandte ich mich an Pia.

Diese zuckte niedergeschlagen mit den Schultern. »Ehrlich gesagt, bisher nicht. Sabrina hat nie irgendetwas in der Richtung anklingen lassen, und mir ist bisher auch nie was aufgefallen, was in diese Richtung deuten könnte. Ich dachte eigentlich, die beiden hätten die perfekte Ehe geführt.« Eric und ich tauschten einen vielsagenden Blick, und er schüttelte beinahe unmerklich den Kopf.

Sabrina hat dir offenbar bei Weitem nicht alles aus ihrer Ehe erzählt.

»Bewiesen ist das ja noch nicht«, log ich. »Aber wenn er wirklich eine Affäre mit jemandem hat, sieht es nicht unbedingt gut für ihn aus.«

»Eine Scheidung ist deutlich teurer als ein vorgetäuschter Selbstmord«, ergänzte Eric trocken.

Pia schlug erschreckt die Hände vors Gesicht, Tränen stiegen ihr in die Augen.

Ich warf Eric einen bösen Blick zu. *Das hätte man auch etwas dezenter formulieren können.*

»Vielleicht ist ja gar nichts dran«, wandte ich mich tröstend an Pia. »Meinst du, du kannst die Finger an sein Handy kriegen? Wenn er ein Verhältnis mit jemandem hat, müssen die ja irgendwie miteinander kommunizieren.«

Pia zog die Nase hoch und nickte tapfer. »Ich werd's versuchen. Er lässt es schon mal herumliegen. Den Zugangscode kriege ich schon raus, so oft wie er den eintippt.«

»Aber lass dir bitte nichts von deinem Verdacht anmerken«, mahnte Eric. »Wenn er nur eine Affäre hat und auffliegt, wäre das zwar nicht schön, aber keine wirkliche Bedrohung für ihn. Wenn er aber Dreck am Stecken hat ...« Er beendete den Satz nicht.

»Du glaubst doch nicht, dass Christian mir etwas antun würde?«, fragte Pia fassungslos.

»Nein, das glaube ich nicht, aber ich will mich auch nicht hinterher geirrt haben. Also sei bitte vorsichtig.«

»Und vergiss nicht, in seinen Kalender zu gucken. Wir müssen unbedingt wissen, was er am Abend von Sabrinas Tod gemacht hat beziehungsweise wo er war«, schärfte ich Pia ein.

Es entstand ein kurzes Schweigen, in das hinein Eric fragte: »Kann Christian eigentlich reiten?«

»Ja klar«, sagte Pia. »Er ist jetzt nicht gerade der Begnadetste im Sattel, aber er kommt schon klar. Wenn wir in Urlaub sind, kommt er manchmal raus und bewegt unsere Pferde, wenn er Zeit hat.«

Ich sah Pia entgeistert an. Innerlich schlug ich mir mit der flachen Hand vor die Stirn. Wir besprachen noch ein paar Details, dann machte Pia sich auf den Weg zu Christian.

* * *

»So viel zum Thema ›Wir suchen nach einer Frau‹«, brummte Eric missgelaunt. »Christian ist, zumindest, was Sabrina angeht, gerade ein gutes Stück auf meiner Liste nach oben gerutscht – das bestätigt nämlich die Aussage von Susanne Mertens.«

»Stimmt. Was er allerdings gegen Tessa gehabt haben soll …?« Ich sah Eric an, und plötzlich durchzuckte mich ein Gedanke, der mir bisher noch gar nicht gekommen war. »Moment mal. Pia hat Pferde, beide können reiten, Christian hat eine Affäre, und Pia wohnt seit ein paar Tagen bei ihm? Oder gehen jetzt die Pferde mit mir durch?«

Unpassende Metaphern waren schon immer meine Stärke.

Eric wiegte eine Weile den Kopf hin und her und dachte nach. »Möglich wäre es natürlich. Wäre ja nicht das erste Mal, dass die Schwester mit dem Schwager und so. Aber glaubst du wirklich, sie hätte uns gestern Nacht angerufen und auf Christians Abwesenheit aufmerksam gemacht, wenn sie mit ihm unter einer Decke steckt? Und warum hätten sie dich überhaupt heranziehen sollen, wenn beide zusammen Sabrina ermordet hätten?«

»Hmpfm, das stimmt, das würde alles keinen Sinn ergeben. Die Frage ist, wenn Christian Sabrina umgebracht hat – hat der Besuch von S. bei Sabrina etwas mit ihm zu tun? Steckt vielleicht S. mit ihm unter einer Decke oder haben Besuch und Mord nichts miteinander zu tun?«

»Und was wäre Christians Motiv, Tessa umzubringen?«, fragte Eric. »Oder haben wir es womöglich nicht mit einer mordenden Person zu tun, sondern mit mehreren. Bin ich froh, dass das Ganze immer unkomplizierter wird«, stöhnte er.

»Egal ob nun einer oder mehrere – unsere beste Wette sind jetzt erst einmal Sabrinas Tagebücher«, sagte ich mit mehr Optimismus als ich tatsächlich verspürte. »Wenn wir endlich wissen, ob und wenn ja was die beiden Morde verbindet, sehen wir hoffentlich auch klarer, wer für beide Taten ein Motiv hatte.«

Nachdem Eric den Pizza-Service angerufen hatte, breiteten wir uns auf dem großen Tisch im Konferenzraum aus und begannen zu lesen. Ich fing mit dem ersten Tagebuch an, Eric mit dem Letzten.

Nach ungefähr einer halben Stunde klingelte es an der Tür. Eric stand auf und winkte ab, als ich Anstalten machte, mein Portemonnaie zu holen. »Lass mal, ich mach schon. Du kannst den Champagner bezahlen, wenn wir den Bösewicht erwischt haben«, grinste er.

»Warum habe ich nur das Gefühl, dass ich dabei ein schlechtes Geschäft mache?«, brummelte ich und las weiter. Den klackernden Krallen im Flur nach zu urteilen hatte Sammy die Klingel auch gehört und sich auf die Lauer gelegt.

»Was ist das denn?«, fragte ich entgeistert, als Eric seinen Pizzakarton aufklappte. Mit dem rechten Bein versuchte er, Sammy daran zu hindern, auf seinen Schoß zu klettern.

»Bratkartoffeln, Gyros, Senf und Käse«, antwortete er fröhlich und hielt mir ein Pizza-Achtel hin. »Probieren?«

»Igitt, nee. Gyros und Bratkartoffeln gern, Pizza auch gern, aber bitte auf getrennten Tellern«, winkte ich ab.

»Banausin«, zuckte Eric mit den Achseln und biss herzhaft in seine Pizza-Spezial-Kombi, jede noch so kleine Bewegung von Sammy aufs Genaueste verfolgt.

»Pech, Sammy. Wenn Tante Britta mir das mit den Flatulenzen nicht erzählt hätte, hättest du was abgekriegt – aber so? Keine Chance.«

18 Uhr

Es vergingen einige Stunden bei unserer Lektüre von Sabrina Kempfers Tagebüchern. Eine Kanne Kaffee folgte der anderen, und als ich das letzte Tagebuch von meinem Stapel zuschlug, rieb ich mir die ermüdeten Augen.

»Fertig?«, fragte Eric, der durch seinen Stapel bereits durch und noch dabei war, seine Notizen zu vervollständigen.

Ich nickte und kramte meine diversen Zettel und Blätter zusammen, enttäuscht, weil sich nichts Offensichtliches aus den Aufzeichnungen ergeben hatte – außer den üblichen Sorgen und Nöten eines Teenagers. »Ja, aber nicht wirklich was gefunden. Du?«

Eric schüttelte den Kopf. »Leider kein roter Pfeil auf den Mörder oder die Mörderin, aber ich bin sicher, da ist was, das wir nicht sehen. Oder noch nicht.« Sein Handy klingelte – kein Pupston mehr. Ich musste grinsen, und Eric rollte mit den Augen.

»Piet? Sag mir bitte, dass du was für mich hast.«

Während Piets Stimme bei mir nur als Nuschelgeräusch ankam, war Eric sichtlich erfreut über das, was der Kollege ihm erzählte.

»Das ist ja großartig«, strahlte Eric. »Sag dem Kollegen, er hat ein großes Bier gut«, und legte auf. Grinsend wie ein Honigkuchenpferd drehte er sich zu mir um. »Piets Kumpel aus der Kriminaltechnik hat eben angerufen. Er hat einen wunderschönen, vollständigen Fingerabdruck auf der Patronenhülse gefunden.« Er hob die Hand zum High-Five und wir klatschten uns ab.

»Den Namen des Fingerabdruck-Inhabers hat er wohl nicht gleich mitgeliefert?«, fragte ich ohne allzu große Erwartungen.

Eric schüttelte den Kopf. »Leider nicht – was bedeutet, dass die Person sich bisher noch nichts hat zuschulden kommen lassen ...«

»... oder sich noch nie hat erwischen lassen«, vervollständigte ich den Satz.

»Oder das«, bestätigte Eric.

»Okay, dann lass uns mal durchgehen, was wir haben.«

»Haufenweise Liebeskummer«, seufzte Eric.

»In deinen auch?«

Eric rollte wieder mit den Augen. »Man verdrängt ja mit der Zeit, wie dramatisch alles erscheint, wenn man in dem Alter ist. Ein amouröser Weltuntergang jagt den nächsten. Bis Christian auftaucht. Dann hängt der Himmel ein paar Tage voller Geigen – bis Susanne Mertens Wind vom Betrug ihres Liebsten bekommt und anfängt, Sabrina das Leben zur Hölle zu machen.«

»Nicht viel Neues also?«

Eric schüttelte den Kopf. »Allerdings wird schon sehr deutlich, was für eine gute und wichtige Freundin Tessa zumindest damals für Sabrina war. Nach meinem Eindruck war Tessa auch die Einzige, der Sabrina das volle Ausmaß der Probleme mit Susanne anvertraut hat.«

»Wie sieht es mit den anderen aus der Clique aus? Irgendetwas Interessantes zu denen?«, fragte ich.

Eric schüttelte den Kopf. »Nicht viel. Im Bereich Kabale und Liebe vielleicht noch, dass Beate Wellenbeck sich sehnlichst einen Freund wünschte, es aber nicht so recht klappen wollte. Die Mädchen haben versucht, etwas nachzuhelfen, aber alles ohne Erfolg.«

»Beate Wellenbeck – das war die Pummelige mit der schlimmen Akne?«

Eric nickte und zuckte mit den Schultern. »Was soll ich sagen, Jungs in dem Alter haben noch mehr Schwierigkeiten, über Äußerlichkeiten hinwegzusehen, als die älteren Semester.«

»Scheint aber ein nettes Mädel gewesen zu sein und mit Sicherheit keine Randfigur in der Gruppe«, ergänzte ich. »Jedenfalls nach allem, was in meinem Stapel so zu lesen war. Was ist mit den anderen?«

Eric konsultierte seine Notizen. »Dann gab es da noch eine Irene, Irene Schöller. Die war so gut wie immer mit von der Partie, wenn die Mädchen was unternommen haben. Sie scheint so etwas wie eine Art Anführerin der Gruppe gewesen zu sein. Wenn Irene was sagte, wurde das offenbar auch gemacht.«

»Interessant«, sagte ich nachdenklich. »In den früheren Tagebüchern ist es eher Billie, die den Ton angibt. Ich vermute, Frau Fuhrmann hat sich mit dem Namen vertan – sie meinte nicht Biggie, sondern Billie. Billie hat die Schule lange vor den anderen verlassen und eine Ausbildung zur Reiseverkehrskauffrau gemacht. Und das offenbar nicht ganz freiwillig.«

»Wie meinst du das – nicht ganz freiwillig?«, fragte Eric.

»Das wird nicht ganz klar, aber Sabrina schreibt wörtlich ...« Ich blätterte in einem der Tagebücher, bis ich die Seite gefunden hatte: »*Heute Abend mit den Mädels um die Häuser gezogen, vor allem, um Billie aufzumuntern. Trifft sie hart, dass sie von der Schule muss. Die Ausbildung ist nicht gerade ihr Wunsch-*

traum. Hat sich heute so richtig volllaufen lassen. So habe ich sie noch nie gesehen.«

»Hm, vielleicht haben wir es zwischen Billie und Irene mit einem Gerangel um die Hackordnung zu tun? Auf jeden Fall hat es zwischen den beiden auch richtig gekracht, als Billie abgetrieben hat – und das war offenbar nicht das erste Mal.« Eric rieb sich nachdenklich über die Nase.

»War es auch nicht.« Jetzt war es an mir, in meinen Notizen zu blättern. »Hier, kurz nachdem sie die Schule verlassen hat, um ihre Ausbildung anzufangen, hat sie abgetrieben.« Wir verglichen die Daten der Schwangerschaftsabbrüche – diese lagen nicht einmal ein Jahr auseinander.

»Und inwiefern hat es gekracht?«, fragte ich.

»Irene hat sich zum einen furchtbar darüber aufgeregt, dass Billie überhaupt eine Schwangerschaft abgebrochen hat.«

»Hatte das religiöse Gründe?«, wollte ich wissen.

»Nicht, dass ich hier erkennen könnte. Ein wesentlich größerer Faktor war, dass es schon die zweite Abtreibung war. Irene Schöller war der Ansicht, dass Billie besser hätte verhüten sollen.«

»Irene Schöller war offensichtlich noch nie ein verhütungstechnischer Unfall passiert«, bemerkte ich trocken.

»Nee, offensichtlich nicht.« Eric grinste.

»Ein bisschen seltsam ist das schon – zweimal so kurz hintereinander. Das ist ja kein eingewachsener Zehennagel, den man sich mal eben entfernen lässt«, grübelte ich.

»Es sieht allerdings so aus, als wäre Billie, nachdem sie die Schule verlassen hatte, insgesamt sehr über die Stränge geschlagen. Zum einen hat sie, nachdem sie von der Schule abgegangen ist, die Freunde so oft gewechselt wie andere ihre Unterwäsche. Und sie hat sehr viel getrunken. Da kommt sehr schnell eins zum anderen.«

»Also hat es zwischen Billie und Irene richtig gerumst damals?«

»Ja, ziemlich, aber nach einer Weile scheint man sich wieder vertragen zu haben – und spätestens nach der Geschichte um Sabrina und Christian ist davon keine Rede mehr. Übrigens weiß ich jetzt, warum mir Billie auf dem Foto mit Tessa so bekannt vorkam.«

»Ach ja?« Eric guckte interessiert.

»Ich habe nicht geschaltet, weil sie inzwischen eine ganz andere Frisur hat und Frau Fuhrmann von einer ›Biggie‹ sprach, aber Billies wird es wohl nicht so viele geben. Am Mittwoch habe ich im Wald beim Joggen meine Schwägerin getroffen, die hatte diese Billie im Schlepptau. Offenbar steht die kurz davor, jemanden zu heiraten, der furchtbar wichtig ist. Hätte ich mal besser meine liebe Schwägerin nicht abgewürgt, als sie mir alle schmutzigen Details erzählen wollte. Allerdings vermute ich fast, dass Billie uns womöglich gar nicht weiterhelfen kann, weil sie ja so früh von der Schule abgegangen ist und zum Beispiel das ganze Theater um Susanne und Christian gar nicht mitbekommen hat. Naja, wir werden sehen. Wenigstens wissen wir jetzt, dass wir über Annette sehr leicht Kontakt mit ihr aufnehmen können, um mal mit ihr zu plaudern.« Ich sah Eric müde an. »Ansonsten alles gruppendynamisch sehr interessant, aber was Abtreibungen, Alkoholkonsum und Liebeskummer vor neun oder zehn Jahren mit unseren beiden Morden zu tun haben sollen, ist mir immer noch ein Rätsel.«

Eric raufte sich die kurzen Haare, bis sie ihm quer vom Kopf abstanden. »Ich werde das Gefühl nicht los, dass die ganze Geschichte irgendetwas mit Beziehungen zu tun hat. Nur was zum Teufel?«

Sonntag, 7. August

8:30 Uhr

Ich schaukelte sanft in meiner Hängematte hin und her, und durch das geöffnete Fenster meiner Kabine hörte man das sanfte Rauschen der Wellen. Eine warme Brise hauchte über meinen Fuß, der aus der Hängematte heraushing. Langsam, ganz langsam verwandelte sich die warme Brise in einen feuchten Hauch, und plötzlich piekten kleine Nadeln in meine Zehen. Ich wollte mich gerade umdrehen und meinen Fuß wegziehen, als das Pieksen wieder verschwand, und so ließ ich mich wieder entspannt hängen. Plötzlich erklang die Stimme des Bootsmanns aus voller Kehle: »SAMMY!!!!«

Schlagartig war ich wach und setzte mich auf. Die Hängematte entpuppte sich als meine Couch, die feuchtwarme Brise als Sammy, der in höchster Not an meinem Zeh geknabbert hatte – und der Bootsmann als Tahar, den Sammy gerade versuchte, am Hosenbein zur Tür zu zerren.

Tahar schimpfte wie ein französischer Rohrspatz und sah mich entrüstet an, als ich mich wiehernd vor Lachen wieder aufs Sofa warf.

»Ein bisschön mehr *solidarité* hättö ich mir hier schon gewünscht, *non*?«, grinste Tahar und rappelte sich auf.

»Ja nun«, gackerte ich, »der Hund muss halt Pipi. Jetzt erbarm dich schon, dann kannst du gleich eine schmauchen und ich mach Kaffee.«

Tahar brummelte wie so oft etwas von »Ausbeutung«, schnappte sich Sammys Leine und seine Kippen und ließ die Wohnungstür hinter sich zuklappen.

Die leeren Chipstüten und Bierflaschen auf dem Couchtisch zeugten von unserem spontanen *Fluch-der-Karibik*-Abend. Da Tahar noch da war, war ich wohl nicht die Einzige, die irgendwann in Teil 4 eingenickt war.

Am Abend vorher hatten Eric und ich noch eine Weile über Sabrinas Tagebüchern gebrütet, waren aber nicht mehr wirklich weitergekommen. Als Pia dann auch noch signalisierte, dass es auch bei ihr noch nichts Neues zu berichten gebe, hatten wir beschlossen, den lieben Gott einen guten Mann sein zu lassen und uns wenigstens einen freien Samstagabend zu gönnen.

Ich bezahlte gerade im Supermarkt Sammys Futter, als Tahar anrief. Mit der Aussicht auf das Geburtstagsessen meines Vaters am Sonntagmittag war mir Tahars Angebot von indischem Take Away und Film-Nacht gerade recht gekommen. Warum sich mit etwas beschäftigen, was man genauso gut verdrängen kann.

Gegen elf am Samstagabend hatte Silke noch aus dem Guinness House angerufen – zu meiner großen Enttäuschung gab es weder aus der Düsseldorfer Agentur Neuigkeiten, noch konnte sich irgendjemand daran erinnern, ob Sabrina Kempfer und Susanne Mertens sich tatsächlich in der vorherigen Woche dort getroffen hatten. Silkes Freund hatte sogar seine Barkeeper-Kollegen, die nicht im Dienst waren, zu Hause angerufen. Aber niemandem waren die beiden aufgefallen. Das bedeutete entweder, dass dieses Treffen nie stattgefunden hatte

– und Susanne Mertens gelogen hatte – oder dass sich einfach niemand daran erinnerte, sie gesehen zu haben.

Aus der Agentur berichtete Silke, dass sich nicht nur niemand vorstellen konnte, warum jemand Sabrina würde umbringen wollen, sondern dass es vor allem Sabrina war, zu der alle mit ihren Sorgen und Nöten gingen, und die stets diejenige war, die die Wogen glättete, wenn es mal Ärger mit einem Kunden oder unter den Kollegen und Kolleginnen der Agentur gab.

»Ehrlich gesagt klingt sie fast ein bisschen zu gut, um wahr zu sein«, hatte Silke verwundert gesagt, »aber zumindest hier kann sich keiner erklären, warum ausgerechnet Sabrina.«

Jetzt angelte ich nach meinem Handy, aber es gab auch keine Neuigkeiten von Pia oder Eric. Ächzend rappelte ich mich auf, warf die Kaffeemaschine an und schlurfte ins Bad. Ich kam gerade frisch gefeudelt wieder raus, als es an der Tür klingelte. In freudiger Erwartung von Frühstückshörnchen drückte ich auf – aber es waren nicht Tahar und Sammy, die die Treppe hochkamen, sondern Pia.

»Guten Morgen«, sagte ich überrascht. »Woher weißt du denn, wo ich wohne?«

»Telefonbuch«, entgegnete Pia. »Tut mir leid, dass ich dich an einem Sonntag so früh überfalle, aber wir haben nicht viel Zeit.«

»Zeit wofür?«, fragte ich verdutzt.

Pia angelte ein Handy aus ihrer Hosentasche und sah mich triumphierend an.

»Christians?«, fragte ich entzückt.

»Christians«, bestätigte Pia. »Aber es kommt noch besser. Das ist nicht sein reguläres Telefon.«

»Wie – nicht sein reguläres?« Meinem Hirn fehlte ganz offensichtlich noch die erste Kaffeedröhnung. Ich winkte Pia, mir in die Küche zu folgen.

»Christian ist eben joggen gegangen. Ich hatte gehofft, er hätte vielleicht sein Handy zu Hause gelassen, also habe ich danach gesucht. Sein iPhone konnte ich nicht finden, das hat er bestimmt mitgenommen. Stattdessen habe ich aber das Samsung hier in seiner Jacke entdeckt. Und das habe ich vorher noch nie gesehen. Christian hat ja sonst auch alles von Apple – Computer, iPad, iWatch.«

»Der Trend geht offenbar zum Zweithandy«, frotzelte ich, während ich uns beiden einen kräftigen Kaffee eingoss. »PIN-gesichert, nehme ich an?«

Pia nickte und strahlte stolz. »Ja, aber er hat offensichtlich deinen Rat noch nicht befolgt, zu offensichtliche Codes zu vermeiden. Mit den ersten vier Ziffern seines Geburtstags war ich drin.«

»Und? Nun mach's nicht so spannend.«

»Naja, es ist nichts drauf. Also, ich meine, keine Daten. Das Adressbuch ist leer, keine Mails, keine Messenger-Nachrichten, keine SMS oder Telefonate.«

Ich rieb mir versonnen die Nase. »Das ist mit Sicherheit das Handy, das er benutzt, um mit seinen Liebschaften zu kommunizieren. Wenn nichts drauf ist, ist er offenbar sehr vorsichtig.«

»Was meinst du denn mit Liebschaft*en*?« Pia sah mich entgeistert an.

Ups. »Es gibt Anhaltspunkte dafür, dass die aktuelle Affäre, die wir bei Christian vermuten, nicht die Erste ist.«

Pia saß wie versteinert. »Was denn für Anhaltspunkte?«

»Wir konnten es zwar noch nicht verifizieren, aber wenn Susanne Mertens die Wahrheit gesagt hat, hat sie sich zwei Tage vor Sabrinas Tod mit ihr getroffen. Sie wollte sich bei ihr für das entschuldigen, was sie ihr in der Schule damals angetan hat. Bei dem Gespräch der beiden habe Sabrina ihr von ihrer Vermutung erzählt, Christian habe derzeit eine Affäre. Sie soll auch gesagt haben, dass er sie auch in der Vergangenheit schon betrogen habe.«

Pia sah mich völlig entgeistert an. »Und es ist euch gestern nicht eingefallen, mir das zu erzählen?«

Ich hob beschwichtigend die Hände. »Wir wollten erst einmal abwarten, ob sich Belege dafür finden, dass er Sabrina betrügt oder betrogen hat. Es kann ja durchaus sein, dass Susanne Mertens lügt. Einen handfesten Beweis haben wir jetzt zwar immer noch nicht, aber da das datenlose Zweithandy in seiner Jacke steckte und nicht vergessen in irgendeiner Schublade ...«

»... ist die Frage eher mit wem und nicht mehr ob«, beendete Pia den Gedankengang.

Ich streckte die Hand nach dem Samsung aus. »Und das können wir hoffentlich herausfinden, indem wir versuchen, die gelöschten Daten wieder herzustellen.«

»Aber was sage ich, wenn Christian merkt, dass das Handy weg ist?«

»Ich glaube kaum, dass er das an die große Glocke hängen wird. Er müsste dann ja erklären, wofür er ein Zweithandy braucht – das wird er kaum wollen. Außerdem wird er wahrscheinlich erst einmal denken, dass er es irgendwo verloren hat.«

Pia nickte. »Wahrscheinlich hast du recht. Ich habe mir jedenfalls gestern nichts anmerken lassen.«

»Gut. Trotzdem ist es, glaube ich, besser, wenn du deinen Aufenthalt bei ihm heute beendest. Wir wollen kein Risiko eingehen, falls wir nicht nur von einer Liebschaft reden. Und das passt auch gerade sehr gut, denn alles, wonach ihr gesucht habt, ist ja inzwischen gefunden. Du kannst dich also auch unauffällig wieder nach Hause trollen.«

Pia schüttelte niedergeschlagen den Kopf. »Ich kann mir einfach nicht vorstellen, dass er Sabrina etwas angetan haben könnte.« Nach einer kurzen Pause fügte sie leise hinzu: »Aber ich konnte mir ja bis eben auch nicht vorstellen, dass die heile Ehe, die Sabrina mir vorgegaukelt hat, gar nicht existierte.«

Ich tätschelte Pia aufmunternd die Hand. »Fahr am besten jetzt gleich zurück, pack deine Sachen und verabschiede dich dann zurück nach Hause. Ich melde mich, sobald wir was gefunden haben.«

Ich brachte Pia gerade zur Wohnungstür, als es erneut klingelte. »Ah, das Frühstück«, sagte ich erfreut und betätigte den Türöffner. Fröhlich lärmend kamen Tahar und Sammy die Treppe rauf und ignorierten geflissentlich meine wedelnden Gesten und Pschsts.

Hoffentlich hat Diane die Ohrenstöpsel drin. Die Nachbarin über mir ist Opernsängerin und hat einen Biorhythmus, in dem ein Wachzustand sonntags vor 11 eigentlich nicht vorgesehen ist.

Ich verabschiedete Pia, die Tahar neugierig von oben bis unten musterte, schloss die Tür und pflückte ihm die Hörnchentüte aus der Hand.

»Ich hab Arbeit für dich«, flötete ich fröhlich, während ich in die Küche ging.

»Ich wusstö, ich hättö gestörn Nacht nach Hausö fahrön sollön«, stöhnte Tahar, während er hinter mir herschlurfte. »Kriegö ich vorher wenigstöns einön *Café*, du Sklaventreibör?«

»Na, aber selbstverfreilich«, säuselte ich und servierte ihm einen waschechten *Café au lait*.

»Na gut«, brummte er, nach dem ersten Schluck halb mit der Welt versöhnt. »Worum geht es denn?«

Ich schob ihm Christians Samsung hin. »Wir glauben, dass der Inhaber das Handy nutzt, um mit seinem Seitensprung zu kommunizieren, und die Daten aber immer sofort wieder löscht.«

»*Mon dieu*, Sodom und Gonorrhoe«, brummte Tahar. »Jemand mit einör echtön *maîtresse*. Ich habö wirklich den falschön Beruf.«

Er tipperte auf dem Bildschirm herum, legte das Handy aber beiseite, als die Hörnchen auf den Tisch kamen. »*Pas de problème*, das habön wir im Handumdrehön, sobald isch zu Hausö bin.« Er gähnte herzhaft. »Wenn isch schmutzigö Bildör findö, darf isch die dann behaltön?«

12:30 Uhr

Um kurz nach halb eins ließ ich den Wagen in der Einfahrt von Vaters Haus ausrollen und parkte möglichst dicht hinter Chefarzt Dr. Holgers protziger Luxuskarosse. Ich blieb noch eine Sekunde sitzen und atmete tief durch, jede Sekunde Aufschub des Unvermeidlichen war eine gute Sekunde. In dem Moment fiel mir wie Schuppen aus dem Kragen, was mir seit zwei Tagen keine Ruhe gelassen hatte. Ich war kurz versucht, den Motor wieder anzulassen und dieser Eingebung schnurstracks zu folgen, entschied mich aber seufzend dagegen. Die wenigen Mitglieder meiner Familie, die mir etwas bedeuten, wollte ich nicht enttäuschen.

Die Haustür war wie immer nicht verschlossen, und kaum hatte ich sie geöffnet, als ein mehrstimmiges Kreischen in Form von »Tante Britta!!« erklang. Umgehend galoppierten viele kleine Trappelfüße über die Fliesen, und drei Sekunden später trafen mich meine Neffen Tick, Trick und Track mit Karacho und wickelten ihre kleinen Ärmchen um Beine und Hüfte – höher kommen die Stöpsel noch nicht. Ich wuselte allen durch die Haare und holte mir drei nasse, aber herzhafte Schmatzer zur Begrüßung ab.

Meine Schwester Petra lehnte grinsend in der Wohnzimmertür – pardon Tür zum Salon. »Ihr lasst aber schon noch was von ihr übrig, ihr kleinen Racker?«

Ihre Söhne ließen sich davon natürlich nicht im Geringsten beirren und erzählten mir fröhlich, was sie in den letzten Tagen alles angestellt hatten. Alle gleichzeitig, versteht sich.

Ich hievte Pip, den Kleinsten, auf meine Hüfte, erleichtert, dass Pe plus Rasselbande schon da war. Sie umarmte mich und raunte mir ins Ohr: »Wird schon nicht so schlimm werden.« Ich warf ihr einen skeptischen Blick zu und betrat, sämtliche plappernden Neffen im Schlepptau, die Höhle des Löwen.

»Petra, du musst den Kindern endlich ordentliches Betragen beibringen. Kinder soll man sehen, aber nicht hören!«, schnarrte uns Vaters Stimme entgegen.

»Wir hören unsere Kinder aber sehr gern, Vater«, erwiderte Pe völlig ungerührt und forderte mich durch einen unauffälligen Stups in den Rücken auf, meine Pflicht zu tun.

»Glückwunsch zum Geburtstag, Vater«, brachte ich mit Mühe heraus. Am liebsten hätte ich mich auf der Stelle umgedreht und wäre wieder gegangen. Zu viele schlechte Erinnerungen in diesem Haus.

Mein Vater warf einen bedeutungsvollen Blick auf das Bild meiner Mutter – auch nach über zehn Jahren noch mit Trauerflor – und erwiderte nichts. Begrüßungsformalitäten erledigt. Er hatte mich eh nur eingeladen, weil Pe ansonsten mit ihrer Familie auch nicht gekommen wäre. Und wenn zwei Töchter beim Geburtstagsessen fehlen, was denken dann die Nachbarn.

Romulus und Remus, Vaters Schäferhunde, waren aufgesprungen und begrüßten mich schwanzwedelnd. Abgesehen von Pe und ihrer Familie die Einzigen in diesem Haus, die sich freuten, mich zu sehen. Pip beugte sich von seinem sicheren Platz auf meiner Hüfte herunter und versuchte, Romulus am Ohr zu ziehen. Ich erwischte die kleine Hand gerade noch rechtzeitig.

»Das würde ich dir wirklich nicht empfehlen, Pip. Ich glaube nicht, dass Romulus schon verstanden hat, dass du in der Rangordnung höher stehst als er.« Pip sah mich verständnislos an, also wiederholte ich die Botschaft verständlich für einen Vierjährigen. »Finger weg, Pip. Sonst Aua.«

Er zog eine Schnute, begnügte sich dann aber doch damit, die beiden Vierbeiner würdevoll von seinem sicheren Hochsitz aus zu begutachten – zweifelsohne schon wieder den nächsten Unsinn planend.

»Tja, wie sich das gehört, erst die Hunde begrüßen, dann den Rest der Familie«, erklang die nölende Stimme meines Bruders Jürgen.

Ganz ruhig, Sander. Nicht schon in den ersten drei Minuten explodieren.

Jürgen, ein kleines, schmächtiges Männlein mit riesiger, schwarzer Hornbrille und »Ich bin ja so intellektuell«-Gesichtsausdruck saß gewohnt affektiert an einem Ende der riesigen Ledercouch und klammerte sich mit drei Fingern an sein Sektglas. Den Hintern nur halb auf der Sofakante geparkt, sah er mich mit gehobener Augenbraue auffordernd an und strich sich affig übers dünne, aber sorgsam ondulierte Haar.

Ich wollte gerade etwas Passendes erwidern, als eine riesige Pranke auf meine rechte Schulter niederfuhr und ich kurz drohte, in die Knie zu gehen. Gregor.

Grinsend drehte ich mich zu meinem Schwager im Kleiderschrankformat um, der mich rau, aber herzlich in die Arme schloss, den kleinsten seiner Zwerge umständehalber gleich mit. Pip quietschte vor Vergnügen.

»So sauertöpfisch wie du schon wieder guckst, würde ich auch zuerst die Hunde begrüßen«, sagte Gregor trocken zu Jürgen, der Hilfe suchend Holger ansah.

Chefarzt Dr. Holger zuckte mit den Schultern. »Wo er recht hat, hat er recht.« Das ist das einzig Sympathische an Holger. Er ist wenigstens zu allen gleich unfreundlich. Ich sah mich um – Tiberius und Caligula hatten Holger und Annette offensichtlich zu Hause gelassen. Eine hervorragende Idee, da Tiberius mit Romulus spinnefeind war. Obwohl, es hätte das Essen bestimmt ein bisschen aufgelockert.

Annette, die sich als Society-Beauftragte für die Deko zuständig sah, rückte geschäftig noch ein paar Servietten auf dem Esstisch zurecht, kam dann auf mich zu und gab mir gewohnt förmlich die Hand. »Guten Tag, Britta. Wie geht es dir?«

Hinter mir hörte ich, wie Gregor Pe ins Ohr raunte: »Meinst du, sie fällt in sich zusammen, wenn ihr jemand den Stock aus dem Arsch zieht?«

»Gregor!«, zischte Pe, hatte aber sichtlich Mühe, sich das Lachen zu verkneifen, während Vaters Gesicht immer missbilligendere Züge annahm.

»Danke, gut«, erwiderte ich höflich. Annette hat wirklich einen Stock verschluckt, aber im allgemeinen Horrorkabinett meiner Familie ist sie immer noch eine der angenehmsten Figuren, und deshalb hoffte ich, dass sie Gregors kleine Spitze nicht gehört hatte.

»Ich habe dir gleich noch ganz viel zu erzählen«, raunte sie mir verschwörerisch zu, und ich lächelte tapfer. Ich hoffte, die Informationen über Billie Peters, die mich interessierten, würden nicht in allzu viel langweiligem Tratsch verpackt serviert werden.

Frau Lenzen, Vaters Haushälterin, erschien in der Tür und machte ein besorgtes Gesicht. »Herr Sander, darf ich auftragen? Das Essen verkocht mir sonst.«

Vater warf einen mürrischen Blick auf die Uhr, Pünktlichkeit war noch nie Martins Stärke. Wahrscheinlich war er gerade wieder in eine siebenstellige Geschäftstransaktion verwickelt, da muss der Geburtstagsbraten natürlich warten.

»Gut, wir fangen an«, schnappte Vater und erhob sich von seinem Platz. Pflichteifrig sprang Jürgen auf und spurtete in vorauseilendem Gehorsam zum Esstisch, in der Hoffnung, einen der Sitze neben Vaters Stammplatz am Kopf des Tisches zu ergattern.

Schleimbeutel.

»JÜRGEN!«, herrschte Vater ihn an. »Du weißt genau, die Plätze neben mir gebühren dem Stammhalter und dem zweitältesten Sohn der Familie. Setz dich gefälligst auf einen anderen Platz!«

Gregor lief vor unterdrücktem Gelächter knallrot an und schnaubte verdächtig lang und laut in ein riesiges Taschentuch. Petra organisierte derweil unter sicherheitstechnischen Aspekten die Sitzordnung der drei Orgelpfeifen – Gregor links außen, Pe rechts außen, Pip (Orgelpfeife 3) neben Pe und ich zwischen Felix (Orgelpfeife 1) und Finn (Orgelpfeife 2). Irgendwas würde den Lausebengeln trotzdem wieder einfallen, und alle wussten es.

Unter geräuschvollem Stühlerücken ließen sich alle an der weiß gestärkten Geburtstagstafel nieder, und als Frau Lenzen gerade mit einer gigantischen Suppenterrine durch die Tür kam, öffnete sich die Haustür. Martin. Der Zweitälteste, für den Jürgen den Stuhl räumen musste.

Wie eigentlich immer presste Martin sein Handy ans Ohr, was ihn aber nicht davon abhielt, sich einhändig und in die

Runde nickend auf besagtem Stuhl niederzulassen. Vater blickte noch sauertöpfischer drein als sonst. Er hasst Handys. Und er hasst es, wenn jemand sonntags arbeitet. Am Tag des Herrn.

Was er nicht hasst, ist Martins immer prall gefülltes Konto. Geld hat Vater schon immer über die Maßen beeindruckt, auch wenn man sich bei Martin stets vorsichtshalber fragen sollte, wie er jeweils an selbiges Geld gekommen ist.

Gregor beugte sich zu mir herüber und raunte: »Hat eigentlich mal jemand versucht, ihn zu erwürgen, oder warum trägt er selbst im Sommer dieses alberne Halstuch?«

Postwendend drehte sich Finn zu seinem Onkel und fragte mit großen Augen: »Onkel Maaatin? Wer wollte dich denn erwürgen?«

Martin musterte seinen Neffen herablassend, beendete danach aber erstaunlich schnell das Telefonat. »Niemand natürlich, wie kommst du denn auf so eine dämliche Idee?«

»Na, weil du doch immer dieses alberne Halstuch trägst«, wiederholte Finn treuselig die Worte seines Vaters.

»Kindermund tut Wahrheit kund«, bemerkte Chefarzt Dr. Holger trocken und begann, seine Suppe zu löffeln.

Martin überspielte die Szene elegant, indem er sich an Vater wandte, sich überschwänglich für seine Verspätung entschuldigte, und Vater – wie immer – innerhalb von drei Minuten um den kleinen Finger wickelte.

Felix, Finn und Pip schlürften genüsslich und vor allem geräuschvoll ihre Suppe. Jedenfalls so lange bis Vater der Kragen platzte.

»Petra Maria!«, donnerte er. »Die Tischmanieren dieser Kinder haben sich seit Weihnachten nicht verbessert. Im Gegenteil, es ist noch viel schlimmer geworden.«

Pe sah ihn über ihren eigenen Löffel hinweg seelenruhig an. »Ach Vater, nun lass sie doch. Benehmen müssen sie sich noch den Rest ihres Lebens. Außerdem ist wissenschaftlich erwiesen, dass sich die Geschmacksstoffe wesentlich besser entfalten, wenn man schlürft.«

»Warum rülpset und furzet ihr nicht, ihr Mannen. Hat es euch nicht geschmacket?«, ergänzte Gregor fröhlich und löffelte klappernd die letzten Reste aus dem Suppenteller.

Vater starrte ihn entgeistert an, und Gregor hob unschuldig die Hände. »Ich zitiere nur Martin Luther.«

»Nimm lieber Mozart«, entgegnete Holger, und Gregor sah ihn fragend an.

Holger legte den Löffel weg und deklamierte: Wer viel frisst, muss auch viel ...«

»Zum Donnerwetter!!!«, brüllte Vater, stand so schnell auf, dass sein Stuhl nach hinten umfiel und donnerte mit der Faust auf den Tisch. »Wir sind doch hier nicht in der Gosse!«

Unglücklicherweise wählte Tahar ausgerechnet diesen Moment, um mich anzurufen. Und unglücklicherweise hatte ich vergessen, den testhalber ausgewählten Pups-Klingelton wieder zu entfernen. Während Vaters Gesicht inzwischen eine ungesunde Dunkellila-Färbung annahm, schob ich schnell den Stuhl zurück und ging zügig nach draußen.

»Und? Hast du was gefunden?«

»Und ob ich das hab«, klang es zufrieden aus dem Hörer. »Wie weit zurück möchtöst du das Liebeslebön des Herrn K. kennenlernön?«

Yes! »Das letzte Boxenluder tut's erst mal.«

»Dreimal darfst du ratön!«

»Sarah Lothár«, erwiderte ich gelassen.

»*Ah – putain*, Brittah, warum lässt du mich denn suchön, wenn du schon weißt, wer es ist?«, schimpfte er.

»Weil ich keine Beweise habe. Mir ist nur mit reichlich Verspätung aufgefallen, dass die beiden sich verplappert haben.«

»Verplappört?«

»Susanne Lothár hat mir gesagt, sie würde Christian nicht persönlich kennen. Christian hat sie aber als warmherzigen Menschen beschrieben. Und das kann er nur, wenn er sie kennt.«

Ich hörte Tahars Grinsen durch die Leitung. »Die beidön kennön sich in der Tat *sehr* gut, das kannst du mir glaubön. Kleinö Kostprobö?«

Er las mir ein paar Kurznachrichten vor und schloss mit den Worten: »Ich will ja nichts sagön, aber da kriegö ja selbst ich rotö Ohrön, und das will was heißön.«

In der Tat, es gab keinen Zweifel daran, dass Christian und Sarah nicht gemeinsam den örtlichen Buchklub besucht hatten.

»Hast du irgendwelche Hinweise gefunden, dass sie etwas mit Sabrinas Tod zu tun haben?«

»*Non, pas du tout*. Überhaupt nichts. Allerdings gibt es von besagtöm Abönd selbst keinö Nachrichtön.«

»Und das könnte bedeuten, dass sie an dem Abend zusammen waren«, grübelte ich.

»*Ah bon*. Abör ist das verdächtich odör nicht?«

»Wenn ich das mal wüsste, aber das werden wir schnell herausfinden. Und bevor du fragst – ja, ich schulde dir was. Und nein, ich putze *nicht* deine Küche, bevor deine Mutter das nächste Mal kommt.« Tahars *Maman* ist berühmt für ihre hohen hygienischen Ansprüche und ihre Ansichten über den Zustand, in dem sie die Behausung ihres ältesten Sprösslings in der Regel vorfindet.

»Undank ist der Weltön Lohn«, maulte Tahar. »Und woher weißt du, dass *Maman* sich angedroht hat?«

»Nur so eine Ahnung. Hat vielleicht was damit zu tun, dass sie jeden August kommt, wenn Frankreich geschlossen ist?«, grinste ich.

»Und all das nur, weil meinö liebön Geschwistör im August immör allö gleichzeitig verschwindön«, ächzte Tahar. *Maman* hat neben Tahar noch fünf weitere Söhne. Tahar witzelt immer, dass es bei zwei oder drei Kindern geblieben wäre, wenn Nummer zwei oder drei endlich mal ein Mädchen gewesen wäre. »Nach sechs Jungöns hat sie dann die Hoffnung aufgegebön, dass *Papa* noch was anderös zustandö kriegt als noch mehr von der selbön Sortö.« Und wie ganz Frankreich machten auch Tahars Brüder jedes Jahr im August die Schotten dicht und verließen fluchtartig ihr gewöhnliches Habitat. Der perfekte Anlass für *Maman*, bei ihrem Ältesten nach dem Rechten zu sehen.

»Sag *Maman*, sie soll sich unterstehen, ohne Falafelbällchen anzureisen.« Schon beim Gedanken an *Mamans* gut gefüllte Tupperdosen lief mir das Wasser im Mund zusammen.

Ob *Maman* mich ehrenhalber in die Familie aufgenommen hat, weil sie keine Tochter hat oder weil sie hofft, Tahar würde sich vielleicht endlich niederlassen und seine Pflicht tun – also ihr Enkel schenken – ist nicht ganz raus. Vielleicht hat Tahar ihr auch irgendwann mal meine Geschichte erzählt. Auf jeden Fall schloss sie mich nach anfänglicher Skepsis in ihr großes arabisches Herz, und sieht es bei ihrem jährlichen Besuch als wichtigste Aufgabe an, mir beim Zunehmen zu helfen.

»Was willst du denn mit einöm dünnön Mädchön«, übersetzt Tahar regelmäßig und grinsend aus dem Arabischen. Ich glaube, er hat *Maman* bis heute nicht gesagt, dass ich nicht Tahars Mädchschön bin. Er weiß genau, wie lang sie ihm die Ohren ziehen würde, wüsste sie von seinen amourösen Eskapaden – so kommt ihm meine Alibi-Funktion sehr gelegen. Und dafür tritt er sogar ein paar von *Mamans* unwiderstehlichen Falafelbällchen ab.

»Sei vorsichtich, was du dir wünschst. Isch habö es läutön hörön, dass sie einön neuön Kofför hat, der noch mehr Tupperdosön fasst als der altö.«

»Ich muss wieder reingehen, Tahar, sonst kriegen die anderen ihren Hauptgang nicht.«

»Ah, *bon*, wenigstöns kann Frau Lenzön gut kochön«, munterte er mich auf und versprach, mir die enthüllenden Nachrichten zu schicken, die er von Christians Zweithandy geklaubt hatte.

Bevor ich wieder ins Haus ging, schickte ich Eric noch schnell eine Mail mit den wichtigsten Informationen und bat ihn, mich am Nachmittag im Büro zu treffen. Auf die Konversation mit Christian Kempfer und Sarah Lothár war ich schon mehr als gespannt.

Ich kam gerade rechtzeitig wieder ins Wohnzimmer – pardon, den Salon – um Frau Lenzens köstlichen Sauerbraten dampfend auf meinem Teller vorzufinden. In Vorfreude schnupperte ich den wunderbaren Duft, was Pip natürlich umgehend geräuschvoll nachahmen musste. Trotzdem entging mir nicht, dass Bruder Jürgen angewidert auf seinen Teller starrte, auf den Frau Lenzen, wie mir schien, eine besonders große Ladung Fleisch gehauen hatte.

Gregor stupste mich an Felix vorbei unter dem Tisch an, den Blick fasziniert auf Jürgen gerichtet, der langsam und gequält zu Messer und Gabel griff und ein winziges Stück Fleisch absägte. Er führte es gerade zum Mund, als Gregor unschuldig fragte: »Ach, Jürgen, ich dachte, du bist Veganer?«

»Gregor!«, zischte Pe und rollte verzweifelt mit den Augen, als Finn lautstark fragte: »Mama, was ist ein Veganer?«

Chefarzt Dr. Holger fühlte sich hier als Mediziner offenbar zum fachkundigen Kommentar aufgerufen: »Ein Veganer, Finn, ist jemand, der gegen jede Vernunft seinem Körper essentielle Nährstoffe wie zum Beispiel tierische Eiweiße vorenthält und meint, sich und der Welt damit etwas Gutes zu tun.«

»Hä?«, sagte Finn.

»Das heißt ›Wie bitte‹«, schnarrte Vater, um sich gleich darauf an Jürgen zu wenden. »Ich sehe, dieser Unsinn war nur eine Phase und du ernährst dich wieder vernünftig. Sehr gut, mein Junge, sehr gut. Es gibt schon genug Ernährungsmilitante in diesem Land.«

Alle sahen Jürgen gespannt an, denn alle außer Vater wussten, dass Jürgen sehr wohl noch Veganer ist – und dass er das Fleisch nur hinunterwürgte, weil er Angst vor Vater hat.

Jürgen setzte seinen gewohnt arrogant-herablassenden Gesichtsausdruck auf und stand wie immer für seine Überzeugungen ein. »Es schmeckt ganz ausgezeichnet, Vater.«

»Was hast du denn gegen Veganer, Papa?«, fragte Finn, nun vollends verwirrt.

Gregor beugte sich zu seinem Sprössling hinüber und flüsterte ihm unüberhörbar ins Ohr: »Ich habe nichts gegen Veganer, Finn. Ich habe was gegen DIESEN Veganer.«

Chefarzt Dr. Holger hatte offenbar das Gefühl, seinen Ansichten sei nicht die angemessene Aufmerksamkeit geschenkt worden. »Ich finde diese Art der Ernährung unverantwortlich. Vor allem, wenn diese Leute« – hier hörte er sich an, als hätte er eine braune Hinterlassenschaft unter seiner Schuhsohle gefunden – »ihre Kinder auch dieser unnötigen Art von Mangelernährung unterziehen.«

»Ich habe gehört, es gibt inzwischen sogar Leute, die ihre Hunde und Katzen vegan ernähren«, grinste Gregor. »Das nenne ich doch mal artgerechte Haltung für Fleischfresser.«

Außer mir hatte noch niemand wirklich bemerkt, dass Pip vorsichtig von seinem Stuhl geglitten war und sich möglichst unauffällig hinter dem Stuhl seines Großvaters zu schaffen machte. Er verschwand kurz aus meinem Blickfeld und trippelte vermeintlich brav wieder an seinen Platz zurück. Pe warf ihm einen misstrauischen Blick zu, ließ sich aber von seinem Engelsblick unter den goldenen Löckchen einlullen.

Bis Vater mit einem halb gebrüllten Quieken erneut von seinem Stuhl hochfuhr. Er hüpfte rechts herum um seine eigene Achse und fummelte dabei hektisch, aber leider erfolglos in seiner rechten Hosentasche herum.

Nach einiger Zeit legte Chefarzt Dr. Holger seufzend Messer und Gabel beiseite und stand auf. Klarer Fall für den Chirurgen. Energisch brachte er Vater zum Stillstand, langte kurzentschlossen in die betroffene Hosentasche und förderte einen fettigen, heißen Original Thüringer Kartoffelkloß zutage.

»Schalten Sie auch nächste Woche wieder ein, wenn Sie Doktor Bob sagen hören ...«, wieherte Gregor und hielt Pip die erhobene Hand hin: »*Gimme five, Buddy.*«

Pe bemühte sich redlich, ihren Gatten nebst Jüngstem streng anzusehen, dabei liefen ihr jedoch leider die Lachtränen übers Gesicht, und selbst der griesgrämige Holger konnte sich ein Zucken um die Mundwinkel nicht verkneifen. Die Einzigen, die sich der seltenen Heiterkeit um den Familientisch nicht anschließen konnten, waren natürlich Vater und – in gewohnt schleimiger Manier – Jürgen.

»Ich finde, man sollte Kinder nicht ermutigen, wenn sie mit wertvollen Lebensmitteln spielen. Auch dieser Kartoffelkloß hat Würde und wurde unter Schweiß angebaut und zubereitet«, sagte er verschnupft.

»Ja, Jürgen, erzähl doch mal – wo werden denn die Kartoffelklöße angebaut? Da, wo der Pfeffer wächst?«, feixte Martin, als er den Blick mal für zwei Sekunden von seinem Handy nahm.

»Auf jeden Fall dort, wo sie mit Würde wachsen können – ist ja auch wichtig für so einen Kloß.« Gregor kriegte sich fast nicht mehr ein, und Pip strahlte vor Stolz.

Während sich der ganze Tisch (außer Jürgen) in seltener Einigkeit vor Lachen bog, starrte Vater nach wie vor fassungslos auf seine nach außen gekrempelte Hosentasche, von der das Fett langsam auf den Teppich tropfte. Ich war die Erste, der das Lachen verging, weil ich sah, was kommen würde. Ich schob meinen Stuhl zurück, um schnell aus dem Sitz zu kommen.

Vater drehte sich plötzlich wutentbrannt um, stürmte auf seinen jüngsten Enkel zu und riss ihn von seinem Stuhl, bevor ich überhaupt blinzeln konnte. Allerdings traf seine mit Wucht herunterfahrende Hand nicht Pips Gesicht, sondern Gregors riesige Zimmermannspranke. Ich weiß nicht, wie so ein Gigant sich so schnell bewegen kann, aber Gregor stand zwischen seinem Schwiegervater und seinem Kleinsten. Romulus und Remus winselten verwirrt.

Gregors Stimme war von höchster Erheiterung in Eiseskälte umgeschlagen, und er stand so dicht vor Vater, dass dieser den Kopf fast in den Nacken legen musste, um ihm in die Augen zu sehen.

»Wenn du einem meiner Kinder auch nur ein Haar krümmst, ist es das Letzte, was du tust«, sagte Gregor bedrohlich leise.

»Wenn du deinen Kindern kein Benehmen beibringst, muss es jemand anderes tun. Maßvolle Züchtigung hat noch keinem Bengel geschadet«, zischte Vater zurück. »Der Junge hat keinen Respekt. Das muss er lernen, sonst wird er es im Leben zu nichts bringen.«

»Ach ja? Maßvolle Züchtigung? Ich habe gesehen, wie du deine Kinder früher zugerichtet hast. Ich habe viel darüber gehört, was du unter ›Erziehung‹ verstehst. Allein dafür gehörst du noch zur Rechenschaft gezogen. Und merk dir ein für alle Mal: Du – lässt – die – Finger – von – meinen – Söhnen.« Bei jedem Wort stieß Gregor Vater den Zeigefinger gegen die Brust, sodass dieser zurückweichen musste und schließlich unsanft wieder auf seinem Stuhl landete.

»Ich glaube, das reicht, Gregor«, sagte Chefarzt Dr. Holger, ruhig aber bestimmt. »Das ist alles viele Jahre her. Setz dich wieder hin, niemand rührt hier eure Kinder an.«

Pe stand auf, setzte den verschreckten Pip wieder auf seinen Stuhl und schob ihren Mann wieder zu seinem Platz. Nach einer Weile setzte sich Gregor wieder hin und aß seinen kalt gewordenen Braten auf. Fröhliches Familienbeisammensein bei Sanders.

Bis zum Nachtisch sagte niemand ein Wort. Selbst die Stöpsel saßen ungewohnt brav und still auf ihren Stühlen.

Schließlich hielt Annette es nicht mehr aus. »Habt ihr eigentlich schon von der Society-Hochzeit des Jahres gehört?«, fragte sie mit großen Augen und zwinkerte mir verschwörerisch zu.

»Society-Hochzeit?«, fragte Pe verblüfft. »Wo?«

»Na, hier in Aachen«, ergänzte Annette eifrig. »Hermann von Gördenich heiratet seine Verlobte, darauf hat die ganze Stadt atemlos gewartet.«

Jürgen nickte eifrig und riss entsetzt die Augen auf, als ich Annette – nicht ganz uneigennützig – die Steilvorlage lieferte, auf die sie bestimmt dringend wartete: »Wer denn ist Hermann von Gördenich, Annette?«

Annette holte Luft, aber Vater kam ihr zuvor.

»Das sind keine Kreise, in denen du verkehren würdest«, sagte er herablassend, froh, wieder die vermeintliche Oberhand zu haben. »Die von Gördenichs sind eine der ältesten Patrizierfamilien Aachens.« Gregor gab einen leisen

Brechlaut von sich, den Vater geflissentlich überhörte. »Das ist noch eine Familie vom alten Schlag. Sehr vermögend und einflussreich, streng katholisch, und der Pater familias lenkt die Geschicke aller von Gördenichs.«

»Hört sich mehr nach *Der Pate* an als nach Pater familias«, konnte ich mir nicht verkneifen, hatte aber Annettes wegen gleich ein schlechtes Gewissen. Sie wollte doch so dringend erzählen, was sie und ihre Freundinnen derzeit umtrieb. Deshalb schob ich nach: »Und du bist ja inzwischen sehr gut mit der Braut bekannt, nicht wahr, Annette?«

Leider kam sie wieder nicht zu Wort, denn stattdessen antwortete wieder Vater: »Dieses dahergelaufene Ding, ohne Stammbaum, ohne Vermögen. Wilhelm von Gördenich war und ist strikt gegen diese Verbindung. Ein herber Schlag für die Familie.«

Ja wirklich, ein echter Schicksalsschlag.

Annette schüttelte energisch den Kopf. »Ich muss dir ausnahmsweise widersprechen, Schwiegervater. Die ganze Geschichte ist doch wie ein wahrgewordenes Märchen. Armes, aber wunderschönes Mädchen trifft reichen, gut aussehenden Prinzen.« Annette sah irritiert zu Gregor, der mit unschuldigem Blick ein leises Wiehergeräusch machte, sprach dann aber weiter. »Und gegen alle Widerstände finden sie zueinander – und bescheren unserer Stadt noch dazu die erste Traumhochzeit seit vielen, vielen Jahren. Billie ist so eine außerordentlich nette junge Frau, so wissbegierig und bemüht, all das zu lernen, was sie wissen muss, um sich in den höheren gesellschaftlichen Kreisen angemessen zu bewegen. Und die Hochzeit selbst wird noch über Jahre Gesprächsstoff bieten. Billie war so lieb und hat meiner Freundin Mia und mir die Entwürfe für das Kleid gezeigt, und die Frisur, sage ich euch …« Annettes Schwärmen wurde rüde unterbrochen.

Chefarzt Dr. Holger runzelte das erste Mal die Stirn. Ihn interessierten Annettes Kaffeekränzchen auch nicht, aber offensichtlich ärgerte er sich inzwischen doch, dass Vater seine Frau ständig unterbrach. Annette war schließlich die Einzige, die bemüht war, nach dem Beinah-Eklat von eben die Konversation wieder anzuschieben.

»Die gelangweilten Primadonnen aus deinem Kaffeekränzchen wissen die tiefgreifenden Folgen einer solchen Fehlentscheidung des jungen Mannes natürlich nicht einzuschätzen«, verkündete Vater hochmütig. »Man verwässert nicht das alte Blut einer hoch angesehenen Familie, indem man irgendeine dahergelaufene Goldgräberin mit minderwertigem Erbgut ehelicht. Das wirkt sich auf Generationen hin aus.«

Der gesamte Tisch war sprachlos, das war selbst für Vater harter Tobak.

Ich hatte endgültig genug. Ich legte meine Serviette auf meinen Teller, schob meinen Stuhl zurück und stand auf.

»Wisst ihr was? Mir reicht's. Lies vielleicht mal wieder ein gutes Buch, Vater. Zum Beispiel zur Dekadenz des sogenannten Adels oder besser noch eins zu Genetik und Inzucht. Und wenn du damit fertig bist, häng doch gleich noch eins zur Nazi-Ideologie hinten dran. ›Reines Blut‹ fanden die auch ganz großartig.«

15 Uhr

Nach einer Stunde mit Sammy im Wald hatte ich mich wieder einigermaßen abgeregt. Stöckchen zu werfen ist nicht nur gut für die Hundeseele. Trotzdem ärgerte ich mich über mich selbst, denn ich hatte Annette noch um die Kontaktdaten von Billie Peters bitten wollen, was durch meinen wütend-rasanten Abgang leider unter den Tisch gefallen war. Ich tröstete mich damit, dass ich Annette jederzeit anrufen konnte. Abgesehen davon hatten wir momentan mit Christian und seiner Affäre eh erst einmal andere Prioritäten. Womöglich hatten wir unseren Mörder bereits im Sack.

Sammy hechelte zufrieden, und sobald wir im Büro angekommen waren, ließ er sich völlig erledigt unter meinem Schreibtisch auf die Seite fallen und begann leise zu schnarchen. Ich las gerade noch einmal durch die Turteltauben-Kommunikation zwischen Christian Kempfer und Sarah Lothár, als sich ein Schlüssel in der Tür drehte. Eric.

Er parkte sich in meiner Bürotür und strahlte über alle vier Backen. »Wir haben ihn?«

»Wir haben ihn. Noch dazu kann man echt noch was lernen«, ich wackelte mit den Augenbrauen und winkte Eric, sich an meinen Schreibtisch zu setzen.

Eric begann zu lesen. »Ja holla die Waldfee!«, sagte er nach einer Weile beeindruckt und drehte den Stuhl in meine Richtung. »Und keine Kommunikation am Abend von Sabrinas Tod.«

»Gut aufgemerkt, Herr Lautenschläger. Ich würde sagen, wir bestellen Christian ein und hören mal, was er zu sagen hat.«

Eric trommelte nachdenklich mit den Fingern auf meine Schreibtischplatte. »Wie wäre es, wenn wir Sarah Lothár gleichzeitig antreten lassen?«

»Gute Idee, aber wenn wir einfach beide anrufen, tauschen die sich mit Sicherheit vorher miteinander aus.« Ich überlegte kurz. »Wir könnten Christian hierherkommen lassen und dann mit ihm zu Sarah Lothár fahren. Dann hat er keine Zeit, sie zu warnen, und sie können sich nicht auf eine Geschichte einigen.«

Eric neigte nachdenklich den Kopf von einer Seite auf die andere. »Wenn wir gleichzeitig mit ihnen sprechen, bekommt der eine aber auch automatisch mit, was der andere sagt. So können sie sich doch abstimmen, wenn auch nicht so leicht.«

Ich ließ mich auf Silkes Stuhl fallen. »Auch wieder wahr. Andererseits ist der Überraschungseffekt auch nicht zu unterschätzen. Keiner von beiden rechnet ja damit, dass wir über sie Bescheid wissen.«

Eric zuckte mit den Achseln. »Wie man es macht, ist es sowieso falsch, also lass es uns einfach probieren. Er griff zu seinem Handy. »Ich höre mal unauffällig nach, ob die Lothár zu Hause ist.« Er tippte kurz auf dem Bildschirm herum, um die Rufnummer zu unterdrücken. Dann rief er Sarah Lothár an und stellte das Telefon auf Lautsprecher.

Nach dem zweiten Klingeln ging sie dran. »Ja bitte?«, quakte es verschnupft aus dem Handylautsprecher.

»Juten Tach, junge Frau«, nuschelte Eric mit leicht verstellter Stimme. »Blumenservice Habakuk, Schmitz mein Name. schab hier nen Auftrag für Sie. Wollt' nur hören, ob Se zu Hause sinn. De Blömschen sin' nämmisch anfällisch, wissen Se.«

»Äh, wie, Blumen? Von wem denn?«, fragte die Lothár irritiert.

»Dat darfisch nit sagen, junge Frau. Aber et is ön Kärtschen dabei. Sinn Se denn heut nammitach zu Haus?«, log Eric gekonnt.

»Ja, ja, sicher. Ich gehe heute nicht mehr weg.«

»Präschtisch. Bis späder dann«, verabschiedete er sich und legte auf.

»Rufen die wirklich vorher an, wenn sie Blumen bringen?«, fragte ich erstaunt.

»Nö, sonst wäre ja die Überraschung weg«, griemelte Eric. »Aber die Lothár hat offensichtlich noch nie Blumen gekriegt, sonst wüsste sie das.«

Eine halbe Stunde später klingelte es, und Christian Kempfer kam die Treppe in zügigem Tempo hoch.

»Es gibt was Neues?«, fragte er, etwas außer Atem.

»Das kann man wohl sagen«, bestätigte ich. »Aber es ist besser, wenn wir es dir zeigen.«

Sammy schnarchte noch tief und fest, also ließen wir ihn schlafen und beteten, dass das Gebäude bei unserer Rückkehr noch stehen würde. Wir kletterten zu dritt in Erics Auto.

»Also was gibt es denn nun?«, fragte Christian aufgeregt, als wir am Hangeweiher vorbeifuhren. Habt ihr rausgefunden, wer Sabrina auf dem Gewissen hat? Habt ihr Pia schon angerufen?«

»Es ist wirklich besser, wenn wir alles besprechen, sobald wir ankommen«, sagte Eric freundlich, aber unverbindlich. Trotzdem löcherte Christian uns weiter mit Fragen, die wir allesamt höflich abwimmelten.

Als wir an der Normaluhr nach rechts in die Zollernstraße einbogen, wurde es etwas ruhiger auf dem Rücksitz, und als wir das untere Ende der Oppenhoffallee erreichten, sagte Christian auf einmal gar nichts mehr.

Eric fuhr hoch bis zur Viktoriastraße, machte den erforderlichen U-Turn und parkte schnell und sauber direkt vor Sarah Lothárs Haustür.

»Was genau wird das hier?«, fragte Christian misstrauisch.

»Wir hoffen, dass Sie uns das gleich erklären können«, sagte Eric, einen Hauch unterkühlt, und stieg aus. Christian zögerte kurz, folgte uns dann aber und wurde blass, als wir tatsächlich bei Sarah Lothár klingelten. Vielleicht hatte er bis jetzt noch an einen möglichen Zufall geglaubt.

»Ja?«, plärrte es aus der Gegensprechanlage, nachdem ich geklingelt hatte. »Sind Sie das mit den Blumen?«

»Ja-ha«, trällerte ich, und die Tür wurde aufgedrückt.

Im zweiten Stock des Altbaus erwartete Sarah Lothár uns bereits an der Wohnungstür.

»Wo sind denn die Blu...« Sie unterbrach sich, als sie Christian sah und verstummte.

»Können wir vielleicht reinkommen, Frau Lothár?«, fragte ich.

»Wer sind Sie denn und was wollen Sie von mir?«

»Britta Sander, Eric Lautenschläger, Detektei Schniedewitz & Schniedewitz«, stellte ich uns vor. »Christian Kempfer kennen Sie ja bereits.«

»Eine Detektei?«, fragte die Lothár verwundert. »Was hat das zu bedeuten, Christian?«

Hinter der gegenüberliegenden Wohnungstür knarrte eine Holzdiele, und die Lothár winkte uns hastig in ihre Wohnung.

»Diese neugierige Hexe. Morgen weiß wieder das ganze Viertel, was hier los war«, zischte sie und schnäuzte sich heftig. Christian machte die Tür hinter sich zu.

»Christian, was ist hier los? Wieso schleppst du mir eine Detektei ins Haus?« Sarah Lothár hatte sich im Flur aufgebaut und sah Christian entrüstet an, die Arme fest vor dem Körper verschränkt. Verteidigungshaltung.

»Ich glaube, wir setzen uns besser«, sagte Christian resigniert und schob sich an uns vorbei. Er nahm Sarah Lothárs Hand und zog sie hinter sich her in ein großes, geschmackvoll eingerichtetes Wohnzimmer. Durch die weit geöffneten Fensterflügel strömte die Sommersonne herein und verbreitete warmes Licht. Auf der sonst so lebhaften Oppenhoffallee fuhr an diesem Sommersonntag nur gelegentlich mal ein Auto vorbei.

»Setzt euch«, sagte Christian, ganz als wäre er der Gastgeber. Er schob Sarah Lothár sanft auf das große, weiße Sofa und setzte sich neben sie. Auf dem Glastisch vor ihnen thronte eine XXL-Box Taschentücher inmitten eines Haufens zusammengeknüllter und offensichtlich benutzter Exemplare, und wirkte wie ein roter Pfeil, der auf die Lothár wies. Die Frauenstimme, die Sabrinas Ferienwohnung verlängert hatte, hatte schließlich auch extrem verschnupft geklungen.

»Erkältung immer noch nicht besser?«, fragte ich betont beiläufig.

»Was geht Sie das an?«, schnappte die Lothár giftig. »Christian, ich will jetzt sofort wissen, was hier los ist.« Befehlston.

Na ja, wer's mag.

Christian sah uns an und seufzte. »Ich nehme an, wir sind hier, weil ihr herausbekommen habt, dass Sarah und ich eine Affäre haben.« Die Lothár sah ihn irritiert an.

Bei ihr vielleicht mehr als nur eine Affäre?

»Wo waren Sie beide letzte Woche Samstag tagsüber und abends?«, fragte Eric unvermittelt.

»Was …?« Der Moment, in dem er begriff, warum wir das fragten, war in seinem Gesicht genau abzulesen.

»Wo war waren Sie beide letzte Woche Samstag tagsüber und abends?«, wiederholte Eric ungerührt seine Frage.

Christian gab sich sichtlich einen Ruck, sah kurz die Lothár an und sagte dann: »Wir waren beide den ganzen Tag und die ganze Nacht hier. Ich bin am Sonntagmittag wieder nach Hause gefahren.«

»Kann das jemand bezeugen?«, hakte ich nach.

»Nein.« Christian schüttelte den Kopf. »Wir waren alleine hier.«

»Seit wann wussten Sie, dass Sabrina Ihnen auf die Schliche gekommen war?«, schoss Eric ins Blaue.

»Seit wann – was?«, meldete sich die Lothár zu Wort. Sie sah völlig entgeistert aus.

»Sabrina wusste, dass Sie sie betrügen, Herr Kempfer«, sagte Eric und ließ beiläufig unter den Tisch fallen, dass Sabrina nicht gewusst hatte, mit wem.

»Nein, das kann ...«, stammelte Christian. »Ich meine ...«

»Und das war ja auch nicht das erste Mal«, unterbrach ich ihn mit einem Seitenblick auf die Lothár.

»Ich ... das ... woher ...«, stotterte er weiter.

Sarah Lothárs Augen hatten sich verengt, und sie rückte ein Stück von ihm ab. »Sag, dass das nicht wahr ist, Christian.«

Christian antwortete nicht, sondern blickte mit großem Interesse auf seine Schuhe. Susanne Mertens hatte offenbar die Wahrheit gesagt.

Die Lothár sah mich Hilfe suchend an. »Sabrina wusste über uns Bescheid?«

Ich nickte wortlos.

»Und was meinen Sie mit ›Das war nicht das erste Mal‹?«

»Das soll heißen, Frau Lothár, dass Sie nicht die Erste sind, mit der Herr Kempfer hier seine Frau über die Jahre hinweg betrogen hat«, sagte Eric gelassen. »Hat er Ihnen da etwas anderes erzählt?«

Die Lothár sah von Eric zu Christian und wieder zu Eric. Und beschloss offenbar, Eric zu glauben.

Sie stand langsam auf, stellte sich vor Christian und sagte: »Sag mir die Wahrheit, Christian. Stimmt das?«

Als er zu ihr aufblickte, stand ihm die Antwort ins Gesicht geschrieben. Die Lothár musterte ihn kurz und verpasste ihm dann rechts und links zwei schallende Ohrfeigen.

»Wie war das mit ›Ich habe meine Frau noch nie betrogen, Sarah‹.« Ohrfeige rechts. »Oder mit ›Du hast mich aus meinem Dornröschenschlaf gerissen.‹« Ohrfeige links. »Du hattest nie vor, sie zu verlassen, oder?« Ohrfeige rechts. »Wie konnte ich nur so dämlich sein!« Den letzten Satz schrie sie fast.

Ich studierte eingehend meine Fingernägel und hoffte, sie würde ihm noch ein paar um die Ohren hauen. Redlich verdient ist redlich verdient.

Christian sagte nichts, blinzelte nur die Tränen weg, die ihm in die Augen geschossen waren. Auf seinen Wangen zeichneten sich deutlich Finger ab. Die Lothár hatte ordentlich Wumms in den Armen.

Als sie noch mal die Hand hob, fühlte sich Eric leider bemüßigt einzugreifen. »Frau Lothár, ich kann Sie gut verstehen, aber das bringt uns jetzt nicht weiter. Wir suchen Sabrinas Mörder, das hat oberste Priorität.«

Die Lothár ließ die Hand wieder sinken, setzte sich in einen der freien Sessel und starrte Christian feindselig an.

»Ich sag Ihnen, was passiert ist«, sagte Eric und lehnte sich hinter dem Lothár'schen Sessel vermeintlich gelassen an die Wand. »Sabrina ist Herrn Kempfer – wie sonst auch jedes Mal – auf die Schliche gekommen. Sie hat herausgefunden, dass Sie sie betrügen, und diesmal nicht mit irgendjemandem, sondern mit ihrer guten Freundin Sarah.«

Die Lothár hatte immerhin so viel Anstand rot zu werden.

»Das hat das Fass zum Überlaufen gebracht – es war ein Seitensprung zu viel. Sie hat Sie zur Rede gestellt und Ihnen gesagt, dass sie sich scheiden lässt und sie keinen Hehl daraus machen wird, warum. Sie hat Ihnen gedroht, Sie und Sarah bloßzustellen und Ihnen einen bitteren und vor allem teuren Scheidungskrieg zu liefern.« Christian hatte den Mund wie zum Protest geöffnet, gab aber keinen Ton von sich, und Eric fabulierte ungerührt weiter.

»Ob es nun das Geld war oder der Skandal – das wollten Sie mit allen Mitteln verhindern. Sie haben herausgefunden, wo Sabrina hinwollte, und sind ihr dann nach Bad Bertrich gefolgt. Frau Lothár hier hat Ihnen geholfen. Sie war die unbekannte Besucherin am Samstagabend. Sie hat vorgetäuscht, sie wolle sich mit Sabrina aussprechen. Stattdessen hat sie Sabrina – wahrscheinlich über den Wein – betäubt, und dann konnten Sie Sabrina ganz in Ruhe Alkohol und Tabletten einflößen und so ihren Selbstmord vortäuschen. Und das Praktische daran – das gegenseitige Alibi war für den Notfall im Paket gleich mit drin.«

Alter Schwede! Keine schlechte Theorie, Herr Lautenschläger.

Es dauerte eine ganze Weile, bis jemand reagierte.

Christian schüttelte den Kopf. »Das ist doch völlig absurd. Weder Sarah noch ich haben etwas mit Sabrinas Tod zu tun. Das müssen Sie mir glauben.«

»Wir müssen gar nichts, Christian«, sagte ich kühl. »Und im Moment haben wir keinerlei Veranlassung, dir irgendetwas zu glauben.«

»Ich hatte doch bis eben überhaupt keine Ahnung, dass Sabrina etwas von uns wusste«, rief er verzweifelt. »Und wieso hätte ich denn eine Detektei beauftragen sollen, wenn ich selbst den Selbstmord mit vorgetäuscht hätte!«

Das war in der Tat eine Schwachstelle in Erics Modell.

»Wo waren Sie am Montag, den 25. Juli vormittags?«, nahm Eric eine andere Spur auf.

Christian zuckte mit den Schultern. »Arbeiten vermutlich. Wieso? Was hat das mit Sabrinas Tod zu tun?«

»Beantworte einfach die Frage«, sagte ich genervt.

Er zog sein iPhone aus der Tasche und tipperte darauf herum. »Neun Uhr Arbeitsfrühstück mit einem großen Klienten. Um elf Termin beim Finanzamt Aachen-Innenstadt. Halb eins Mittagessen in der Stadt. Ich kann euch die Namen aller Personen geben, die an diesen Terminen teilgenommen haben.«

Eric und ich tauschten einen Blick. Wenn Sabrina und Tessa von der gleichen Person ermordet worden waren, kam Christian als Täter nicht infrage. Aber auch nur dann.

»Frau Lothár?«, forderte Eric sie auf, ebenfalls ihren Kalender zu zücken. Das schien jedoch nicht nötig zu sein.

»Ich war den ganzen Tag auf einem Strategie-Meeting. Das können mindestens fünfzehn Personen bestätigen«, sagte sie schnippisch. Hier kamen wir also auch nicht weiter.

Es war einen Moment still im Raum, und aus der Richtung der Wohnungstür erklang ein leises Schaben, das so schnell endete, wie es begonnen hatte.

Christian und die Lothár sahen sich an, und die Lothár schoss wie von der Tarantel gestochen aus ihrem Sessel. Sie stürmte wutentbrannt durch den Flur und riss die Wohnungstür auf.

»Wieder beim Lauschen, ja?«, schnauzte sie in den Hausflur. »Haben Sie alles schön mitgeschrieben?«

Christian saß plötzlich wie erstarrt und schlug sich mit der flachen Hand vor die Stirn. »Ich bin so ein Idiot! Natürlich haben wir ein Alibi.« Er strahlte uns an. »Unser hauseigener Blockwart hat sich an dem Samstagabend bei uns beschwert. Der Fernseher war ihr mal wieder zu laut.«

Sarah Lothár hatte ihn entweder gehört oder ihr war der gleiche Gedanke gekommen, denn kurz darauf kam sie wieder ins Wohnzimmer und zog eine offensichtlich sehr widerwillige Frau in seltsamer Kleidung hinter sich her, die sich misstrauisch umsah. Sie war vielleicht fünfzig Jahre alt, die fettigen Haare standen ihr quer durch die nicht vorhandene Mütze, und sie sah aus, als hätte sie in den letzten drei Jahren keinen Sonnenstrahl mehr abbekommen. Sie trug eine weite lila Pluderhose, ein undefinierbares grünes Oberteil aus Filz und ihre nackten Füße steckten in mit Erde verkrusteten

Flipflops. Riesige Ohrringe zogen ihre Ohrläppchen auf groteske Weise nach unten, und eine ganze Sammlung an dünnen Armreifchen klapperte bei jeder Bewegung.

Die Lothár ließ ihre Hand los, wischte sich die eigene verstohlen an der Hose ab und herrschte ihre Nachbarin an: »Na los, nun erzählen Sie schon, was vorletzten Samstag hier abends mal wieder stattgefunden hat.«

Die seltsame Nachbarin warf ihr einen feindseligen Blick zu und wandte sich dann Zustimmung heischend an Eric und mich: »Aus dieser Wohnung muss ich immer wieder eine unzumutbare Lärmbelästigung ertragen. Entweder ist der Fernseher zu laut, das Radio oder sie macht sonst Lärm.« Dabei wies sie mit dem Daumen hinter sich auf die Lothár.

»Und weil wir so laut sind, müssen Sie immer an der Tür lauschen«, warf Christian sarkastisch ein.

»Sie haben hier gar nichts zu sagen«, giftete die Nachbarin. »Sie wohnen hier nicht, Sie zahlen keine Miete – im Gegenteil, so oft wie Sie hier sind, zahlen wir alle über die Nebenkosten für Sie mit, Sie Schmarotzer.«

Nicht Christians Tag heute.

Eric hatte seine sanfte Stimme aufgesetzt, als er die Nachbarin ansprach: »Laute Nachbarn sind wirklich unmöglich. Ich kenne das. Dabei will man doch nur seine Ruhe haben und nicht ständig von anderer Leute Lärm belästigt werden.«

»Genau das sage ich doch immer«, bestätigte die Nachbarin heftig nickend.

»Und letzte Woche Samstag war wieder so ein furchtbarer Abend?«, fühlte Eric vermeintlich mitfühlend weiter vor.

»DREIMAL musste ich mich beschweren. Erst als ich dem da mit der Polizei gedroht habe, haben sie das Gerät leiser gemacht«, schimpfte sie.

»Und das, wo man den Fernseher nur im Flur hört – wenn man direkt mit dem Ohr an der Tür lehnt«, ätzte die Lothár.

»Wissen Sie noch, um welche Uhrzeit Sie sich beschwert haben?«, überging ich diesen Einwurf.

»UHRZEIT!?« Die Filz tragende Nachbarin wirbelte entrüstet zu mir herum. »UHRZEITEN!! Einmal um halb acht, dann noch einmal um Viertel vor neun. Das dritte und letzte Mal um zehn. Ich führe Buch, müssen Sie wissen«, fügte sie triumphierend hinzu.

»Sie führen Buch?«, wiederholte ich verdattert.

»Ja, selbstverständlich. Wie soll ich denn bei einer Klage nachweisen können, was ich hier seit Jahren erdulde?«

Christian schnaubte lachend durch die Nase. Er stand auf, ging schnellen Schrittes auf die filzbeleibte Frau Nachbarin zu und drückte ihr einen dicken Schmatzer auf die Stirn.

»Ich hätte nicht gedacht, dass ich Ihnen mal dankbar sein würde, aber ich verspreche Ihnen hoch und heilig, den Fernseher nur noch stumm geschaltet laufen zu lassen!«

Die starrte ihn sprachlos an und wurde knallrot.

»Du lässt hier gar nichts mehr laufen«, zischte die Lothár biestig in seine Richtung, bevor sie sich zu uns umdrehte und keifte: »Nachdem wir das jetzt aufgeklärt haben, können Sie ja anderweitig nach Ihrem Mörder suchen. Da hat der Zimmermann ein Loch gelassen.« Sie wies mit der Hand in Richtung Flur. »Und den da«, ihr Kopf ruckte Richtung Christian«, nehmen Sie am besten gleich mit.« Sie streckte auffordernd die Hand aus.

Christian öffnete den Mund – ich nehme an, um zu protestieren –, schloss ihn aber wieder und griff resigniert in seine rechte Hosentasche. Den Schlüsselring, den er zutage förderte, drückte er der Lothár in die Hand. Er wirkte, als hätte ihm jemand die Luft rausgelassen, und fragte: »Könnt ihr mich mit zurücknehmen, oder soll ich mir ein Taxi rufen?«

18:30 Uhr

Die Fahrt zurück zur Detektei verlief wortlos. Christian saß auf dem Rücksitz und guckte trübselig aus dem Fenster, Eric und ich starrten grimmig auf die Straße vor uns. Zurück auf Los, alles noch mal von vorne.

Bevor Christian an der Detektei in sein Auto stieg, drehte er sich noch einmal zu uns um.

»Ich war echt ein Idiot.«

Ach, wirklich?

»Ich hätte euch von vorneherein reinen Wein einschenken sollen, und Pia auch. Aber ich hatte Angst, dass genau das passieren würde, dass ihr alle denkt, ich hätte Sabrina selbst auf dem Gewissen.« Er sah uns Hilfe suchend an und fuhr erst fort, als er merkte, dass wir nichts sagen würden. »Na ja, auf jeden Fall ist mir klar, dass ich mir diesen Nachmittag selbst eingebrockt habe und ich es euch nicht übel nehme.«

Erics blaue Augen blitzten vor Zorn. »*Sie* nehmen es *uns* nicht übel? Sagen Sie mal, ist Ihnen eigentlich klar, dass wir wertvolle Zeit verschwendet haben, während wir Ihnen auf der Fährte waren? Ist Ihnen klar, dass uns diese Zeit jetzt vielleicht fehlt, um einen weiteren MORD zu verhindern?« Eric hatte die Hände zu Fäusten geballt und wippte leicht auf den Fußballen vor und zurück. Ich legte ihm beschwichtigend die Hand auf den Arm. Die Aussicht auf Erics Faust in Christians Gesicht war zwar sehr verlockend, half uns aber nicht wirklich weiter.

Ich schob Eric Richtung Eingangstür und sagte bissig über die Schulter: »Ich glaube, du solltest dich mit Pia unterhalten. Du hast ihr sicher viel zu erzählen.«

Als die Tür hinter uns zuklappte, stand Christian immer noch vor seinem Auto und starrte reglos in die Luft.

»Na hoffentlich steht der nicht morgen früh immer noch da«, brummte Eric mürrisch, während er die ersten Treppenstufen nahm. »So ein Vollidiot.«

Sammy schlug vor Freude fast einen Salto, als wir die Tür aufschlossen, und voller Stolz führte er uns geradewegs zu Fritz Schniedewitzens Lodenjacke, die standardmäßig an der Gästegarderobe hing und inzwischen eher eine Lodenweste war, die beiden Ärmel fein säuberlich durchlöchert und zu einer filzartigen Konsistenz zerkaut.

»Fein gemacht, Sammy«, grinste Eric. »Das scheußliche Ding war mir schon immer ein Dorn im Auge. Aber ich glaube, wir räumen den Tatort besser auf – vielleicht haben wir Glück und der kleine Fritz merkt es gar nicht.«

»Dein Wort in Gottes Gehörgang«, seufzte ich, während Eric die Weste und die triefenden Ärmelüberreste mit gerümpfter Nase in einen Müllbeutel aus der Küche stopfte.

»Kaltes Bier zum Abschluss eines äußerst erfolgreichen Ermittlungstages?«, schlug ich vor, und Erics Miene hellte sich sofort auf. »Blendende Idee!«

Wir fuhren die kurze Strecke zu meiner Wohnung auf der Lütticher Straße, ließen Sammy kurz an ein paar Bäume pieseln und parkten uns mitsamt Bierflaschen im Wohnzimmer, die Fenster weit geöffnet, um die milde Sommerabendluft hereinzulassen.

Eric betrachtete mit interessiert gehobener Braue das Sander'sche Chaos und kam nicht schnell genug vom Sofa hoch, um Sammy daran zu hindern, einen der Bücherstapel auf dem Fußboden mit Karacho umzuwerfen.

»Lass nur«, seufzte ich. Das wird nicht die einzige Lawine bleiben, bis ich Sammy Benehmen beigebracht habe. Wie gut, dass ich keine Zeit mit Aufräumen verschwendet habe.«

»Nee, Zeit haben wir heute wahrlich genug verschwendet«, brummte Eric und nahm einen kräftigen Zug aus der Pulle.

»Na ja, wenigstens wissen wir jetzt, dass Christian nichts mit Sabrinas Tod zu tun hat, und einen Grund, Tessa umzubringen, hatte er schlicht und ergreifend nicht und noch dazu ein Alibi. Jetzt frage ich mich doch, ob die Mertens nicht doch gelogen hat. Keiner kann sich dran erinnern, sie mit Sabrina im Guiness House gesehen zu haben, und *so* schrecklich voll ist es da donnerstagsabends eigentlich nicht..«

»Hmh«, brummte Eric zustimmend. »Das heißt, wir ...«

»... nehmen die Mertens noch mal unter die Lupe und machen gleichzeitig bei den anderen Schulkameradinnen weiter. Wir reden mit Billie Peters, Irene Schöller und mit Beate Wellenbeck. Was ich nämlich immer noch nicht verstehe, ist, warum Susanne Mertens Tessa umgebracht haben sollte. Sabrina ja, aber Tessa? Vielleicht kann uns eine von denen weiterhelfen.«

»Oder den Fall für uns lösen, indem sie sich bequemerweise als Täterinnen zur Verfügung stellen«, seufzte Eric und sah auf die Uhr.

»Allerdings morgen früh, sonst kann ich Sammy beim Hausverbot Gesellschaft leisten.«

Ich sah ihn fragend an.

»Nun ja, ich will mal so sagen – Camille hat sich unter ›flexible Arbeitszeiten‹ was anderes vorgestellt als Wochenende und abends«, er grinste schief, leerte seine Bierflasche und machte sich auf den Heimweg.

Ich fütterte Sammy, schmierte mir eine Stulle und hockte mich bei laufendem Fernseher aufs Sofa. Während ich mein

Butterbrot verputzte und mit einem weiteren Bier hinunterspülte, suchte ich nach Kontaktdaten für Beate Wellenbeck, Irene Schöller und Billie Peters – in der Hoffnung, mir den Anruf bei Annette zu ersparen, die mit Sicherheit die Telefonnummer nicht ohne einen langen Vortrag über das Hochzeitskleid, die Hochzeitsfrisur und das Hochzeitsmenü herausrücken würde, wo Vater sie doch heute Mittag so rüde unterbrochen hatte.

Bei Beate Wellenbeck wurde ich auf Facebook fündig, nachdem sämtliche Online-Telefonbücher exakt null Ergebnisse für ihren Mädchennamen ausgeworfen hatten. Inzwischen offenbar verheiratet hieß sie jetzt Beate Meyer – und teilte ihre Inhalte mit der ganzen Welt. Andererseits hatte sie auch nur sieben Facebook-Freunde. Vielleicht war das ihr Versuch, ihren Freundeskreis zu erweitern. Ich musste allerdings mehrmals hingucken und die Facebook-Bilder mit dem alten Foto aus Teenager-Tagen vergleichen, bis ich mir sicher war, dass es wirklich die Beate, geborene Wellenbeck war, nach der wir suchten.

War Beate Wellenbeck pummelig gewesen, so war Beate Meyer in den Jahren seit ihrer Schulzeit aufgegangen wie ein Hefekloß. Der unfreundliche Gedanke an ein Michelin-Männchen schoss mir durch den Kopf. Die Akne aus Teenager-Zeiten hatte tiefe Narben in ihrem Gesicht hinterlassen, und ihre Haut war kalkweiß. Die ehemals strähnigen, aschblonden Haare hatte sie vermutlich selbst mit einer Heckenschere auf eine Länge von zehn Zentimetern abgesäbelt und mit einem Do-it-yourself-Päckchen aus der Drogerie in eine Wüstenlandschaft abgestorbener, strohgelber Borsten verwandelt.

Nur auf einem einzigen der Fotos, die sie auf Facebook eingestellt hatte, erreichte ihr Lächeln auch ihre Augen – das eine, das sie mit vier Kindern zeigte; aufgrund der Gesichtszüge der Zwerge war ich mir ziemlich sicher, dass es ihre eigenen waren. Auf allen anderen Fotos kroch, selbst wenn sie vordergründig lächelte, aus ihren Augen eine so abgrundtiefe Verzweiflung und Traurigkeit, dass man fast den Blick abwenden musste, um es zu ertragen.

»Unglücklicher Teenager – kreuzunglückliche Mutter«, murmelte ich, während ich ihre Posts nach einem Hinweis auf ihre Adresse durchsuchte. Fehlanzeige. Aber netterweise hatte sie ein Foto eingestellt, dass sie und ein ungefähr neun Jahre altes Mädchen zeigte, wie sie mit einem kleinen Koffer aus einer Haustür traten. *Na geht doch.* Burtscheider Brücke, das Haus neben dem Matratzenladen.

Mein Handy klingelte – Eric.

»Hast du was vergessen?«

»Nein, die Fuhrmanns haben aber eben angerufen. Die können wir demnächst als Aushilfsdetektive einstellen. Das Pferd mit den großen Hufen kannte niemand, also niemand von den Leuten, mit denen sie gesprochen haben. Aber ein junges Mädel, das in einem der Ställe eine Reitbeteiligung hat, war an dem Vormittag im Wald unterwegs, und ihr sind insgesamt fünf andere Reiter begegnet. Tessa selbst – offensichtlich vor dem Unfall – drei weitere Frauen und ein Mann.«

»Das ist ja großartig!«, rief ich begeistert.

»Mpf, freu dich nicht zu früh. Sie konnte sich zwar daran erinnern, dass es ein Mann und drei Frauen waren, und alle alleine unterwegs, aber beschreiben konnte sie keinen davon.«

»Wieso das denn nicht?«, fragte ich entgeistert.

»Sie war wohl fast den ganzen Ritt am Handy und hat sich mit ihrem Freund gestritten, deshalb hat sie nicht auf die Leute geachtet. Sie konnte nur sagen, dass die Pferde ein großer Schimmel, ein mittelgroßer Rappe und zwei Füchse waren, einer davon klein und zierlich und der andere klein und zu dick.«

»Na, da bin ich ja froh, dass sie die Gäule so gut beschreiben kann«, stöhnte ich.

»Naja, komm, woher sollte sie denn wissen, dass einer oder eine davon zwei Leute auf dem Gewissen hat und sie sie später würde identifizieren sollen. Bleib fair, Britta.«

»Du hast ja recht«, murrte ich. »Weiterhelfen tut uns das trotzdem nicht oder erst später, wenn wir jemanden gefasst haben und das Mädel das Pferd erkennt, auf dem die Person geritten ist. Das könnte helfen, sie für den Tag der Tat am Tatort zu verorten. Ansonsten bringt uns das erst mal gar nichts.«

»Mühsam ernährt sich das Eichhörnchen«, sagte Eric schicksalsergeben. »Morgen früh geht's weiter.«

Da mir das Ganze keine Ruhe ließ, wollte ich wenigstens noch nach Adressen für Billie Peters und Irene Schöller suchen. Die von Beate Meyer/Wellenbeck hatte ich ja schon. Die Suche nach Billie Peters gestaltete sich auf der einen Seite deutlich einfacher, auf der anderen aber deutlich frustrierender. Ich fand zwar einen Klatschkolumnen-Artikel nach dem anderen über Hermann von Gördenich und seine Angebetete sowie reihenweise Bilder des glücklichen Paares, aber von einer Adresse weit und breit keine Spur. Auf den Bildern in den diversen Berichten strahlte ihr das Glück über ihren Jackpot förmlich aus jeder Pore, trotz der Tatsache, dass von Gördenich selbst alles andere als eine Augenweide war.

Leider half mir das alles aber nicht weiter, und das Einzige, was ich finden konnte, waren eine E-Mail-Adresse und eine Telefon-Durchwahl bei einem Reisebüro in der Aachener Innenstadt. Seufzend fügte ich mich in mein Schicksal, griff nach meinem Handy und suchte nach Holgers Kontaktdaten, die in den letzten zehn Jahren quasi Staub angesammelt hatten, weil mein ältester Bruder und ich uns nicht viel zu sagen hatten.

Nach zweimal Klingeln ging Gott sei Dank gleich Annette dran, sodass ich mich nicht auch noch mit Chefarzt Dr. Holger herumschlagen musste. Ich begrüßte Annette freundlich und erklärte ihr mit möglichst wenig Informationsgehalt, warum ich anrief. Und dann erlebte ich mein blaues Wunder.

„Nein, Britta, es tut mir sehr leid, aber die Kontaktdaten von Billie kann ich dir auf gar keinen Fall geben«, verkündete sie energisch.

»Warum denn nicht?«, fragte ich völlig konsterniert.

»Die von Gördenichs haben eine Geheimnummer, die sie nur an wirklich vertraute Personen weitergeben. Wenn ich die Nummer einfach weitergeben würde, wäre das ein ganz schlimmer Vertrauensbruch.«

»Ach komm, Annette, ich bin deine Schwägerin, und wir ermitteln in zwei sehr wichtigen Fällen. Billie Peters kann uns vielleicht einen entscheidenden Hinweis geben.«

»Nein, Britta, es tut mir wirklich sehr leid, aber das kann ich nicht tun, und das werde ich nicht tun.« *Ich fass es nicht. Du hütest doch nicht die Nummer von Heidi Klum, meine Güte.*

Ich bemühte mich um einen weiterhin geduldigen Tonfall. »Okay, kannst du ihr dann vielleicht meine Nummer geben und ihr sagen, sie möge sich doch morgen mal bei mir melden?« *Das kann ja nun wirklich nicht so schwer sein.*

»Ich bedaure, Britta, auch das kann ich nicht tun. So kurz vor der Hochzeit kann doch Billie nicht in eine Ermittlung von Privatdetektiven verwickelt werden ...«

Langsam strebte meine eh sehr kurze Lunte rapide ihrem Ende zu. »Annette, wir wollen Billie Peters nur ein paar harmlose Fragen stellen. Was kann das denn mit ihrer ...«
Keine Chance.

»Ich bedaure, das sagen zu müssen, Britta, aber das verstehst du nicht. Du bewegst dich nun mal nicht in der *High Society*. Da spielen ganz andere Dinge eine Rolle. Du hast ja an Schwiegervaters Reaktion gemerkt, gegen wie viele gesellschaftliche Widerstände Billie und Herrmann zu kämpfen haben, nein, da kann ich nicht …«

Okay, es half nichts, ich musste Annette mehr Informationen geben. »Annette, zwei junge Frauen wurden auf heimtückische Art und Weise ermordet, und Billie Peters ist mit beiden zur Schule gegangen. Wir glauben, die Morde haben etwas mit der Schulzeit zu tun, und Billie kann uns vielleicht wichtige Hinweise geben.«

»Um Gottes willen!« Annette klang, als würde sie gleich hyperventilieren. »Nein! Nein! Unter gar keinen Umständen. Ich bedaure sehr, aber das geht auf gar keinen Fall!« Am lang gezogenen Tuten merkte ich, dass Annette echauffiert den Hörer aufgelegt hatte. *Nee, ist klar, die Mitglieder der Aachener High Society müssen natürlich unter allen Umständen vor dem Pöbel beschützt werden. Was sind da schon zwei ermordete junge Frauen. Egal, wir finden Billie schon – und wenn ich mich jeden Morgen in einem anderen Waldstück auf die Lauer lege, um euch bei einem eurer Hundespaziergänge zu erwischen.*

Als ich auch bei der langen Adresssuche für Irene Schöller eine Niete zog, beschloss ich, es für diesen Tag gut sein zu lassen, rief Silke an und bat sie, sich am Morgen erstens noch mal auf die Adress-Suche für die Peters und die Schöller zu machen und sich direkt danach daranzumachen, mehr über Susanne Mertens herauszufinden. Was sagten ihre Nachbarn über sie? Konnte jemand ihre Behauptungen bestätigen oder widerlegen, dass sie zu beiden Tatzeiten zu Hause im Bett gelegen und geschlafen hatte oder hatte sie jemand irgendwo gesehen, vorzugsweise in der Nähe der Tatorte? Währenddessen würden wir Beate Meyer/Wellenbeck einen Besuch und später hoffentlich auch Billie Peters und Irene Schöller einen Besuch abstatten. Irgendjemand musste uns doch zum Teufel sagen können, warum Tessa und Sabrina so kaltblütig ermordet worden waren. Ich seufzte frustriert.

Als ich mein Laptop endlich zuklappte, hatten die Kölner *Tatort*-Kommissare gerade das mordende Pärchen gestellt und lieferten sich eine wilde Schießerei. Gähnend und genervt von einem anstrengenden Tag schaltete ich den Fernseher aus und schlurfte, gefolgt von Sammy, ins Bett. Keine fünf Minuten später waren wir beide weggeratzt.

MONTAG, 8. AUGUST

5:50 Uhr

Am nächsten Morgen war ich wach, bevor der Wecker Gelegenheit hatte zu klingeln. Ausnahmsweise mal ausgeschlafen rollte ich mich aus dem Bett und ignorierte Sammys ungnädiges Quietschen, als ich ihn beim Aufstehen aus der Bettdecke schüttelte. Er purzelte auf den Boden, nieste energisch und sah mich vorwurfsvoll an.

»Du sei mal ganz still – wer hat mich denn heute Nacht um eins aus dem Bett gezerrt, um die lokale Fauna zu bewässern.« Das Vorwurfsvolle verwandelte sich in einen Blick engelsgleicher Unschuld, und Sammy wedelte vorsichtig mit dem Schwanz.

»Na also«, knurrte ich und ging in die Küche, um die Kaffeemaschine anzuwerfen. Nach einem kurzen Besuch im Bad zog ich meine Joggingklamotten an und band mir gerade die Schuhe zu, als Sammy sich mit seiner Leine im Maul vor mir aufbaute. »Okay, okay, lass mich wenigstens noch meinen Kaffee trinken.« Ich füllte seinen Napf mit frischem Wasser und holte die Zeitung rein, die wie immer schon außen hinter dem Türgriff steckte.

Verdammt. Die Schokolade für Oberst Krause.

In der Küche schrieb ich die Schokolade mit Kreide und drei Ausrufezeichen auf meine Einkaufs- und Besorgungstafel am Kühlschrank. Dann goss ich mir einen Kaffee ein, ließ mich auf der Eckbank nieder und begann, die Zeitung durchzublättern. Aus der Ecke erklang eifriges Schlabbern, als Sammy sich mit Hingabe seinem Wasser widmete.

Als ich auf der ersten Seite des Lokalteils ankam, verschluckte ich mich fast an meinem Kaffee. Ein mit einem Herzen umrandeter Countdown mit einem leicht schwachsinnig lächelnden Pärchen-Porträt läutete tatsächlich die letzten fünf Tage vor der Aachener Traumhochzeit des Jahres ein – das pfannkuchenähnliche Gesicht Hermann von Gördenichs strahlte mit dem Antlitz von Billie Peters um die Wette. Ich überflog in einem leichten Anfall von Übelkeit die schleimigen Zeilen des Artikels, der aber nicht mehr hergab als Spekulationen über das Kleid, Informationen über das Kutsch-Arrangement und ein selten dämliches Interview mit der Friseurin, der man die Hochzeitsfrisur anvertraut hatte. Und die war selbstverständlich streng geheim – also die Frisur, nicht die Friseurin. Der Ärger über meine Schwägerin und ihr falsch verstandenes Diskretionsbedürfnis trieb mir gleich wieder den Blutdruck in ungeahnte Höhen.

Ich blätterte um, leerte meinen Kaffeebecher und wollte gerade aufstehen, um meine Joggingrunde zu beginnen, als meine Augen beinahe zufällig auf eine vergleichsweise kleine Meldung ganz unten auf der vorletzten Seite fiel. Das Gesicht auf dem pixeligen, kleinen Foto hatte ich definitiv erst vor Kurzem gesehen.

Die Polizei bittet um Ihre Mithilfe!
Am 21. Juli wurde Beate M. aus Aachen (29) tot in ihrer Wohnung in Burtscheid aufgefunden (der Aachener

Kurier berichtete). Während die Behörden zunächst von einem Suizid ausgingen, haben erste Ermittlungen inzwischen bestätigt, dass die vierfache Mutter Opfer eines Gewaltverbrechens wurde. Die Ermittlungen laufen auf Hochtouren, Einzelheiten möchte die Polizei aus ermittlungstechnischen Gründen noch nicht bekannt geben. Aber sie fragt nach Zeugen:

Haben Sie sich am 21. Juli zwischen acht und zwölf Uhr morgens an oder in Sichtweite der Straßenecke Burtscheider Straße/Krugenofen aufgehalten und etwas gesehen, das zur Aufklärung dieses Verbrechens beitragen kann?

Die Tat wurde im Mehrfamilienhaus Burtscheider Straße 34 begangen. Wenn Sie an diesem Tag oder auch in den Tagen zuvor irgendetwas gesehen oder gehört haben, zögern Sie nicht, sondern setzen Sie sich umgehend mit der Polizei in Verbindung: Telefon 0241 9577-0.

Rückfragen beantwortet Kriminaloberkommissar Mathias Körber (Durchwahl ...)

Wie vor den Kopf geschlagen ließ ich die Zeitung sinken. »So eine verdammte Hasenkacke!«, fluchte ich, während ich aufstand, hektisch nach meinem Handy griff und meine Kontakte nach Erics Eintrag durchsuchte. Während es bei Eric klingelte, knipste ich Sammys Leine an seinem Halsband fest und folgte ihm durch den Hausflur nach draußen, wo er sich begeistert am nächsten Baum erleichterte.

Ungeduldig auf den Füßen wippend wollte ich gerade auflegen, als Erics verstrubbelte Stimme aus dem Hörer klang. »Britta, hast du auch nur ansatzweise eine Idee, wie FRÜH es ist?«

»6:21 Uhr, wenn du es genau wissen willst«, antwortete ich.

Eric hub zu einer Erwiderung an, aber ich ließ ihn gar nicht zu Wort kommen.

»Beate Meyer wurde ermordet.«

Schweigen. »Wer ist Beate Meyer?«

»Beate Wellenbeck hat offenbar geheiratet und heißt jetzt Meyer beziehungsweise, *hieß* sie Meyer. Sie wurde vorletzte Woche Donnerstag in ihrer Wohnung ermordet. Es sah nach Selbstmord aus, aber die Polizei hat offenbar Lunte gerochen und die Ermittlungen aufgenommen. Es war Mord.«

»Scheiße«, fluchte Eric, der inzwischen hellwach war und den heftigen Stampfgeräuschen nach zu urteilen versuchte, einhändig in ein Hosenbein zu steigen. »Ich bin schon unterwegs. Hast du die Unterlagen zu Sabrinas Fall bei dir?«

»Alles auf dem Laptop«, beruhigte ich ihn.

»Sehr gut, ich muss noch schnell im Büro vorbei und die Fuhrmann-Sachen holen, bin gleich da.« Sprach's und legte auf.

Ich hetzte – Sammy im Schlepptau – wieder nach oben, um mir etwas anderes anzuziehen, und spurtete flugs zum Bäcker schräg gegenüber, um noch schnell Hörnchen zu ergattern. Trotzdem musste ich noch fast zwanzig Minuten warten, bis endlich ein Taxi mit quietschenden Reifen vor der Haustür hielt.

Eric bezahlte den Fahrer und seufzte. »Der Wagen ist mir gestern Abend auf der Heimfahrt verreckt. Camille fährt ihn gerade in die Werkstatt.«

Wir sprangen in mein Auto, und ich warf Eric die Zeitungsmeldung und die Tüte mit den Hörnchen auf den Schoß, bevor ich die Lütticher Straße hinuntersauste. Dass die Linksabbieger-Ampel an der Schanz einmal mehr gefühlte zehn Minuten brauchte, um grün zu werden, gab uns wenigstens die Gelegenheit, in unsere Hörnchen zu beißen.

Eric schlug verärgert mit dem Handrücken gegen die Zeitung, die er auf dem Schoß liegen hatte.

»So ein Mist, so ein verfluchter. Das kann doch jetzt endgültig kein Zufall mehr sein. Beate We... Meyer, Tessa Fuhrmann und Sabrina Kempfer. Das hört sich ja ganz so an als sei es auch bei Beate Meyer ein vorgetäuschter Selbstmord gewesen. Fragt sich nur, ob es ein Mitglied der Clique ist oder jemand, der sie alle kannte und aus welchen Gründen auch immer ein mächtiges Huhn mit allen zu rupfen hat.«

Ich trat sofort aufs Gas, als die Ampel endlich umsprang. »Vielleicht kann dieser Kommissar – wie hieß der noch gleich ...?«

»Körber«, half Eric nach einem erneuten Blick auf die Meldung aus.

»... kann dieser Körber Licht ins Dunkel bringen. Der wird nicht gerade begeistert sein, wenn wir ihm noch zwei Mordopfer präsentieren.«

Eric zuckte gelassen mit den Schultern. »Ja nun, in beiden Fällen wollte keiner was von Mord wissen. Hätte man den Fuhrmanns und Kempfer-Brands besser zugehört, hätte man draufkommen können.«

Ich grinste: »Ich bezweifle, dass Kollege Körber das so sehen wird.«

»Wenn er vernünftig ist, wird er mit uns zusammenarbeiten, sonst kann er die ganze Arbeit nämlich noch mal von vorne machen. Und das kann er kaum wollen.«

Dankenswerterweise waren Junker- und Turmstraße um die Uhrzeit noch nicht verstopft, sodass wir zügig vorankamen und sehr bald in die Krefelder Straße einbogen.

»Ist es nicht seltsam, dass ein Kriminaloberkommissar die Ermittlungen in der Hand hat? Müsste das nicht mindestens ein Hauptkommissar sein?«

»Vielleicht ist er nur der Telefonkontakt im Ermittlerteam – so nach dem Motto: Lass mal den Junior die ganzen Anrufe durchsieben, ob was Vernünftiges dabei ist. Die gesamte Ermittlung wird er kaum leiten«, brummte Eric, der mittlerweile sein unrasiertes Kinn kritisch im Beifahrerschminkspiegel betrachtete. »Vielleicht hätte ich mir die fünf Minuten eben doch noch nehmen sollen.«

»Sei nicht so eitel«, schnaubte ich, als wir am Tivoli vorbeirollten. Ich nickte mit dem Kopf Richtung Fußballstadion. »Siehst ja, wohin das führt. In welcher Regionalliga spielen die im Moment gerade wieder?«

»Keine Ahnung«, grinste Eric. »Da reichen, glaube ich, die Finger an einer Hand gar nicht mehr. Aber du musst das mal positiv sehen – es wird auf jeden Fall auf absehbare Zeit nie zu eng im Stadion. Kreativer Fußball braucht ja auch Raum, um sich zu entfalten.«

Lachend fuhren wir am Finanzamt vorbei (kommt nicht so häufig vor, also dass man lacht, wenn man da vorbeifährt) und bogen links ab in den Eulersweg. Überraschend fanden wir in der Nähe des Präsidiums sogar einen freien Parkplatz und gingen die letzten Meter zu Fuß.

Auf unsere Frage nach Kommissar Körber teilte uns der uniformierte Kollege hinter der Sprechanlage mit, dass dieser noch nicht da sei, und ob wir drinnen oder draußen auf ihn warten wollten. Wir entschieden uns dafür, an der frischen Luft zu warten und den Rest unserer Hörnchen zu vertilgen.

»Guck mal, du bist gar nicht allein«, flüsterte ich Eric zu, als ich meine Bäckertüte zerknüllte und in die Hosentasche stopfte.

Der dunkelhaarige Mann, der auf uns zukam, war unrasiert, trug einen zerknitterten Anzug, und hatte die Krawatte auf Halbmast hängen. Über der Schulter trug er eine

Laptoptasche, unter dem Arm klemmte eine Tageszeitung, links trug er einen gewaltigen Coffee-to-Go-Becher und rechts ein angebissenes Streuselbrötchen.

»Kommt der sich stellen oder gehört er zum Personal?«, flüsterte Eric zurück. Die Frage war nicht ganz unberechtigt. Der mittelgroße, aber gut gebaute Mittdreißiger mit dem grimmigen Blick konnte locker ins eine oder ins andere Team passen.

Er musterte uns mit durchdringendem Blick, als es hinter uns aus der Sprechanlage quakte: »Das wäre übrigens Kriminaloberkommissar Körber.«

Als wir ihn freundlich anlächelten, warf der einen bedauernden Blick auf sein Streuselbrötchen und ließ es wieder in die Tüte rutschen. Er trat zu uns und knurrte mit rauchiger Stimme: »Sie warten auf mich?«

»Wenn Sie Matthias Körber sind, ja«, erwiderte Eric und türmte sich zu seiner vollen Größe auf.

Körber blickte gelassen an Eric hoch, nicht im Geringsten beeindruckt. »Und Sie sind?«

Eric stellte uns kurz vor, dann überreichten wir unsere Visitenkarten, die Kommissar Körber mit einer hochgezogenen Braue betrachtete.

»So, so. Zwei Privatdetektive«, seine dunklen Augen funkelten spöttisch. »Und darf ich fragen, was Sie zu mir führt?«, fragte er, während er nun mich mit wesentlich mehr Muße musterte.

Obacht, Sander. Typ Jäger und Sammler.

»Wir haben Ihrem aktuellen Mordfall noch zwei weitere hinzuzufügen«, informierte ich ihn kühl und ließ ihn durch leicht verengte Augen wissen, dass mir sehr wohl aufgefallen war, an welchen Körperstellen sein Blick besonders lange verweilt hatte.

Er legte gelangweilt den Kopf schief. »Ach, wirklich? Wer ist denn noch gestorben?« Seinem Ton war deutlich anzuhören, dass er dachte, er habe es mit zwei Wichtigtuern zu tun. Eric wartete, bis Körber genüsslich einen Schluck aus seinem Kaffeebecher nahm und sagte: »Zwei ehemalige Klassenkameradinnen von Beate Meyer.«

Der gewünschte Effekt stellte sich umgehend ein – Körber verschluckte sich heftig und stützte sich röchelnd auf Eric, bis er wieder Luft bekam.

»Wie bitte?«, knarzte er.

»Ob wir das vielleicht besser in Ihrem Büro besprechen?«, fragte ich zuckersüß.

Energisch schüttelte er den Kopf. »Nein, nein. Jetzt brauche ich erst mal noch 'ne Kippe. Verdammtes Rauchverbot.«

So schnell wie er seine Kippe herausgeholt und angezündet hatte, konnte ich gar nicht gucken, und er inhalierte so tief, dass man sich fragte, ob überhaupt wieder was rauskommen würde. Während er den Rauch langsam durch die Nase entweichen ließ, sah er uns auffordernd an. »Dann schießen Sie mal los.«

Ich fing an und schilderte den Fall Sabrina Kempfer so knapp wie möglich, ohne wichtige Details dabei auszulassen. Körber grüßte nickend den ein oder anderen der Kollegen, die begannen einzutrudeln, hörte jedoch aufmerksam zu und rauchte eine Zigarette nach der anderen. Im Laufe meiner Erzählung verfinsterte sich sein Blick mehr und mehr. Eric übernahm den Bericht, als ich bei Tessas Geschichte anlangte. Sehr viel weiter als die Entdeckung der Patronenhülse und des Projektils kam er aber nicht, denn Körber sprang wutentbrannt aus der Hose – bildlich gesprochen, versteht sich.

»Und warum, bitte schön, ist es Ihnen doch *jetzt schon* eingefallen, uns einzuschalten?«, bellte er uns an, während Rauch sich langsam aus Mund und Nase kräuselte.

»Weil wir die Meldung über Beate Meyer gesehen haben und die Hoffnung hatten, die beiden Fälle könnten endlich jemanden interessieren«, fauchte ich zurück.

Körber wollte gerade weiterschimpfen, stutzte aber bei meinen Worten. »Was soll das denn heißen?«

»Ich meine, dass man bei Tessa Fuhrmann sehr schnell fertig war mit den ›Ermittlungen‹.« Ich malte die passenden Anführungszeichen in die Luft, und Körbers Augen verengten sich. »Ihr Tod im Aachener Wald wurde rapp-zapp als Unfall abgetan; und Sabrina Kempfers in Bad Bertrich vom dortigen Arzt genauso schnell als Selbstmord. Kein Mensch hat auf die Fuhrmanns gehört, und die Kempfers haben sich nach der Abfuhr bei der versuchten Vermisstenanzeige nichts mehr davon versprochen, die Polizei nach dem Auffinden noch einzuschalten.«

Körber legte den Kopf ein wenig schräg und fragte sarkastisch: »Ah ja, und die Angehörigen hatten konkrete Beweise, die von meinen Kollegen ignoriert wurden? Und wie bitte sollen wir ermitteln, wenn man uns gar nicht erst einschaltet?«

Eric war schneller als ich: »Wir unterstellen ja niemandem, dass er konkrete Hinweise ignoriert hätte, und dass Ihre Kollegen in Bad Bertrich nicht eingeschaltet wurden, ist auch etwas unglücklich – aber in der Situation sicher nachvollziehbar. Natürlich gab es zum Zeitpunkt der Leichenfunde keine *eindeutigen* Hinweise oder gar handfeste Beweise. Es gab in beiden Fällen nur die feste Überzeugung der Angehörigen, dass hier etwas nicht mit rechten Dingen zugegangen sei. Und sie haben recht behalten.«

Körber starrte uns eine Weile abwechselnd grimmig an. Schließlich griff er erneut nach der Zigarettenpackung, nur um festzustellen, dass diese inzwischen leer war.

»Toll. Das hat mir gerade noch gefehlt«, brummte er unwirsch. Um seine Füße herum hatte sich ein kleines Häufchen Zigarettenstummel aufgetürmt. Achtlos warf er die leere Packung dazu.

Vorbildcharakter durch und durch.

Nach einem letzten Schluck aus seinem Kaffeebecher fasste er offenbar einen Entschluss und winkte uns, ihm zu folgen, als er ins Präsidium marschierte. Eric und ich warfen uns einen Blick zu und folgten ihm dann notgedrungen.

Körber sprach den ganzen Weg über kein Wort, sondern starrte griesgrämig vor sich hin. Im Kriminalkommissariat 11 angelangt, marschierte er voran in ein Büro, das er sich offenbar mit jemandem teilte. Mürrisch winkte er uns auf zwei der Besucherstühle und nuschelte etwas von Kaffee.

Eric und ich sahen uns fragend an und kamen durch einen kurzen Blick überein, dass er uns wohl einen Kaffee angeboten hatte. Als wir höflich ablehnten, schloss Körber energisch die Tür und ließ sich auf einen stark mitgenommenen Bürostuhl hinter einem der beiden Schreibtische plumpsen. Handgranatenwurfstand war allerdings eine zutreffendere Beschreibung – das Ganze erinnerte mich sehr an Tahars Arbeitsplatz. Der andere Bürobewohner schien schon etwas länger nicht mehr an seinem Schreibtisch gesessen zu haben, der zwar etwas ordentlicher aussah, aber mit genau so vielen Papier- und Aktenstapeln übersät war wie der von Körber.

»Bisschen Rückstau in der Ablage, wie?«, versuchte Eric mit einem Scherz die Stimmung aufzulockern, was ihm aber nur einen weiteren finsteren Blick von Körber einbrachte.

»Verfluchter Papierkram, man kommt überhaupt nicht mehr zum Arbeiten vor lauter Berichten, Evaluationen und sonstigem Firlefanz, den sich jede Woche wieder jemand einfallen lässt. Und währenddessen laufen da draußen die

Gangster frei rum und freuen sich ihres Lebens«, antwortete Körber grimmig, während er ein Laptop aus seiner Schultertasche zog und es hochfuhr. Er holte tief Luft, offenbar um einen etwas freundlicheren Gesichtsausdruck bemüht, was nur mittelprächtig gelang. Finster stand ihm eindeutig besser.

»Dann lassen Sie mal sehen, was Sie haben«, sagte er mit einer auffordernden Kopfbewegung und fügte mit einem Seitenblick auf mich hinzu. »Jetzt höre ich Ihnen ja zu.«

Ich machte ein ungnädiges Geräusch, während Eric seine Tasche öffnete. Er zog die Tatortfotos heraus und fing an zu erzählen. Als er das Plastikdöschen mit dem Stück Rinde und dem Geschoss auf den Tisch stellte, das er an der Fuhrmann'schen Unfallstelle aus dem Baum geklaubt hatte, und schilderte, wo es herkam, nahm Körber es in die Hand und starrte es nachdenklich an. Auf seiner Stirn war eine steile Falte der Konzentration erschienen. Als Eric verstummte, wandte Körber mir seinen Blick zu.

»Haben Sie für den Tod von Sabrina Kempfer auch solche Indizien?« Seiner Stimme war nicht anzuhören, ob er Erics Geschichte überzeugend fand oder nicht.

Ich schüttelte bedauernd den Kopf. »Leider nein, aber die vielen kleinen Hinweise, die man für sich genommen vielleicht abtun würde, fügen sich für uns zu einem Bild zusammen, das gar keinen anderen Schluss zulässt. Wir dachten gestern auch, wir hätten den Täter. Das stellte sich aber leider als Trugschluss heraus.«

Körber sah mich fragend an.

»Der Mann von Sabrina Kempfer hat sie mit einer ihrer Freundinnen betrogen, und Sabrina hat kurz vor ihrem Tod davon erfahren. Das war auch nicht die erste Affäre.« Ich zuckte mit den Schultern. »Allerdings hat Christian Kempfer ein überzeugendes Alibi – nämlich von jemandem, der ihn nicht ausstehen kann.«

»Hmpfm«, sagte Körber und starrte wieder auf die Pistolenkugel. Nach einem längeren Schweigen schien er einen Entschluss zu fassen.

»Ich sage Ihnen jetzt einfach mal, wie es ist«, fing er an und sah uns beide der Reihe nach an.

»Eigentlich müssten wir Ihnen die Ermittlungen in beiden Fällen sofort aus der Hand reißen. Wenn Sie mit all dem recht haben, was Sie mir gerade erzählt und gezeigt haben – und für mich sieht das auf den ersten Blick erst einmal alles recht überzeugend aus – reden wir von inzwischen drei Morden in weniger als zwei Wochen, bei denen eine hohe Wahrscheinlichkeit besteht, dass sie zusammenhängen. Im schlimmsten Fall reden wir von einem Serientäter.«

»Oder einer Serientäterin«, merkte ich mit gelüpfter Augenbraue an.

Körber rollte mit den Augen. »Sie wissen genauso gut wie ich, dass die wenigsten Serienmorde von Frauen begangen werden, aber gut. Eventuell reden wir also von einer Serie.« Er griff nach einer Zigarettenschachtel, die auf dem Schreibtisch lag, stellt fest, dass sie leer war und legte sie seufzend wieder hin. Stattdessen nahm er einen Kuli in die Hand und spielte damit herum, während er weitersprach. »Wir müssten Ihre gesamte Beweiskette akribisch nachvollziehen, nicht zuletzt, weil einige der handfesteren Anhaltspunkte vor Gericht nicht verwertbar sein werden.« Hier warf er einen bedauernden Blick auf das Döschen mit der Pistolenkugel.

Eric wollte etwas sagen, aber Matthias Körber hob beschwichtigend die Hände. »Ich mache Ihnen keinen Vorwurf, Herr Lautenschläger. Sie mussten ja erst einmal beweisen, dass es sich um Mord handelt. Dafür können Hülse und Geschoss natürlich ein starkes Indiz sein. Und ich bezweifle, dass wir bei der Sachlage der vergangenen Woche auf Ihren Anruf und Verdacht hin die Kriminaltechnik rausgeschickt hätten. Ein Beweisstück aus einem Baum nahe einer Unfallstelle zu sichern, das *eventuell* ein Geschoss sein *könnte*, das *vielleicht* mit dem Unfall in Zusammenhang steht, das aber genauso gut von einem Jäger stammen könnte, also womöglich überhaupt nichts mit dem Unfall zu tun hat, von dem eh noch keiner glaubte, es sei Mord ...« Er schüttelte den Kopf, und Eric entspannte sich etwas.

»Aus meiner Sicht haben Sie die richtige Entscheidung getroffen – Sie haben Hülse und Geschoss sichergestellt, und wie ich sehe, nach kriminaltechnischen Standards.« Hier huschte der Hauch eines Lächelns über Körbers Gesicht. »Damit haben Sie einen starken Anhaltspunkt dafür gefunden, dass wir von einem Verbrechen ausgehen sollten, und nicht von einem Unfall, denn es stammt eindeutig nicht aus einem Jagdgewehr. Der Preis dafür ist leider, dass der Weg dieser potentiellen Beweismittel ins Labor nicht in einer ununterbrochenen, nachweisbaren Kette dokumentiert ist und deshalb vor Gericht nichts wert sein wird. Wir haben Ihre Fotos von der Fundstelle, Hülse und Geschoss selbst und Ihre Aussage, aber ich bezweifle, dass wir damit sehr weit kommen.«

Eric verschwieg erst einmal geflissentlich die Tatsache, dass bereits eine kriminaltechnische Untersuchung stattgefunden hatte. Piet und seine ehemaligen Kollegen würden in Teufels Küche kommen, und am Status als Beweismittel vor Gericht würde diese Information rein gar nichts ändern. Aber wenn die Täterin oder der Täter gefasst waren, würde der schöne Fingerabdruck auf der Patronenhülse keinesfalls schaden.

»Andererseits sind wir der Wahrscheinlichkeit, überhaupt einen Täter – oder eine Täterin – in einem Gerichtssaal zu sehen, durch dieses Beweisstück deutlich nähergekommen«, sprach Körber weiter. »Aus meiner Sicht haben Sie also die richtige Priorität gesetzt – auch wenn uns das später das Leben schwerer machen wird.«

Eric nickte zufrieden.

»Allerdings ist Ihnen sicher auch klar, dass sowohl bei Frau Fuhrmann als auch bei Frau Kempfer Mord die schlüssigste Erklärung, aber nicht wirklich hieb- und stichfest bewiesen ist. Ob es aufgrund der Sachlage, aufgrund der nicht gesicherten Tatorte et cetera überhaupt möglich sein wird, bombensichere Beweise zu erbringen, ist fraglich. Aber eventuell können wir das Problem anders lösen.«

»Lassen Sie mich raten«, sagte ich. »Sie haben für den Fall von Beate Meyer einen gesicherten Tatort mit forensisch einwandfreiem Beweismaterial. Wenn es uns gelingt zu beweisen, dass alle drei Morde zusammenhängen und von einer Person begangen wurden, reicht es am Ende doch.«

»Ganz genau«, nickte Körber, inzwischen eine Spur weniger grimmig, dafür eindeutiges Jagdfieber in den Augen.

»Und wenn die Morde *nicht* von einer Person begangen wurden?«, warf Eric als *Advocatus Diaboli* ein.

»Für wie wahrscheinlich halten Sie das?«, brummte Körber und sah uns beide an.

Eric und ich schüttelten simultan die Köpfe.

»Dachte ich mir«, stellte Körber fest. »Außerdem – selbst wenn es so wäre, würde das erst einmal nichts an unserer Vorgehensweise ändern. Egal, wer es war, wir müssen uns beeilen, denn womöglich ist der Täter«, mit einem seufzenden Seitenblick auf mich ergänzte er, »oder die Täterin, noch nicht fertig mit morden. Sie oder ihn aufzuhalten hat also klare Priorität.«

»Wir?«, fragte ich. »Ich dachte, Sie müssen uns die Ermittlungen aus den Händen reißen?«

»Müsste ich auch«, knurrte er, »aber wir sind im Moment durch eine Verkettung unglücklicher Umstände drastisch unterbesetzt.«

Eric und ich sahen uns verdattert an.

»Wie meinen Sie das, drastisch unterbesetzt?«, fragte Eric, sein Gesicht ein einziges Fragezeichen.

Körber schnaubte durch die Nase. Das Geräusch konnte man mit ein bisschen Phantasie als Lachen interpretieren.

»Genau so wie es sich anhört. Nicht ganz Kevin allein zu Haus, aber fast. Wir sind hier momentan eigentlich fünfzehn Kollegen und Kolleginnen, aber vier sind in Urlaub, zwei auf Fortbildung und sechs – in Worten sechs – liegen mit Sommergrippe und hohem Fieber im Bett, inklusive des Ersten Hauptkommissars. Eine Kollegin hat sich gestern hierhergeschleppt – die mussten wir nach einer Stunde nach Hause schicken, weil sie sprichwörtlich vor Schwäche vom Stuhl gefallen ist. Von den Kollegen, die in Urlaub sind, treibt sich einer ohne Handy irgendwo in der Serengeti herum, und die anderen sind auf dem Rückweg. Vor morgen kommen die aber nicht hier an.« Er zog eine Augenbraue hoch. »Wir sind also momentan zu dritt, aber der Mord an Beate Meyer ist leider nicht der einzige zeitkritische Fall, mit dem wir kämpfen. Die beiden Kollegen kümmern sich um die anderen Fälle, und ich habe, bis wir morgen wieder etwas besser besetzt sind, das Ruder für den Meyer-Mord in der Hand. Abgesehen von den Kollegen vom Wachdienst bin ich also erst mal alles, was sich zwischen den Täter und weitere Opfer werfen kann.«

»Also lieber zwei lästige Privatdetektive als gar nichts«, fasste ich trocken zusammen.

»Sie sagen es«, Körber griff wieder nach der Kippenschachtel. Er stellte fest, dass sie immer noch leer war, und warf sie fluchend zurück auf den Tisch. Seufzend zog er ein dickes Aktenbündel zu sich heran und tipperte kurz auf der Laptoptastatur herum.

»Beate Meyer, geborene Wellenbeck«, begann er. »Sie wurde am Donnerstag, den 21. Juli, leblos in der ehelichen Wohnung oben an der Burtscheider Brücke aufgefunden, sie lag mit aufgeschnittenen Pulsadern in der Badewanne. Die älteste Tochter hat sie gefunden, als sie mit ihren Geschwistern im Schlepptau nach Hause gekommen ist. Es war offenbar immer ihr Job, nach der Schule mit der Zweitältesten zusammen die beiden kleinen aus dem Kindergarten abzuholen und dann mit nach Hause zu bringen. Gut drei Stunden später hat sie uns angerufen.«

»Erst drei Stunden später?«, fragte ich verblüfft.

Körbers Augenbrauen zogen sich bedrohlich zusammen, und er zischte. »In der Zeit hat sie ihre drei kleinen Geschwister versorgt und versucht, ihren nichtsnutzigen Vater irgendwo aufzutreiben. Wie wir inzwischen wissen, ist der seit Jahren schwerst spielsüchtig, und das Kind kennt sämtliche Adressen in Aachen, wo man legal oder illegal sein Geld verlieren kann.« Er machte eine kurze Pause. »Als sie ihn nirgendwo finden konnte, hat sie die 112 angerufen und sich entschuldigt, dass sie störe, aber sie wisse nicht, was man genau machen müsse, wenn man eine Tote finde. Ob sie einen Bestatter anrufen solle. Ihr Vater sei leider nicht zu Hause und sie habe auch sonst niemanden, den sie fragen könne. Das Kind ist neun Jahre alt.« Körber würgte den letzten Satz fast heraus, so sehr bebte seine Stimme vor unterdrückter Wut. Auf unsere fragenden Blicke ergänzte er: »Keine Großeltern mehr, keine sonstigen Verwandten.«

Er schob sich den reichlich malträtierten Kugelschreiber als Kippenersatz zwischen die Zähne, bevor er weitersprach.

»Die Kollegen von der zuständigen Wache haben einen Arzt, eine Streife und das Jugendamt hingeschickt; eine zweite Streife hat sich auf die Suche nach der Kakerlake gemacht, die sich Vater schimpft.«

Sie sollten mal meinen treffen.

»Gott sei Dank hat der Arzt richtig hingeguckt. Das hätte sonst leicht einer dieser Morde werden können, die nie entdeckt werden, weil niedergelassene Ärzte nicht wissen, wonach sie suchen müssen. Es sah alles nach klassischem Selbstmord aus. Aber Dr. Behringer kamen einige Dinge seltsam vor. So waren die Schnittwunden zwar von einer Natur, dass Beate Meyer sie sich durchaus selbst hätte beibringen können, aber sie kamen ihm nicht ganz koscher vor. Ganz genau konnte er den Finger gar nicht drauf legen, aber vor allem die offensichtliche Brutalität, mit der das Messer geführt worden war, erschien ihm ungewöhnlich für jemanden, der sich selbst verletzt – selbst bei einem entschlossenen Selbstmörder. Sie hatte sehr viel Make-up im Gesicht, offenbar, um die tiefen Aknenarben zu kaschieren. Im Nacken jedoch nicht – und dort fand Dr. Behringer ein paar kleinere Hämatome, die er für Abdrücke von Fingern hielt. Da Frau Meyer bekleidet war, konnte er den Rest des Körpers nicht intensiver untersuchen, und da sein Verdacht sich aufgrund der Hämatome gegen den verschwundenen Ehemann richtete, hat er den Tod festgestellt, die Untersuchung an dieser Stelle jedoch abgebrochen und die Staatsanwaltschaft eingeschaltet.«

»Und es scheint, als hätte er recht behalten«, sagte Eric, dem man die Aufregung anhörte.

»Ja, und nein«, nickte Körber. »Neben den Hämatomen im Nacken fanden sich auch welche um den Mund herum, die laut Rechtsmedizin daher stammen, dass Beate Meyer gezwungen wurde, etwas herunterzuschlucken. Dazu passt, dass in ihrem Blut noch ein winziger Rest Flunitrazepam entdeckt wurde.«

»Rohypnol«, murmelte ich und sah Körber an. »Wir haben keinen Nachweis dafür, aber Rohypnol könnte auch sehr gut im Fall von Frau Kempfer eingesetzt worden sein, um ihr den Pillencocktail ohne Gegenwehr zu verabreichen.«

»Genau unser Gedanke bei Beate Meyer. Es erfordert schon Kraft und Entschlossenheit, jemanden, der leblos ist, in eine Badewanne zu hieven und ihr die Pulsadern aufzuschneiden. Wie viel schwerer ist das erst, wenn die Person bei Bewusstsein ist und sich nach Kräften wehrt. Eine Person, die sediert ist, wehrt sich nicht und vor allem schreit sie nicht. Der Tatort liegt immerhin in einem Mehrfamilienhaus. Irgendwo ist da immer jemand zu Hause, den man als Zeugen nicht gebrauchen kann.«

»Und wenn alles schiefläuft, hat die Person, wenn sie überlebt, mit hoher Wahrscheinlichkeit einen Filmriss«, ergänzte ich.

»Könnte Frau Meyer das Flunitrazepam nicht selbst eingenommen haben?«, wandte Eric ein. »Um sich selbst zu beruhigen?«

»Möglich ist das schon, aber zum einen stellt sich dann die Frage, warum sie sich die Pulsadern aufgeschnitten hat anstatt einfach eine Überdosis zu nehmen. Warum sich selbst so schwere Wunden beibringen, wenn man einfach friedlich einschlafen könnte?«

»Das allein heißt aber eigentlich noch nichts«, spann ich Erics Gedankengang weiter. »Sie wusste wahrscheinlich, dass sie nur eine begrenzte Zeit hatte, um sich zu töten, denn die Kinder würden ja nachmittags aus der Schule kommen. Vielleicht wollte sie einfach nur sichergehen, dass sie nicht zu früh gefunden wird. Wie schnell sie an einer Überdosis

Rohypnol sterben würde, konnte sie ja nicht wissen. Vielleicht hat sie es nur eingenommen, weil sie Angst hatte.«

Körber nickte zustimmend. »Wenn die kleinen Hämatome an Nacken und im Gesicht sowie das Flunitrazepam unsere einzigen Hinweise wären, würde ich Ihnen vielleicht recht geben. Allerdings ist der Rechtsmediziner fest davon überzeugt, dass Beate Meyer sich die Pulsadern nicht selbst aufgeschnitten hat. Winkel und Messerführung passen nicht zu einer Rechtshänderin, die noch dazu aller Wahrscheinlichkeit nach schon in der Wanne lag. Die Verletzungen sprechen aber sehr wohl für eine Person, die sich über eine wehrlose Beate Meyer gebeugt und ihr die Pulsadern aufgeschnitten hat. Dafür spricht auch, dass die Kollegen von der Kriminaltechnik an der Wand, an der Außenseite der Wanne und auf dem Fußboden Blutspritzer gefunden haben, die jemand weggeputzt hat – nur Gott sei Dank nicht professionell genug. Entweder hat sich Beate Meyer doch noch gewehrt, oder einer der Schnitte hat die Ader so erfolgreich getroffen, dass Blut durch die Gegend gespritzt ist.«

»Und das Blut stammt ausschließlich von Beate Meyer?«, fragte ich hoffnungsvoll.

Körber schüttelte bedauernd den Kopf. »Leider ja. Auf die Identität des Täters – oder der Täterin – gibt es uns also leider keinen Aufschluss. Auch sonst haben wir keine schlüssigen Spuren gefunden. Die einzige DNA in diesem Badezimmer stammt von den fünf Familienmitgliedern.«

»Sie sagten eben, Dr. Behringer habe sowohl recht als auch unrecht gehabt. Recht hatte er mit seinem Verdacht, dass wir es nicht mit einem Selbstmord zu tun haben. Womit hatte er denn unrecht?«, fragte Eric nachdenklich.

»Dazu wollte ich gerade kommen«, nickte Körber. »Unser erster Verdacht fiel natürlich auf den Ehemann. Die ältesten beiden Kinder haben wir inzwischen mithilfe des Jugendamtes befragt und beide haben unabhängig voneinander zu Protokoll gegeben, dass Mama und Papa sich eigentlich immer viel streiten, dass es aber in den letzten Wochen und Monaten immer schlimmer geworden sei. Es ging immer und ausschließlich um Geld. Wir haben ihn inzwischen mehrfach vernommen, und er streitet gar nicht ab, dass er spielt und spielt und jeden letzten Cent verloren hat, den die Familie hatte, inklusive der ›Darlehen‹ – Körber mimte Anführungszeichen – »diverser Geldhaie. Als wir die Wohnung durchsucht haben, waren Kühlschrank und Vorratskammer fast vollkommen leer, und nur die drei jüngsten Kinder hatten passende Kleidungsstücke, weil sie die Sachen ihrer ältesten Schwester auftragen konnten.« Die Zornesröte in Körbers Gesicht war unübersehbar. »Leider lagen wir aber bei der kleinen Ratte falsch, denn er hat ein unumstößliches Alibi«, knurrte er. »Er saß zur Tatzeit bei den Kollegen vom KK12, die eine illegale Spielhölle ausgehoben hatten und gerade versuchten, ihn zu einer Zeugenaussage zu bewegen. Wenn's nicht so traurig wäre, wär's schon fast wieder lustig«, seufzte er, bevor er fortfuhr. »Allerdings haben wir auf dem Konto der Meyers eine interessante Entdeckung gemacht. Außer dem Geld vom Amt sieht man außer Abbuchungen und Abhebungen eigentlich nichts. Das änderte sich allerdings vor ein paar Monaten. Mitte Januar erfolgte das erste Mal eine Bareinzahlung von fünftausend Euro – getätigt von Beate Meyer. Die Angestellte bei der Sparkasse am Burtscheider Markt konnte sich noch lebhaft daran erinnern, da sie Beate Meyer in der Filiale sonst nur zu Gesicht bekamen, wenn sie das Konto mal wieder gesperrt hatten. Die Meyer erzählte ihnen, eine entfernte wohlhabende Tante habe ihnen die Summe zu Weihnachten geschenkt, um ihnen aus der Bredouille zu helfen. Da die Summe deutlich unter der Meldepflicht lag, haben sie sich bei der Bank keine weiteren Gedanken gemacht, sondern nur gratuliert, dass die Meyers so großzügige Verwandte haben.« Er machte eine kurze Pause, weil er den Kuli, den er immer noch zwischen den Zähnen hatte, inzwischen durchgebissen hatte. Ärgerlich warf er ihn auf den Schreibtisch. »Leider haben sich die Herrschaften bei der Bank auch keine Gedanken gemacht, als Beate Meyer Ende Februar wieder, diesmal mit dreitausend Euro, auf der Matte stand. Diesmal hatte sie angeblich ein bisschen alten Schmuck ihrer Mutter versetzt und hat ihnen was vorgeheult, wie schwer ihr das gefallen sei. Anstatt mal nachzudenken, ob da vielleicht was faul sein könnte, haben sie ihr eine Tasse Tee zur Beruhigung gegeben«, stöhnte Körber. »Danach kam sie noch zweimal mit kleineren Beträgen, einmal dreihundert Euro, einmal fünfhundert, im Abstand von sechs Wochen. Den Herrschaften bei der Bank hat sie erzählt, die Tante, die ihnen Weihnachten aus der Patsche geholfen habe, würde ihnen jetzt öfter mal unter die Arme greifen, bis sie wieder auf die Füße kämen. Woher das Geld wirklich kam, konnten wir noch nicht ermitteln, aber Verwandte gibt es definitiv keine, und reiche Verwandte schon gar nicht. Was wir aber wissen, ist, dass sie zu den Zeitpunkten, wo sie die dreihundert beziehungsweise fünfhundert Euro bei der Bank deponiert hat, insgesamt ebenfalls wieder irgendwas um die viertausend und fünftausend Euro zur Verfügung gehabt haben muss.«

»Woher wissen Sie das?« Ich lehnte mich gespannt nach vorne. Das wurde ja immer interessanter.

Körber schnaufte verächtlich durch die Nase. »Ich habe Herbert Meyer ein bisschen Angst gemacht und ihn eine Weile in dem Glauben gelassen, er wäre nach wie vor unser Hauptverdächtiger. Da er den genauen Todeszeitpunkt nicht kannte, wusste er zu der Zeit noch nicht, dass er ein bombenfestes Alibi hatte.«

»Ts, ts, ts«, grinste ich.

»Ja, ja, nett ist anders, aber Sie glauben nicht, wie kooperativ das kleine Frettchen plötzlich war. Es stellte sich dann nämlich ganz schnell heraus, dass Beate Meyer sowohl Mitte April als auch Ende Mai einen Teil der Kredite bei den Geldhaien in bar zurückbezahlt hat. Die waren so überfällig, dass die Drohungen schon sehr handfest geworden waren, und Beate Meyer muss in großer Sorge gewesen sein, dass sich die Prügel demnächst nicht mehr nur auf Herbert Meyer beschränken würden. Sie hatte Angst um die Kinder und wahrscheinlich auch um sich selbst. Mitte Juli hat sie einen der Kredite inklusive der horrenden Zinsen vollständig abbezahlt – das waren laut Meyer über achttausend Euro.«

»Und eine Woche später war sie tot«, sagte Eric nachdenklich.

»Ganz genau. Die Geldhaie werden es aber kaum gewesen sein. Der eine hatte gerade sein Geld, der andere hatte gute Aussichten, seins auch bald zurückzubekommen. Und Schuldner, die auf einmal brav bezahlen, bringt man nicht um. Die Frage ist nur – woher hatte Beate Meyer so plötzlich so viel Geld, und noch dazu in so regelmäßigen Abständen.«

»Vielleicht hat sie irgendwo schwarz gejobbt?«, spekulierte Eric.

»Für solche Summen?«, fragte Körber skeptisch. »Selbst wenn sie auf den Strich gegangen wäre, so wie Beate Meyer aussah«, er räusperte sich, bevor er weitersprach, »ich will's mal so sagen, hätte sie wohl nicht unbedingt das Luxussegment bedient. Eher unwahrscheinlich, dass sie so schnell solche Summen hätte verdienen können, zumal sie wegen der Kinder immer sehr viel zu Hause war.«

»Die sind aber doch den ganzen Vormittag in der Schule oder im Kindergarten. Und Telefonsex zum Beispiel kann man auch bequem von zu Hause aus anbieten«, wandte ich ein.

Ich konnte förmlich sehen, wie sich Körber eine ironische Bemerkung in meine Richtung verkniff. Vorsorglich funkelte ich ihn aus zusammengekniffenen Augen an.

Er hüstelte und sagte stattdessen: »Das wäre möglich, aber selbst wenn es so gewesen sein sollte, haben wir keinerlei Hinweise darauf gefunden. Aber es kann natürlich sein, dass sie über ein Handy gearbeitet hat, das wir nicht gefunden haben.« Ein kurzes Schweigen machte sich breit.

Plötzlich kam mir ein Gedanke. »Vielleicht hat sie jemanden erpresst.«

»Der Gedanke war mir auch schon gekommen«, nickte Körber. »Nur wen?«

»Christian Kempfer wollte mit Sicherheit nicht, dass Sabrina etwas von seinen diversen Affären erfährt«, sagte Eric nachdenklich.

»Du meinst, Beate Meyer hat irgendwie die Nase drangekriegt, dass Christian Sabrina betrügt und hat ihn dann damit erpresst, es Sabrina zu erzählen?«, fragte ich.

»Das nötige Kleingeld für die Summen, um die es hier geht, hätte Christian jedenfalls«, bestätigte Eric. »Aber bei den kurzen Zeitabständen, in denen sie offenbar Geld wollte, kann es ja durchaus sein, dass er sich das Problem dann doch vom Hals schaffen wollte.«

»Ich denke, Christian Kempfer hat ein bombenfestes Alibi?«, wandte Körber ein.

»Ja schon«, sagte ich, Morgenluft witternd, »für den Tod seiner Frau und den von Tessa Fuhrmann. Wo er war, als Beate Meyer starb, wissen wir nicht.«

»Wenn das stimmt, würde es bedeuten, dass die Morde Kempfer/Fuhrmann und Meyer nicht von derselben Person begangen worden sein können«, gab Körber zu bedenken.

»Richtig, aber wenn ich so drüber nachdenke, könnten sie sehr wohl von ein und demselben Pärchen begangen worden sein«, grübelte Eric. »Denk mal nach, Britta. Hat die durchgeknallte Nachbarin wirklich beiden ein Alibi gegeben oder hat sie an dem Abend nur Christian gesehen und wir haben einfach den Schluss gezogen, dass beide in der Wohnung waren?«

Ich kratzte mich am Kopf und überlegte laut. »Einhundert Prozent sicher bin ich, dass sie Christian eins gegeben hat. Darüber, ob sie auch der Lothár eins gegeben hat, habe ich ehrlich gesagt noch nicht nachgedacht. Aber wenn die beiden zusammenarbeiten, können sie es natürlich so geplant haben, dass er auf jeden Fall ein Alibi hat, und zwar eins, das nicht nur von ihr kommt. Wir sind, glaube ich, einfach davon ausgegangen, dass sie beide an dem Abend zusammen bei der Lothár zu Hause waren. Aber was, wenn nicht? Ihre Aussage, als ich sie das erste Mal angerufen habe, war schließlich auch gelogen. Allerdings hat sie, genau wie Christian auch ein Alibi für den Tag, an dem Tessa ermordet wurde. Allerdings hat sie nur gesagt, dass sie an dem Tag ein Strategiemeeting hatte, was fünfzehn Leute bezeugen könnten. Sie könnte also gebluff haben, in der Hoffnung, dass wir nicht nachfragen, ob das Meeting den ganzen Tag gedauert hat. Und weil wir das Alibi für den Mord an Sabrina für sicher hielten, sind wir ja erst mal implizit davon ausgegangen, dass die beiden es nicht sein können.«

Eric führte meinen Gedankengang fort: »Sarah Lothár und Christan Kempfer wollen Sabrina loswerden, weil sie ihnen im Weg ist, und Beate Meyer, weil sie Christian erpresst. Und falls sie Christian nicht nur mit seinem Techtelmechtel mit der Lothár erpresst, sondern auch wegen seiner anderen Affären, von denen sie vielleicht weiß, dann hat er umso mehr Grund, sie zu ermorden, denn die Lothár wusste ganz offensichtlich nichts von seinen anderen Liebschaften. Das wollte er also mit Sicherheit vor ihr verheimlichen.«

»Genau«, ich konnte meine Aufregung kaum noch im Zaum halten. »Erinnerst du dich noch, wie entgeistert die Lothár war, als wir ihr eröffnet haben, dass sie nicht Christians erstes und einziges Gschpusi ist? Ich dachte, sie hat sich einfach nur hinters Licht geführt gefühlt. Aber was, wenn sie Sabrina ermordet hat, weil sie ihn für sich haben wollte – und dann stellt sich heraus, sie ist gar nicht die Ausnahme-Frau, mit der er seine Gattin betrügt, sondern nur eine in einer langen Reihe von Affären? Immerhin hat sie auch eine Mördererkältung, genau wie unsere geheimnisvolle Anruferin, die in Bad Bertrich die Ferienwohnung verlängert hat.«

Körber guckte zwischen uns hin und her wie bei einem Tennismatch und sah mich jetzt fragend an. Ich erklärte ihm kurz, was es mit der verschnupften Stimme im Fall Sabrina Kempfer auf sich hatte.

Körber nickte, lüpfte aber eine skeptische Braue. »Soweit passt das ja alles zusammen. Aber was ist in diesem Szenario mit Tessa Fuhrmann?«

Etwas ernüchtert setzte ich mich wieder. Eric schlug vor: »Beate Meyer brauchte ja offenbar nicht nur Geld, sondern richtig viel Geld. Vielleicht hat sie Tessa Fuhrmann auch erpresst, weil sie dachte, aus Christian nicht genug herauszubekommen. Arm sind die Fuhrmanns ja nun auch nicht gerade.«

»Und inwiefern würde das ihren Tod erklären?«, warf Körber berechtigterweise ein.

Ich zuckte mit den Schultern. »Vielleicht hat Christian irgendwie herausbekommen, dass Beate Tessa auch erpresst. Er hat sich Sorgen gemacht, dass nach Beates Tod die Erpressung von Tessa ans Licht kommt und darüber die Spur unweigerlich zu ihm führt. Er wusste sicher nicht, was genau Beate mit dem Geld gemacht hat, ob es irgendwie zu ihm zurückzuverfolgen sein würde, und für Beates Tod hat er vielleicht kein so gutes Alibi wie für den von Sabrina.«

»Und Tessa war sowieso nicht gut auf Christian zu sprechen. Sie wusste noch aus Schulzeiten, was für ein Hallodri er ist, und sobald sie von Sabrinas Tod erfahren hätte, hätte sie vielleicht die Verbindung zwischen den beiden Taten herstellen können. Deshalb hat er Tessa vorsorglich aus dem Weg geräumt, bevor die Lothár sich Sabrina vorgenommen hat.«

»Reiten kann er auf jeden Fall, und das gut genug, um Tessa zu folgen«, bestätigte ich. »Und sie kannte ihn auch gut genug, um anzuhalten, wenn sie ihm im Wald zu Pferd begegnet wäre. Womöglich ist sie auch erst mal weitergeritten, als sie ihn gesehen hat, aber wenn er ihr den reuigen Sünder und treu sorgenden Ehemann vorgespielt hat, dessen wilde Jugendsünden längst ein Ende gefunden haben ... Wenn er sie lange genug aufgehalten hat, könnte sie den Helm kurz abgenommen haben. Es war immerhin ziemlich heiß an dem Tag. Und das war ja alles, was er brauchte, um sich die Gefahr vom Hals zu schaffen.«

»Fragt sich nur, womit man sie hätte erpressen sollen«, sagte Körber. »So wie ich Sie eben verstanden habe, Herr Lautenschläger, war Tessa Fuhrmann doch eher die brave Sauberfrau mit hohen moralischen Ansprüchen.«

»Wenn ich das schon wüsste, wäre mir wohler«, entgegnete Eric. »Aber wir haben uns bisher mit Tessa nur als Opfer eines Tötungsdelikts befasst – nicht als Opfer einer Erpressung.« Er holte gerade Luft, um weiterzusprechen, als es mir wie Schuppen aus dem Kragen fiel.

»Vielleicht ist Tessa Fuhrmann eine Dopingsünderin.« Das Fragezeichen über Körbers Gesicht konnte man förmlich sehen. »Äh, Doping? Ich dachte, die war Reiterin?«

Ich bedachte ihn mit einem spöttischen Blick. »Jaaa, und worauf sitzt eine Reiterin? Genau. Auf einem Pferd. Und was muss das Pferd in der Vielseitigkeit leisten?«

Körber zuckte mit den Achseln. »Woher soll ich das wissen? Bei uns im Ostviertel gab's nicht so viele Gäule.«

Ich seufzte ergeben. »Die Vielseitigkeit oder *Three-Day-Eventing*, wie das heute so schön auf Neu-Deutsch heißt, ist die Königsdisziplin im Reitsport. Dressur, Geländeritt und Springen, da müssen Sie richtig gut sein, und Sie brauchen nicht nur ein gutes Pferd, sondern ein hervorragendes – und selbst dann können vor allem die Geländeritte mörderisch sein. Ab und zu liest man ja, dass mal wieder jemand sein Pferd oder eher sich selbst völlig überschätzt hat und tödlich verunglückt.«

»Reiche Leute mit zu viel Zeit brechen sich aus Selbstüberschätzung den Hals. Mir kommen gleich die Tränen«, ätzte Körber.

»Ich würde Ihnen recht geben, wenn sich die Pferde dabei nicht zuerst den Hals oder die Beine brechen würden«, fauchte ich zurück.

Er hatte wenigstens den Anstand, leicht betreten zu gucken.

»Das Doping?«, schaltete sich Eric ein.

»Das Doping«, fand ich wieder in die Spur zurück. »Es gibt mehrere Möglichkeiten, dem Erfolg eines Pferdes im Reitsport ein bisschen auf die Sprünge zu helfen. Einmal kann man einen guten Reiter draufsetzen. Daran wird's bei Tessa

Fuhrmann aber eher nicht gehapert haben. So viele Preise gewinnt man nicht, wenn nur das Pferd gut ist. Zum Zweiten kann ich meinem Pferd mit Medikamenten unter die Arme greifen. Hier gibt es, genau wie bei den anderen Sportarten, immer Dinge, die es an den Dopingproben vorbeischaffen. Geldgierige Veterinäre sind dabei fast so erfinderisch wie ihre humanmedizinischen Gegenparts im menschlichen Sport. Und dann gibt es noch die ganz unfeinen Methoden, wie zum Beispiel Barren.«

Jetzt guckten mich beide Herren fragend an.

»Schon mal Springreiten im Fernsehen gesehen?« Beide nickten.

»Okay, Pferd galoppelt auf Sprung zu, Reiterin nimmt Maß, und wenn sie alles richtig macht und das Pferd genug Talent hat, segeln sie über den Sprung, ohne dass etwas runterfällt.«

»So viel wussten sogar wir im Ostviertel«, spöttelte Körber.

Ich ignorierte seinen Einwurf geflissentlich, was mir einen erstaunten Blick von Eric eintrug. »Dann wissen Sie sicher auch, dass die Stangen sehr locker auf ihren Halterungen liegen, damit die Pferde sich nicht verletzen oder gar hängen bleiben und stürzen, wenn sie gegen das Hindernis stoßen. Jetzt sind Pferde zwar nicht so schlau wie Delfine, aber auch nicht dumm, und nach einer Weile merken sie dann, dass sie sich nicht sehr wehtun, wenn sie gegen die Stange schlagen. Und wenn man dann mal einen schlechten Tag oder anderweitig keine Lust hat, lässt man halt die Hufe mal ein bisschen mehr baumeln oder der Reiter führt das Pferd so schlecht an den Absprung, dass man die Stange reißt, weil man die Hufe nicht bis neben die Ohren angezogen hat – und schon hat man Fehlerpunkte auf dem Konto und Chef oder Chefin kommen hinter verschlossenen Hallentüren auf gemeine Ideen.«

Langsam sah Körber fast interessiert aus.

»Einer reitet das Pferd auf einen Sprung zu, Pferd und Reiter taxieren völlig richtig und nehmen das Hindernis ohne Probleme. Anstatt dass die Stange aber liegen bleibt, wie es sich gehört, schnellt sie in dem Moment hoch, in dem das Pferd drübersegelt, schlägt dem Tier gegen die extrem empfindlichen Vorderbeine und macht obendrein womöglich noch ein knallendes Geräusch. Das Pferd erschreckt sich also gleich doppelt, und ich garantiere Ihnen – spätestens nach zwei, drei solcher Erlebnisse wird es eine ganze Zeit lang die Beine deutlich höher heben als eigentlich nötig.«

»Sauerei«, knurrte Körber.

»Genau«, pflichtete ich ihm bei.

Eric schüttelte den Kopf. »Ich kann mir beim besten Willen nicht vorstellen, dass der alte Fuhrmann bei so was mitmachen würde.«

»Muss er ja gar nicht«, sagte ich. »Vielleicht hat Tessa so was – wenn sie es denn gemacht hat – ohne sein Wissen getan. Wir haben sie ja nie kennen gelernt. Diese Methoden sind allerdings nicht so leicht zu entdecken, wenn man nicht ganz nah dran ist – das Doping nicht, und solche schönen Dinge wie Barren finden natürlich hinter verschlossenen Türen statt. Und ich vermute, eine Gestalt wie Beate Meyer wäre in einem Reitstall mit einem Haufen teurer Turnierpferde sofort aufgefallen wie ein bunter Hund, zumal die Fuhrmanns sie ja von früher kannten. Andererseits kann es natürlich sein, dass sie als Teenager mal etwas mitbekommen hat, an das sie sich dann später erinnert hat, als sie Geld brauchte und verzweifelt überlegt hat, womit sie Tessa, die Sauberfrau, dazu bewegen könnte, sich von etwas Geld zu trennen.«

»Und es kann auch sein, dass Beate Meyer etwas ganz anderes über Tessa Fuhrmann wusste, was diese nicht in der

Öffentlichkeit breitgetreten haben wollte, und deshalb bereit war, Geld für das Schweigen der Meyer zu bezahlen«, sagte Körber.

»Stimmt schon«, brummte Eric. »Befreundete Teenager wissen schon eine ganze Menge übereinander, und in dem Alter auch noch einiges, was einem später mehr als peinlich ist.«

Körber hustete rasselnd. »Wenn Sie die Geldhaie mal kennen gelernt hätten, von denen Herbert Meyer sich Geld geliehen hatte, wären Sie auch sehr schnell sehr kreativ geworden, was die Geldbeschaffung angeht. Durchaus denkbar, dass es eine Weile gut lief mit Christian Kempfer und sie sich dann überlegt hat, was sie denn sonst noch alles über ihre Freunde und Freundinnen wusste, denen es finanziell besser ging als ihr selbst. Wir wissen ja nicht, wie die Geldübergaben stattgefunden haben. Womöglich war sie auch so dämlich und hat Kempfer gegenüber damit geprahlt, dass er nicht der Einzige sei. So könnte Christian darauf gekommen sein, dass er Tessa auch aus dem Weg räumen musste. Schließlich wurde Tessa erst einige Tage nach Beate ermordet.«

Er grübelte eine Weile vor sich hin, und die steile Falte erschien wieder auf seiner Stirn. Schließlich schlug er mit der flachen Hand so heftig auf seine Schreibtischplatte, dass sein Laptop einen kleinen Hüpfer machte.

»Okay, ohne Risiko kein Fiasko. Ich schnappe mir jetzt ein paar Kollegen vom Wachdienst und«, hier grinste er breit, »lade Kempfer und Lothár zu einem Gespräch ein. Die beiden sind ja bestimmt sehr interessiert daran, uns bei unseren Ermittlungen behilflich zu sein – jetzt, wo Sie beide endlich Gehör mit Ihrer Mord-Theorie gefunden haben. Und dann wollen wir doch mal sehen, ob sich nicht einer von beiden verplappert. Einer der Kollegen kann das vermeintliche Alibi der Lothár für den Mord an Tessa Fuhrmann überprüfen. Mal sehen, ob sich wirklich alle fünfzehn Teilnehmer des Strategiemeetings einig sind, dass sie tatsächlich den *ganzen* Tag vor Ort war. Und Sie beide ...«

»... wir beide«, hakte Eric ein, »unterhalten uns mit den beiden Damen aus der Teenager-Clique, mit denen bisher noch keiner gesprochen hat und hören bei Susanne Mertens nach, ob sie auch erpresst wurde. Wenn Beate Meyer so dringend Geld brauchte, hat sie vielleicht alle aus der Clique beglückt, und wir haben Susanne Mertens bisher nicht danach gefragt. Sie hat ja einen sehr offenen und ehrlichen Eindruck gemacht, als wir mit ihr gesprochen haben, aber vielleicht hat sie uns das auch verschwiegen.«

»Ich hab ganz vergessen, dir zu sagen, dass ich Silke gestern Abend noch gebeten habe zu überprüfen, ob irgendjemand aus der Nachbarschaft vielleicht doch bestätigen kann, dass Susanne Mertens nicht an den Tatorten Sabrina und Tessa gewesen sein kann.«

»Sie lag doch alleine zu Hause im Bett?«, sagte Eric verwundert.

»Ja schon, aber es kann sie trotzdem jemand gesehen haben – und wenn es nur beim Rollladen herunterlassen oder etwas Ähnlichem war. Ich finde sie als Täterin auch wenig wahrscheinlich, jedenfalls wenn ich auf mein Bauchgefühl höre, aber es wäre mir wohler, wenn wir es wüssten, anstatt es nur zu vermuten.« Körber und Eric nickten, und ich redete weiter: »Abgesehen von der Mertens sollten wir mit Billie Peters anfangen, denn die heiratet ja Ende der Woche in richtigen Reichtum ein. Wenn Beate Meyer wirklich auf einer Nostalgietour durch ihre Jugend war, wäre Billie Peters neben Christian und Tessa mit Abstand die aussichtsreichste Kandidatin für regelmäßige und hohe Geldbeträge. Bei der ist bestimmt sehr viel mehr zu holen als bei einer Assistenzärztin.«

»Richtig«, bestätigte Eric, »und zum guten Schluss noch Irene Schöller, von der wir bisher gar nichts wissen. Also, auf geht's, es gibt eine Menge zu tun.«

Er stand auf und wollte seine Siebensachen einpacken.

Körber legte die Hand auf die Fotos, Notizen und das Döschen mit der Pistolenkugel. »Wenn Sie mir das dalassen, kann ich noch ein bisschen Hausaufgaben machen, während die Kollegen meine ›Einladung‹ aussprechen. Wenn wir die beiden festnageln wollen, brauchen wir die Sachen sowieso irgendwann.«

Eric gab sich einen Ruck und nickte dann. Ich nahm an, dass er bis auf das Projektil sowieso alles auf seinem Laptop hatte, musste mich aber genauso überwinden, Körber meine Daten, Notizen und Protokolle zu Sabrinas Fall auf den USB-Stick zu ziehen, den er mir hinhielt. Wir kannten ihn kaum, und das, was wir ihm hier überreichten, waren die Ergebnisse unserer harten Arbeit, bezahlt hin oder her. Wer wusste schon, ob Körber die Lorbeeren im Erfolgsfall nicht selbst einheimsen würde.

Ich sah ihn eine Weile skeptisch an, und er starrte gelassen zurück. *Der weiß genau, was du denkst, Sander.* Er legte den Kopf schief und wartete geduldig ab.

Schließlich überwand ich mich, denn Körber war eindeutig unsere beste Wette, unser Aachener Bonnie-and-Clyde-Pärchen schnell zur Strecke zu bringen oder wenigstens eine Weile aus dem Verkehr zu ziehen, während wir uns mit der Mertens und den verbliebenen beiden Mitgliedern der ehemaligen Jugendclique unterhielten. Wusste doch der liebe Himmel, was wir da noch alles zutage fördern würden. Es war durchaus möglich, dass eine freundliche Einladung zum Gespräch im Präsidium Christian und die Lothár genügend verunsichern würde, um Fehler zu machen oder sich zu verraten, falls sie wirklich Dreck am Stecken hatten. Und selbst wenn sie sich nicht von selbst verrieten, saßen sie wenigstens fest, während Silke die Mertens überprüfte und Körbers Kollege sich um das Alibi der Lothár für Tessas Mord kümmerte. So lange konnten sie zumindest kein neues Unheil anrichten.

Wir sprachen uns noch kurz mit Körber über unser weiteres Vorgehen ab, und er drückte uns beiden seine Visitenkarte in die Hand. Dabei berührte er meine Hand deutlich länger als nötig. Eric, der das natürlich bemerkte, räusperte sich, um sein Grinsen zu verbergen. Ich trat ihm unauffällig gegen den Knöchel und folgte ihm dann aus der Tür.

* * *

Als wir am Auto ankamen, ließ ich Sammy erst einmal raus, damit er sich lärmend die Pfoten vertreten und sich erleichtern konnte. Währenddessen rief ich Susanne Mertens an. Als ich sie weder unter ihrer Durchwahl noch auf ihrem Handy erreichte, wählte ich die Nummer der Zentrale im Luisenhospital und fing an, mich durchzufragen. Ich wollte gerade anfangen, mir Sorgen zu machen, als ich am anderen Ende ihre atemlose Stimme hörte. Ich tippte auf den Lautsprecherbutton, damit Eric mithören konnte.

»Frau Dr. Mertens«, atmete ich erleichtert auf. »Britta Sander von der Detektei Schniedewitz und Schniedewitz.«

»Ich erinnere mich, Frau Sander. So oft bekommt man ja keinen Besuch von zwei Privatdetektiven.« Ich hörte, dass sie lächelte. »Kann ich Ihnen denn noch irgendwie bei Ihren Ermittlungen weiterhelfen?«

»Ich denke schon«, sagte ich. »Hatten Sie in letzter Zeit Kontakt zu Beate Meyer?«

»Wer ist denn Beate Meyer?«, fragte sie höflich.

Ich sah kurz zu Eric hinüber – das war vielleicht schon unsere Antwort.

»Erinnern Sie sich an Beate Wellenbeck?«

»Ja, natürlich. Ach so, Beate hat geheiratet und heißt jetzt Meyer? Wie schön, dass Beate dann doch noch jemanden gefunden hat. So recht dran geglaubt hat eigentlich keiner damals, am wenigsten Beate selbst. Wie geht es ihr denn?«

»Nicht so toll, Frau Mertens. Sie ist tot. Ermordet.«

Susanne Mertens sagte eine Weile gar nichts. »Muss ich anfangen, mir um mein eigenes Leben Sorgen zu machen?«

»Wir haben eine Theorie, wer hinter diesen Verbrechen steckt, Frau Mertens, aber ehe wir den oder die Täter nicht sicher überführt haben, sollten Sie auf jeden Fall vorsichtig sein.« *Und du bist leider auch mitnichten aus dem Rennen, aber das muss ich dir ja nicht auf die Nase binden.* »Mit Beate Meyer hatten Sie also ganz sicher in den letzten Wochen oder Monaten keinen Kontakt?«

»Nein, ich habe Beate seit Ewigkeiten nicht mehr gesehen.«

»Sie hat Sie also auch nicht erpresst?«

»*Erpresst?*«, rief die Mertens entgeistert. »Nein, ganz bestimmt nicht. Da hätte sie bei mir auch nicht viel Freude, so leer wie mein Konto ist. außerdem würde Beate so was auch nie tun.« *So kann man sich täuschen.*

»Und außer mit Sabrina hatten Sie auch mit niemandem sonst aus Ihrer Clique Kontakt?«, fragte ich weiter.

»Nein, das hatte ich Ihnen ja schon bei unserem letzten Gespräch gesagt.«

»Und Sie wissen auch nicht zufällig, wo und wie wir Billie Peters und Irene Schöller erreichen können?«

»Nein, leider nicht. Zu Billie fällt mir nur das Reisebüro ein, und was mit Irene ist – wirklich keine Ahnung, tut mir leid. Obwohl, warten Sie mal. Irene hat früher mit ihren Eltern in Belgien gewohnt. Der Vater hat in Lüttich gearbeitet, die Mutter in Aachen, und Irene ist deshalb in Aachen zur Schule gegangen. Ihre Mutter hat sie morgens immer mitgenommen. Ich könnte mir vorstellen, dass sie immer noch in Belgien wohnt. Die ganze Familie hat sich dort sehr wohlgefühlt.«

»Vielen Dank für den Hinweis, das könnte uns in der Tat weiterhelfen. Tun Sie mir bitte den Gefallen und halten Sie die Augen auf, bis Sie von uns Entwarnung bekommen. Wir glauben wie gesagt nicht, dass Sie in akuter Gefahr sind, aber Vorsicht ist die Mutter der Porzellankiste.«

»Okay, danke für die Warnung. Ich habe allerdings die nächsten 36 Stunden Dienst, und hier im Krankenhaus wird mich ja hoffentlich kein Bösewicht dahinmeucheln.« Sie klang fast ein bisschen amüsiert.

»WENN es jemand auf Sie abgesehen hätte, was wir nicht glauben, wäre es mit höchster Wahrscheinlichkeit jemand, den Sie kennen.«

»Schon gut«, sagte die Mertens, jetzt ganz ernst. »Ich werde auf der Hut sein und hoffe, dass Sie mir bald sagen dürfen, wer denn der Schurke ist. Wenn Sie mir letzte Woche gesagt hätten, dass ich jemanden kenne, der zu einem Mord fähig ist, hätte ich Sie für verrückt erklärt. Auf jeden Fall wünsche ich Ihnen viel Erfolg. Wenn ich noch irgendwie helfen kann, und sei es als Notärztin, lassen Sie es mich wissen.«

Ich bedankte mich und legte auf. »Kurzer Abstecher ins Büro und dann zur Peters?«

Eric nickte, und ich warf ihm den Autoschlüssel zu. »Fahr du, dann suche ich schon mal nach der Schöller.« Ich pfiff nach Sammy, der zu meinem großen Erstaunen angetrabt kam, wenn auch widerwillig.

Wir kletterten ins Auto, und ich begann erneut, nach der Adresse von Irene Schöller zu suchen – leider kein leichtes Unterfangen; es gab einige, und wir wussten ja nicht, ob sie noch in Belgien wohnte oder inzwischen doch in Deutschland – und ob sie überhaupt noch Schöller hieß.

Als Eric mit viel Schwung an der RWTH-Mensa vorbeibretterte, sah ich mit Grausen schon das nächste Knöllchen auf mich zukommen.

»Du denkst an die Blitze auf der Turmstraße?«

»Ja doch«, maulte Eric. »Ich wohne auch nicht erst seit gestern hier.«

»Sollte man gar nicht meinen, so wie du hier fährst«, maulte ich zurück. Ich lehnte mich in meinen Sitz und suchte weiter.

Eric sagte eine Weile nichts, warf mir aber ab und zu aus den Augenwinkeln einen prüfenden Blick zu. An der Kreuzung Gartenstraße sagte er plötzlich entgeistert: »NEIN!«

Ich schrak hoch. »Wie, was – nein?«

»Du findest den Körber auch attraktiv!«

»Wieso ›auch‹?«, fragte ich, einen Hauch begriffsstutzig. »Stehst du neuerdings auf Kerle?«

»Nee, aber der Körber auf dich. Und meine Blitzdiagnose: Du bist auch nicht abgeneigt!«

»ICH? Nie und nimmer,« log ich.

Eric grinste wie ein Honigkuchenpferd. »Und ich wundere mich die ganze Zeit, warum du so handzahm warst.«

»Also da hört sich doch alles auf. HANDZAHM? Da will man mal mit der Polizei ...«

»... kopu... äh ... kooperieren«, wieherte er und kam vor Lachen fast von der Straße ab. »Ich glaub es nicht. Die Frau

Sander – der mürrische, kettenrauchende Finsterling, unrasiert und zerknautscht ...«

»Ich weiß wirklich nicht, was hier so komisch sein soll«, versuchte ich mich an einem pikierten Tonfall, musste aber selber zu breit grinsen. »Jetzt fahr schon, wir haben noch eine Menge zu tun.«

10:30 Uhr

Als wir in die Detektei kamen, herrschte dort rege Betriebsamkeit. Diverse Telefone klingelten, vor dem Konferenzraum stand Fritz Schniedewitz mit drei Herren in sündhaft teuren Anzügen und schwadronierte, was das Zeug hielt, und Hausmeister Vögele versuchte verzweifelt, eine Deckenleuchte auszutauschen, ohne dabei von der Leiter zu purzeln.

Silke, die ebenfalls telefonierte, winkte mir zu und deutete auf meinen Schreibtisch.

Dort erwartete mich ein Zettel mit der Adresse des Reisebüros in der Elisengalerie, die ich auch schon gefunden hatte. Ich sah Silke fragend an, und sie rollte mit den Augen. Ihr Gesprächspartner war so aus dem Häuschen, dass ich fast jedes Wort verstand, das er durch den Hörer blökte.

Ich plumpste in meinen Stuhl, legte die Füße auf den Tisch und wartete, bis Silke ihr Gegenüber höflich aber bestimmt abgefertigt hatte.

Als sie den Hörer auflegte, schnaufte sie erleichtert. »Mein Gott, was für ein aufgeregtes Männlein. Da kriegt man ja ein Lärmtrauma.«

Ich hielt fragend den Zettel mit der Reisebüro-Adresse hoch.

»Billie Peters«, sagte Silke und goss sich ein Wasser ein.

»Billie Peters wohnt in einem Reisebüro?«, neckte ich Silke.

Die grinste und versuchte, mir die leere Plastikflasche an den Kopf zu werfen. Ich hob lässig einen Arm und pritschte sie elegant weiter in den Mülleimer hinter mir.

»Nicht schlecht«, gab Silke neidlos zu. »Die Reisebüro-Adresse ist leider alles, was ich zu Billie Peters finden konnte. Sie taucht zwar in der letzten Zeit in gefühlt zwei von drei Artikeln zum Aachener Society-Leben auf, aber nirgendwo gibt es auch nur den Hauch einer Andeutung, wo sie wohnt. Nach der Telefonnummer habe ich gar nicht erst gesucht. Eine Geheimnummer, die im Internet steht, wäre ja ein bisschen witzlos.«

»Und von Gördenich?«

»Dito«, seufzte Silke

»Hm«, brummte ich. »Seltsam – wenn die von Gördenichs doch ach so prominent sind, sollte man meinen, dass es gar nicht so geheim sein kann, wo sie wohnen. Na ja, hoffen wir mal, dass die Peters trotz ehelichen Geldsegens noch im Reisebüro arbeitet. Sonst muss Körber ran. Es wäre mir aber lieber, wenn wir ihn nicht um Hilfe bitten müssten.« *Bisschen professioneller Ehrgeiz muss erlaubt sein.*

»Sie steht auf jeden Fall auf der Website noch als Ansprechpartnerin für Bildungsreisen.«

Ich nickte. »Ich weiß, und deshalb machen Eric und ich jetzt eine Bildungsreise in die Innenstadt. Wie sieht es mit der Adresse von der Schöller aus?«

Silke schüttelte den Kopf. »Die habe ich noch nicht, dafür war ich heute Morgen aber schon bei Susanne Mertens zu Hause, also ich meine da, wo sie wohnt, und habe mit den Nachbarn geplaudert.«

»Und?«

»Die Mertens ist dort sehr beliebt. Entweder ist sie nicht da oder sie schläft. Also keine Lärmbelästigung, kein Ärger. Aber leider sieht sie auch kaum jemals jemand. Für beide Mordtage Fehlanzeige. Kann sein, dass sie zu Hause war und geschlafen hat, kann aber auch sein, dass nicht.«

»Mist, ich hatte gehofft, wir könnten sie ausschließen, aber dann ist sie wohl weiter im Rennen.« Ich gab ihr Körbers Visitenkarte, die diversen Telefonnummern hatte ich bereits in meinem Handy gespeichert. Rein dienstlich, versteht sich. »Hier, schreib dir mal die Nummer auf und ruf ihn gleich an, damit er weiß, dass wir Susanne Mertens nicht von der Liste streichen können.«

Silke guckte auf die Karte und runzelte die Stirn.

»Zeitung heute Morgen noch nicht gelesen?«, fragte ich.

Silke schüttelte den Kopf, also brachte ich sie kurz auf den neuesten Stand.

»Irre«, sagte sie, »das zieht ja immer weitere Kreise. Ich mache mich sofort auf die Suche nach der Schöller-Adresse.«

»Immerhin wissen wir inzwischen, dass sie als Jugendliche in Belgien gewohnt hat – ob sie da noch lebt, ist unklar, aber vielleicht ist das der Grund, warum wir sie bisher in Deutschland nicht gefunden haben. Und natürlich wissen wir auch nicht, ob sie immer noch Schöller heißt oder inzwischen geheiratet hat.«

»Wenn sie noch in Belgien lebt, müsste sie eigentlich dort auch noch Schöller heißen, selbst wenn sie geheiratet hat. Soweit ich weiß, behältst du in Belgien deinen Mädchennamen ein Leben lang, jedenfalls was die Behörden angeht.«

»Ach, was du nicht wieder alles weißt«, sagte ich erstaunt und stand ächzend wieder auf.

Silke wisperte mit gesenkter Stimme: »Hast du eigentlich den Affentanz mitbekommen, den Fritz aufgeführt hat?«

»Nee, was denn für einen Affentanz?«

Silke grinste über alle vier Backen. »Er kam heute Morgen rein, und das Erste, was ihm auffiel, war, dass seine mottenzerfressene Lodenjacke weg war.«

»Wie, weg?«, heuchelte ich Unwissen. *Sander, nicht vergessen, den alten Lappen baldigst in einer tiefen Mülltonne verschwinden zu lassen.*

»Na, weg«, kicherte Silke. »Wahrscheinlich hat er sie am Freitag selber mitgenommen und es vergessen. Die hängt bestimmt bei ihm zu Hause an der Garderobe.«

Öhm...

»Er hat schon alle einem hochnotpeinlichen Verhör unterzogen – der Verdacht ruht jetzt auf Eric und dir. Er hat ›Spuren‹«, sie malte mit den Fingern Anführungsstriche in die Luft, »gefunden, die darauf hindeuten, dass ihr am Wochenende hier gewesen seid.«

»Die ›Spuren‹ hätte allerdings auch ein Blinder mit Krückstock gefunden. Ist ja nicht so, dass wir es geheim halten, wenn wir am Wochenende arbeiten.«

Eric huschte blitzschnell durch die Tür. »Nichts wie weg, Britta«, zischte er. »Sobald er die Schlipsträger da draußen abgefertigt hat, wird sich Fritz an unsere Fersen heften. Wir sind ...«

»... die letzten Verdächtigen im grausigen Fall der verschwundenen Lodenjacke«, seufzte ich, und auf Zehenspitzen schlichen Eric und ich uns nach draußen.

Unten stiegen wir wieder in mein Auto und fuhren am Hangeweiher vorbei in Richtung Innenstadt. Wir ließen den Wagen im Kaufhofparkhaus und standen wenige Minuten später vor der Tür des Reisebüros *Reisetanten*. Eric lüpfte eine Augenbraue und grinste unverschämt. »Bin gespannt, ob die auch einen Quoten-Reiseonkel haben. Ansonsten bin ich ganz in meinem Element.«

Ich verdrehte die Augen und folgte ihm durch die Glastür, die durch helles Geklingel unser Eintreten verkündete.

Nichts bewegte sich – weder im Laden selbst, noch hinter dem hässlichen, grünen Samtvorhang, der vermutlich ein schummriges Hinterzimmer verbarg.

Eric und ich sahen uns an. »Servicewüste Deutschland«, seufzte er leise.

»Wir möchten eine Weltumsegelung buchen«, rief ich in Richtung des vermuteten Hinterzimmers. Die gute alte Gier ist doch immer noch ein 1-A-Motivator.

In der Tat poppte kurz darauf ein roter Lockenschopf zwischen den beiden Vorhanghälften hervor und musterte uns interessiert. »Eine Weltumsegelung? Aber selbstverständlich. Ich bin gleich bei Ihnen.« Der Kopf verschwand wieder, und wir hörten aufgeregtes Tuscheln.

Eine Minute später stand der Rotschopf wieder vor uns. »Nehmen Sie doch Platz, meine Herrschaften.« Geschäftig rückte sie uns zwei Stühle an einen der Arbeitsplätze und nahm uns gegenüber Platz.

»Wo genau soll's denn hingehen?«, fragte sie dienstbeflissen.

Eric lüpfte diesmal die andere Augenbraue. »Äh, um die Welt?«

»Ach so, ja, öhm, entschuldigen Sie bitte, ich bin heute etwas zerstreut.«

Ach.

Sie klackerte eine Weile auf ihrer Computertastatur herum. Dann wandte sie sich uns wieder zu. »Was ich natürlich eigentlich fragen wollte, war, wo Sie anfangen möchten mit der Umsegelung.«

»Wir hatten eigentlich gehofft, Frau Peters könnte uns beraten«, sagte ich und sah mit Erstaunen, wie der Reisetante vor mir kurzfristig die Gesichtszüge entglitten.

»Frau Peters ist nicht mehr bei uns beschäftigt«, sagte sie unterkühlt.

»Ach so? Sie steht aber auf Ihrer Website noch als Mitarbeiterin aufgeführt.«

»Ja, also, wie soll ich sagen«, sie räusperte sich kurz. »Unser Systemadministrator hat das Passwort vergessen.«

»Das Passwort vergessen?«, sagte Eric mit ehrlicher Verblüffung.

»Ja«, sagte sie kleinlaut. »Und jetzt kommen wir nicht mehr an die Inhalte der Website dran. Deshalb steht Frau Peters da noch drauf.«

Ihr kompetenter Reiseanbieter, spezialisiert auf hochkomplexe Reise-Arrangements – solang man nirgendwo ein Passwort braucht ...

»Aha.« Eric verzog keine Miene, aber ich sah aus dem Augenwinkel, wie er die linke Hand in die Stuhllehne krallte. *Nicht lachen jetzt, Eric.* »Seit wann arbeitet Frau Peters denn nicht mehr hier?« Erics Stimme war nichts anzuhören.

»Seit einigen Monaten«, sagte der Rotschopf und fügte bissig hinzu: »Arbeiten hat sie ja jetzt nicht mehr nötig, wo sie in höhere soziale Gefilde aufgestiegen ist.«

»Ach, Sie meinen die Hochzeit mit Herrn von Gördenich«, säuselte Eric. »Wirklich eine schöne Sache für Frau Peters. Wir haben in der Zeitung davon gelesen. Sie haben nicht zufällig ihre Adresse? Wir würden gerne eine Gratulationskarte schicken. Frau Peters hat uns immer so gut beraten.« Er klimperte sie geheuchelt offenherzig mit seinen blauen Augen an.

Der Rotschopf starrte uns misstrauisch an. Wahrscheinlich überlegte sie, warum sie zwei gut betuchte Stammkunden wie uns noch nie in ihrem kleinen Laden gesehen hatte. Schließlich zuckte sie mit den Schultern. »Nein, das tut mir leid, ich habe nur ihre alte Adresse. Sie ist anscheinend umgezogen. Die letzte Lohnabrechnung kam jedenfalls mit dem Vermerk *unbekannt verzogen* zurück.«

Mist.

»Außerdem kann ich ja nicht einfach die privaten Daten meiner Mitarbeiterinnen herausgeben. Sie verstehen – Datenschutz.«

»Ja, selbstverständlich«, heuchelte Eric geflissentlich.

Sie klatschte geschäftstüchtig in die Hände. »Dann wollen wir uns doch mal Ihrer Weltumsegelung widmen. Wo hatten Sie noch gleich gesagt, wollen Sie starten?« Sie klackerte wieder geschäftig auf ihrer Computertastatur herum.

Ein Telefon klingelte im Hinterzimmer und wenig später steckte die zweite Reisetante den Kopf durch den Vorhang. »Elisabeth, kommst du mal? Das ist für dich. Ich kümmere mich derweil um die Herrschaften.« Sie lächelte uns freundlich an, als sie durch den Vorhang trat.

Der Rotschopf erhob sich mürrisch und verschwand, ohne sich zu verabschieden.

Ihre Kollegin, eine mollige Mittfünfzigerin mit gewinnendem Lächeln, nahm uns gegenüber Platz. Mit einem kurzen Blick versicherte sie sich, dass Reisetante Eins den Raum verlassen hatte. »Sie haben sich nach Billie Peters erkundigt?«

Ich strahlte sie an. »Ja, Frau Peters hat uns schon oft ausgezeichnet beraten, und wir würden ihr gern eine Glückwunschkarte zur Hochzeit schicken.«

Sie nickte. »Da wird sie sich bestimmt sehr freuen. Ich habe noch nie jemanden so glücklich gesehen wie Billie Peters an dem Tag, nachdem Hermann, also Herr von Gördenich, ihr den Antrag gemacht hat. Das gute Kind stammt ja aus sehr einfachen Verhältnissen und hat es nicht leicht gehabt im Leben. Sie wollte eigentlich Medizin studieren, müssen Sie wissen, aber die Familie wollte, dass sie so schnell wie möglich

Geld verdient, also haben sie sie gezwungen, nach der Mittleren Reife von der Schule abzugehen und eine Ausbildung zu machen.« Sie riss einen Zettel von einem Notizblock und kritzelte eine Adresse darauf. *Geht doch.* »Wenn Sie mich fragen, eine Schande. Billie ist so eine intelligente, junge Frau, das Medizinstudium hätte sie mit links absolviert.« Sie strahlte uns an und drückte mir den Zettel in die Hand. »Aber wenigstens geht jetzt ein privater Traum für sie in Erfüllung. Und das Ganze hat auch noch hier seinen Anfang genommen. Wie romantisch ist das denn?«

»Ach, die beiden haben sich hier kennen gelernt?«, fragte ich.

»Ja ja. Billies Spezialität sind ja Bildungsreisen. Und eines Tages kam Hermann von Gördenich hier hereinspaziert und wollte eine Bildungsreise nach Israel buchen. Das Ganze endete damit, dass die beiden die Reise zusammen gemacht haben.« Ihre Bäckchen glühten vor Begeisterung ob der Romantik der ganzen Geschichte.

Sie sah sich kurz um und lehnte sich verschwörerisch vor. »Sie müssen unsere Chefin entschuldigen. Sie ist nicht gut auf Billie zu sprechen – sie hat nämlich keine Einladung zur Hochzeit bekommen.«

»Und wenn ich eine bekommen hätte, wäre ich nicht hingegangen«, erklang es schnippisch hinter uns. Die Chef-Reisetante hatte offensichtlich ihr Telefonat beendet. »Mir ist diese Heuchelei zuwider.«

»Was denn für eine Heuchelei?«, fragte ich interessiert. Reisetante Zwei schaute betreten auf ihre Fingernägel. Dass wir eigentlich hier waren, um eine Reise zu buchen, schienen alle Beteiligten dankenswerterweise vergessen zu haben.

»Billie Peters als spät bekehrte Katholikin, die plötzlich kein Wässerchen mehr trüben kann? Da lachen doch die

Hühner!«, schnaubte sie. »Wir wissen doch, was Billie bisher für einen Lebenswandel geführt hat.«

So viel zum Thema Datenschutz.

Wir hatten, was wir brauchten. Jetzt war es an der Zeit, den geordneten Rückzug anzutreten.

Ich warf einen Blick auf die Uhr. »Sag mal, Schatz, bis wann hattest du eigentlich Geld in den Parkautomaten geworfen?«

Eric sah ebenfalls auf seine Uhr. »Ach du je, wir sind ja schon eine halbe Stunde drüber.« Er strahlte die Damen an. »Ich fürchte, wir müssen ein anderes Mal wiederkommen. Aber vielleicht können Sie uns schon mal ein paar Kataloge mitgeben?«

Draußen stieß Eric geräuschvoll die Luft aus. »Meine Güte, was für eine Giftspritze.«

Ich sah auf den Zettel, den Reisetante Zwei mir in die Hand gedrückt hatte. »O weia, da brauchst du aber schon fast einen Graphologen. Wer soll das denn lesen?« Ich hielt Eric das Gekrakel hin.

Er nahm den Zettel und stierte eine Weile angestrengt drauf. »Auf jeden Fall müssen wir nach Roetgen. Den Rest puzzel ich während der Fahrt aus.«

* * *

Eine gute Stunde und diverse Fehlversuche später hielten wir endlich vor einem großen, schmiedeeisernen Tor. Rechts und links von besagtem Tor verliefen hohe Mauern, oben gespickt mit hässlichen Metallzacken. Der Weg aufs Gelände machte einen scharfen Knick, sodass man das Anwesen selbst nicht einsehen konnte. Auf der Mauer waren zwei bewegliche Kameras montiert, die uns umgehend ins Visier genommen hatten.

»Fast wie bei James Bond«, grinste Eric. »Vielleicht finden wir ja im Büro des Bösewichts ein gestohlenes Gemälde, dem die Welt seit Jahren hinterherjagt.«

Ich rollte bis kurz vors Tor und drückte auf den Knopf der Gegensprechanlage. Das Schild neben dem Klingelknopf trug den bescheidenen Schriftzug: *Residenz von Gördenich*.

»Ja, bitte?«, quakte es kurz darauf hochnäsig aus dem Lautsprecher.

»Guten Tag, meine Name ist Britta Sander von der Detektei Schniedewitz & Schniedewitz. Wir sind hier, um mit Frau Peters zu sprechen.«

»Worum geht, es wenn ich fragen darf?«, quakte es zurück.

»Es handelt sich um eine sehr delikate Angelegenheit. Ich bin sicher, Frau Peters wird das nicht über die Sprechanlage diskutieren wollen.« Kurzes Schweigen.

»Ich werde sehen, ob *Fräulein* Peters Sie empfangen kann.« Es knackte, und die Leitung war tot.

»Fräulein Peters und Herrlein von Gördenich«, knurrte ich.

»Ich wäre jetzt mal nicht davon ausgegangen, dass wir hier eine Hochburg des Feminismus vorfinden«, kicherte Eric. »Hoffentlich nennt dich niemand Fräulein – die Explosion hört man doch bis Köln.«

Ich warf ihm gerade eine leere Cola-Dose aus dem Fußraum an den Kopf, als das große Tor sich lautlos öffnete.

»Was wetten wir, dass das Hausmädchen Schwarz mit weißer Schürze und passendem Häubchen trägt?«, frotzelte er, als wir die asphaltierte Auffahrt hochfuhren. »Und ihr Zimmer ist eine dustere Kammer unter dem Dach, wo sie dem Hausherrn hingebungsvoll zu Willen ist, wenn die Dame des Hauses unpässlich ist«, lästerte er weiter.

»Du hast wohl zu viel *Jane Eyre* gelesen. »Dem Herrn zu …« Ich verstummte, als wir um die letzte Kurve fuhren, die elegant in den Vorplatz eines großzügig angelegten, dreistöckigen Hauses überging. Auf dem Vorplatz blühten gepflegte Blumenrabatten vor sich hin, und ein kleiner Springbrunnen plätscherte, was das Zeug hielt. Was mich zum Verstummen brachte, war allerdings vielmehr die kleine, dralle Gestalt in schwarzem Kleid mit weißer Schürze und gestärktem Spitzenhäubchen, die uns – die Hände züchtig vor dem Körper gefaltet – geduldig auf der breiten Treppe erwartete.

Eric stöhnte. »Jetzt sag mir mal, warum ich *darauf* keine Wette abgeschlossen hab.«

»Soll ich sie gleich mal fragen, wie oft sie dem Hausherrn zu Willen ist?«, fragte ich grinsend, als ich vor der Treppe bremste. »Hat eher ein bisschen was von *Vom Winde verweht*, wenn du mich fragst.«

Wir stiegen aus und kletterten nebeneinander die Treppenstufen hoch.

Kaum waren wir bei der Dame mit Arsen und Spitzenhäubchen angekommen, drehte sie sich um und begann die Treppe weiter hochzusteigen. »Wenn die Herrschaften mir bitte folgen wollen. Die Gnädige Frau wird sich ein paar Minuten Zeit für Sie nehmen, auch wenn Sie unangemeldet erschienen sind.« Der letzte Satz klang wie ein Vorwurf.

»Das ist sehr freundlich von der Gnädigen Frau«, gab Eric huldvoll zurück, allerdings mussten wir uns richtig beeilen. Das kleine Persönchen hatte einen ganz schönen Schritt drauf.

»Was wetten wir, dass wir in der Bibliothek auf die Gnädige Frau warten sollen?«, wisperte ich Eric zu, als wir die Eingangshalle betraten.

»Ist gebongt. So wie wir angezogen sind, setze ich auf die Küche«, wisperte Eric zurück.

»Meine Fresse«, entfuhr es mir.

Vor und über uns öffnete sich eine kathedralenartige Eingangshalle mit einer geschwungenen Holztreppe, die in die oberen Stockwerke führte. Wie es sich gehörte, dekoriert mit Porträts an den Wänden – angesichts des durchgehend vorhandenen und sehr ausgeprägten Pfannkuchengesichts vermutete ich, dass es sich um Familienporträts der von Gördenichs handelte. Der Boden war schwarz-weiß gefliest und gab militärisch-knackige Knallgeräusche von sich, während die Hausdame darüberstöckelte. Der museumsartige Stil wurde nur durch einen großen Hundekorb und zwei Näpfe etwas gestört. Vom Inhaber – vermutlich dem Airdale Terrier, mit dem Billie Peters am Mittwoch unterwegs gewesen war – allerdings keine Spur.

Die Hausdame im Spitzenhäubchen winkte uns, ihr zu folgen und verschwand hinter einer hohen Holztür mit zahlreichen Schnitzereien. Hinter besagter Tür wartete tatsächlich eine Bibliothek alten Stils auf uns. Knarrender Holzfußboden, deckenhohe Regale, gefüllt mit dicken, in Leder gebundenen Schwarten und einigen verglasten Vitrinen, in denen vermutlich die wertvolleren Stücke der von Gördenich'schen Sammlung ihr trauriges Dasein fristeten.

»Wenn Sie hier Platz nehmen wollen«, sagte die Hausdame hochnäsig und wies auf ein unbequem aussehendes, antikes Sofa. »Fräulein Peters ist auf dem Weg. Darf ich Ihnen etwas zu trinken anbieten?« Ihr Tonfall gab deutlich zu erkennen, dass wir ablehnen sollten.

Zuckersüß strahlte Eric sie an: »Ach, das wäre ja ganz fantastisch. Ich hätte gerne einen Assam-Tee und Frau Sander hier ...«, er stieß mir mit dem Ellenbogen in die Rippen.

»Äh, ja«, stammelte ich, »Frau Sander hier möchte gerne eine ... eisgekühlte Limonade.«

Der Hausdrachen sah uns grimmig an, warf ihre Löckchen eitel aus dem Gesicht und stolzierte zurück in die Eingangshalle. Die Tür schlug geräuschvoll hinter ihr zu.

Eric setzte sich, nieste dreimal hintereinander und zuckte entschuldigend mit den Achseln. »Hausstauballergie.«

»Lass das bloß nicht den Hausdrachen hören, »grinste ich, »sonst gibt's für die Dienstmagd zehn Schläge auf die nackten Fußsohlen.« Eric lachte und schnaubte herzhaft in sein Taschentuch.

»Ich guck mal eben unter P, ob die den neuesten Band von Rosamunde Pilcher haben«, frotzelte er gerade, als die hohe Holztür sich wieder öffnete und Billie Peters hereinkam. Eric blieb der Mund offenstehen..

Ich hatte sie ja schon in all ihrer strahlenden Schönheit gesehen, musste aber neidlos feststellen, dass Billie Peters auch in schmutziger Reithose aussah, als wäre sie gerade einem Modemagazin entstiegen.

»Sie sind von einer Detektei und wollen mich sprechen?«, hauchte sie in der erotischsten Stimmlage, die ich je vor 21 Uhr gehört hatte. »Ich hoffe, man hat Ihnen schon etwas zu trinken angeboten?« Sie stockte kurz, als sie mich sah. »Kennen wir uns nicht?«

Ich bejahte und half ihrem Gedächtnis kurz auf die Sprünge, wo wir uns begegnet waren. Eric stand immer noch wie angewurzelt, den Mund offen und das vollgeschnäuzte Taschentuch krumpelig in der Hand. Ich räusperte mich – ohne Erfolg.

Männer!

»Und das«, *Wesen, das Sie gerade anstarrt wie ein rolliger Kater,* »hier ist mein Kollege Eric Lautenschläger.«

Bei der Nennung seines Namens kam Eric aus seinem kurzfristigen Wachkoma zurück und sprang auf. »Sehr erfreut,

Frau Peters, sehr erfreut«, strahlte er sie an und schüttelte ihre Hand, als wäre ihr Arm ein Brunnen-Pumpschwengel.

Die Peters reagierte gelassen und bat uns schmunzelnd, Platz zu nehmen.

Nicht das erste Mal, dass ein Kerl anfängt zu sabbern, wenn sie zur Tür reinkommt.

Ich schob Eric unauffällig auf die Couch und setzte mich neben ihn.

Billie Peters setzte sich auf einen der antik aussehenden Stühle und schlug elegant ein Bein über das andere. »Wie kann ich Ihnen denn helfen?«

»Sie reiten, Frau Peters?«, fing ich vermeintlich unverfänglich an.

Sie guckte an sich herunter und schien zum ersten Mal den Zustand ihrer Hose zu bemerken.

»Ach du je, bitte entschuldigen Sie meinen Aufzug. Ich komme gerade vom Reitplatz. Ja, ich habe angefangen zu reiten, als ich Hermann – meinen Verlobten – kennen gelernt habe. Die von Gördenichs veranstalten jeden Herbst eine große Jagd, da wird von allen Familienmitgliedern erwartet, dass sie mitreiten. Allerdings wird das dieses Jahr auch noch nichts werden – immer noch blutige Anfängerin, fürchte ich. Über den Reitplatz traue ich mich noch nicht hinaus.« Sie zuckte elegant mit den Schultern.

Hm. Wohl eher nicht die Person, die einer Vielseitigkeitsreiterin hinterhergaloppiert.

Eric schien langsam wieder aus seiner Trance zu erwachen. »Der Reitplatz liegt hier auf dem Anwesen?«

»Ganz genau«, nickte Billie Peters, »direkt bei den Stallungen. Hermann hat immer fünfzehn bis zwanzig Pferde hier, und zur Verlobung hat er mir sogar ein eigenes gekauft, eine reinrassige Araberstute.« Sie errötete vor Freude.

Hm. Araber haben ja eher kleine, zierliche Hufe, keine Bratpfannen.
»Allerdings kann ich sie noch nicht alleine reiten. Zu temperamentvoll. Aber es wird langsam.« *Weder den Hund noch die Gäule unter Kontrolle, was?* Sie machte eine kurze Pause. »Unsere Pferde und Reitgewohnheiten sind aber sicher nicht der Anlass Ihres Besuches?«

»Nein, nein«, log ich. »Wir ermitteln gemeinsam in einem Fall, der uns ein wenig Kopfzerbrechen bereitet.« *Untertreibung des Jahres.* »Haben Sie noch Kontakt zu Ihren Schulkameradinnen?«

Die Tür öffnete sich geräuschvoll und Goldlöckchen schob sich, Hinterteil voran, in den Raum, ein großes Tablett in den Händen balancierend. Hochnäsig kam sie auf uns zugestakst und donnerte das Tablett auf den Tisch. »Gnädige Frau, Sie wissen ja, dass der Gnädige Herr es nicht gerne sieht, wenn in der Bibliothek ...«

»Ich weiß, ich weiß«, sagte die Peters uninteressiert. »Vielen herzlichen Dank, Berta, Sie können jetzt gehen. Ich schaffe das hier schon.«

Berta schnaufte durch die Nase und marschierte im Stechschritt aus dem Raum. Die Tür knallte so laut, dass die Tassen und Gläser auf dem Tisch einen kleinen Hüpfer machten.

Billie Peters seufzte leise. »Mit dem Personal läuft es noch nicht ganz ... rund«, sie lächelte spitzbübisch und goss Eric seinen Tee ein. »Welche Schulkameradinnen meinen Sie denn genau?«, fand sie ohne Umschweife zum Thema zurück, nachdem sie einen Schluck von ihrem Latte macchiato genommen hatte.

»Ihre alte Clique – Sabrina Kempfer, früher Brand, Tessa Fuhrmann et cetera.«

»Ach so«, sie schüttelte den Kopf und leckte sich den Milchbart von der Oberlippe.

Eric seufzte fast unhörbar. Ich kniff ihn kurzerhand in den Arm.

»Nein, wir haben uns schon seit längerer Zeit aus den Augen verloren. Nachdem ich von der Schule abgehen musste, haben wir uns langsam aber sicher auseinandergelebt.« Sie machte eine kurze Pause. »Ich glaube auch ehrlich gesagt nicht, dass die Mädels mit meinem neuen Leben viel würden anfangen können.« Sie zuckte wieder mit den Schultern.

»Ihr neues Leben?«, hakte Eric nach, immer noch mit leicht geröteten Gesichtszügen, aber langsam schien er sich wieder zu fangen.

Sie blickte Eric tief in die Augen und lächelte ihn so berauschend an, dass ich gar nicht hinzugucken brauchte, um zu wissen, dass er jetzt doch wieder puterrot anlief.

»Meinem Verlobten und mir sind traditionelle Werte außerordentlich wichtig. Für uns kommen zuallererst Kirche und Familie. Wir glauben beide fest an die traditionelle Rollenverteilung von Mann und Frau und dass der Glaube der Grundstein einer jeden Beziehung und der Zusammenhalt der Familienstruktur ist.«

Ein leichter Anflug von Übelkeit überkam mich. *Warum hört sich das so aufgesagt an?*

»Ah ja«, Eric räusperte sich und huschte aus den Augenwinkeln einen besorgten Blick zu mir herüber.

Billie Peters sprach unbeirrt weiter. »Der Grund, warum ich mein neues Leben so liebe, ist nicht all das hier.« Sie machte eine ausladende Bewegung mit dem linken Arm, die wohl das edle Ambiente und den unverkennbaren Reichtum der Familie von Gördenich umfassen sollte. »Natürlich ist es für ein Mädchen aus sehr einfachen Verhältnissen auch ein Traum, wohlhabend und ein Mitglied der höheren Gesellschaft zu sein.«

Ich sollte Sie meinem Vater vorstellen ...

»Viel wichtiger ist mir aber, dass ich zu Gott gefunden habe. Endlich habe ich Halt in meinem Leben, und zwar Halt, der weit über eine einzelne Person oder gar eine ganze Familie hinausgeht. Gott gibt mir Kraft und einen Sinn in meinem Leben, den ich bisher nie gesehen habe. Ich war die sprichwörtliche verlorene Seele, und durch die Liebe zu Hermann habe ich Gott, Frieden und Erfüllung gefunden.«

»Und mit traditioneller Rollenverteilung meinen Sie ...?«, konnte ich mir nicht verkneifen.

Sie wandte ihren Blick von Eric ab und blickte stattdessen mir tief in die Augen.

Wie hieß noch gleich die hypnotisierende Schlange aus dem Dschungelbuch?

»Damit meine ich, wie Sie wahrscheinlich vermuten, dass meine Rolle nach unserer Hochzeit die einer Mutter sein wird, die ihre Energie einzig und allein dem Wohl ihrer Kinder und ihrer Familie widmet. Ich habe in Hermann jemanden gefunden, der so klug und umsichtig ist, dass ich ihm mit Freuden alle wichtigen Entscheidungen überlasse, die uns und unsere Kinder betreffen werden. Aber wie Sie sich denken können, ist so eine Lebenseinstellung heutzutage nicht besonders populär.«

Ach.

»Und bei meinen ehemaligen Schulkameradinnen bestimmt nicht. Das ist nicht der Grund, warum wir uns aus den Augen verloren haben, aber ich bin mir sehr sicher, dass es keine Grundlage wäre, unsere Freundschaften wieder aufleben zu lassen. Deshalb habe ich sie auch nicht zur Hochzeit eingeladen.«

»Ah ja.« Ich bemühte mich um einen neutralen Tonfall. »Dann haben Sie also nicht mitbekommen, dass Sabrina

Kempfer, Tessa Fuhrmann und Beate Meyer – ehemals Wellenbeck – alle drei in den letzten zwei Wochen verstorben sind?«

Sie schlug beide Hände vor den Mund: »Um Gottes willen! Wie das denn?« Ihre Augen waren weit aufgerissen und standen binnen weniger Sekunden voller Tränen. *Hat die ganze Clique Schauspielunterricht genommen oder unterhalten wir uns immer nur mit denen, die nichts mit den Morden zu tun haben?*

»Sowohl Sabrina als auch Beate wurden nach einem vermeintlichen Suizid aufgefunden. In beiden Fällen gehen wir inzwischen von Mord aus, ebenso wie bei Tessa Fuhrmann, die einem vermeintlichen Reitunfall zum Opfer gefallen ist.« Interessiert beobachtete ich ihre Reaktion auf meine Worte.

Langsam ließ sie die Hände in den Schoß sinken. »Christian«, sagte sie tonlos.

»Christian?«, fragte ich verdutzt.

»Christian Kempfer«, ergänzte sie und wischte sich mit einer eleganten Handbewegung die Tränen aus den Augen – selbstverständlich ohne dass ihre Wimperntusche darunter litt.

»Wie kommen Sie auf Christian Kempfer?«, fragte Eric, durch diese Überraschung offenbar endgültig aus seinem Dornröschenschlaf erwacht.

Billie Peters zuckte mit den Schultern. »Christian Kempfer ist ein Riesen-Arschloch.« Sie schien unsere überraschten Gesichter nicht wahrzunehmen – die Wortwahl wollte nicht so recht zum vornehmen Ambiente passen. »Seit Susanne Mertens ihn damals angeschleppt hat, gab es nichts als Ärger und Probleme. Erst hat er Susanne so in Beschlag genommen, dass wir von ihr quasi nichts mehr gesehen haben. Was Susanne nicht wusste, war, dass er uns allen schöne Augen gemacht hat, sobald sie sich umdrehte. Mich hat er regelrecht verfolgt – lief mir abends ganz ›unverhofft‹ über den Weg, wenn ich aus dem Reisebüro kam, oder fuhr morgens ›zufällig‹ an meiner Bushaltestelle vorbei, wenn ich zur Berufsschule wollte.« Sie machte eine kurze Pause. »Wenn Sie so aussehen wie ich, müssen Sie sich schon sehr früh dran gewöhnen, dass Ihnen jeder Kerl, der geradeaus gucken kann, hinterherhechelt. Mal mehr, mal weniger auffällig.« Eric räusperte sich dezent, was die Peters elegant überging. »Es mag Frauen geben, die das genießen oder die daraus ihr Selbstwertgefühl ziehen. Aber glauben Sie mir, ich habe mir schon oft gewünscht, nicht ganz so ausgeprägt dem Schönheitsideal zu entsprechen. Diese Art von Aufmerksamkeit wird nämlich sehr schnell sehr lästig. Erst als ich Hermann kennen gelernt habe, habe ich erfahren, wie es ist, wenn man nicht nur wegen der schönen äußeren Hülle geschätzt wird.« Sie schüttelte den Kopf. »Was ich damit sagen will, ist, dass ich schon damals mit unerwünschter männlicher Aufmerksamkeit mehr Erfahrung hatte, als mir lieb war, aber Christian hat in dieser Hinsicht den Vogel abgeschossen. Vielleicht hat er auch mitbekommen, dass es mir in dieser Zeit überhaupt nicht gut ging und dachte, er könnte mich ›trösten‹. Aber das wirklich Widerliche daran war, wie sehr Susanne ihn vergöttert hat, und ihn das kein bisschen interessiert hat. Er hat mich erst in Ruhe gelassen, als ich ihm unmissverständlich zu verstehen gegeben habe, was passiert, wenn ich ihn noch ein einziges Mal ›zufällig‹ zu sehen bekomme – und dann hat er sich ja offenbar gleich auf Sabrina gestürzt, bei der er nach einer Weile dann ja mehr Glück hatte. Ich habe das aber erst erfahren, als das Kind schon im Brunnen lag. Dadurch, dass ich nicht mehr mit den Mädels auf der Schule war, habe ich viele Dinge nicht mehr ganz oder erst mit Verspätung mitbekommen.«

Ich nickte, um zu signalisieren, dass uns der Hintergrund bekannt war.

Eric sagte: »Vom treulosen Weiberhelden zum dreifachen Mörder ist es aber noch ein ganzes Stück. Warum glauben Sie, dass er drei Frauen, darunter seine eigene, ermorden würde?«

Die Peters legte den Kopf schief. »Reines Bauchgefühl. So wie der sich damals benommen hat, kann ich mir nicht vorstellen, dass er nach der Hochzeit zum treuen Ehemann mutiert ist. Der hat doch damals nicht nur Susanne mit Sabrina betrogen, sondern auch neben Sabrina hatte er immer wieder kurze Techtelmechtel. Sabrina dachte immer, wir wissen das nicht. Da hat sie sich aber getäuscht. Sabrina hat das immer Tessa erzählt, Tessa Beate und Beate schließlich mir. Verachtung beginnt nicht einmal zu beschreiben, was ich für Christian Kempfer empfinde. Vielleicht wollte Sabrina sich von ihm trennen? Er wäre nicht der Erste, der seine Frau umbringt, weil sie gehen will.«

Eric und ich warfen uns einen kurzen Blick zu. Interessante Theorie, die sie da hatte.

»Und wie passen die beiden anderen Todesfälle in diese Theorie?«, fragte Eric schließlich.

Billie Peters hob erneut die Schultern. »Keine Ahnung, aber Tessa und Sabrina hatten bestimmt noch Kontakt zueinander, eventuell ja auch noch zu Beate. Vielleicht wollte er nur sichergehen, dass keiner unangenehme Zusammenhänge herstellt. Immerhin hat er ja alles wie Unfälle oder Selbstmorde aussehen lassen, wenn ich Sie eben richtig verstanden habe?«

»Und Sie selbst hatten wirklich keinerlei Kontakt mehr zu den dreien? Auch nicht zu Susanne Mertens oder Irene Schöller?«, hakte ich nach.

Sie schüttelte energisch den Kopf und stellte ihr Kaffee-Glas ab. »Nein, das sagte ich doch bereits.«

»Ja, ja. Wissen Sie, es ist nur so – wir glauben, dass Beate Meyer vor ihrem Tod jemanden erpresst haben könnte.«

»Erpresst?« Ihre Stimme kiekste fast vor Überraschung. »Warum das denn?«

»Warum wir das glauben oder warum sie jemanden erpresst hat?«, fragte ich.

»Wenn Sie so fragen – beides.«

»Wir wissen, dass Beate Meyer vor ihrem Tod in sehr bescheidenen Verhältnissen gelebt hat. Einige Monate, bevor sie gestorben ist, kam sie plötzlich zu Geld, und bisher ist ungeklärt, wo dieses Geld herkam.«

»Und da haben Sie an mich gedacht, weil ich mit einem der reichsten Männer Aachens verlobt bin«, schlussfolgerte sie.

»Unter anderem«, räumte ich ein.

»Es tut mir leid, Sie enttäuschen zu müssen, aber Beate hat mich nicht erpresst. So etwas würde sie ... hätte sie auch nie getan; jedenfalls nicht die Beate, die ich kenne ... kannte. Beate war zwar hässlich wie die Nacht, aber immer ein aufrichtiges, herzensgutes Mädchen, und ich bin sicher, sie hätte sich lieber eine Hand abgehackt, als so tief zu sinken.« Sie schüttelte mit Nachdruck den Kopf. »Nein, das kann ich mir absolut nicht vorstellen. Menschen verändern sich zwar im Laufe der Zeit, aber ... nein. Wirklich nicht.« Sie schwieg kurz und fragte dann: »Sie haben eben gesagt, Beate habe in sehr einfachen Verhältnissen gelebt. Das wundert mich etwas, denn ihre Eltern waren zwar nicht reich, aber hatten doch – soweit man das als Teenager beurteilen kann – ein recht komfortables Einkommen. Heißt das, sie hatte sich mit ihren Eltern überworfen?«

»Das kann ich Ihnen leider nicht sagen. Soweit wir wissen, hatte Beate Meyer außer ihrem Mann und ihren Kindern keine weiteren Verwandten«, entgegnete Eric. »Vielleicht sind die Eltern früh verstorben.« *Und der Ehemann hat das Vermögen der Eltern gleich mit verspielt.*

»Also wenn Sie mich fragen, ist Christian Ihre beste Wette«, wiederholte Billie Peters achselzuckend. Sie überlegte kurz und sagte dann lachend: »Womöglich steht er ja bald auch hier vor der Tür, weil ich auch irgendeins seiner schmutzigen Geheimnisse kenne, von dem ich noch nichts ahne.«

Wir lachten nicht mit. »Das können wir nicht hundertprozentig ausschließen, Frau Peters«, warnte Eric. Im Moment saßen Christian und die Lothár zwar warm und trocken bei Körber im Vernehmungszimmer, aber wenn er sie nicht festnageln konnte, würde er sie wieder gehen lassen müssen. Für eine Verhaftung reichte das, was wir bisher hatten, keinesfalls.

»Entschuldigen Sie«, die Peters errötete sogar entzückend. »Darüber sollte man natürlich keine Witze machen, aber es ist schon ein bisschen bizarr, wenn man sich plötzlich vorkommt wie im Krimi. Aber Sie müssen sich keine Sorgen um mich machen. Wir leben ja hier quasi wie in Fort Knox, und ich verlasse auch selten alleine das Haus. Meist ist mindestens einer unserer Fahrer dabei oder Hermann. Auf dem Reitplatz ist immer unser Reitlehrer mit von der Partie. Ich bin also sehr gut geschützt.«

In der Tat bizarr – aber eher weil man sich hier vorkommt wie bei Sissi und Kaiser Franzl.

Ich trank meinen Kaffee aus und knuffte Eric unauffällig in die Seite, während ich aufstand.

»Vielen Dank für Ihre Zeit, Frau Peters. Sie haben uns sehr weitergeholfen.« Wir schüttelten ihr nacheinander die Hand und wandten uns zur Tür.

»Sehr gerne«, erwiderte Billie Peters und begleitete uns zur Tür. »Wenn ich noch irgendetwas tun kann, lassen Sie es mich wissen, ja?« Sie reichte Eric eine goldumrandete Visitenkarte.

Nach Columbo-Manier drehte ich mich auf der Treppe noch einmal um: »Ach so, eins noch, das ist jetzt aber reine Neugier.«

»Bitte«, lächelte Billie Peters.

»Ihr Vorname. Der ist etwas ungewöhnlich für eine Frau ...«

Sie lachte. »Ja, allerdings. Mein Vater war ein großer Western-Fan und ein glühender Verehrer von Billy the Kid. Als dann endlich das erste Kind auf dem Weg war, war mein Vater fest davon überzeugt, es müsse ein Junge werden. Und dieser Junge musste natürlich Billy heißen.« Sie sah uns verschmitzt an. »Dass ich ein Mädchen war, hat ihn zwar kurzfristig etwas aus dem Konzept gebracht, aber wie Sie sehen – der Name ist hängen geblieben.«

Als wir die große Treppe draußen herunterkraxelten, wisperte Eric grinsend: »Du bist noch ganz grün im Gesicht. Der Peter'sche Lebensentwurf also nicht das Richtige für dich?«

Mein Blick sagte mehr als tausend Worte, und Eric schnaubte aufs Höchste erheitert durch die Nase.

Kaum war die Wagentür ins Schloss gefallen, als Eric sagte: »So, jetzt sind wir weder mit Beate Meyer noch mit Christian auch nur einen Schritt weiter. Es sei denn, sie lügt, was Beate angeht.«

»Du meinst, Beate hat sie vielleicht doch erpresst, aber sie hat es nicht gesagt, weil sie uns dann verraten müsste, was ihr schmutziges Geheimnis ist?«

»Ganz genau«, nickte Eric. »Und fandest du es nicht auch ein bisschen seltsam, dass sie wie aus der Pistole geschossen auf Christian kam? Nachdem sie die ganzen Leute angeblich seit Jahren nicht mehr gesehen hat?«

»Ach, das ist dir in deinem vernebelten Zustand aufgefallen?«, grinste ich.

Seine Gesichtsfarbe nahm wieder eine zarte Lachsnote an. »Pfffft«, machte er, um dann zügig abzulenken. »Andererseits haben wir ja auch allerhand Grund, Christian zu verdächtigen, und wenn er ihr als Erstes einfällt, kann das natürlich auch einfach ins Bild passen.«

»Hm«, brummte ich und zog mein Handy aus der Tasche. »Ich hör mal nach, ob es bei Körber schon was Neues gibt.«

»Ach, so viel Zeit, seine Telefonnummer einzuspeichern hatte die Dame aber noch, ja?« feixte Eric.

Ein unsanfter Knuff gegen den Arm brachte ihn zum Schweigen, und ich tippte auf Körbers Eintrag in meinen Kontakten. Ich ließ es eine ganze Zeit lang klingeln, aber er ging nicht dran.

»Wahrscheinlich hat er Christian und die Lothár gerade im Folterkeller in der Mangel«, sagte ich, als mein Handy piepte.

»Aha, bei Frau Sander antwortet er umgehend«, lachte sich Eric wieder schlapp.

»Nix da, Silke hat die Adresse von Irene Schöller herausbekommen. Susanne Mertens hatte recht. Die wohnt tatsächlich noch in Belgien. Sollen wir da gleich noch vorbeifahren?«

Eric guckte auf die Uhr. »O wie, schon so spät? Ich hätte eigentlich um drei – ach, egal, kann ich gleich auch noch machen. Ich muss aber auf jeden Fall noch mal ins Büro, bevor wir die Schöller besuchen. Vielleicht sollten wir auch abwarten, bis wir von Körber was hören? Wenn Christian und die Lothár ein Geständnis ablegen, brauchen wir Irene Schöller gar nicht mehr aufzuscheuchen.«

»Die Hoffnung stirbt zuletzt«, seufzte ich, als das große Tor zum Anwesen wieder geräuschlos aufschwang, um uns hinauszulassen.

»Weißt du, was ich nicht verstehe?«, fragte ich, während Eric den Wagen auf die Straße lenkte.

»Hmm?«, brummte er.

»Ich denke, der von Gördenich ist so schwer katholisch – und Billie Peters nach allem Anschein neuerdings auch.«

»Und?«

»Na ja, Sie wohnt schon bei ihm. Ich dachte immer, wenn du katholisch bist, musst du dich für die Ehe aufsparen.«

Eric grinste. »Ich würde sagen, *das* Schiff ist bei Billie Peters schon vor Jahren gesegelt. Darauf kommt's jetzt wahrscheinlich auch nicht mehr an.« Er zuckte mit den Schultern. »Oder sie wohnt bis zur Hochzeit im Gästezimmer.«

»Meinst du, sie gaukelt ihm vielleicht vor, sie wäre noch Jungfrau?«

»Möglich ist das«, sinnierte Eric. »Wenn man denn endlich so einen Fang vor Augen hat, will man sich das ja nicht durch solche unbedeutenden Details wie eine wilde Vergangenheit verderben. Ist ja auch nicht gerade ein Thema fürs Weihnachtsessen mit der Familie.«

17 Uhr

Ich schloss gerade die Wohnungstür auf, als mein Handy klingelte.

»Jyoti, meine Liebe. Wie isset dir?«, begrüßte ich sie fröhlich.

Schweigen am anderen Ende der Leitung. »Du hast es nicht wirklich vergessen, oder?«

Vergessen? Was denn vergessen? Fieberhaft zermarterte ich mir das Hirn, wessen Geburtstag ich denn jetzt schon wieder ...

»O NEIN!«, kreischte ich entsetzt.

»O DOCH«, kreischte Jyoti zurück. »Schwing die Hufe! Wenn du dich beeilst, schaffst du's noch. Ich treff dich vor dem

Stadion, und denk dran, die Karten hab ich.« Und hatte schon aufgelegt.

Ich absoluter Vollidiot! Das *Muse*-Konzert! Matt Bellamy! Wie ein aufgescheuchtes Huhn sprang ich auf und fegte ins Schlafzimmer. *Wo zum Henker ist mein* Muse-*T-Shirt?*

Hektisch fing ich an, Schubladen aufzureißen und den Inhalt in hohem Bogen auf dem Boden zu verteilen. Sammy fand das ein ganz großartiges Spiel und hob bei jedem Kleidungsstück, das flog, elegant ab und versuchte, es mit der Schnauze zu fangen.

Ganz unten in der letzten Schublade fand sich das gute Stück endlich. Ich zog auf dem Weg ins Bad mein T-Shirt aus, sprühte mir ordentlich Deo unter die Arme, schlüpfte ins *Muse*-Shirt und sprintete zur Tür, Sammy mir immer hart auf den Fersen.

»Nee, Sammy, du bleibst hier. Rockkonzerte sind nix für kleine Sammies.« Das leise Winseln und der Blick, den er mir zuwarf, als ich vorsichtig die Tür vor seiner Nase zuzog, hätte nicht nur einen Stein, sondern ein ganzes Gebirge erweicht. Abgesehen davon schoss mir kurz ein Bild durch den Kopf, wie die soeben über den Fußboden verteilten Klamotten aussehen würden, wenn ich Sammy ein paar Stunden damit alleine ließ. Seufzend machte ich die Tür wieder auf. »Na los, hol deine Leine. Aber du bleibst im Auto!«

Sammy, nicht doof, trippelte emsig ins Wohnzimmer und kam kurz darauf mit seiner Leine im Maul wieder zurück.

»Na, wenigstens klappt Apportieren. Das ist ja auch schon mal was«, brummelte ich, als ich die Leine an seinem Halsband festknipste. In der Zwischenzeit hatte ich mein Handy aus der Tasche gezogen und rief Eric an, der sich sofort im Büro meldete.

»Eric, ich hab völlig vergessen, dass ich für heute Abend Konzertkarten in Köln habe!«

»Nanu, du in der Philharmonie?«, spöttelte er.

»Schnickschnack, Philharmonie«, schnaubte ich. »Hast du inzwischen was von Körber gehört?«

Eric verneinte. »Das kann ja mit den Herrschaften vielleicht auch noch was länger dauern. Notfalls fahre ich nachher alleine zu Irene Schöller, wenn das heute noch sein muss. Fahr du mal ruhig nach Köln. Viel Spaß, wobei auch immer«, grinste er.

Ich beendete das Gespräch, klemmte mir Sammy kurzerhand unter den Arm und spurtete die Treppe runter zum Auto.

In einer Staubwolke setzte ich rückwärts aus der Parklücke und bretterte mit quietschenden Reifen los über die Vaalser Straße, den Pariser Ring und in Laurensberg auf die Autobahn. Sammy hatte auf dem Rücksitz die Schnauze aus dem offenen Fenster gestreckt und ließ sich den Fahrtwind um die Nase wehen. Ab und zu bellte er kurz aber kräftig und hechelte ansonsten glücklich vor sich hin.

Im Radio dudelte einer der Lokalsender. Eine Hand am Lenkrad, beide Augen auf der Straße, kramte ich im Fach der Fahrertür nach meinem MP3-Player. Bisschen Einstimmung konnte ja nicht schaden. Ich hatte ihn gerade ans Auto-Radio angestöpselt, als ein beginnendes Interview mein Interesse weckte. Ich warf den Player auf den Beifahrersitz und drehte das Radio lauter.

»... die absolute Traumhochzeit in der Region, Herr Dompropst. Stimmt es, dass Hermann von Gördenich und seine Verlobte Sybille Peters im Dom vom Bischof höchstpersönlich getraut werden?«

Der Herr Dompropst räusperte sich umständlich und näselte: »Ja, das ist richtig. Das Trauungszeremoniell wird im Hohen Dom zu Aachen stattfinden, und in der Tat wird der

Herr Bischof persönlich den Trauungsgottesdienst zelebrieren. Für so ein aufrechtes und wichtiges Mitglied unserer katholischen Gemeinschaft ist das nur recht und billig.«

»Apropos billig«, fuhr der junge Reporter fort. »Stimmt es, dass die Familie von Gördenich das Aachener Bistum und vor allem auch den Aachener Dom immer wieder mit sehr großzügigen Spenden unterstützt hat?«

Der Dompropst räusperte sich wieder, diesmal einen Hauch verlegen, und erwiderte verschnupft: »Was wollen Sie denn damit andeuten?«

Der junge Mann klang verblüfft. »Äh, ich wollte gar nichts an…« Dann schepperte es bei ihm und er fuhr hörbar grinsend fort: »Sie meinen, wenn man genug spendet, traut einen der Bischof?«

»Das wollte ich damit ganz und gar nicht sagen«, keifte der Dompropst.

»Aber es ist so?« Der Reporter hatte Witterung aufgenommen, das wurde ja noch richtig spannend mit der Traumhochzeit.

»Nein, selbstverständlich nicht! Man kann den Aachener Bischof nicht kaufen«, entrüstete sich der Dompropst. »Herr von Gördenich ist seit ganz jungen Jahren eine Säule der Aachener katholischen Gemeinschaft und hält – anders als viele andere – die wahren Werte der katholischen Kirche standhaft hoch, auch wenn ihn das in den Augen vieler altmodisch erscheinen lässt.«

»Ach, haben Sie da mal ein Beispiel?«, fragte der junge Reporter. Sein Interesse klang ehrlich geheuchelt.

»Nun, junger Mann, zum Beispiel, dass man vor der Ehe keusch zu leben hat«, er wurde kurz von einem schnaubenden Huster des Reporters unterbrochen, und fuhr dann leicht irritiert fort. »Oder dass man kein Leben beendet – weder ganz am Anfang, noch am Schluss, auch wenn es schwierig wird.«

Der Reporter zögerte kurz. »Also, Sie meinen damit keine Abtreibungen und keine Sterbehilfe?«

»Ganz recht«, erwiderte der Dompropst zufrieden. Wieder ein potentielles Schäfchen belehrt.

»Und Sybille Peters ist eine aufrechte, züchtige, junge Frau, die sich extra für ihren zukünftigen Ehemann dem Katholizismus zugewandt hat und dessen Prinzipien inzwischen voll und ganz lebt.«

Du sollst nicht töten – warum fällt mir das immer als Erstes ein? Muss am Beruf liegen.

Ich nahm den Fuß vom Gas. *Verdammt!* Du sollst nicht töten. Und hatte der gerade gesagt *Sybille* Peters? S. Peters!?

»Verdammt, verdammt, verdammt!!!«, schrie ich und zog nach einem kurzen Blick in den Spiegel von der Überholspur mit einem Affenzahn direkt in die Ausfahrt Eschweiler, schlitterte mit quietschenden Reifen über die Ampel und bretterte in der Gegenrichtung zurück auf die Autobahn. Mit einer Hand fischte ich mein Handy aus meiner Hosentasche, klemmte es zwischen Daumen und Zeigefinger meiner linken Hand, die am Steuer lag, und tippte kurz auf dem Bildschirm herum, um den Kontakteintrag von Matthias Körber aufzurufen. Ich stellte das Handy auf Lautsprecher, drückte auf den Anrufen-Button und legte es auf die Mittelkonsole.

Nächste Anschaffung – Freisprechanlage!

Kurz darauf musste ich heftig auf die Bremse treten, weil sich im Aachener Kreuz mal wieder alles staute. Nervös trommelte ich mit den Fingern auf dem Lenkrad herum. Nach ein paarmal Klingeln meldete sich wieder Körbers Mailbox. »Ich bin derzeit in einem Einsatz und kann Ihren Anruf nicht entgegennehmen. In dringenden Fällen wenden

Sie sich bitte an den Notruf ...« Ich hatte den Anruf schon beendet und tippte stattdessen auf Erics Eintrag.

»Komm schon, komm schon, komm schon, geh RAN!«

Nach fünfmal Klingeln knackte es endlich und Eric meldete sich mit hörbar vollem Mund. »Lautenschläger?«

»Eric, hör mir jetzt gut zu ...«

»Britta?«

»Ja, natürlich, wer denn sonst?«, schnappte ich. »Hör zu, ich weiß, wer sie alle auf dem Gewissen hat!«

»Wirklich?«, fragte Eric verdutzt.

»Ja, es war Billie Peters!«

»Die Peters? Aber warum?«

»Die Peters heiratet doch nächste Woche diesen von Gördenich.«

»Und deshalb bringt sie ihre alten Schulfreundinnen um?«, fragte Eric irritiert.

»Ja, und nein. Ich bin so eine IDIOTIN, Eric, da hätte ich schon längst drauf kommen müssen! Mein Vater hat mir am Sonntag den Clou quasi auf dem Silbertablett serviert und ich hab's nicht gerafft.«

»Ich verstehe gar nichts mehr«, gab Eric zu.

Der Verkehr vor mir setzte sich langsam wieder in Bewegung.

»Hermann von Gördenich gehört einem erzkatholischen Familienclan an. Abtreibungen sind da völlig ausgeschlossen.«

Eric schwieg kurz. »Du meinst ... Aber das ist doch alles irgendwas an die zehn Jahre her«, sagte er nachdenklich.

»Ich glaube nicht, dass das die von Gördenichs interessiert. Abtreibung ist eine Todsünde, da versteht die katholische Kirche keinen Spaß. Und selbst wenn sie mit einer durchkäme – es waren zwei, sie kann sich also nicht mal auf eine verirrte Einzeltat herausreden.«

»Und wenn ihr reicher Traumprinz sie verstößt, steht sie wieder mit leeren Händen da. Aus der Traum vom Leben in Saus und Braus«, sinnierte Eric.

»Genau. Bis auf zwei Personen sind alle tot, die von Billie Peters' Abtreibungen wussten. Und es ist nur noch eine einzige Zeugin übrig, die keine Ahnung hat, was ihr blüht.«

»Irene Schöller«, hauchte Eric entgeistert.

»Und die Peters ist seit heute Nachmittag gewarnt, dass ihre so schön arrangierten Unfälle und Selbstmorde aufgeflogen sind! Ich kann Körber nicht erreichen. Du musst unbedingt Susanne Mertens anrufen und sie warnen, und danach sofort einen Streifenwagen anfordern, der da mal nach dem Rechten sieht. Gott sei Dank wissen wir ja, dass sie Dienst hat und im Krankenhaus ist. Ich bin schon auf der Autobahn«, der Verkehr rollte wieder, und ich zog auf die Spur für die A44 Richtung Belgien. »Silke hatte nur eine Adresse für Irene Schöller geschickt, keine Telefonnummer, also fahre ich jetzt sofort da hin, in der Hoffnung, dass es noch nicht zu spät ist.«

Ich hörte Erics Computertastatur klackern. »Hm, nein, tatsächlich keine Telefonnummer für die Schöller zu sehen. Kann es sein, dass wir es trotzdem mit mehreren Tätern zu tun haben?« Ich drückte volle Kanne aufs Gas, als sich der Stau vor mir auflöste. »Die SMS der geheimnisvollen Unbekannten in Bad Bertrich war immerhin mit S unterschrieben. Oder war das poplige Tarnung?«

»Nein, da hat sie sich wohl zu sehr drauf verlassen, dass sie nie jemand bei ihrem wirklichen Namen nennt. Sybille Peters.«

»Scheiße!«, fluchte Eric. »Die hat uns mit ihrer Billy-the-Kid-Geschichte hübsch Sand in die Augen gestreut, dass wir gar nicht gefragt haben, wie sie wirklich heißt!« Ich hörte, wie er weiter auf der Tastatur herumtipperte.

»Genau. Und dass sie nur auf dem Gelände reitet, weil sie doch so eine blutige Anfängerin ist, war mit Sicherheit auch gelogen. Dieses raffinierte Miststück hat uns komplett um den kleinen Finger gewickelt.« Eine unbändige Wut stieg in mir auf, die sich fast zu gleichen Teilen gegen die Peters und ihren Wahn und gegen uns richtete – gegen unsere Dämlichkeit, die vielleicht einen weiteren Menschen das Leben kosten würde.

»Wo genau bist du?«, fragte Eric.

»Am Aachener Kreuz, Richtung A44.«

»Sehr gut. Fahr bis zur Ausfahrt Battice, und dann tippst du besser die Adresse in dein Navi. Die wohnt mitten in der Pampa, das findest du sonst nie. Ich simse dir schon mal die Koordinaten, dann geht's schneller. Sobald ich mit der Mertens und der Polizei gesprochen habe, mache ich mich auf den Weg.«

»Nein, warte! Ich habe eben schon versucht, Körber anzurufen, aber der geht nicht dran. Du musst unbedingt mit ihm selbst sprechen – der kann sich zwar bei Gefahr im Verzug auch selbst in Belgien die Mörderin schnappen, aber besser wäre es, wenn er die Leitstelle in Belgien alarmiert, bevor er losfährt. Dann kommt die belgische Polizei und hoffentlich gleich mit dem richtigen Personal. Wir brauchen mindestens ein paar Streifenwagen zur Adresse von Irene Schöller und am besten auch gleich einen Krankenwagen. Wer weiß, was wir vorfinden.«

»Okay, ich versuch's. Ich bin dir dann sofort auf den Fersen.«

»Aber dein Auto steht doch in der Werkstatt!«

»Seit eben nicht mehr«, gab Eric zurück.

»Alles klar«, rief ich und stieg mit beiden Füßen aufs Gas.

»Und Britta?« Eric war immer noch dran. »Sei vorsichtig!«

»Jetzt leg schon auf und schick mir die Koordinaten!«, fauchte ich und drückte den Aus-Knopf.

Kurze Zeit später pingte mein Handy. Ich zog kurzerhand auf den Standstreifen und machte eine Vollbremsung. Als Erstes tippte ich die Koordinaten von Irene Schöllers Bauernhaus in Elfriede (mein Navi) und schickte flugs eine Nachricht an Jyoti. *Musst ohne mich gehen. Mörderin gefunden, nächstes Opfer in Gefahr!*

Dann öffnete ich das Handschuhfach und kramte hektisch nach meinem Pfefferspray. Nichts. *Na toll.* Dann fiel mir ein, dass die Dose noch in meiner Jackentasche steckte – die natürlich zu Hause hing. *Super. Aber Moment mal.* Triumphierend zog ich mein Schweizer Taschenmesser unter diversen CD-Hüllen und sonstigem Krimskrams hervor. *Besser als nichts.* Ich steckte das Messer in meine hintere Hosentasche und gab wieder Vollgas.

In einem Affenzahn fegte ich die Autobahn entlang und hoffte, dass die allzeit wachsame belgische Verkehrspolizei gerade anderweitig beschäftigt war. *Na ja, wenigstens nehmen die Kreditkarten, das geht schnell.*

Je länger ich fuhr, desto wütender wurde ich auf die Peters. »Du blödes Miststück – drei unschuldige Frauen ermorden und mir das Konzert versauen, auf das ich mich seit einem Jahr freue. Wenn ich dich in die Finger kriege ...« knurrte ich, und Sammy bellte zustimmend.

Kurz vor der Ausfahrt Battice meldete sich Elfriede erstmals zu Wort. Ich fuhr von der Autobahn ab und knackte gleich darauf den Jackpot: Vor mir trudelte ein Traktor in aller Seelenruhe mit Tempo 30 vor sich hin. Fünf Minuten und mein gesamtes Nervenkostüm später konnte ich endlich überholen und wäre dabei fast an der nächsten entscheidenden Abzweigung vorbeigerauscht. Mit quietschenden Reifen kriegte ich gerade noch so die Kurve und hatte endlich freie Bahn.

* * *

Als ich auf den Schöller'schen Hof bretterte und mit einer weiteren Vollbremsung Kies über den gesamten Innenhof verteilte, dankte ich innerlich dem Erfinder der Satellitennavigation. Ohne Elfriede hätte ich das alte Gehöft nie so schnell gefunden.

Wäre Zeit gewesen, hätte ich das schöne alte Fachwerkhaus bewundert – stattdessen hielt ich Ausschau nach Anzeichen, dass Sybille Peters vor mir eingetroffen sein könnte.

In einer alten, offenen Scheune standen ein Land Rover und ein Skoda Kombi, beide mit belgischem Kennzeichen. Wenn die Peters schon hier war, hatte sie ihr Auto anderswo geparkt.

Ich schoss aus dem Auto direkt auf die Haustür zu und drückte fest und anhaltend auf die Klingel. Nichts.

Verflucht. Ich bin zu spät.

Ich drückte gerade die Klinke herunter, um zu sehen, ob die Tür vielleicht offen war, als eine kühle Stimme hinter mir sagte: »Kann ich Ihnen vielleicht weiterhelfen?«

Ich fuhr herum und sah mich einer kräftig gebauten End-Zwanzigerin in Latzhose und Gummistiefeln gegenüber. Das blonde Haar hatte sie sich mit einem farbenfrohen Tuch aus dem sonnengebräunten Gesicht gebunden, und hinter ihren Brillengläsern musterten mich intelligente, blaue Augen. Über ihrem rechten Arm hing ein geflochtener Weidenkorb, gut gefüllt mit Hühnereiern.

»Irene Schöller?«, fragte ich.

»Korrekt. Und wer sind Sie, wenn ich fragen darf?«

»Mein Name ist Britta Sander, Frau Schöller. Ich arbeite für die Detektei Schniedewitz und Schniedewitz in Aachen, und wir arbeiten zusammen mit der Kriminalpolizei an der Aufklärung von drei Morden, die in den vergangenen Wochen begangen wurden.«

Sie hob eine recht buschige Augenbraue. »Und wie kann ich Ihnen dabei helfen?«

Ich hatte keine Zeit, lange um den heißen Brei herumzureden: »Wir wissen inzwischen, wer die Täterin ist, und wir wissen auch, dass Sie mit höchster Wahrscheinlichkeit das nächste Opfer sind.«

Irene Schöller brach in schallendes Gelächter aus.

Sammy hatte den Kopf aus dem Fenster gestreckt, sah Richtung Hoftor und bellte aufgeregt. Kurz darauf hörte auch ich hinter mir ein Auto und warf einen Blick über die Schulter zurück. Ein Minivan kam den Weg heruntergerumpelt, fuhr dann aber am Tor vorbei.

Gott sei Dank, noch nicht die Peters.

Ich drehte mich wieder zu Irene Schöller um, die sich nach ihrem Heiterkeitsausbruch wieder etwas gefangen hatte.

»Sind Sie alleine hier?«

Jetzt war sie irritiert. »Äh, ja. Meine Kinder sind bei ihren Großeltern. Sie meinen, das war gar kein Witz? Wer soll mich denn bitte umbringen wollen?«

»Natürlich war das kein Witz!«, stöhnte ich entnervt, nahm sie am Arm und schob sie in Richtung Haustür. »Ihre ehemalige Schulkameradin Sybille Peters hat drei ihrer damaligen Mitschülerinnen schon ermordet, und Sie kennen ihr ›schmutziges Geheimnis‹ auch. Denkt die Peters jedenfalls.«

»Schmutziges Geheimnis?«, fragte Irene Schöller verwundert.

»Ich erkläre Ihnen gleich alles, Frau Schöller. Lassen Sie uns aber bitte erst mal ins Haus gehen. Sie sind in akuter Lebensgefahr, und ich weiß nicht, wann die Peters hier aufschlägt. Ich bin überrascht, dass sie nicht schon hier ist.«

Irene Schöller schüttelte kurz mit dem Kopf und funkelte mich warnend an: »Wenn Sie mich hier verulken, wird es Ihnen leid tun, das verspreche ich Ihnen.«

Sprach's und marschierte energisch auf die Haustür zu – die nicht abgeschlossen war.

Shit.

»Ich hoffe, die Hintertür ist abgeschlossen?«, sagte ich hoffnungsvoll.

»Blödsinn, wir schließen hier tagsüber nie die Türen ab, warum sollten wir auch?« Abrupt blieb sie in der ziemlich dunklen und langen Hausdiele stehen, und ich prallte unsanft gegen sie.

»Ja wirklich, warum solltest du die Türen abschließen?«, erklang eine bekannte Stimme. Ich sah an Irene Schöllers Schulter vorbei die Peters, die seelenruhig an der Treppe in den ersten Stock lehnte. Die automatische Feuerwaffe in ihrer Hand hatte sie in aller Gemütsruhe auf uns gerichtet.

Na Mahlzeit. Eric, mach hinne.

Bevor ich etwas sagen konnte, hatte sich Irene Schöller schon in Bewegung gesetzt und stellte ganz beiläufig den Eierkorb direkt vor meine Füße. *Was zum ... Ach so.* Ich musste innerlich grinsen. Nicht dumm, Frau Schöller.

»Was soll denn der Blödsinn, Billie?« Sie marschierte schnurstracks auf die Pistolenmündung los. So schnell konnte man Irene Schöller wohl nicht einschüchtern.

Die Peters sagte ungerührt: »Du bleibst besser stehen, Irene.« Langsam hob sie die Waffe und feuerte einmal in die Decke, wohl um ihre Aussage zu unterstreichen. Irene Schöller blieb stehen, und während die Peters sich den Putz aus dem Gesicht wischte, der ihr von der Decke ins Gesicht rieselte, bückte ich mich, griff nach zwei Eiern und rief »Ducken!«, was Irene Schöller in einem Tempo umsetzte, das ich ihr bei der kräftigen Statur gar nicht zugetraut hätte.

Ein Ei zerklatschte wirkungslos an der Treppe, das zweite war jedoch ein Volltreffer und erwischte die Peters mitten im Gesicht. Mein alter Sportlehrer, Balu der Bär, wäre stolz auf mich gewesen.

Während die Peters sich noch die Sicht freiwischen musste, stürzten Irene Schöller und ich gleichzeitig los. Allerdings hatten wir die Rechnung ohne die Wirtin gemacht. Als Irene Schöller bei der Peters ankam und sie in den Schwitzkasten nehmen wollte, hatte die schon wieder genug Sicht, um den Angriff erfolgreich abzuwehren und ihrerseits Irene Schöller zu packen und ihr die Knarre an die Schläfe zu setzen. Ich blieb wie angewurzelt stehen und hob beschwichtigend die Hände.

»Frau Peters, geben Sie auf, das hat doch keinen Sinn mehr. Wir wissen, was Sie getan haben, und wir wissen auch, warum. Ihr ›Geheimnis‹ ist raus – das kriegen Sie nie wieder eingefangen. Wenn Sie Irene hier auch noch umbringen, machen Sie nur für sich selbst alles noch schlimmer.«

Irene Schöller bewegte sich zwar nicht, aber ihrem gerechten Zorn tat auch die Pistole keinen Abbruch. »Was denn für ein Geheimnis, verdammt noch mal«, schimpfte sie. »Billie, was soll denn der Scheiß?«

»Wollen Sie es ihr sagen oder soll ich?«, fragte ich leise, und als die Peters kurz Irene Schöller ansah, bewegte ich mich vorsichtig ein paar Zentimeter vorwärts.

Eric, wo bleiben die Streifenwagen???

Die Peters wirkte wie versteinert, also redete ich langsam weiter. *Zeit gewinnen, Sander, Zeit gewinnen.*

»Vielleicht haben Sie in der Lokalpresse von der Aachener Traumhochzeit gelesen, Irene?« *Krisensituationen, Grundkurs:*

Das Opfer möglichst oft beim Namen nennen, herausstellen, dass es sich um eine Person handelt. Macht das Ermorden schwieriger.

Irene Schöller schüttelte trotz Knarre an der Schläfe trotzig den Kopf. »Ich hab keine Zeit für den Society-Kram.«

Die Peters blinkte mit den Augen, sagte aber immer noch nichts.

»Billie Peters hier heiratet nächste Woche Hermann von Gördenich, den ältesten Sprössling einer alteingesessenen und sehr reichen Aachener Familie mit viel Einfluss.«

»Herzlichen Glückwunsch«, knurrte Irene Schöller durch zusammengebissene Zähne.

»Aber es gibt da ein kleines Problem, nicht wahr, Billie?«

Keine Reaktion. Irgendwas roch komisch. *Toast in der Küche angebrannt?*

»Die von Gördenichs sind nämlich schwer katholisch. Und das heißt, sie sind überzeugte Abtreibungsgegner. Und Billie hier hat in ihrer Jugend zweimal abgetrieben. Wenn ihr Verlobter das erfahren würde, wäre es vorbei mit der Traumhochzeit, richtig, Billie? Endlich der ganz große Wurf. Nie wieder so arm sein wie früher, endlich ist man wer. Das kann man doch nicht aufs Spiel setzen. Was sind da schon ein paar Menschenleben?«

Mit möglichst unauffälligen Fußbewegungen rutschte ich wieder ein paar Zentimeter nach vorne. Draußen bellte Sammy. *Lass das bitte die Kavallerie sein!*

Mit einem Ruck erwachte die Peters aus ihrer Trance und zischte: »Das ist alles Beates Schuld!«

»Ach ja?« *Na komm, erzähl mal schön. Solange du redest, schießt du nicht.*

»Das ist alles Beate Meyers Schuld. Und jetzt rein da ins Wohnzimmer oder ich knall Irene hier auf der Stelle ab.«

Ich hob die Hände noch ein Stückchen weiter, um zu signalisieren, dass ich nichts Böses im Schilde führte, und bewegte mich langsam auf die Tür zu, auf die sie mit einem Kopfruck gedeutet hatte. »Erklären Sie's mir trotzdem?«, fragte ich im Vorbeigehen. »Ich will nicht dumm sterben.« *Und wenn ich dich erwische, kannst du was erleben, du Miststück.*

Irgendwas roch wirklich komisch. Nur was?

Der Versuchung, sich zu rechtfertigen und jemand anderem die Schuld in die Schuhe zu schieben, konnte die Peters offensichtlich nicht wiederstehen. Sie schloss die Tür hinter sich.

Prächtig, dann schafft es die Kavallerie vielleicht unbemerkt ins Haus.

»Anfang des Jahres bekam ich einen Anruf von Beate. Zuckersüß war sie am Telefon. Wie sie sich nicht für mich freuen würde, und gratulieren wollte sie. Ob wir nicht mal einen Kaffee trinken gehen wollten.« Die Peters zuckte mit den Schultern. »Beate hat mir früher immer leid getan. Diese furchtbare Akne, kein Typ wollte sie mit der Kneifzange anpacken, also hab ich gedacht – komm, sei nicht so, und hab mich mit ihr in der Stadt getroffen. – Setz dich da hin«, schnauzte sie Irene Schöller an und schob sie unsanft in Richtung eines der Esszimmerstühle. »Du«, sie zeigte mit der Waffe auf mich, »nimm die Schnur hier«, etwas segelte durch die Luft, das ich gerade noch auffangen konnte, »und bind sie an dem Stuhl fest.« Dann erzählte sie weiter, als wäre nichts gewesen. »Sie hat mich alles schön erzählen lassen – wie wir uns kennen gelernt haben, wie es so ist mit einem von Gördenich als Verlobtem, wohin die Hochzeitsreise gehen soll. Und als ich fertig war, ist sie dann damit herausgerückt, warum sie sich wirklich mit mir hatte treffen wollen.« Sie machte eine ungeduldige Handbewegung mit der Pistole. »Jetzt bind sie schon fest.«

Ich machte einen Schritt auf Irene Schöller zu und fing an, mit der Schnur hinter ihrem Rücken herumzunesteln. Dummerweise ließ die Peters mich dabei nicht aus den Augen. Allerdings stand sie ziemlich dicht neben uns.

»Und?«, fragte ich, als die Peters nicht weitersprach. *Halt sie am Reden, Sander.*

»Beate wollte Geld, sonst nichts. Sie hat mir was vorgeheult, dass sie nicht mehr wüsste, wie sie ihre vier Kinder durchbringen sollte. Herbert – die Flasche, die sie geheiratet hat – sei spielsüchtig und würde ihr ganzes Geld verzocken. Manchmal wüsste sie nicht mehr, wie sie am nächsten Tag was zu essen auf den Tisch bringen sollte.«

»Och herm«, entfuhr es Irene Schöller.

»Nix och herm«, zischte die Peters. »Ist doch selbst schuld, wenn sie so einen Versager heiratet.«

Irene Schöller sah die Peters an als hätte sie plötzlich im Badezimmerschrank eine Kakerlake gefunden. *Was stinkt hier so furchtbar und warum ist es auf einmal so warm?*

»Jedenfalls hat sie mich dann angebettelt«, fuhr die Peters ungerührt fort. »Ich hätte doch jetzt so viel Geld, und wir waren doch so gute Freundinnen in der Schule, und für sich selbst würde sie nicht bitten, aber ihre Kinder, die könnten doch nichts dafür. Ein widerliches Schauspiel war das«, sagte die Peters verächtlich.

»Selig die Barmherzigen«, bemerkte Irene Schöller sarkastisch.

Ich war mehr als beeindruckt – Angst hatte sie offenbar keine vor der Irren, die mit einer Knarre in der Hand in ihrem Wohnzimmer stand.

»Ach ja?«, fauchte die Peters. »Wer war denn barmherzig zu mir? Wer hat denn was für mich getan, als ich von der Schule abgehen musste, um diese Scheiß-Lehre zu machen? Medizin wollte ich studieren, Ärztin werden – ich war besser in der Schule als ihr alle zusammen, aber *eure* Eltern hatten das nötige Kleingeld.«

»Schon mal was vom zweiten Bildungsweg gehört?«, entgegnete Irene Schöller ungerührt.

Die Peters zögerte kurz – die Idee war ihr wohl vor lauter Selbstmitleid nicht gekommen – fing sich aber schnell wieder und redete weiter.

»Als ich abgelehnt habe, hat sie noch eine Weile herumgejammert und versucht, mich umzustimmen. Ich bin dann irgendwann aufgestanden und wollte gehen, da hat die kleine Schlampe dann die Bombe platzen lassen. Wenn ich ihr kein Geld geben würde, würde sie meinem Verlobten von den Abtreibungen erzählen, und dann könnte ich meine Traumhochzeit vergessen. Man muss wohl selbst katholisch erzogen worden sein, um die Verbindung herzustellen«, sagte die Peters bitter. »Mir war noch überhaupt nicht in den Sinn gekommen, dass das womöglich alles kaputt machen würde, wenn Hermann es erfährt. Und das Risiko konnte ich nicht eingehen.«

»Also haben Sie erst mal bezahlt«, half ich aus.

»Ich blöde Kuh dachte doch wirklich, wenn ich ihr ein bisschen Geld gebe, verschwindet sie wieder in dem Loch, aus dem sie gekrochen kam.«

Fein, noch ein Häkchen am Fragenkatalog.

»Aber die hat den Hals einfach nicht vollgekriegt. Alle paar Wochen ein paar Tausend Euro«, beschwerte sich die Peters weiter. Sie klang fast so, als würde sie von uns ernsthaft Mitleid erwarten. »Ist ja nicht so, als würde Hermann es merken, wenn solche Kleinsummen fehlen.«

Kleinsummen? Nee, ist klar.

»Aber das war irgendwann nicht mehr genug. Sie wollte immer mehr, und irgendwann wurde mir klar, dass das nie aufhören würde.«

»Und dann haben Sie beschlossen, eine Mutter von vier Kindern umzubringen, damit Sie den Rest Ihres Lebens seelenruhig in Saus und Braus verbringen können«, schlussfolgerte ich.

»Bist du bald fertig mit Zuschnüren?«, fauchte die Peters mich statt einer Antwort an.

»Ich hab's gleich.« Ich schnürte so umständlich wie möglich, viel Schnur um die Handgelenke, wenig um den Stuhl, sodass ein Kind sich mit einem Ruck daraus hätte befreien können. Ich konnte nur hoffen, dass Irene Schöller schnell reagieren würde, wenn es so weit war. Verstohlen drückte ich ihre Hand, bevor ich mich wieder aufrichtete.

»Das war Notwehr«, behauptete die Peters allen Ernstes.

»Und Sabrina und Tessa waren auch Notwehr, ja?« In dem Moment sah ich die ersten Rauchfäden, die unter der Tür durchzogen, aus dem Flur erklang ein ominöses Knistern. *Die Irre hat das Haus angezündet!*

Die Peters zuckte gleichgültig mit den Schultern. »Hätte ja alles nichts genützt, wenn ich die eine beseitige und dann kommt die Nächste auf dumme Ideen und es war alles umsonst.«

Als sie sah, dass ich mit meinem Houdini-Werk fertig war, winkte sie mich mit der Knarre ein Stück zur Seite und ruckelte an der Schnur, die sich natürlich sofort löste. Verdutzt blickte sie kurz nach unten.

Jetzt oder nie, Sander.

Ich rammte die Peters mit meinem vollen Körpergewicht gegen die Wand und betete, dass die Knarre nicht zwischen uns geriet. *Bisschen Verschnitt ist immer.*

»LAUF«, brüllte ich Irene Schöller an, die Gott sei Dank gemerkt hatte, dass ihre Hände zwar mit Schnur umwickelt, aber nicht gefesselt waren. Sie sprang auf und drehte sich zur Tür – der tödliche Reflex – da raus, wo man reingekommen ist.

»FENSTER!«, schrie ich sie an – an uns beiden vorbei wäre sie nie durch die Tür gekommen, hinter der man inzwischen das Feuer prasseln hörte. Die Rauchschwaden, die durch die Türritzen drangen, wurden immer dicker, und ich war nicht die Einzige, die anfing zu husten. Bevor die Peters sich wieder besinnen konnte, verpasste ich ihr einen gepflegten Kopfstoß direkt aufs Nasenbein.

AUA!

»Raus, raus, raus«, brüllte ich, als Irene Schöller zögerte, packte die Peter'sche Waffenhand am Handgelenk und biss kräftig rein. Prompt ließ die Peters die Pistole fallen. *Läuft.*

Hinter mir hörte ich, wie Irene Schöller am Fenster rüttelte. *Was dauert denn da so lange?*

Der Rauch wurde immer dicker, sodass ich fast nichts mehr sah. Und die Peters fing plötzlich an, sich heftig zu wehren. Ich hatte alle Hände voll zu tun und kriegte kaum Luft.

Ein lautes Klirren sagte mir, dass Irene Schöller das Fenster eingeschlagen hatte, und irgendwo in der Ferne hörte ich endlich Sirenen. *Wird auch Zeit, ihr Schnarchnasen. Von wegen Kavallerie.*

Ich hörte, wie Irene Schöller aus dem Fenster kletterte und muss wohl einen Moment unaufmerksam gewesen sein, denn plötzlich schoss ein blitzartiger Schmerz durch meinen Fuß. *Die Schlampe ist mir mit dem Absatz auf den Fuß getreten!*

Diesen Moment nutzte die Peters, um sich loszureißen. Sie verpasste mir mit dem Ellbogen einen Schlag ins Gesicht, der sich gewaschen hatte. Ich stürzte hin, und zum ersten Mal in meinem Leben sah ich echte Sternchen. Bis ich meinen Kopf wieder frei geschüttelt hatte, sah ich durch die dicken Rauchschwaden überhaupt nichts mehr, fühlte aber die Hitze der Flammen, die inzwischen unter der Tür durchleckten. Über mir hörte ich die Fachwerkbalken erst bedrohlich knacken und dann krachte es lautstark im Gebälk.

Zum Fenster, wo ist das gottverdammte Fenster?

Ich bekam keine Luft mehr, hustete mir die Lunge aus dem Hals. Die Hitze war unerträglich. Ich rappelte mich auf und tastete mich mit einer Hand blind in die Richtung vor, in der ich das Fenster vermutete. Mit der anderen versuchte ich mir, so gut es ging, den Jackenärmel vor Nase und Mund zu halten. Ich krachte mit dem Schienbein gegen einen Stuhl, der plötzlich hinterhältig aus dem Rauch auftauchte. Nicht mal mehr zum Fluchen hatte ich genug Luft. Stattdessen verlor ich das Gleichgewicht und schlug der Länge nach hin. Direkt über mir sah ich das ersehnte Fensterbrett. Ich hörte Sammy draußen verzweifelt kläffen und wollte mich gerade wieder hochkämpfen, als ich über mir ein lautes Krachen hörte – kurz bevor etwas Tonnenschweres mein linkes Bein unter sich begrub. Eine Millisekunde später erreichte der Schmerz mein Gehirn mit voller Wucht. Dann wurde alles schwarz.

DONNERSTAG, 11. AUGUST

Geweckt wurde ich von etwas Nassem im Gesicht und einem leisen Winseln direkt neben meinem Ohr.

»Schhhhhhhhhhhh, Sammy, ich kommö in Teuföls Küchö, wenn die Oberschwestör dich hier findöt«, zischte Tahar.

Es hörte sich an, als wäre ein kurzes Handgemenge im Gange, dann hörte ich einen Reißverschluss, und kurz darauf öffnete sich die Zimmertür.

Ich öffnete ein Auge und sah gerade noch, wie Tahar eine schwarze Reisetasche auf den Boden gleiten ließ, aus der noch ein verräterisches Hundeohr lugte.

»Alles in Ordnung hier?«, schnarrte Chefarzt Dr. Holgers Stimme misstrauisch.

Auch das noch, in den Klauen des Doktors des Todes. Ich beschloss, das Auge wieder zuzumachen, bis er verschwand.

»Sichör, *monsieur le docteur*, allös paletti«, antwortete Tahar engelsgleich.

»Gut, klingeln Sie sofort nach der Schwester, wenn sie aufwacht«, knarzte Holger unfreundlich weiter und verließ ohne ein weiteres Wort das Zimmer.

»Ist er weg?«, wisperte ich mit geschlossenen Augen.

»Aaaah, *mon dieu*, Brittah, du bist endlich wach?«, jauchzte Tahar viel zu laut.

»Pssssssst, nicht so laut«, war ich jetzt mit Zischen an der Reihe. »Sonst steht der hier gleich wieder auf der Matte.«

Ich wollte auf die Seite rollen, überlegte mir das aber sehr schnell anders, als mein linkes Bein beim ersten minimalen Bewegungsversuch nicht nur tierisch wehtat, sondern sich auch um einige Kilo schwerer anfühlte als gewöhnlich.

»Wartö«, Tahar sprang auf. »Ich stellö dir das Kopfteil höhör. Du musst mit dem Bein noch vorsichtig sein.« Er half mir mit der einen Hand beim Aufsetzen und mit der anderen stellte er das Kopfteil des Krankenhausbetts hoch.

Als ich das Geschläuch in meinem Gesicht entfernen wollte, klopfte Tahar mir auf die Finger. »Nichts da, du hattest eine schwerö Rauchvergiftung, das ist Sauerstoff, Fingör weg. Wusstöst du, dass man bei einöm Brand schon nach drei bis fünf Atemzügön bewusstlos wird?«

»Ach, was du nicht sagst«, entgegnete ich trocken.

Die schwarze Reisetasche gab seltsame Laute von sich, schlug hier und da Beulen und bewegte sich sogar ein Stück fort.

»Diesör Hund«, stöhnte Tahar und befreite Sammy aus seinem tragbaren Gefängnis. Kaum witterte dieser Morgenluft, befreite er sich mit einer erstaunlichen Windung aus Tahars Griff und sprang auf mein Bett, wo er wild auf und ab hüpfte und dabei kleine, yippende Laute von sich gab. Zwischendurch ein paarmal mit der Zunge über Gesicht und Sauerstoffmaske, und als er sich ausreichend davon überzeugt hatte, dass ich wieder unter den Lebenden weilte, drehte er sich ein paarmal um die eigene Achse, um sich dann mit einem lauten Seufzer genüsslich auf meinem Schoß niederzulassen.

»Ich will ja nix sagen, Tahar, aber hatte Sammy nicht mal deutlich mehr Fell?« Man konnte ihn noch nicht unbedingt als Nackthund bezeichnen – Edamer hätte den Zustand seines Fells wohl besser beschrieben.

»Wir könnön froh sein, dass er überhaupt noch Fell hat.« Tahar bedachte Sammy mit einem liebevollen Blick. »Er ist nicht von dem Fenstör gewichön, hintör dem du lagst. Dabei hat er einigös an fliegendön Brandsplittörn abbekommön. Ohne ihn hätten sie dich sicher nicht rechtzeitig gefundön. *Mon Dieu*, isch darf gar nicht daran denkön.« Er schüttelte sich. »Er hattö auch einigös an Glassplittörn in den Pfotön, abör die habön sie inzwischön allö rausgeholt.«

In der Tat trug Sammy an drei seiner vier Pfoten hübsche kleine Stiefelchen aus Verbandsmaterial. Ich streichelte ihm über den kleinen Kopf, und er grunzte zufrieden.

»Die belgischö Feuerwehr möchte ihn zum Ehrenmitglied ernennön«, bemerkte Tahar.

Die Tür öffnete sich leise, und ich wollte gerade schon Sammy wieder in seine Tasche zurückstopfen, als ich sah, dass es Jyoti war.

Sie kam schnellen Schrittes auf mein Bett zu und umarmte mich so heftig, dass ich das beachtliche Arsenal an blauen Flecken, Schürf- und Brandwunden nicht mehr ignorieren konnte.

»AUA«, quietschte ich, aber Jyoti ließ sich davon nicht beirren und ließ mich erst los, nachdem sie mich kräftig gedrückt hatte. »Wer braucht Feinde, wenn er solche Freunde hat«, brummte ich und begutachtete einige der beeindruckenderen Hämatome.

»Als Humanmedizinerin muss ich natürlich auf Schärfste gegen die Anwesenheit dieser kleinen vierbeinigen Bazillenschleuder hier protestieren.«

Tahar starrte sie mit offenem Mund an und Jyoti grinste spitzbübisch.

»Aber für kleine Helden machen wir natürlich eine Ausnahme.« Sie zog eine Tüte mit Hundekuchen aus der Tasche und raschelte verführerisch damit vor Sammys Nase herum. Der schnupperte zwar begeistert, bewegte sich aber keinen Millimeter von seinem Liegeplatz weg.

»Dann sag mir doch mal, wie die Lage ist, du Humanmedizinerin«, sagte ich zu Jyoti und wies auf meine diversen Verbände.

»Ach, möchtest du das nicht lieber vom Herrn Chefarzt persönlich hören?«, feixte Jyoti.

»Lass mich bloß mit dem in Ruhe«, knurrte ich. »Der hat mich hoffentlich nicht operiert?«

»Ich fürchte doch«, sagte Jyoti. »Und das war auch gut so. Dein Bruder mag menschlich ein Arschloch sein ...«

»Mag sein?«, unterbrach ich sie.

»Also gut«, korrigierte sich Jyoti. »Dein Bruder *ist* menschlich ein Arschloch, aber was er da im OP hingekriegt hat – alle Achtung. Ich habe das Bein gesehen und die Röntgenbilder, Britta.« Sie wurde plötzlich ernst. »Wenn du nach dem Heilungsprozess wieder ohne zu hinken gehen kannst, hast du das nur einer einzigen Person zu verdanken, Arschloch oder nicht. Und bis es so weit ist, wird es noch eine Weile dauern.«

»Hmpf«, brummte ich missmutig.

»Mal ganz abgesehen davon, dass das Arschloch das Privatzimmer hier bezahlt, wo Madam ja Holzklasse versichert sind«, knarrte plötzlich Chefarzt Dr. Holgers Stimme von der Tür her.

Jyoti lief knallrot an, hatte aber noch die Geistesgegenwart, Sammy mit einer eleganten Bewegung vom Bett aufzufegen und in der Reisetasche zu deponieren.

Holger trat an mein Bett: »Schmerzen?«

»Bisschen«, nuschelte ich.
»Wo?«
»Bein.«
»Das war zu erwarten. Ich schicke die Schwester mit mehr Schmerzmitteln. Die letzte Dosis ist eine Weile her. Aber am besten gewöhnst du dich schon mal dran. Nach so einer komplizierten Verletzung ist nicht alles wieder eitel Sonnenschein, wenn wir den Gips und die Verbände abnehmen. Es wird harte Arbeit, das Bein ganz wieder herzustellen.«

»Danke«, murmelte ich.

»Hmpfm«, antwortete Holger und rauschte wieder aus dem Zimmer.

Tahar blinkte einmal mit den Augen. »Das nennö ich Geschwisterliebö.«

»Och, das war doch noch richtig zivilisiert«, grinste Jyoti. »Du solltest die beiden mal sehen, wenn sie schlechte Laune haben.«

Sammy steckte in aufrichtiger Empörung den Kopf aus der offensichtlich verhassten Reisetasche und kläffte einmal. Mit einem schnellen Griff in die Hundekuchentüte ließ er sich jedoch wieder beruhigen, bevor das Pflegepersonal auf den blinden Passagier aufmerksam werden konnte.

»Also«, erinnerte ich Jyoti, »die Lage?«

»Angesichts dessen, was hätte passieren können, erstaunlich gut. Ein paar Prellungen, einige leichte Brandwunden, eine starke Rauchgasvergiftung – lass die Finger von dem Sauerstoffschlauch – und ein paar kosmetische Einschränkungen wie fehlende Augenbrauen und verkohlte Haare auf der eher harmlosen Seite. Ja, ja, ich geb dir ja gleich einen Spiegel. Dein Bein hat es allerdings übel erwischt. Komplizierte Brüche, Verbrennungen und starke Prellungen. Du kannst von Glück sagen, dass nur ein kleiner Balken runtergekommen ist. Wäre es einer der großen Deckenbalken gewesen, hättest du das Bein sicher verloren.«

Ich merkte selber, wie ich blass um die Nase wurde.

»So kommst du hoffentlich mit ein paar hässlichen Narben davon«, sprach Jyoti unbeirrt weiter, »und wenn alles gut läuft und du zur Abwechslung mal brav auf deine Ärzte hörst, hast du gute Aussichten, das Bein ganz wiederherzustellen.«

Bevor Jyoti mir den kleinen Spiegel aus ihrer Handtasche reichte, fragte sie: »Bist du sicher? Du kannst auch noch ein bisschen warten.«

»Nun gib schon her, spätestens, wenn ich aufs Klo muss, sehe ich mich sowieso.«

Betretenes Schweigen.

»Och nöö, das ist nicht euer Ernst. BETTPFANNE?«

Jyoti nickte. »Hoffentlich nicht mehr lange, aber im Moment ...«

Über meine tote Leiche.

Ich überging diesen Punkt geflissentlich und beguckte stattdessen mein neues Äußeres. Jyoti hatte vergessen, ein halb zugeschwollenes Auge und ein gigantomanisches Hämatom auf der Stirn zu erwähnen – das musste wohl das Ergebnis des saftigen Kopfstoßes gewesen sein, den ich der Peters verpasst hatte. »Modell Gerupftes Huhn trifft es momentan wohl am ehesten«, seufzte ich. »Na ja, ich wollte schon immer mal die alte Sinead-O'Connor-Frisur ausprobieren. Ich glaube, jetzt wäre der richtige Zeitpunkt.« Ich ließ den Spiegel sinken.

»Noch irgendwelche schlechten Nachrichten?«

Jyoti und Tahar schüttelten simultan die Köpfe.

»Im Gegenteil«, sagte Tahar zufrieden. »Die Petörs ist verhaftöt. Sie hattö versucht, sich zu Fuß über einön Ackör davonzumachön, *les flics belges* konnten sie abör schnell wiedör einsammöln, weil Irène Schöllör ihr hart auf den Fersön war und sie nach ungefähr fünfhundört Metörn zur Streckö gebracht hat. Mit gebrochenör Nasö und zugeschwollenön Augön läuft es sich ebön nicht so gut«, grinste er.

»Und wo haben die *flics belges* so lange gesteckt?«, fragte ich.

Jyoti stöhnte. »Das glaubst du einfach nicht. Zwei Wege dorthin in die Pampa, und ausgerechnet auf der Straße, auf der die Polizei unterwegs war, ist ein Tanklaster umgekippt. Vollsperrung. Also alles zurück, und mit einem riesigen Umweg von der anderen Seite versuchen. Gott sei Dank hatte ein aufmerksamer Nachbar schon die Feuerwehr gerufen, sonst wäre nicht nur das Wohnhaus, sondern der ganze Hof abgefackelt. Aber der Knaller war Eric.« Sah ich da einen rosigen Hauch auf Jyotis braunen Wangen?

»Eric ist ausgestiegen, hat sein Auto stehen lassen und ist die restlichen drei Kilometer einfach zu Fuß gerannt. Er war ein paar Minuten vor der Feuerwehr da, hat sich sofort gedacht, warum Sammy wie bekloppt vor dem kaputten Fenster herumspringt und hat versucht, dich alleine durch das Fenster zu holen. Als die Feuerwehr ankam, war er selber schon fast ohnmächtig. Sie haben zwei *pompiers* gebraucht, um dich in Sicherheit zu bringen – und drei, um Eric von dir weg und aus der Gefahrenzone zu holen.«

»Aber es geht ihm gut?«, fragte ich besorgt.

»*Pas de problème.* Sie habön ihn einö Nacht zur Beobachtung hier behaltön, und die Brandwundön an den Händön sind wohl sehr schmerzhaft, abör ansonstön allös supör. Er arbeitöt jetzt direkt mit Körbör und der Staatsanwaltschaft zusammön. Die werdön sich auch bald mit dir unterhaltön wollön, wenn sie hörön, dass du wiedör wach bist. Abör nebön ihröm Stiefelabdruck an der Fuhrmann'schön Unfallstellö und der Tatsachö, dass die Hülsö ihrön Fingerabdruck trägt, gibt es ja mit dir und Irène Schöllör zwei Zeugön für allös, was die Petörs zugegebön hat. Selbst wenn also die Beweisö für die anderen Mordö nicht reichen, ist sie für eine langö, langö Zeit von der Straßö.«

»Wer ist von der Straße? Frau Sander? Na wunderbar, dann kann man ja die Kinder mal wieder unbesorgt draußen spielen lassen«, erklang Erics Stimme. Er hatte die Zimmertür offenbar mit Mühe per Ellenbogen geöffnet, beide Hände steckten in dicken Verbänden und in einem Arm trug er vorsichtig eine Pflanze, die noch vollständig in Floristenpapier eingewickelt war. Er strahlte über alle vier Backen. »Ich möchte nicht wissen, wie oft du auf deinem Weg zu Irene Schöller geblitzt worden bist. Das Dorf ist jedenfalls schwerst traumatisiert von dem Blitz, der da durchgefegt ist.«

Jyoti lachte, stand auf und nahm ihm die Pflanze ab. »Wie hast du denn eine Topfpflanze an der Oberschwester vorbeigekriegt?« Es *war* ein rosiger Hauch auf Jyotis Wangen.

»Ach«, winkte Eric ab, »ein Kinderspiel. Die Kleinen übersieht man ja leicht. Außerdem war es das Risiko wert. Ob du vielleicht mal assistieren würdest? Aber Vorsicht, wir wollen keine weiteren Verletzten.«

Jyoti zupfte vorsichtig an dem Papier herum, und mir schwante Übles. Zum Vorschein kam – ein Kaktus. Und nicht irgendein Kaktus, sondern der größte Kaktus, den ich je gesehen hatte.

Alle außer mir brachen in schallendes Gelächter aus.

»Das gute Stück nennt sich ›Schwiegermutterstuhl‹«, wieherte Eric. »Ich dachte, wo doch Britta Kommissar Körber so attraktiv findet – wenn die Schwiegermutter nur halb so knurrig ist wie der Sohnemann, ist das hier genau das richtige Modell.« Wieder schüttelten sich alle vor Lachen.

»Bin ich nur froh, dass du auch nach derart traumatischen Erlebnissen noch am herzhaftesten über deine eigenen Witze lachen kannst«, knurrte ich. »Stell das Ding am besten gleich ins Bad, dann sieht man ihn nicht.«

»Vielleicht setzt sich ja Chefarzt Doktör Holgör aus Versehön mal drauf«, gackerte Tahar, während er Eric, der seine Hände nicht wirklich benutzen konnte, einen Stuhl heranschob. Eric ließ sich ein bisschen umständlich nieder und maulte grinsend: »Also jetzt hast du mir doch glatt meine Überraschung verdorben. Der Plan war doch, dass dein Blick beim ersten Erwachen direkt auf den Schwiegermutterstuhl fällt. Kann doch keiner ahnen, dass du aufwachst, kaum ist man mal ein paar Stunden weg.«

»Das könnte dir so passen«, brummte ich zurück. »Und ja, danke, es geht mir den Umständen entsprechend.«

»Wunderbar«, strahlte Eric. »Dann bist du ja genau in der richtigen Gemütsverfassung, um den verdienten Lohn deiner Arbeit – oder sagen wir deinen Anteil am verdienten Lohn unserer Arbeit – in Empfang zu nehmen. Tahar, wenn du mir mal assistieren würdest …« Er deutete ungelenk auf eine seiner Jackentaschen.

Tahar griff mit spitzen Fingern in die Tasche, zog einen Umschlag heraus und reichte ihn mir. Sammy nieste enttäuscht, als er feststellte, dass es nichts zu essen war, und legte den Kopf mit einem missbilligenden Blick wieder auf die Vorderpfoten.

Neugierig riss ich den Umschlag auf und zog einen handgeschriebenen Brief heraus. »Meine Güte, ganz alte Schule«, sagte ich überrascht und las, was Christian Kempfer mir geschrieben hatte. Beim letzten Absatz klappte mir die Kinnlade herunter.

»Und?«, fragte Jyoti neugierig, und Eric zwinkerte mir wissend zu.

Ich überflog die Zeilen noch einmal und verkündete die Kurzversion: »Er bedankt sich ... blabla ... entschuldigt sich dafür, dass er die Ermittlungen behindert hat ... blabla ... er hat sich mit Pia versöhnt, weil sie Sabrinas Verlust gemeinsam besser verarbeiten können ... blabla ... Pia und er hätten bei Eric vorgesprochen«, ich warf Eric einen kurzen Blick zu, der außerordentlich zufrieden aussah, »und unser Honorar in Erfahrung gebracht, und – jetzt setzt euch, wer noch keinen Stuhl hat – er war so frei, es zu verdoppeln.« Ich ließ den Brief sinken. »Wenn ich noch mal auf diesen Eurobetrag gucke, werde ich gleich wieder bewusstlos. Die nette Dame bei der Bank, die mich immer rettet, wenn mal wieder ein tiefer Krater im Konto klafft, kriegt nen Herzinfarkt, wenn das Geld eingeht.«

»Naja, immerhin hast du im wahrsten Sinne des Wortes Kopf und Kragen riskiert«, sagte Eric. »Ich soll auch schön von Pia grüßen. Die hat mich seit Montagabend gefühlt alle zwei Stunden angerufen, um zu fragen, wie es dir geht. Und die Fuhrmanns haben das Honorar zwar nicht gleich verdoppelt, aber ich kann mich wirklich auch nicht beklagen, die haben sich echt nicht lumpen lassen. Allerdings hatte ich das Gefühl, dass sie neben der Erleichterung nun endlich zu wissen, was ihrer Tochter genau zugestoßen ist, sie sich fast genau so darüber gefreut haben, dass es Tessas Hund war, der dir das Leben gerettet hat.« Er wollte sich am Kopf kratzen, unterließ es aber, als er sich an seine Verbände erinnerte.

»Sag mal, wie bist du denn überhaupt hergekommen, mit denen da« – ich zeigte auf seine Hände – »bist du ja wahrscheinlich nicht Auto gefahren.«

»Es hat mich netterweise jemand mitgenommen.« Er lehnte sich verschwörerisch vor und flüsterte in Lagerhallenlautstärke: »Allerdings wäre ich dir sehr dankbar, wenn du die Sache mit dem Schwiegermutterstuhl nicht erwähnen ...«

»Was soll sie nicht erwähnen?«, knurrte eine rauchige Stimme. Diesmal stand Körber in der Tür, im selben zerknitterten Anzug, die Krawatte immer noch auf Halbmast, und einem Blick, der noch finsterer war als bei unserer ersten Begegnung. Er marschierte schnurstracks auf mein Bett zu, zwängte sich an Jyoti vorbei (langsam wurde es ein bisschen voll) und baute sich bedrohlich vor mir auf, die Hände in die Hüften gestemmt.

»Jetzt, wo Sie wieder wach sind, können Sie mir ja vielleicht mal verraten, ob Sie von ALLEN guten Geistern verlassen sind«, schimpfte er los. »So was Hirnverbranntes ist mir wirklich noch nie untergekommen. ALLEINE, UNBEWAFFNET und OHNE zu wissen, wie die Lage genau ist, werfen Sie sich da rein und gefährden sich und alle anderen, die hinter Ihnen herstürmen müssen, um Ihnen den Arsch zu retten!«

Ich sah aus dem Augenwinkel, wie Tahar und Eric sich angrinsten und gemütlich zurücklehnten, um die Show zu genießen.

Mir war die Zornesröte schon bei Körbers ersten Worten ins Gesicht geschossen. Jetzt richtete ich mich so gut auf wie es eben ging und fauchte zurück: »Ach ja? SIE mussten MICH retten? Hätten Sie und Ihre lieben Kollegen vorher IHREN Job ordentlich gemacht, hätte ich mir diese ›hirnverbrannte‹ Rettungsaktion SPAREN können. Wenn ich nicht so schnell dort gewesen wäre, wäre Irene Schöller jetzt TOT, SIE, Sie…« Vor lauter Blut im Schädel fiel mir nicht mal mehr ein passendes Schimpfwort ein.

»Stören wir?«, brummte Gregors tiefe Stimme amüsiert aus dem Hintergrund. »Es scheint der Patientin ja schon wieder deutlich besser zu gehen. Das Stimmvolumen hat jedenfalls nicht gelitten.« Er grinste fröhlich in die Runde und wurde von Pe aus dem Weg geschoben, damit sie ebenfalls das Zimmer betreten konnte.

Körber runzelte irritiert die Stirn und bellte: »Ich bin mit der Patientin noch nicht FERTIG!«

Just in diesem Moment baute sich Chefarzt Dr. Holger in der Tür auf. »Was ist denn das hier für ein Taubenschlag! Wir sind doch keine Bahnhofshalle. Die Patientin braucht Ruhe! Und wenn auf meiner Station einer BRÜLLT, dann bin ICH das!«, donnerte er.

»Ach Holger«, seufzte ich. »Jetzt pluster' dich doch nicht so auf.«

Holgers Augen weiteten sich. »Ist das ein HUND da auf deinem Bett?«

Ups.

»Das ist vollkommen UNVERANTWORTLICH. WER hat dieses TIER hier reingeschmuggelt?« Holgers stahlblauer Blick wanderte einmal durch den Raum, alle Beteiligten starrten angestrengt auf Fingernägel, Schuhe oder aus dem Fenster – bis auf Körber.

Holger bellte: »Ich will jetzt SOFORT eine Antwort. Ich bin hier schließlich der CHEFARZT.«

»Und ich bin hier der KOMMISSAR«, schnappte Körber zurück. »Und führe eine VERNEHMUNG durch. Außerdem ist der Hund ein wichtiger Zeuge in einer Mordermittlung, der wird hier gebraucht.« Er hustete rasselnd. »Sagen Sie mal, kann man hier irgendwo rauchen?«

»Ach, leckt mich doch.« Holger rauschte aus dem Zimmer wie eine ausgebuhte Operndiva und warf die Tür hinter sich zu.

Nachdem sich das allgemeine Gelächter gelegt hatte, kratzte sich Körber den Drei-Tage-Bart und brummte: »Jetzt hab ich doch glatt den Faden verloren.«

»Das ist vielleicht auch bessör so, *monsieur le commissaire*«, wisperte Tahar in Zimmerlautstärke. »Sonst gibt es hier gleich auch noch Mord und Totschlag, *non*? Wenn zwei solchö Temperamentö aufeinandör treffön – *oh làlà*.« Er wackelte mit den Händen hin und her.

»Mpfm«, knurrte Körber und drehte sich mit erhobenem Zeigefinger wieder zu mir um. »Also damit eins mal klar ist – SO eine NUMMER sehe ich von Ihnen NIE MEHR, sonst können Sie was ERLEBEN!«

»Wollen Sie sie vielleicht übers Knie legen?«, presste Eric mit mühsam unterdrückter Heiterkeit zwischen den Zähnen hervor. »Darf ich dabei sein?«

»Hmm, da bringen Sie mich auf eine Idee«, brummte Körber erfreut und nahm Augenmaß, um den Schwierigkeitsgrad abzuschätzen. Sammy knurrte leise.

»Ich könnte ebenfalls herzlich gernö assistierön, *monsieur le commissaire*. Das kann ich mir nicht entgehön lassön.«

Ich hatte inzwischen ergeben die Augen geschlossen, und irgendwann muss ich trotz des Trubels eingenickt sein, denn als ich einige Stunden später wieder wach wurde, war es draußen dunkel, und ich war allein. Also nicht ganz.

Körber hatte sich auf einen der Besucherstühle gefläzt und die Beine ausgestreckt. Seine Füße samt Schuhen ruhten entspannt am Fußende des Bettes. Nach einem suchenden Blick entdeckte ich Sammy, der zusammengerollt in seiner Reisetasche schlief.

»Na, da haben Sie ja Glück, dass ich keine Hygienefanatikerin bin«, bemerkte ich trocken.

»Und Sie, dass ich meine Schuhe nicht ausgezogen habe, dann wären Sie nämlich gleich noch mal in Ohnmacht gefallen. Dann aber eher nicht wegen Rauchgas ...«

Na wenigstens ehrlich ist er.

»Was machen Sie eigentlich noch hier? Haben Sie kein Zuhause?«, fragte ich, einen Hauch schnippisch.

Das mit dem Übers-Knie-Legen hab ich mir gemerkt, mein Herr!
»Ich dachte, Sie wollten vielleicht hören, was wir seit Montag noch alles herausgefunden haben. Die Peters singt wie ein Kanarienvogel«, ein grimmiges Lächeln huschte kurz über sein Gesicht. »Und dann bin ich selber eingeratzt.« Er gähnte herzhaft und streckte sich ausgiebig. Die Besucherstühle hier im Klinikum sind auf jeden Fall deutlich bequemer als die Stühle in unseren Vernehmungszimmern.«

»Na, was bin ich froh, dass Sie sich wohlfühlen«, versetzte ich trocken. »Und ja, natürlich will ich wissen, was die Peters alles ausgeplaudert hat. Man will ja nicht umsonst Kopf und Kragen riskiert haben.« Körber holte Luft, aber ich unterbrach ihn gleich, denn ich hatte zunächst noch ein etwas dringlicheres Problem.

»Aber wo Sie da gerade schon herumsitzen – können Sie mir mal beim Aufstehen helfen?«

Körber guckte mich entgeistert an. »Wie? Aufstehen? Ihre Freundin, die kleine ... also die Medizinerin hat mir doch noch extra gesagt, dass Sie unter keinen Umständen aufstehen dürfen.«

Netter Versuch, Jyoti.

Ich strahlte Körber an. »Ja nun, sie kennt mich eben schon lange, und wird auch diesmal recht behalten, denn *natürlich* stehe ich jetzt auf. Ich muss nämlich aufs Klo. Und es freckt eher als dass ich eine Bettpfanne benutze.«

»Mpfm, ob ich das jetzt so genau wissen wollte ...«, murmelte er und erhob sich widerwillig von seinem Stuhl. Nach einer kurzen Überprüfung meines Bekleidungszustands unter der Bettdecke schlug ich selbige zurück und nahm den Sauerstoffschlauch ab. Körber beguckte sich die Lage und kratzte sich am Kopf.

»Äh, wie wollen Sie das denn bewerkstelligen? Also das Bein, wie soll ich sagen ...?«

»Ach, jetzt machen Sie nicht so ein Theater. Heben Sie das Bein einfach schön vorsichtig aus der Halterung, und den Rest kriegen wir dann.« In seinem unverständlichen Gebrummel meinte ich mehrfach das Wort »bekloppt« zu hören, beschloss aber, das geflissentlich zu überhören. Als Körber das Bein bewegte, schoss ein scharfer Schmerz ungebremst direkt durch bis in den Schädel, und mir brach sofort am ganzen Körper der Schweiß aus. Körber merkte, wie ich zuckte, und wollte das Bein wieder zurücklegen, aber ich zischte ihn durch zusammengebissene Zähne an: »Nix da, weiter. Das geht schon.« Körber schüttelte den Kopf und schimpfte leise vor sich hin, half mir aber, das Bein irgendwie aus dem Bett zu manövrieren und mich aufzusetzen. Kaum hing das Bein nach unten, fing es an, heftig zu pochen, und mir wurde schwindelig.

Körber schob mir kurzerhand die Schulter unter die rechte Achsel und hievte mich ohne Mühe aufrecht. Gott sei Dank waren es nur wenige Schritte bis zur Badezimmertür, die ich – von Körber eigentlich mehr getragen als gestützt – auf dem rechten Bein höppelnd, irgendwie hinter mich brachte.

»Und was machen Sie heute Nacht? Die Schwester wird Ihnen wohl kaum helfen«, murrte er unterwegs.

»Ich ruf Sie an«, gab ich zurück und konzentrierte mich weiter darauf, nicht vor Schmerzen ohnmächtig zu werden.

Ohne viel Zeremoniell platzierte Körber mich im Bad in strategisch günstiger Position und war dann blitzartig hinter der wieder geschlossenen Tür verschwunden.

* * *

Einige Minuten später lag ich in jeder Hinsicht erleichtert wieder im Bett, und Körber zupfte noch ein bisschen an der Bettdecke herum.

»Ein Wort zu Chefarzt Dr. Holger, und Sie sind ein toter Mann«, stellte ich klar. »So, und jetzt erzählen Sie schon.« Ich war zwar von dem kurzen Ausflug völlig fertig, aber meine Neugier war schon immer stärker ausgeprägt als meine Vernunft.

»Bis wohin sind Sie denn im Bilde?«

»Fangen Sie am besten mit Irene Schöllers Flucht durchs Fenster an, ich bin mir nämlich nicht mehr ganz sicher.«

Körber fluchte kurz, dass er sich wegen der Rauchmelder keine Kippe anzünden konnte, fläzte sich dann aber wieder auf seinen Stuhl, parkte die Füße auf meinem Bett und fing an zu erzählen: »Irene Schöller ist gesund und munter, außer ein paar Schürfwunden vom Fenster und ein paar blauen Flecken von einem heftigen Gerangel, als sie die Peters eigenhändig dingfest gemacht hat. Unglaublich, die Frau. Sie hatte selbst eine Rauchgasvergiftung, als sie aus dem Fenster geklettert ist, und konnte kaum atmen, aber sie hat sich sofort auf die Peters gestürzt, als die hinter ihr durchs Fenster kam. Die konnte sich dann zwar zunächst davonmachen, hat aber wohl nicht daran gedacht, welche Kräfte es freisetzt, wenn man jemandem das Zuhause über dem Kopf anzündet. Ich vermute, nicht alle der Peters'schen Verletzungen waren schon da, als sie aus dem Fenster geklettert ist …« Körber grinste zufrieden. »Offenbar war ihr Plan von Anfang an, Irene Schöller im Haus festzusetzen und die Bude dann anzuzünden. Es sollte nach einem Unfall aussehen. Sie hatte aber nicht damit gerechnet, dass außer Irene noch jemand da sein würde. Jemand, der nur mit einem Taschenmesser bewaffnet auf eine mehrfache Mörderin losgeht.« Er funkelte mich düster aus seinen fast schwarzen Augen an.

»Das ich dann nicht mal benutzen konnte«, zuckte ich mit den Schultern. »Sie haben ja recht, war ganz schön dämlich.

Aber ich hatte es im Urin, dass keine Zeit zu verlieren war. Wo sind denn die Schöllers jetzt? Haben die überhaupt ein Dach über dem Kopf?«

»Ja, die sind erst einmal bei ihren Eltern untergekommen. Das Haus ist zwar nicht ganz abgebrannt, aber die Schäden sind so massiv, dass der Rest abgerissen werden muss. Es wird eine Weile dauern, bis sie da wieder einziehen können.« Er machte eine kurze Pause. »Aber eins muss man diesem Hermann von Gördenich lassen – anständig ist er.« Es klang, als müsste sich Körber die anerkennende Bemerkung regelrecht abringen.

Ich sah ihn fragend an, und er fuhr fort: »Der ist natürlich aus allen Wolken gefallen, als er gehört hat, was seine Angebetete für eine Verwüstung angerichtet hat. Er hat die Peters sofort abgeschossen – leider nur bildlich gesprochen – und ist nacheinander zu allen Angehörigen der Opfer gefahren und hat sich dort entschuldigt. Er hat offenbar Irene Schöller zugesichert, für alle Kosten aufzukommen, die die Versicherung nicht übernimmt und gründet gerade eine Stiftung, damit Beate Meyers Kinder trotz dieses Versagers, der sich Vater nennt, eine vernünftige Ausbildung bekommen und vor allem jeden Tag was zu essen.«

»Das ist doch ein feiner Zug von ihm.«

Er starrte mich finster an. »Die Ironie an der Sache ist, dass von Gördenich der Peters wegen der Abtreibungen gar keine Probleme gemacht hätte«, knurrte er. »Ich hab ihn drauf angesprochen, ob er wirklich mit der Peters Schluss gemacht hätte, wenn er von den Abtreibungen erfahren hätte, und das hat er klar verneint. Dass er nicht begeistert gewesen wäre, sei ja klar. Aber das sei so lange her, und er habe kein Recht, über ihr Leben zu urteilen, bevor sie ihn kennen gelernt hat. Seine genauen Worte waren: ›Wenn ich ihr für etwas, das so lange zurückliegt, nicht vergeben könnte, hätte ich einen Kernpunkt meiner Religion nicht verstanden.«

»Das heißt, sie war nicht nur irrsinnig genug zu glauben, sie könnte alle, die von ihrem ›schmutzigen‹ Geheimnis wussten, einfach umbringen und damit das Problem aus der Welt schaffen, sondern das gefährdete Glück war gar nicht in Gefahr?«

»So ist das«, brummte Körber. »Obwohl – die Alte ist so durchgeknallt, wenn es nicht die Abtreibungen gewesen wären, wäre ihr wahrscheinlich irgendwann noch was anderes eingefallen, was ihr Glück gefährdete. Furchtbar diese Frau, vor allem dieses Selbstmitleid.« Er spuckte das letzte Wort fast aus.

»Selbstmitleid?«, fragte ich ungläubig.

Körber schüttelte den Kopf. »Man fasst es nicht. Kein Gedanke an die Hinterbliebenen, kein Gedanke an die Kinder, die keine Mutter mehr haben. Sie schwafelt die ganze Zeit nur davon, was sie alles verloren hat, wie ungerecht die Welt sei, und dass sie doch viel mehr verdient hätte als sie in ihrem Leben je bekommen hat. Eine Unverschämtheit, dass man ihr den goldenen Löffel im letzten Moment noch entrissen hat.« Er schnaubte verächtlich durch die Nase.

»Ich könnte mich treten, dass ich nicht früher auf die Peters gekommen bin«, schimpfte ich. »Uns ist diese Geschichte mit den Abtreibungen schon so früh auf die Füße gefallen. Spätestens als die Peters von ihrem ach so frommen neuen Lebenswandel erzählt hat, hätte es doch schnackeln müssen.«

»Immerhin *sind* Sie aber vor allen anderen drauf gekommen und haben Irene Schöller mit ziemlicher Sicherheit das Leben gerettet. Außerdem hätte die Peters da ja nicht Halt gemacht.«

»Na ja, Susanne Mertens war ja immerhin gewarnt.«

»Bei Susanne Mertens wäre es aber vermutlich nicht geblieben – Sie dürfen den Dealer ihres Vertrauens nicht vergessen.«

»Sie hatte also doch jemanden, der ihr die Barbiturate besorgt hat?«

Körber nickte: »Allerdings. Die Barbiturate, das Rohypnol, das sie bei Beate Meyer und bei Sabrina Kempfer eingesetzt hat, und die Pistole, mit der sie Tessa Fuhrmanns Pferd zum Scheuen gebracht und Irene Schöller bedroht hat.«

Ich sah ihn fragend an.

»Raten Sie mal«, forderte Körber mich auf. »Laut Ihrer Freundin kennen Sie den Kerl.«

Ich dachte kurz nach, aber die Erhellung wollte nicht kommen.

»Gert Zimmermann«, erlöste Körber mich.

Ich schlug mir mit der Hand vor die Stirn. *Aua.* »Natürlich. Ich Idiot. Der hat doch früher schon bei uns auf dem Schulklo Tabletten vertickt. Dann hat er inzwischen sein Hobby zum Beruf gemacht?«

»Augenscheinlich«, bestätigte Körber. »Die beiden waren früher Nachbarskinder oben am Driescher Hof, und als die Peters anfing, ernsthaft über ihre teuflischen Pläne nachzudenken, fiel ihr wohl wieder ein, dass sie ja jemanden kannte, der schon damals alles besorgen konnte, was das Herz begehrte. Die Staatsanwaltschaft ist begeistert. Die haben Zimmermann schon seit Jahren auf dem Korn, konnten ihm aber nie genug nachweisen, um ihn hochzunehmen. Jetzt kriegen wir ihn gleich wegen Beihilfe zum Mord. Er scheint auch verstanden zu haben, was ihm blüht, denn er hat die Peters schwer belastet. Wahrscheinlich hofft er, dass der Richter Milde walten lässt, wenn er hilft, die Peters möglichst lange wegzuschließen. Allerdings hat die Peters den Spieß gleich umgedreht und versucht gerade, ihm Sachen in die Schuhe zu schieben, für die er wahrscheinlich nichts kann.«

»Mein Mitleid hält sich in Grenzen. Und haben Sie sie auch schon befragt, wie genau der letzte Abend von Sabrina abgelaufen ist?«

Die Tür ging auf. »Störö ich?« Tahars Lockenschopf lugte durch die Tür. Leise schob er sich ins Zimmer und wedelte mit einer köstlich duftenden weißen Plastiktüte.

»Ich dachtö, du hast bestimmt Hungör nach drei Tagön, und wenn ich an das Essön hier denkö schüttölt's mich.« Er rümpfte seine empfindliche französische Nase.

Kaum stieg mir der Duft in die Nase, machte sich mein Magen lautstark bemerkbar. Auch Körber hob interessiert die Augenbrauen.

»Also jetzt wo du's sagst – ich könnte mühelos ein halbes Schwein auf Toast verputzen. Und was ich da rieche, sind hoffentlich belgische Fritten?«, fragte ich hoffnungsfroh.

»*Mais oui*. Die könnön das wenigstöns, *les Belges*.«

Tahar nestelte ein großes in Papier gewickeltes Päckchen aus der Tüte, assistiert von Körber, drapierte das Papier auf meinem Schoß und schüttete zwei riesige Portionen Fritten darauf. Die Herren zogen sich rechts und links Stühle ans Bett, und ich schwöre, das waren die besten Fritten meines Lebens.

Selbstverständlich dauerte es nicht lange, bis sich zwei schwarze Pfoten auf der Bettdecke abstützten und Sammy interessiert in Richtung Fritten schnupperte.

Tahar wurde natürlich sofort weich, und ich klopfte ihm energisch auf die Finger. »Untersteh dich. Davon kriegt er bestimmt Blähungen und dann muss ich, kaum dem Tode entronnen, doch noch qualvoll ersticken.«

Körbers Schnorcheln war vermutlich als Lachen zu interpretieren, ein noch eher ungewohntes Geräusch.

»Sabrina?«, erinnerte ich ihn.

»Die Peters war nach dem Mord an Beate Meyer doch tatsächlich angewidert; aber natürlich nicht, weil sie jemanden umgebracht hatte, sondern weil sie es sich nicht so blutig und unappetitlich vorgestellt hatte, jemandem die Pulsadern so aufzuschneiden, dass die Person auch schnell ausblutet. Sie wollte ja nicht riskieren, dass Beate Meyer schnell gefunden wird oder gar zu oberflächliche Wunden zu verursachen, die sich im schlimmsten Fall wieder schließen.« Er schüttelte fassungslos den Kopf. »Die Methode bei Tessa Fuhrmann ließ sich bei Sabrina nicht anwenden und war der Peters auch zu zufallsabhängig. Tessa hätte auf dem Ausritt nur jemand anderen treffen müssen, und der Plan wäre dahin gewesen. Und wenn es der Peters nicht gelungen wäre, sie so lange durch ihr Gespräch aufzuhalten, dass Tessa die Sicherheitsschnalle am Helm wegen der Hitze öffnete oder wenn Tessa nicht auf dem jungen, eher schreckhaften Pferd unterwegs gewesen wäre ... kurzum, zu viel Unwägbarkeiten. So ein hohes Risiko eines Fehlschlags wollte sie nicht wieder eingehen. Also hat sie sich für Sabrina etwas anderes überlegt.«

»Das hat Sie Ihnen alles erzählt?«, fragte ich ungläubig.

Körber zuckte mit den Schultern. »Ich sag ja, ein Kanarienvogel ist nichts dagegen. War wohl schwer für sie, dass sie sich mit niemandem über ihren neuen Lebensinhalt austauschen konnte.« Seine Stimme troff nur so vor Sarkasmus. »Bei Sabrina war es ziemlich genau so, wie Sie es vermutet haben, als Sie mir am Montag den Fall geschildert haben. Die Peters ist Sabrina Kempfer nach Bad Bertrich gefolgt und hat sich dort in einem Gasthaus eingemietet. Dann hat sie sie beobachtet und es dann so eingerichtet, dass sie ihr am Samstagmorgen ›zufällig‹ in der Fußgängerzone über den Weg gelaufen ist. Man habe sich ja so lange nicht mehr gesehen, blablabla, sie habe jetzt einen Wellness-Termin, aber ob sie sich nicht abends zum Klönen treffen könnten. Sabrina hat sich dann selber einen Strick gedreht, indem sie die Peters auf einen Wein zu sich in die Ferienwohnung eingeladen hat. Die SMS, die Sie gefunden haben, hat die Uhrzeit bestätigt und kam von einem Prepaid-Handy, das die Peters sich extra besorgt hatte. Als die beiden dann abends zusammensaßen, hat die Peters einen günstigen Moment abgewartet und Sabrina Kempfer das Rohypnol ins Glas geschüttet. Dann musste sie nur noch warten, bis Sabrina schläfrig wurde und hat ihr dann die Mischung aus Whisky und Tabletten eingeflößt, an der Sabrina letztendlich gestorben ist. Und den Hund hat sie gleich mit aus dem Weg geräumt. Mitnehmen konnte und wollte sie ihn nicht, aber dalassen konnte sie ihn auch nicht, denn sie wollte ja verhindern, dass Sabrina schnell gefunden wird. Da wäre ein kläffender Hund hinderlich gewesen. Offenbar war das der einzige Mord, der ihr schwergefallen ist und auf ihrem Gewissen lastet.« Er sah meinen Blick und sagte: »Ohne Worte. Dann hat sie den Vermieter der Ferienwohnung angerufen und die Mietzeit verlängert, damit Sabrina möglichst spät gefunden wird. Das hätte ja auch beinahe funktioniert. Wenn Sabrina nicht so schnell gefunden worden wäre, wäre es bei diesem warmen Wetter sehr viel schwerer gewesen, den genauen Todeszeitpunkt festzustellen, was es der Peters wiederum leichter gemacht hätte, was ihr Alibi angeht.«

»Und sie war an dem Wochenende erkältet?«, fragte ich.

Körber schüttelte den Kopf. »Nein, danach haben wir sie gefragt, weil das ja einer der Gründe war, weswegen Sie misstrauisch geworden sind – verschnupfte Stimme am Telefon, aber keine Taschentücher im Müll.«

Ich nickte gespannt

»Tja, gut, dass Sie misstrauisch geworden sind, aber die Taschentücher fehlten nicht, weil die Peters hinter sich aufgeräumt hat – hat sie natürlich, aber keine Taschentücher –, sondern sie hat immer mal wieder mit verstopften Nebenhöhlen zu tun, weswegen sie dann verschnupft klingt. Mit einer Erkältung hat das aber nichts zu tun, weswegen sie auch keine Taschentücher hinterlassen hat.«

»Hm, falscher Anlass, richtiger Verdacht. Hätte schlimmer kommen können«, tröstete ich mich.

»Apropos Verdacht«, mischte Tahar sich mit vollem Mund ein. »Was war mit Christian Kempför und Sarah Lothár?«

Körber rollte mit den Augen und stiebitzte die letzte Fritte. »Lecko Pfanni, muss Liebe schön sein! Wir haben die beiden ja am Montag befragt – erst getrennt und dann zusammen. Wenn wir nicht ein paarmal dazwischengegangen wären, hätte die Lothár dem Kempfer sicher die Augen ausgekratzt. Die ist von einem Wutanfall in den nächsten gefallen, weil es nach dem Gespräch mit Ihnen am Sonntag eingesickert ist, dass sie mitnichten seine große Liebe war, für die er die Gattin verlassen würde. Erinnern Sie mich dran, mir nie eine Frau zur Feindin zu machen!«

»Das ist sowieso immör einö gutö Lebensweisheit, *monsieur le commissaire*«, grinste Tahar. »Ich sprechö da aus Erfahrung.«

EPILOG

Einige Wochen später humpelte ich mühsam die Treppe zu meiner Wohnung hoch, gefolgt von Jyoti und Sammy. Ich schloss die Tür auf und dachte, ich hätte mich in der Wohnung vertan. Die ganze Bude blitzte und blinkte vor Sauberkeit, und irgendjemand hatte aufgeräumt.

»Jyoti, wir sind hier falsch. Das ist nicht meine Wohnung, das ist ein steriler OP«, maulte ich.

»Undankbares Stück«, gab Jyoti ungerührt zurück und schob mich vorwärts in den Flur.

Erst jetzt fiel mein Blick auf den Couchtisch, der vor Blumen nur so überquoll. »Hat hier jemand seine Sachen vergessen?«, fragte ich verdutzt.

»Du Pfeife«, sagte Jyoti, »das ist alles für dich.« Sie fing an, an den Fingern abzuzählen: »Irene Schöller, Christian Kempfer, Pia Brand, Pe und Gregor, das Riesending da ist von den Fuhrmanns, der Rosenbusch mit den Dornen von Körber, Hermann von Gördenich, Paulchen und Susi, Eric, McNamara, meine Eltern ... und den Rest hab ich vergessen«, zuckte sie zum Abschluss mit den Schultern, elegant die Tatsache überspielend, dass der Rest meiner Familie natürlich in der Liste fehlte.

Überraschung.

»Ach, und das Wichtigste hätte ich doch beinahe vergessen. Das konnte ich dir wegen drohenden Herzinfarktrisikos in deinem geschwächten Zustand bisher nicht geben.« Sie grinste spitzbübisch und zog ein kleines, flaches Geschenkpäckchen aus ihrer Handtasche.

Verdutzt nahm ich es in die Hand und rappelte kurz damit. Nichts, kein Geräusch. Ohne viel Federlesen rupfte ich das Geschenkpapier ab. Das Cover des letzten *Muse*-Albums lachte mich an. Mit dickem Silberstift hatte jemand drauf gekrakelt: *For Britta, keep hunting. Love, Matt xx*

Ich starrte Jyoti mit offenem Mund an. Die strahlte zufrieden. »Sag nichts, deine glühenden Bäckchen sind Dank genug.«

»Wie, woher...«

»Ich war in der Autogramm-Schlange am Bühnenausgang ziemlich weit vorn und hab Matt gesagt, warum du das Konzert verpasst hast. Erst hat er mich angeguckt, als hätte ich sie nicht alle, aber dann hat er's mir wohl doch geglaubt.«

»Lass mich raten, das Autogramm hat er dir im Austausch für deine Telefonnummer gegeben.«

Jyoti errötete leicht. »Woher ...«

Ich drückte sie zum Dank und sagte: »Der Mann hat Augen im Kopf, Jyoti. Genau wie Eric.« Jetzt wurde sie puterrot. *Bingo.*

Zufrieden ließ ich mich in meinen Lieblingssessel plumpsen und legte das lädierte Bein auf den Tisch zwischen die Blumenvasen.

Jyoti machte sich kurz in der Küche zu schaffen und kam dann ins Wohnzimmer zurück. »So, ich muss leider wieder los, aber es sollte eigentlich alles da sein, was du brauchst. Kühlschrank und Vorratsschränke sind voll, verhungern solltest du also nicht. Und mach weiter deine Übungen«, schob sie mit erhobenem Zeigefinger nach.

»Ja, ja«, versprach ich halbherzig und winkte ihr zu, als sie ging.

Eine Weile saß ich im Sessel und dachte erst mal an gar nichts. Nach einer gefühlten Ewigkeit im architektonisch katastrophalsten Krankenhaus dieser Welt und drei Wochen Reha, war ich einfach nur froh, wieder in meinen eigenen vier Wänden und endlich mal wieder allein zu sein.

Wobei – nicht ganz. Sammys Heldentaten und die putzigen Versuche, Chefarzt Dr. Holger jedes Mal zu beißen, wenn der mein Bein untersuchen wollte, hatten keinen Zweifel mehr daran gelassen, wo Sammy glaubte hinzugehören, Widerstand ganz offenbar zwecklos. Erwartungsvoll wedelte er jetzt mit dem Schwanz und hüpfte mit den Vorderpfoten auf und ab. Ich seufzte ergeben und hievte mich aus dem Sessel. »Na komm, Sammy. Gucken wir mal, wie wir am schnellsten wieder ein bisschen Unordnung hier reinkriegen.«

DANKE!

Am Entstehen und am Erfolg eines Buches sind immer sehr viel mehr Menschen beteiligt, als man auf den ersten Blick meinen sollte. Wollte man allen einzeln danken, würde aus dieser Danksagung ein weiteres Kapitel im Buch, deshalb beschränke ich mich auf ein paar ganz wichtige Menschen. Alle anderen können gewiss sein, dass sich eine Autorin immer an die Menschen erinnern wird, die ihr ganz am Anfang aufs Fahrrad geholfen haben. Ich weiß, wer ihr seid!

Zu besonderem Dank bin ich Dr. Karl Thönnissen und Marcel Emonds verpflichtet, die so todesmutig waren, Lesungen mit einer Autorin zu wagen, von der bis dahin noch niemand etwas gehört hatte; ebenso wie den zahlreichen Buchhändler/innen in Aachen und Umgebung, die mein Buch nicht nur in ihre Regale gestellt, sondern mit Herzblut und großem Ideenreichtum kräftig dabei mitgeholfen haben, Britta Sander und ihre Kollegen einem breiten Publikum zugänglich zu machen.

Kriminalhauptkommissar Reinhard Pitz von der Polizei Aachen hat eine großzügige Portion seiner knappen Zeit geopfert, damit Kommissar Körber sich zumindest ansatzweise verhält wie ein echter Polizist. Alles, was bei meinem fiktiven Kommissar von der Realität abweicht, habe einzig und allein ich zu verantworten. Manchmal geht es aus dramaturgischen Gründen einfach nicht anders.

Meinen Testleser/innen möchte ich danken, weil sie durch zahlreiche Hinweise dafür gesorgt haben, dass Fehler noch ausgemerzt werden konnten (und manchmal sogar noch eine Idee zur Problemlösung mitgeliefert haben). Ralf Kramp und dem ganzen Team bei KBV sei gedankt für die hochprofessionelle Arbeit und die tolle Atmosphäre. Bei euch fühlt man sich von der ersten Minute wie zu Hause!

Schließlich geht ein großes Dankeschön an meine lieben Eltern, die schon immer an mich geglaubt und mich auch bei den verrücktesten Ideen unterstützt haben, sowie an meinen Partner Geoff. *Without you, nothing would be as it is.*

Ingrid Davis
Aachen, Februar 2018

Paul Kemen

ABER HERR WACHTMEISTER, ICH WOLLT' DOCH NUR …

Hardcover, 136 Seiten
ISBN 978-3-95441-510-6
15,00 EURO

Aber Herr Wachtmeister, ich wollt' doch nur …

20 Jahre lang war Paul Kemen Pressesprecher der Aachener Polizei. Bekannt wurde er dabei über die Grenzen der Städteregion hinaus durch seine oft überaus humorvoll abgefassten Pressemeldungen, in denen er es immer schaffte, den meist nüchternen Sachverhalten noch eine heitere Seite abzugewinnen.

Kuriose Verkehrsunfälle, misslungene Straftaten, turbulente Fahndungen … Die vorliegende Auswahl bietet eine bunte Palette heiterer, turbulenter und auch anrührender Episoden aus dem Polizeialltag, niedergeschrieben in Kemens unverwechselbarem Stil.

»Der 62-Jährige (…) hat vielmehr Kuriositäten gesammelt: Geschichten, die das Leben schreibt und die einem mitunter Tränen in die Augen treiben – vor Lachen und manchmal vor Rührung. Begebenheiten, die so abstrus sind, dass man nur den Kopf schütteln kann. Und Ereignisse, die einen sprachlos machen.« (Aachener Nachrichten)

EDITION EYFALIA
KBV

Carsten Berg

DAS HERZ, DER KREIS UND DER TOD
Taschenbuch, 400 Seiten
ISBN 978-3-95441-609-7
14,00 EURO

Ein Detektiv auf Spurensuche im Dreiländereck

Privatdetektiv Libuda aus Aachen erhält von dem Eifeler Hotelier Til Schornstein den Auftrag, dessen Schwester Marie zu finden. Zu seiner Überraschung erkennt er auf dem Foto die Frau, die er wenige Wochen zuvor auf der Insel Texel kennengelernt hat.

In einem Brief in Maries Wohnung bittet eine verzweifelte Frau darum, ihr Geld zurückzubekommen. Marie war offenbar bei einem »Herz-Kreis« aktiv, einem illegalen Gewinnspiel, an dem nur Frauen teilnehmen können. Sind die 40.400 Euro, die Marie als »Sterntalerin« gewonnen hat, der Grund für ihr Verschwinden?

Eine weitere Spur führt zu einem Geheimbund mit dem Namen »a mão azul« – Die Blaue Hand – und zu einem lange zurückliegenden Überfall in Aachen.

Als Libuda schließlich auf merkwürdige Fotos eines Mannes in georgischer Uniform aus dem Zweiten Weltkrieg stößt, offenbart sich eine völlig neue Dimension des Falls. Spätestens als er zur Emmaburg in Belgien gelockt und dort niedergeschlagen wird, muss er erkennen, dass er einem schrecklichen Geheimnis auf der Spur ist, dessen Lösung tief unten in einem Schacht in der Eifel liegt ... und dass sein eigenes Leben in Gefahr ist.

Ingrid Davis
AACHENER SCHEINHEILIGE

Taschenbuch, 376 Seiten
ISBN 978-3-95441-677-6
15,00 EURO

Ein Stich mitten ins klösterliche Wespennest

An einem kalten Januarabend stürzt ein Mann vom Dach des Aachener Doms in den Tod – direkt vor die Füße von Privatdetektivin Britta Sander. Ein tragisches Unglück oder doch ein kaltblütiger Mord?

Der Tote heißt Rikkard Deile, und die Nachforschungen zu seiner Person führen Britta und Kommissar Körber ins Kloster der Brüder des Heiligen Silas, wo es gar nicht lange dauert, bis der heilige Schein zu bröckeln beginnt. Je tiefer die Ermittler im klösterlichen Leben herumstochern desto mehr Abgründe tun sich auf, und mehr als ein Mitbruder des Toten hatte gute Gründe, dessen Lebenslicht zu löschen.

Bevor es Britta & Co. gelingen kann, das Geflecht aus Habgier, Neid und Zorn zu entwirren, das sich ihnen offenbart, geschieht ein weiterer Mord, und die Ermittler müssen ihr eigenes Leben aufs Spiel setzen, um den erbarmungslosen Killer zur Strecke zu bringen ...

»Die pfiffige Privatdetektivin ermittelt hinter den Fassaden der altehrwürdigen Kaiserstadt. Mit Humor und Lokalkolorit hat die Autorin im Laufe der Jahre viele Fans für sich gewinnen können.«

(Bad Aachen, Das Stadtmagazin mit Durchblick zu »Aachener Hindernisse«)